2023
올해의 문제소설

한국현대소설학회 엮음

2023
올해의 문제소설

초판 1쇄 발행 · 2023년 2월 25일
초판 3쇄 발행 · 2023년 5월 17일

엮은이 · 한국현대소설학회
펴낸이 · 한봉숙
펴낸곳 · 푸른사상사

주간 · 맹문재 | 편집 · 지순이 | 교정 · 김수란, 노현정 | 마케팅 · 한정규
등록 · 1999년 7월 8일 제2-2876호
주소 · 경기도 파주시 회동길 337-16 푸른사상사
대표전화 · 031) 955-9111(2) | 팩시밀리 · 031) 955-9114
이메일 · prun21c@hanmail.net / prunsasang@naver.com
홈페이지 · http://www.prun21c.com

ISBN 979-11-308-2014-9   03810

값 18,500원

현대문학 교수 350명이 뽑은

2023
올해의 문제소설

한국현대소설학회 엮음

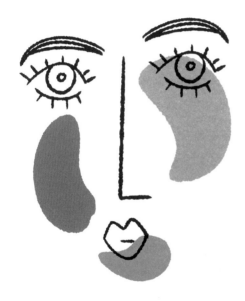

푸른사상
PRUNSASANG

2023

『2023 올해의 문제소설』을 발간하며

한국현대소설학회가 주관하는 『올해의 문제소설』은 한 해 동안 발표된 문예지의 단편소설을 두루 검토해 오로지 작품의 문학성에 근거해 그 대상 작들을 추린다. 서울대학교 국어국문학과 현대문학 대학원의 〈현장문학읽기〉 세미나팀이 2022년에도 예심 격의 정리 및 리스트업을 맡아주었고, 학회의 심사와 논의를 거쳐 총 12편의 작품을 선정하게 되었다.

- 김기태, 「전조등」, 『현대문학』, 2022년 4월호
- 김멜라, 「지하철은 왜 샛별인가」, 『악스트』, 2022년 9/10월호
- 김병운, 「세월은 우리에게 어울려」, 『자음과모음』, 2022년 겨울호
- 김본, 「슬픔은 자라지 않는다」, 『자음과모음』, 2022년 겨울호
- 김애란, 「홈 파티」, 『에픽』, 2022년 4·5·6월호
- 김이숲, 「관객」, 『자음과모음』, 2022년 여름호
- 김채원, 「서울 오아시스」, 『문학과사회』, 2022년 가을호
- 성혜령, 「버섯 농장」, 『에픽』, 2022년 7·8·9월호

- 이서수, 「젊은 근희의 행진」, 『악스트』, 2022년 1/2월호
- 이희주, 「천사와 황새」, 『릿터』, 2022년 6/7월호
- 정영수, 「일몰을 걷는 일」, 『릿터』, 2022년 4/5월호
- 현호정, 「연필 샌드위치」, 『자음과모음』, 2022년 가을호

아마 여타의 문학상이나 앤솔러지에는 찾아보기 힘들었던 작가들이 눈에 띄리라 생각한다. 『올해의 문제소설』은 제도권의 문학상 심사와 달리 한국문학을 전공하는 젊은 연구자들이 긴 호흡으로 작품을 읽고 논의하는 것이 가장 큰 특징이다. 이를 통해 한국문학에서 감지되는 새로운 목소리와 움직임을 포착하고 작가의 후광이나 이력을 떠나 문학적 성취를 선정의 기준으로 삼는다. 그러므로 2023년 한국문학의 '현재'를 확인하고 싶다면 『올해의 문제소설』이 가장 탁월한 선택이 될 것이다.

그렇지 않았던 적이 드물지만 문학은 다시 한번 커다란 위기와 도전에 직면해 있다. 세계는 알 수 없는 곳으로 향하고 있고 기후 위기와 재해는 더욱 가시화되고 있으며 분열과 반목은 여전히 심각하다. 한국 사회는 정치적으로도 경제적으로도 불안에 내몰려져 있고 참사와 비극의 공포도 엄존하고 있다. 세계적으로도 유례가 없는 인구절벽이 실현되고 있으며 소수자들의 설 자리는 오히려 더 위태로워지고 있기도 하다. 이럴 때 문학이, 소설이 어떤 역할을 할 수 있을까. 무기력함이나 허무에 빠지지 않고 불의와 부당함에 맞서 싸우면서, 동시에 희망의 연대를 구축하면서 더 나은 미래를 향해 갈 수 있는 힘을 문학은 가지고 있을까.

여기 실려 있는 소설들이 그 질문에 대한 답이라고 말할 수는 없겠지만

하나의 가능성으로는 충분하리라 생각한다. 지금−여기의 한국소설을 통해
그 이전의 삶으로는 결코 돌아갈 수 없는 '문학적 경험'을 할 수 있기를 고
대한다.

2023년 2월
한국현대소설학회『2023 올해의 문제소설』기획위원회

전조등

김기태

2022년 『동아일보』 신춘문예를 통해 작품 활동 시작.

전조등

한낮의 아스팔트 위에 죽은 것이 있었다.

검붉은 피가 엉겨 붙은 잿빛 털 뭉치. 얼마 전까지 작은 동물이었던 것의 잔해. 자세히 보기는 꺼림칙했다. 일곱 살의 그는 고개를 돌렸다. 다만 작고 둥근 흙무덤을 잠시 상상했다. 만화에서는 그런 무덤 앞에 나뭇가지 두 개를 엮은 십자가가 으레 꽂혀 있었다. 곧 그는 더러운 것을 함부로 만지면 안 된다는 부모의 말을 떠올렸다. 횡단보도 앞에서 좌우를 살폈다. 약국과 복권 가게 사이로 난 동네 차도는 한산했다. 신호등도 없는 곳이었다.

그즈음 이미 그는 주의해야 할 일들이 적힌 긴 목록을 갖고 있었다. 횡단보도로만 길을 건널 것. 모르는 사람을 따라가지 말 것. 수도꼭지를 끝까지 잠글 것. 친구네 집에 들어갈 때는 신발을 가지런히 둘 것. 저녁을 먹고 가라고 해도 사양하고 돌아올 것…… 차에 치이고 병에 걸리고 물건을 잃어버리거나 남들에게 흉을 잡힐 만한 일은 어디에나 있었다. 군청 공무원인 아버지와 농협 창구원인 어머니는 많은 것을 가르쳤다. 대개 무언가를 이루기보다는 당하지 않기 위한 지혜였다. 끊어진 다리나 무너진 백화점, 빚더미에 오른 나라에 대한 뉴스를 볼 때면 부모는 밥상을 사이에 두고 말했다.

"우리는 이렇게 잘 살고 있으니 얼마나 다행이니?"

4남매 중 막내인 그는 부모의 말을 잘 들었다. 이웃들이 그를 두고 "이 집 막내는 어쩜 이리 의젓해요"라고 너스레를 떨면 부모는 "애가 막내다운 맛이 없답니다"라고 응대했다. 열네 살 생일 밤, 반양옥 단독주택 거실은 여섯 가족이 앉아 있기에 조금 좁았다. 그는 부모와 두 누나 그리고 형의 다른 듯 닮은 얼굴을 보았다. 문득 부모가 왜 아이를 넷이나 낳았는지 궁금해졌다. 아버지가 답했다.

"사실 너는 계획에 없었다. 껄껄."

그는 학교에서 '공부 안 하면 나중에……'로 시작하는 훈화를 새겨들었다. 수업 시간에 졸지 않았고 야간 자율 학습에 빠지지 않았다. 진로를 고민하다 당시 부상하던 통계학과에 지원하기로 했다. 전공 소개 책자에 어떤 분야든 통계는 필요하다고 써 있었다. 문학 교사였던 담임은 그의 성적표를 넘겨 보며 말했다.

"좋은 계획이야. 수학도 잘하고. 아주 어울려."

그는 서울에 있는 대학에 합격했다. 입시 설명회에서 흔히 '중상위권'으로 분류되는 곳이었고, 친척들은 그에게 "열심히 했구나"라고 말했다. 사실 숫자를 따져보자면 넉넉잡아 상위 7퍼센트 이내의 수험생만 진학하는 학교였다. '열심히'보다는 나은 평가를 받을 만한 것도 같았으나 어쨌든 알 만한 대학에 진학했다는 안도감이 더 컸다.

스무 살 새내기. 그는 얼마간의 설렘과 잉여 시간을 연극부에 투자하기로 했다. 의외라는 동기들의 반응에 그는 네모나지도 둥글지도 않은 안경을 추켜올리며 답했다.

"뭔가 다른 게 되어볼 수 있잖아."

사실 그들이 아는 스무 살들은 모두 연극이나 밴드, 학보사나 국토 대장정 같은 것을 하고 있었으므로 화제는 빠르게 전환되었다. 대학생의 연애담을 그린 첫 번째 무대에서 그는 주인공의 후배 3인방 중 한 명을 연기했다. 그의 안경을 그대로 쓴 채였다. "저희가 도울게요" 같은 대사가 세 줄 정도 있었다. 뒤풀이에 가기 전, 그는 어둑한 무대에서 혼자 쓰레기를 줍는 척하며 잠시 서성거렸다. 주인공 역을 맡았던 선배는 그날 밤 노래방에서 〈연극이 끝난 후〉라는 곡을 예약했다. 경제학을 전공하는 회장이 익살스럽게 말했다.

"이 노래는 공공재니까 독점 금지다."

그는 처음 듣는 노래였는데 모두가 곧잘 따라 불렀다. 그는 무언가를 가져보기 전에 도둑맞는 게 가능한지 생각했다. 이후 무대에서 주인공의 후배 역할을 한 번 더 했고 나중에는 주인공의 선배 역할을 하게 되었다.

그는 무대 위보다 무대 뒤에서 많은 일을 했다. 제대로 접착되지 않은 소품이나 들쭉날쭉한 볼륨의 효과음, 화장실에 가려는 관객이 길을 잃을 위험 등을 발견하고 보완했다. 그가 연극부에 필요한 인물임을 모두가 인정했다. 그 역시 그런 역할에 점차 만족감을 느꼈다. 말년 휴가를 나와 앵두 전구 600개를 점검하던 그를 보고, 두 살 아래의 후배가 호감을 품은 일이 결정적이었다. 때늦은 첫 연애는 그렇게 시작됐다. 애인의 부모는 밤 아홉 시가 되면 어디냐고 딸에게 전화를 걸었다. 그는 애인이 부모와 싸우는 것을 원치 않았으므로 늘 서둘러서 그녀를 집에 바래다주었다. 어느 날 그녀는 유난히 느릿느릿 걷다가 집 앞에서 이렇게 비죽거렸다.

"내가 오빠를 좋아하긴 하는데, 너는 진짜 너무 너다."

그는 어리둥절했지만 어쨌든 애인을 실망시키고 싶진 않았다. 3년간 이어진 연애에서 그는 좋은 남자친구의 역할이란 어떤 것인지 꽤 배웠다. 강의실과 자격증 학원, 취업 스터디를 오가는 동안 그에게 호감을 표하는 여자애가 두셋 생겼으나 그는 도의를 지켰다. 훗날 그는 첫 애인이랑 왜 헤어졌는지 돌이켜봤으나 뾰족한 이유는 없었고, '어떤 20대적인 이유로 싸우다가'라고 결론 내렸다.

면접관들은 그의 우수한 학점과 빈틈없는 스펙을 높이 평가했다. 자기 소개서에 풀어낸 연극부 경험은 적극성과 도전 정신으로 해석되었다. 인적성 시험 성적도 준수하였으며 특히 도표 해석과 논리 판단 영역이 뛰어났다. 신중한 성정이 깃든 무색무취의 생김새까지 인재상에 부합했으므로 그는 몇 군데의 대기업에서 합격 통지를 받았다. 고용 안정성과 기대 연봉을 고려해 완성차 제조업을 기반으로 하는 재벌 그룹에 입사했다. 취업난 속에서 세계적으로도 이름 있는 대기업에 취직했다는 것은 동기와 선후배 들 사이에서 흔한 일이 아니었다.

첫 출근을 할 때 그는 회사의 플래그십 스포츠 세단처럼 경쾌했다. 경제 1번지라는 어느 빌딩 숲에 자신의 자리가 있다는 것은 만족스러운 일이었다. 첫 월급으로 부모님께 안마의자를 사드렸다. 남은 돈으로 충치부터 암까지, 교통사고부터 민형사상 소송까지 대비할 수 있는 네 가지의 보험에 가입했다. 주택청약과 연금저축 상품에 납입을 시작했고 월 급여의 2퍼센트는 기아와 난민 문제에 대응하는 국제기구에 기부하기로 했다. 1년 뒤 800퍼센트의 상여금을 받았을 때 그 스포츠 세단을 구입했다. 직원 할인은 유용했고 잔금은 12개월 할부로 충분했다.

할부 기간이 끝날 무렵, 회사는 업무 혁신의 일환으로 파티션을 모두 철거했다. 구성원 간의 소통을 촉진한다는 명분이었다. 동료들은 프라이버시가 너무 없다며 메신저로 인적자원팀을 욕했다. 그는 근무 시간에 늘 자리를 지키는 편이었으므로 쉽게 적응했다. 다만 17층 마케팅 3실에서 각자의 모니터를 보고 있는 30명의 존재를 매일 지나치게 실감했다.

그의 모니터에는 소비자들의 연령대와 직업, 차량 구매 시기, 결혼 여부, 자녀 유무, 통근 거리, 주말 여가를 즐기는 방식, 옵션 선호도 따위가 숫자로 떠돌고 있었다. "중세의 예술가들은 조각을 대리석 안에 감춰진 신의 형상을 꺼내는 일이라고 여겼죠. 통계학이란 마찬가지로 숫자 안에 숨은 메시지를 꺼내는 일이랍니다"라는 옛 교수의 말은 멋있었지만 사실이 아니었다. 메시지는 숫자 안에 숨은 것이 아니라 그가 참석하지 못하는 회의실에서 만들어지는 것이었다. 결론이 정해지면 그것에 봉사하도록 숫자를 가공하는 일이 그의 몫이었다. 그는 그 일을 아주 잘했다. 신입사원다운 아이디어는 직무 연수 시절에 작성한 의욕적인 보고서로 증명한 바가 있었기 때문에 중요하지 않았다. 상사와 동료들은 그가 내어놓는 숫자에 만족했다. 그런 만족은 성과지표 점수와 그에 기반해 산정된 성과급 등 또 다른 숫자로 돌아왔다. 오랜만에 만난 친구들은 어떻게 사느냐는 물음에 "일하고 돈 벌지"라고 대답했다. 그래. 나도 그렇지. 그러다 무리 중 누군가가 말했다.

"연애라도 해야 하는 거 아닐까?"

회사에서는 업무적인 유능함이 인간적인 호감으로 전이되기 쉬웠다. 게다가 그는 야심도 불만도 입 밖으로 내는 일이 없었다. 많은 동료가 그에게 누군가를 소개하고 싶어 했다. 그는 주선자에게 상대의 외모나 신상을 함부로 묻지 않고 겸손한 마음으로 호의를 받아들였다. 빼어난 외모는 아니었으나 성실히 쌓은 취향과 매너는 도움이 되었다. 그는 몸에 잘 맞는 단정한 옷을 입었고 머리카락과 수염, 손톱을 깨끗하게 정리했다. 재킷 안주머니에는 다림질을 해 반듯하게 접은 손수건을 넣고 다녔다. 안경은 여전히 네모나지도 둥글지도 않은 모양이었으나 대학 때와는 달리 유서 깊은 브랜드의 스테디셀러 제품이었다. 그는 식사와 디저트를 골자로 하며 짧은 산책이나 드라이브가 추가될 수도 있는 두세 가지의 계획을 준비했다. 상대의 이야기를 착실히 듣고 적절한 때에 호응하였으며 필요하다면 화제를 이끌었다.

그는 소개받은 상대를 처음 만날 때, 전에 다른 상대와 갔던 가게에서는 약속을 잡지 않았다. 매번 새로운 장소를 찾는 데에 꽤 품을 들였다. 손을 써야 하는 음식이 아닐 것. 옆 테이블과 충분한 거리가 확보되어 있을 것. 너무 적막하지도 너무 시끄럽지도 않을 것. 성의를 드러낼 순 있지만 상대가 부담을 가지진 않을 만한 가격일 것. 그러면서 프랜차이즈가 아닐 것.

이런 장소를 그때그때 새로 찾는 것은 쉽지 않았다. 하지만 처음 만나는 곳은…… 조금 특별해야 하지 않을까. 어떻게 한 장소에서 여러 명을 만나면서 그 만남이 특별할 거라고 기대한담. 그는 그 막연한 감각을 일종의 도덕이라고 규정했다.

그렇게 4, 5년이 지나는 동안 그는 네 명의 애인과 각각 길지도 짧지도 않은 시간을 보냈다. 단독주택을 개조한 프렌치 비스트로, 식민지 시대부터 영업했다는 경양식당, 비건 요리를 제공하는 도심지의 사찰은 갈 수 없는 곳이 되었다. 결국 모두가 헤어질 이유는 많고 계속 만나야 할 이유는 적었다. 국립박물관 3층의 카페테리아를 한동안 그리워하면서 그는 유능한 대리가 되어 후배에게 업무를 물려줬고 선배에게 업무를 물려받았다. 점심으로 제육볶음을 먹으며 공모주 청약과 암호화폐 시황, 최신형 휴대전화와 이국의 여행지, 1층 리셉션 직원의 헤어스타일에 관한 대화를 들었고 드물게 와이셔츠 앞자락에 국물을 흘렸다. 월에 한두 번씩 클럽에서 대마초를 피운다는 동기의 부주의함과, 동남아 골프는 밤이 진짜라는 상사의 부도덕함을 속으로 탓했다. 한동안은 샐러드나 통밀빵 샌드위치만 먹다가 화풀이처럼 알탕이나 등갈비를 먹었다. 물만 부으면 여덟 가지 필수 영양소를 섭취할 수 있다는 셰이크를 마시면 점심시간이 길었다. 구청 주최의 동호인 수영 대회에서 동메달을 땄고 목공방에서 만든 스툴을 식탁 한편에 갖다놓았다. 비정기적으로 새로운 가게에서 낯선 상대와 익숙한 대화를 나눴다. "대학 연극부에서 대학생 역할 전문이었죠. 안경도 벗은 적 없어요"라는 농담은 여전히 60퍼센트 정도의 확률로 먹혔지만 그 자신이 질렸다. 나중에는 처음 만나는 상대와 고속도로 휴게소에서 가락국수를 먹거나 수산시장에서 도다리회를 먹기도 했다. 후자와는 소주를 두 병 마셨고, 마시는 동안은 제법 괜찮은 시도인 것도 같았으나 다음 날 돌아보니 아니었다.

서른셋의 그는 잠들기 전 자주 뒤척였다. 드레스룸이 딸린 넓고 세련된 오피스텔이었지만 자정의 적요 속에서 감각할 수 있는 건 한 칸의 침대뿐이었다. 당신은 침대를 떠났다가 침대로 돌아옵니다. 그래도 아무거나 쓰시겠습니까. 그런 침대 광고를 떠올렸다. 누운 채로 지인들의 메신저 프로필 사진을 훑어보고 뜻 없이 포털의 스크롤을 내렸다. 내일의 날씨는 맑을 예정. 러시아 병력은 수상한 움직임. 케이팝 걸그룹은 빌보드를 정복. 비타민D는 지용성이었다. 조회수가 높은 글을 열어 천천히 읽었다. 나다움을 찾아 퇴사하고 여행을 떠났습니다. 나다움을 유지하는 다섯 가지 습관을 알아볼까요. 나답게 살기 위해 비혼을 선택했어요. 그는 "나다운 게 뭔데! 나다운 게 뭐냐고!"라고 소리 내보고 큭큭 웃었다. 그것 또한 언젠가 본 드라마 주인공을 흉내 낸 것이었으므로 그는 다시 큭큭 웃었다. 그리고 자기다운 게 뭔지 생각하다 자기답게 사는 게 지겨워졌다.

그는 자신이 앞으로 무엇이 될 수 있을지 떠올려보려고 했다. 장래 희망이라는 말은 조금 우스웠다.

"아니 결혼을 왜 아직 안 했어?"라고 새로 부임한 부장이 그에게 물었다. 삼겹살을 불판에 올려놓기도 전이었다. 그는 이번엔 이렇게 대답해보기로 했다.

"그러게 말입니다."

삼겹살이 다 익을 때까지 들은 이야기를 종합하자면 결혼이란 적령기에 옆에 있던 사람과 하는 것이며, 돈을 모으려면 꼭 해야 하지만 돈을 모아야만 할 수 있는 것이기도 하고, 죽음만큼이나 미룰수록 좋지만 사람 구실을 하려면 하긴 해야 하며, 요새 젊은 친구들은 책임감이 없어서 어려운 일이지만 "시발 그냥 하지 말라면 하지 마"라며 분노할 수도 있는 일이었다. 그는 삼겹살을 소금과 쌈장에 번갈아 찍었고 비타민A와 루테인 섭취를 위해 상추쌈도 꼭꼭 씹어 먹었다. 옥신각신하던 유부남들은 전화를 받다가 하나둘 집에 들어갔고 그도 덩달아 귀가했다. 그는 그들이 말하는 어떤 결혼에도 동의하지 않았으나 그렇다고 자신이 원하는 것을 다른 이름으로 부르기도 어려웠다.

사람들이 이상형을 물으면 언젠가부터 그는 짧게 대답했다.

"예쁘고 착하고 똑똑하고 재밌고 저를 사랑하는 사람이죠."

그는 최대한 농담처럼 발음하려고 노력했다. 그럼 사람들은 "미쳤네 미쳤어"라고 말했고 그중 일부는 진담으로 들렸다. 하지만 그것을 이상형이라고 부르는 한 더 나은 요약은 없었다. 길게 대답하는 방법이 있었지만 그걸 전부 듣기에 사람들의 인내심이 충분하지 않아 보였다. 그 자신조차 설명이 얼마나 길어질지, 무엇이 핵심적이며 무엇이 부차적인지 자신할 수 없었다. '이상'이라는 단어는 너무 많은 것을 지시해서 거꾸로 아무것도 의미하지 못하는 듯도 했다. 어느 날 그는 노란색 메모 패드에 열두 문장을 정리할 수 있었다. 맨 윗줄에는 이렇게 적혀 있었다.

생물학적 여성이면서 스스로를 여성으로 규정하는 이성애자 사람.

너무 멀리서 시작한 것도 같았지만, 모호했던 무언가가 첫 문장을 쓰는 순간 약간은 선명해진 듯해서 제법 유쾌했다. 그는 두 번째 문장을 썼다.

나와 모국어가 같은 사람.

그는 경험적 지식을 바탕으로 아직 도착하지 않은 존재를 추정해야 했다. 그건 천체물리학자나 발명가와 같은 일이었다. 직업이라거나 재산, 가정환경 같은 조건을 나열하지는 않았다. 그는 한 인간의 본질을 예고하는 구체적인 징후들은 따로 있으며, 정신을 차리고 눈을 똑바로 뜨면 그것들을 포착할 수 있다고 믿었다. 다른 이들은 고개를 갸웃할 만한 것도 있었는데, 예를 들어 열두 번째 문장은 다음과 같았다.

흰 바지를 입지 않는 사람.

그 사람을 상상하는 것과 찾아내는 것은 별개의 문제였다. 사람들이 만나고 헤어지는 모든 풍습이 그에게 도움이 되었다. 그는 신중하고도 효율적인 방식으로 그녀들에게 접근했고 환심을 샀다. 관건은 적절한 때에 적절한 말과 행동을 보여주는 것이고, 그에게는 꽤 많은 경험이 누적되어 있었다. 그는 이제 그 '적절함' 안에는 '적절한 정도의 의외성', 즉 이유 없는 작은 선물이나 늦은 밤의 괜한 연락, 심지어는 의도적인 무관심도 포함된다는 것을 충분히 고려할 수 있었다.

때로는 자신이 지나치게 신중한 것은 아닌지 의심했다. 그럼에도 종업원을 무례하게 대하거나 신용카드 리볼빙 서비스를 애용하는 사람과 결혼할 순 없었다. "너무 따지면 결혼 못 한다"라고 조언인지 비아냥인지 모를 말을 하는 친척이 있었다. 그 말은 가성비를 따지라는 말처럼 들렸다. 하지만 전자제품을 고르는 일이 아니라 사람을 만나는 일이었으므로 '이 정도면 괜찮은……' 따위의 판단에 기댈 수는 없었다. 서른네 번째 생일을 앞두고는 결혼정보회사의 상담을 받았다. 가입 신청서를 읽다가 그녀가 그런 통속적 지표의 알고리즘으로 나타날 리 없을 것 같아서 돌아 나왔다. 그날 밤 침대에서 '반려동물을 입양한다면 고양이보다는 개가 좋을 것'이라고 생각하다 그 개가 고독사한 자신을 뜯어먹을 확률을 계산해봤다. 그로부터 두 달 후에 그녀를 만났다.

그는 지인의 동생의 지인의 전화번호를 받았고 간결한 메시지로 시간과 장소를 정했다. 연말로 접어들 때라 예약은 쉽지 않았고 썩 내키지 않는 이탈리안 레스토랑을 택했다. 그는 테이블 위의 조화 장식이 탐탁지 않았으나 그녀는 명란과 시금치를 얹은 가지 요리가 맛있다고 말했다. 근처에 괜찮은 펍이 있다고 그녀가 제안했을 때 그는 차를 가져오지 않은 척하기로 했다. 펍은 사람들로 흥성거렸고, 높고 불편한 창가 좌석만 남아 있었다. 나란히 앉아서 시나몬을 토핑한 흑맥주를 마셨는데 어떤 단어들은 잘 들리지 않았다. 그가 흑맥주를 한 잔 더 권한 것은 그녀가 이렇게 말한 다음이었다.

"쉬는 날에는 ……도 하고요, 요즘은 직장인 극단에 나가고 있어요."

그녀는 흑맥주를 마셨으니 두 번째로는 맑은 맥주를 주문하겠다고 했다. 다트 기계에서 장난스러운 멜로디가 흘러나왔다. 창밖으로 때 이른 산타클

로스가 리어카를 끌고 지나갔다.

그는 사흘이 지나기 전에 그녀에게 다시 연락했고 다섯 번째 만났을 때에는 교제를 제안했다. 계절이 바뀌는 동안 그는 그녀가 약속 시간을 잘 지키는 사람이라는 것을 알았다. 그녀는 음식을 먹을 때에는 머리를 묶었으며 행상 할머니가 나타나면 껌이나 초콜릿을 사서 그에게 나눠줬다. 어느 날 그는 꽃다발을 들고 어둠에 잠긴 소극장 객석에 앉았다. '12인의 성난 사람들'이라는 제목으로, 열두 명의 배심원이 살인 사건의 판결을 두고 다툰다는 내용의 연극이었다. 유명한 레퍼토리라 그도 제목 정도는 대학 시절에 들어본 듯했다. 첫 번째 투표에서 열한 명의 배심원이 유죄에 손을 들었다. 나머지 한 명의 배심원이 자리에서 일어났다. 그녀였다.

"저마저 손을 들면, 그 아이는 사형장으로 향하게 되겠지요."

그때 무대 위 그녀와 눈이 마주친 듯한 기분. 흥미로운 토론이 한 시간 반 동안 이어졌다. 마침내 열두 명의 배심원은 피고인이 무죄임에, 적어도 유죄라고 단정 지을 수 없음에 합의하였다. 그는 옆구리에 꽃다발을 끼고 기립 박수를 쳤다. 몇 사람이 엉거주춤 그를 따라 일어났다. 그 진부한 이탈리안 레스토랑과 소란스러운 펍을 오래 기억할 거라는 예감이 점점 강해졌다. 좋은 꿈. 좋은 꿈. 메시지를 나누고 누우면 가끔 얼떨떨해졌다. 이토록 좋은 일이 이토록 평범한 방식으로 이루어질 수 있다는 것이 의심스러웠다. 그럴 때 그는 하얗고 포근한 양을 세듯, 울림소리가 많은 그녀의 이름을 입안에서 굴려보곤 했다. 그러면 곧 아늑한 잠으로 빠져들 수 있었다.

늦여름의 토요일 한낮이었다. 그는 셀프 세차장에 들러 차 내부와 외부를 깨끗하게 청소한 뒤 그녀를 데리러 갔다. 그녀에게는 평범한 주말 여행으로 말해두었지만 뒷좌석에 벗어놓은 리넨 재킷 주머니에는 반지가 들어 있었다.

그는 스카이라운지부터 열기구까지 고려해보았지만 청혼에는 더 아름답고 정직하고 영원한 무엇이 필요했다. 국립박물관의 오래된 소장품들 사이는 충분히 로맨틱했지만 과거의 기억이 마음에 걸렸다. 경복궁은 재건한 것이었으므로 탈락했고 앙코르와트는 여정 자체의 피로도가 너무 높았다. 고민의 끝은 바다였다. 바다는 지금까지도 바다였고 앞으로도 바다이며, 세상에 똑같은 해변은 하나도 없었다. 그는 작고 비밀스러운 바위 해변을 마주한 프라이빗 빌라를 예약했다. 이 계획에 그녀의 동의를 구하진 않았다. 청혼 자체를 받아들일지도 알 수 없었다. 그건 협의의 대상이라기보다는 해내야 할 과업이었다. 결혼을 기정사실로 만들어놓고 한껏 예고한 뒤 반지를 내미는 건 우스꽝스러웠다. 그는 오늘 밤 그녀가 어색한 표정으로 '생각할 시간'을 요청할 수도 있다는 걸 인지했지만, 상기된 얼굴로 손가락을 내밀 확률이 훨씬 높다고 판단했다. 그녀를 조수석에 태울 때만 해도 그는 유쾌한 긴장감을 느꼈다.

휴일이라 예상은 했지만 도시를 빠져나가는 데 긴 시간이 걸렸다. 차량의 행렬 끝에서 주의를 표하는 삼각대와 스키드 마크, 반파된 4인용 세단을 지나쳤다. 그는 지체가 그의 잘못이 아니라는 뜻을 담아 그녀를 보았고 그녀의 미소가 그를 다독였다. 첫 번째 휴게소에서 샌드위치를 먹을 때 그녀는 들르고 싶은 곳이 있다고 말했다. 그 성당은 오래전 몇십여 명의 신자들이 박해를 피해 산 깊이 건설한 것으로, 특유의 벽돌 양식과 첨탑이 아름다운 곳이라는 설명을 덧붙였다. 그는 배우자가 일신론 기반의 신앙인이 아니길 바라왔고, 그가 알기로 그녀는 종교가 없었다. 그는 그녀의 제안을 문화적인 호기심의 일종으로 규정했다. 성당은 출발지와 도착지 사이의 너른 공간 어디쯤에 있긴 했지만 고속도로를 빠져나와 꽤 우회해야 했다. 내비게이션에 표시된 위치에는 성당의 방향을 가리키는 표지판이 있을 뿐이었고 실제 성당까지는 차에서 내려 10여 분을 더 걸어야 했다.

풀이 멋대로 우거진 길을 걸으며 그는 그녀가 성당 결혼식을 원할 경우를 의심해보았다. 자신도 그녀도 신자가 아니었으므로 해본 적이 없는 상상이었다. 그는 청혼에 비하면 결혼식은 다소 과대평가된 의례라고 생각했다. 청혼은 둘 사이에 일어나는 일이지만 결혼식은 둘이 아닌 사람들을 위해 하는 일이었다. 일가친척까지 고려한 현실적인 선택지 중에서 적절한 곳은 동문회관이나 회사 연수원 같았다. 웨딩홀의 통속성과 호텔의 허영 사이 어디쯤이라는 게 썩 나쁘지 않았다. 그는 성당 예식을 극적 형식으로서 흐뭇하게 관람해왔지만, 자신의 맹세에 사제가 필요하다고 여기진 않았다.

성당은 갑자기 나타났다. 잿빛 벽돌을 쌓아 올린 아담한 단층 건물이었다. 그다지 높지 않은 첨탑의 십자가가 그곳이 성당임을 증빙했다. 키가 큰 나무들이 첨탑보다도 높이 성당을 둘러싸고 있었다. 어떤 배경에서 건축되었고 사적 몇 호이다 등이 적힌 작은 동판이 보일 뿐 아무도 없었다. 굵은 사슬이 목재 문을 가로질러 매여 있었다. 으스스한 분위기에 그는 무슨 말이든 하기로 했다.

"누가 불 질러도 모르겠는걸."

그녀는 별 대답 없이 휴대전화 카메라로 성당을 서너 차례 찍었다. 그는 자신이 불을 지르고 싶은 게 아니라 세상에는 이유 없이 불을 지르는 사람들이 있고 이 성당의 관리가 허술하다는 것을 부연하고 싶어졌으나 그만두었다. 그와 그녀는 손을 잡고 풀벌레들이 우는 길을 걸어 차로 돌아왔다. 이미 해가 기울고 있었다. 그는 그녀를 먼저 차에 타게 한 뒤 빌라 오피스에 전화를 걸어 도착 시각을 수정했다. 두 시간이 걸리는 거리를 이동하기 위해서는 두 시간이 필요했다. 결혼이란 새로운 시작이니까 밤이 아니라 아침에 청혼하는 게 좋지 않은가, 그런 생각을 하다가 이번 여행이 청혼을 위한 정말 최적의 선택인가, 까지 의식이 닿았다. 시동을 걸자 전조등이 자동으로 켜졌다.

지방도로는 산중을 굽이쳤다. 전조등 너머는 곧 깜깜해졌다. 그는 한참 동안 다른 차를 만나지 못했다. 둔해진 감각으로 달리는 길은 오르막인지 내리막인지도 확실치 않았다. 도로가 차를 실어 가고 있었다. 그는 자기보다 크고 빠른 기계를 통제할 때의 상쾌함을 기억해내려고 애썼다.

"자는 거야?"

그가 조수석의 그녀에게 물었다. 자고 있지 않다면 들릴 만한, 그러나 자고 있다면 깨지 않을 만한 목소리였다. 자고 있지 않지만 자고 싶다면 자는 척을 해도 좋았다. 그녀의 고개는 조수석 차창 쪽으로 기울어져 있었다. 얼굴의 4분의 1 정도가 보였다. 그때 퍽, 하고 작은 파열음이 들렸다.

그는 비교적 침착하게 차를 세우고 비상등을 켰다. 그녀가 몸을 일으키며 말했다.

"다 왔어?"

비상등 소리가 딸깍거릴 때마다 차 앞으로 몇 미터쯤의 도로가 나타났다가 사라졌다. 차 앞에는 아무도 없었고 그는 왼쪽 전조등만이 작동하고 있다는 걸 알아차렸다. 핸들에서 손을 놓고 안전벨트를 풀었다. 그는 전조등이 나간 것 같다고 말하고 차에서 내렸다.

밖으로 나오자 맞닥뜨린 선선한 바람에 그는 한기를 느꼈다. 뒷좌석에 벗어둔 재킷 생각이 났지만 운전석 문을 닫고 걸음을 옮겼다. 깊은 산속이라 사방에는 어떤 불빛도 보이지 않았다. 커다란 나무들만이 도로의 양옆을 지키고 있었다. 깜빡이는 왼쪽 전조등을 끼고 돌자 금이 간 오른쪽 전조등이 보였다. 전조등 주변에서 별다른 흔적은 발견할 수 없었다. 그는 도로 가장자리로 걸음을 옮겼다. 조수석을 지나칠 때 그녀가 차 안에서 무어라고 말했다. 입 모양으로 미루어볼 때 괜찮냐고 묻는 것 같았다. 그는 고개를 끄덕이고 차의 뒤편으로 향했다. 붉은 후미등이 깜빡거리며 지나온 길을 얼마간 밝혔다. 20여 미터쯤 걸은 그가 발견한 것은 덩그러니 놓여 있는 신발 한 쪽이었다.

그건 군청색 털 고무신이었다. 발목을 따라 짧은 털이 둘러져 있었다. 쓰레기라고 하기에는 멀쩡했지만, 또 누가 신고 다니기에는 좀 낡아 보였다.

크기와 모양을 가늠해볼 때 그것은 여성의 왼발용이었다. 그는 그 왼쪽 털고무신과 오른쪽 전조등의 관계를 이해해보려고 했다. 주변을 둘러보았으나 오른쪽 신발도, 신발의 주인도, 어떤 다른 흔적도 발견할 수 없었다. 털고무신이 그곳에 있는 이유를 생각해내지 못하자 그는 자신이 그곳에 있는 이유를 생각하기 시작했다. 도로 옆으로 검게 우거진 숲을 보았다. 첨탑처럼 솟은 나무들의 부분부분이 희미한 형체로 보일 뿐, 숲 안쪽의 깊이는 알 수 없었다. 바람이 불 때마다 나뭇잎들이 스치는 소리가 파도 소리처럼 가까워졌다가 멀어졌다. 그 검은 바다의 가장자리에 서서, 그는 한쪽 신발을 잃어버리고 걷는 사람의 뒷모습을 상상했다.

차 문이 열리는 소리가 들렸다. 차에서 내리려다가 다시 안으로 몸을 숙여 무언가를 찾는 그녀가 보였다. 그녀는 그의 재킷을 꺼내 원피스 위에 걸치며 그의 이름을 불렀다. 후미등을 등진 그녀의 그림자가 아스팔트 위에 길게 드리워졌다. 어디라고 하기도 어려운, 어디와 어디 사이일 뿐인 한밤중의 도로. 일렁이는 나무들과 속살거리는 풀벌레들. 그의 재킷을 입고 그의 이름을 발음하는 사람. 아무도 멈추지 않을 곳에서의 아무도 모르는 한때.

그는 그를 부르는 소리를 따라 발걸음을 옮겼다. 그녀 앞에 섰을 때 그는 약간의 불안은 청혼이 요구하는 진정성의 일부라는 걸 받아들였다. 그녀는 재킷 주머니에 손을 넣고 있었다.

"안에 있는 거. 꺼내봐."

그녀가 "어, 음, 응" 같은 소리를 내며 반지함을 꺼내들었다. 그를 보며 "설마?" 했고 그는 끄덕였다. 그녀는 고개를 저으며 말했다.

"안 돼."

그는 아득해졌다. 어디서부터 잘못됐지. 나뭇잎 소리도, 풀벌레 소리도 멈춘 듯했다. 그녀가 반지함을 그에게 내밀며 말했다.

"당신 손으로 줘야 해."

그녀에게서 반지함을 받아 들 때 그는 결정적인 열세 번째 조건이, 그것이 정확히 무엇인지 깨닫기도 전에 충족되었다고 느꼈다. 그는 중요한 말을 또박또박 하려 했는데 목이 메었다. 그녀가 손가락을 내밀었다. 반지가 조금 헐거운 것 같았다. 그녀가 말했다.

"자기 울 줄 아는 사람이었구나."

그날 밤 그는 한쪽 전조등만으로 도로를 달려 그녀와 함께 바다에 닿았다. 모달 침구는 부드러웠고 그녀의 체온은 따뜻했다. 그녀는 그의 귀에 평소에 하지 않던 말을 속삭였다. 그는 그녀가 잠든 뒤에 반지가 끼워진 그녀의 손가락을 오래 보았다. 아침 해가 떴다. 테라스에서 크루아상과 스크램블드에그를 먹었고 핸드 드립으로 내린 하와이안코나를 마셨다. 월요일에는 출근을 했다. 팀원의 작업을 검토해 오차 범위를 유의미하게 줄인 뒤 퇴근했다. 깜깜한 도로와 어리둥절한 그가 찍혀 있을 뿐인 블랙박스 영상을 노트북 어딘가에 저장했다. 두 달 뒤에는 상견례를 했고 공동 계좌를 개설했다. 또 몇 달이 지나는 동안 그는 그녀의 직장 근처에 아담한 신축 아파트를 구매했다. 그의 부모는 그 몰래 모아뒀던 약간의 돈을 보태려 했고, 그는 그 돈을 부모 몰래 양가 어르신들의 노후 비상금으로 묶어놓기로 했다. 그녀도 동의했다. 대출을 조금 더 받아야 했으나 그의 수입 안에서 융통이 가능한 정도였다. 그 도로에서 무언가를 찾았다는 전화가 올 것 같아서 물끄러미 전화기를 보는 때가 있었지만 그런 일은 일어나지 않았다.

그녀가 몇 살인지, 무슨 일을 하는지 사람들이 물을 때마다 그는 그녀를 설명하는 더 나은 방식을 고민했다. 무엇이 매력이었냐는 질문에는 정작 대답하기 어려웠다. 정확한 표현을 찾다가 애써 그들에게 설명할 필요가 없다는 결론에 도달했다.

"그녀는 예쁘고 착하고 똑똑하고 재밌고 저를 사랑하는 사람이죠."

그러면 사람들이 "부럽다 부러워"라고 말했고 그는 농담이었다고 덧붙였다. 그의 대학 동기 중 인플루언서인가 에세이스트인가, 정확히 무엇으로 먹고사는지 그로서는 알기 어려운 이가 있었다. 형광색 벙거지 모자를 쓰고 모임에 온 그 동기는 청첩장을 펼쳐 보다가 그에게 물었다.

"그래서 어때, 너는 사랑해?"

그는 대답했다.

"당연히 사랑하지."

집으로 돌아오는 길. 좌회전 우회전 신호 대기 직진. 사랑하지. 사랑이 뭔데. 이게 사랑이지. 이 정도면 굉장히 사랑 아닐까. 하하. 역시 재밌는 녀석이야. 그는 그녀와 함께 식기세척기와 건조기와 의류 관리기를 골랐고 거실에 텔레비전을 두지 않기로 결정했다. 청첩장의 디자인은 다양했고 스튜디오 촬영의 관습은 복잡했다. 그는 '신부가 원하는 대로'라는 대원칙을 세웠다. 가끔은 그녀가 원하는 것을 그녀보다 빨리 눈치채기 위해 노력하면서 해야 할 일의 목록을 순차적으로 지워나갔다. 그중 하나는 그녀를 따라 예비신자 및 혼인 교리 교육을 이수하는 것이었다. 마침내 도심지의 작은 성당에서 그녀와 나란히 무릎을 꿇었다.

파이프오르간 소리가 울려 퍼졌다. 스테인드글라스로 스미는 오후의 햇살이 반짝거렸다. 그녀의 웨딩드레스는 단상에 장식된 백합만큼 하얬다. 그녀는 꼭 그럴 필요가 있느냐는 입장이었지만, 그의 권유에 따라 아예 구매한 웨딩드레스였다. 사제가 "저는 결혼 생활을 해보지 않았는데……"라며 말씀을 시작했고 하객들 사이에서 잔잔하게 웃는 소리가 났다. 그가 전에 들어본 적이 있는 유머였지만 어느 때보다도 매력적이었다. 사제가 그와 그녀의 이름을 부르며 신랑과 신부는 일어나달라고 말했다. 그는 무릎을 꿇을 때 지난 삶의 일부를 잃은 듯했으나 일어나면서 남은 삶의 전부를 얻은 것 같았다. 식이 끝난 뒤 그녀는 또 우는 줄 알았다며 그를 놀렸다. 신혼여행으로 간 섬은 너무 멀어서 이 세상 같지 않았다. 캐리어를 끌고 돌아와 함께 살 집의 현관으로 들어설 때, 그녀는 그에게 "피곤하지?"라고 물었다. 그는 "아니, 전혀"라고 대답했다. 그가 그 집에서 한 첫 번째 거짓말이었다.

평일 저녁이면 각자의 직장에서 돌아와 거실에 있는 식탁에 마주 앉았다. 따뜻한 음식을 천천히 먹었고 "그래"라거나 "지금?" 같은 짧막한 말을 나누다 웃었다. 가끔 그녀가 푸념을 섞어 늘어놓는 직장 이야기를 그가 전부 이해한 것은 아니었다. 그러나 그는 설거지를 하고 차를 끓이고 목욕물을 받을 수는 있었다. 그는 금요일에는 그녀를 태우고 근교에 갔고 토요일에는 마트에서 카트를 밀었으며 일요일에는 짜파게티 요리사가 되었다. 짜라짜 라짜짜 짜아파게티. 그는 주방에서 그 노래를 흥얼거렸다. 그녀가 지나가다 "당신이 이런 사람인 줄 알았으면 내가……" 하면서 그의 엉덩이를 팡팡 쳤다.

첫 결혼기념일에는 기념사진을 찍었다. 그녀는 웨딩드레스를 꺼내 입었고, 그는 그녀가 선물한 흰 바지를 입었다. 아이를 갖자는 계획을 세웠고 즐겁게 노력하다가 나중에는 병원을 드나들었다. 기계와 약물. 체조와 명상. 그렇게 1년을 보내고 첫 임신에 성공했다. 그 아이는 8주 만에 유산되었다. 태명을 정하기도 전이었다. 그녀가 병원 침상 위에서 울었던 이틀 동안 그는 가습기의 물을 갈고 과일을 깎고 그녀의 손등을 쓰다듬었다. 임신 자체를 인지하지 못한 경우를 포함해 열 명 중 네 명은 자연 유산을 겪는다는 통계는 도움이 되지 않았다. 그즈음 어느 퇴근길에 그는 처음으로 혼자 성당에 들렀다. 성가대의 노래가 흘러나오는 동안, 그는 성당 밖 벤치에 잠시 앉아 있었다.

그가 서른아홉이 되고 몇 달이 지난 어느 밤. 신음과 비명과 울음 속. 뭐가 뭔지 알기 어려웠는데 간호사가 그의 손에 서늘하고 날카로운 물건을 쥐여줬다. 가위였다. 그는 탯줄을 잘랐다. 간호사가 핏덩이를 수건으로 닦아내며 낭랑하게 말했다.

"밤 11시 49분이고요. 여아예요. 눈, 코, 입 뚫려 있고요. 귀 두 개요. 손가락 하나 둘 셋 넷 다섯… 발가락 하나 둘 셋 넷 다섯… 외관상 특이점은 없어요. 축하드립니다."

그것이 꼬물거리는 손으로 그의 손가락을 움켜잡았다. 사람이었다. 사람이 사람을 낳다니. 열 달 동안, 어쩌면 평생 아내의 몸에서 일어난 신비하고도 가혹한 일에 대하여 그는 겸손해졌다. 그는 아기를 돌보다가 출근했고, 아기에게 좋은 음식이나 장난감 따위를 검색하다가 퇴근했다. 아내의 경력 손실을 최소화하기 위해 그는 남직원은 육아 휴직을 사용하지 않는다는 사내 불문율을 깼다. 몇몇 상사가 빈정거렸지만 그는 개의치 않았다. 회사에는 그와 같은 직군으로 2백여 명이 근무했고 그중 열한 명은 정확히 그와 같은 역할을 하고 있었다. 하지만 세상 어떤 무대에서도 그녀의 남편은 자신 하나뿐이었고 그 사실을 떠올리면 알 수 없는 용기가 솟았다.

무럭무럭 자라날 아기를 고려해 더 큰 집을 구했다. 이사를 하면서 구청 수영 대회에서 받은 동메달은 챙겼지만 목공방에서 만든 스툴은 버렸다. 젊은 때 입던 옷가지의 반 정도를 기부했고 오래된 전자기기 몇 가지를 폐기 업체에 넘겼다. 그중 노트북에는 블랙박스 영상이 저장되어 있었지만 그는 그 사실을 잊은 뒤였다. 새로운 집에서의 첫 번째 밤, 짐 정리가 덜 된 거실에서 조촐한 축하를 하기로 했다. 뜯지 못한 상자와 조립해야 할 가구, 신문지로 싼 화분과 장난감 자동차 사이의 식탁. 작은 케이크 위에 초가 하나 꽂혔고 그가 거실의 조명을 껐다. 식탁을 둘러싼 어둠과 창밖의 밤. 그는 멀리에서 굶고 울고 헤매는 사람들, 부딪히고 무너지고 있을 것들을 잠시 애도했다. 그리고 촛불 하나가 밝히는 식탁과 그녀, 그녀가 안고 있는 아기를 보았다. 그러고 보니 결혼하고는 같이 연극도 한 편 못 봤네, 생각하며 그가 식탁으로 다가가려 할 때 그녀의 말.

"잠깐."

그가 엉거주춤 멈춰 "왜?"라고 묻자 그녀는 깜빡한 무엇을 떠올리려는 듯 그를 보다가 말했다.

"아니. 아무것도 아니야."

그는 폴라로이드 사진처럼 작고 예쁜 풍경 속으로 걸어가 그의 아내와 아기의 곁에 앉았다. 아기가 무언가를 붙잡으려 허공에 팔을 뻗어 휘두르다 웃음을 터뜨렸다. 그녀가 아기의 이름을 부르며 "뭐가 재밌니, 응?" 하고 덩달아 웃었다. 그는 어떤 것들은 예고될 수 없으며 호명될 뿐이라고 생각하며 담대해졌다. 당장 해야 할 일은 단순하고 명료했다. 그는 촛불을 끄고 어둠 속에서 손뼉을 쳤다.

안온한 일상이라는 전조등이 꺼진 순간들

최혜림 인천대학교 기초교육원 교수

　　김기태의 「전조등」은 한 남자의 인생 기록이다. 삶의 기록이라 했지만 「전조등」은 '그'의 주관을 기록하기보다, 한 발짝 물러난 무심한 어조로 한 아이의 아버지가 된 30대 중후반 남자의 인생 여정을 담담하게 서술하고 있다.

　　군청 공무원인 아버지와 농협 창구원인 어머니 사이에서 4남매의 막내로 태어난 그는 비교적 평범하고 평탄한 삶을 살아왔다. 여섯 식구가 살기엔 좁은 반양옥 단독주택에 살았으나 그의 가족들은 불행한 뉴스를 보며 '우리는 이렇게 잘 살고 있으니 얼마나 다행이냐'고 말할 수 있을 정도의 안정은 누릴 수 있었다.

　　아버지의 말처럼 계획에 없이 '우연히' 태어난 그는 '전형적이고 평범한' 학창 시절을 보낸다. 대한민국에 사는 대부분의 중고생들이 들어봤음 직한 '공부 안 하면 나중에……'라는 훈화를 들으며, 여느 중고생들처럼 야간자율학습에 빠지지 않았다. 다행히 그는 '상위 7프로 안에 들어야 진학할 수 있는 서울 소재 대학의 통계학과'에 입학하게 된다. 이렇게 그는 어떠한 특별한 고난도, 특기할 만한 사건도 없이 유소년기를 무사히 보냈고 "네모나지도 둥글지도 않은 안경"을 쓴 스무 살내기 대학생이 되었다. 그의 특기할만한 대학 생활은 연극부 활동인데 이것도 평범한 대학생의 '정도를 넘지 않는 일상 탈출' 정도의 활동이었다. 그는 연극부에서도 그의 성격답게 주인공보다는 주인공의 선후배 역할을 하며 무대 위에서보다 무대 뒤에서 더 많은 일을 했다. 그는 대학에 와서도 특별하고 '개성'이 넘치는 사람이라기보다 무색의 눈에 띄지 않는 청년이었다. 대학 시절 연애조차 평범했는데 "3년간 이어진 연애에서 그는 좋은 남자친구의 역할이란 어떤 것인지 꽤 배우기"도 했다.

가장 '나다움'이 발휘될 수 있는 대학 시절을 이렇게 마무리한 그는 별 우여곡절 없이 취직하게 된다. "신중한 성정이 깃든 무색무취의 생김새까지 인재상에 부합"한 그는 완성차 제조업을 기반으로 하는 대기업에 취직한다. 그는 여느 직장 초년생처럼 여러 보험에 가입하고 주택청약과 연금 저축 상품에 납입도 시작했다. 회사에서 그는 "야심도 불만도 입 밖으로 내는" 적이 없었고, 동료들은 그런 그를 누군가에게 소개하고 싶어 했다.

그는 여러모로 모나지 않았고, 동료들에게 긍정적인 평가를 받는 한 사회인으로 20대의 인생을 완성한다. "횡단보도로만 길을 건널 것", "모르는 사람을 따라가지 말 것", "친구네 집에 들어갈 때는 신발을 가지런히 둘 것"과 같이 "대개 무언가를 이루기보다는 당하지 않기 위한 지혜"가 담긴 목록이 적힌 쪽지를 일곱 살 무렵에도 지니고 다녔던 그는 부모님의 바람대로 인생의 '쓴맛'이나 '큰 불행'의 화살을 피해 안정적인 직장인이 되었다. 그는 성실하게 직장 생활을 하며 4~5년이 지나는 동안 네 명의 애인과 길지도 짧지도 않은 시간을 보냈다. 똑같은 장소에서 다른 여성을 만나는 실례를 범하지 않으며 성실하게 데이트 장소를 물색했으며, 흔하다면 흔한 남녀 간의 만남과 헤어짐을 반복했다. 그러다 서른셋의 그는 잠들기 전 자주 뒤척거렸다.

　　'나다움을 찾아 퇴사하고 여행을 떠났습니다. 나다움을 유지하는 다섯 가
지 습관을 알아볼까요. 나답게 살기 위해 비혼을 선택했어요. 그는 "나다운
게 뭔데! 나다운 게 뭐냐고!"라고 소리 내보고 큭큭 웃었다. 그것 또한 언젠
가 본 드라마 주인공을 흉내 낸 것이었으므로 그는 다시 큭큭 웃었다. 그리
고 자기다운 게 뭔지 생각하다 자기답게 사는 게 지겨워졌다.
　　그는 자신이 앞으로 무엇이 될 수 있을지 떠올려보려고 했다. 장래 희망
이라는 말은 조금 우스웠다.(16쪽)

　평범한 미혼의 직장인으로서 충실하게 살던 그는 문득 '나다움'이 무엇
인가에 대해 생각해보게 되지만 자기답게 살아야 한다는 말, 장래 희망이
라는 말이 우습게 느껴졌다. 그는 인생이라는 잘 짜여진 무대를 '실재'라
믿고 있는 훌륭한 배우처럼 보인다. 그러나 평온한 인생 여정을 걸어왔다
해서 그를 하이데거가 언급한 이른바 '세계의 안온한 일상성' 속에서 안주
해 살고 있는 '세인(世人)'이라 지칭할 수 있을까? 그는 그를 둘러싼 사회 세
계의 '취약성' 혹은 '허구성'을 망각하고 '그것을 실재로 받아들이며' 인간의
궁극적 종착점인 죽음을 의식하지 않은 채 안온한 일상에 자신의 몸을 맡
기고 사는 인간처럼 보일지 모른다. 지금까지 그는 사회가 요구하는 '정상
성'의 범주를 넘어서는 일을 하지 않았고 그 궤도 자체의 무의미함을 의심
해보지 않은 채 그 누구보다도 충실히 자신 앞에 주어진 길을 걸어온 인간
으로 비치기 때문이다. 그러나 「전조등」 속에서 '그'가 차곡차곡 쌓아 올린
일상이 그저 무의미하다고 냉소하고 뒤틀기엔 그가 과연 세계와 자기의 관
계 설정에 대한 성찰이 없는 인물일지 서사가 결말을 향할수록 의문을 품
게 된다.

　작가는 한 인터뷰에서 "때때로 우리는 참되고 고유한 '나'를 찾아야 한다

는 압력에 지나치게 시달리는 것 같습니다. …(중략)… 그런 개성-신화의 배후에 작용하는 수상한 힘들을 해명하는 게 이 소설의 목적은 아니었지만, 소위 '정상성'에 결속되어 있는 인물이 동시에 '개성'에 대한 압력을 받을 때 어떤 선택을 할지 궁금했습니다. 저에게 주인공의 선택은 조금 의아하더라도 조롱할 수는 없는 무엇이었고요."라고 「전조등」에서 그려낸 인물의 '평범성-정상성'이 '조롱받거나' 부정적인 함의를 띠고 있지 않은 인물이라 말하고 있다. 굳이 작가의 설명을 참조하지 않더라도 「전조등」의 '그'를 따라가다 보면 그가 '안온한 일상'을 '절대적인 가치'라고 믿고 있는 인물로 단정하기 어렵다.

결혼 적령기에 이른 그에게 사람들이 이상형을 묻자 어느 날 자신의 이상형을 메모해본다. 생물학적 여성이면서 스스로를 여성으로 규정하는 이성애자 사람. 나와 모국어가 같은 사람. 흰 바지를 입지 않는 사람. 이 정도의 광의적인 규정이라면 그는 '아무나 만날 수 있을' 것 같았지만 "종업원을 무례하게 대하"거나 "신용카드 리볼빙서비스를 애용하는" 사람과 결혼할 수 없었고 무엇보다 "이 정도면 괜찮은……" 따위로 전자제품을 고르듯 배우자를 선택할 수 없었다. 그러던 즈음 그녀를 만났다. 직장인 극단에 나가고 있는 그녀는 "음식을 먹을 때에는 머리를 묶었으며 행상 할머니가 나타나면 껌이나 초콜릿을 사서 그에게 나눠줬"다. 그녀가 출연하는 〈12인의 성난 사람들〉을 보러 가서 무대 위 그녀와 눈이 마주친 듯한 기분이 든 후, 그녀는 그를 "아늑한 잠으로 빠져들 수 있"도록 만드는 존재가 되었다.

좋은 꿈. 좋은 꿈, 메시지를 나누고 누우면 가끔 얼떨떨해졌다. 이토록 좋은 일이 이토록 평범한 방식으로 이루어질 수 있다는 것이 의심스러웠다. 그럴 때 그는 하얗고 포근한 양을 세듯, 울림소리가 많은 그녀의 이름을 입안에서 굴려보곤 했다. 그러면 곧 아늑한 잠으로 빠져들 수 있었다.(19쪽)

　이렇게 사랑이 이루어질 수 있다는 것이 의심스러울 정도로 그의 사랑
은 너무나도 '평범한 방식'으로 찾아왔다. 그녀와 결혼을 꿈꾼 그는 고심
끝에 프러포즈 장소를 바다로 정하고 바위 해변을 마주한 프라이빗 빌라를
예약했다. 언제나 꼼꼼하게 계획해서 일을 처리하는 그는 '청혼'을 위한 계
획 또한 치밀했다. 그러나 그의 청혼 프로젝트는 여행 출발부터 계획에 어
긋나기 시작한다. 휴일이라 차가 밀려서 예상 시간 안에 그곳에 도착할 수
없게 되었고 고속도로를 우회하다 그녀의 청으로 예정에도 없던 성당에 들
르게 된다. 이와 같이 그에게 가장 완벽해야 할 청혼의 순간이 예기치 못한
상황으로 치닫게 되고, 설상가상으로 목적지를 향해 다시 자동차 시동을
걸었을 때 차의 한쪽 전조등까지 나가고 말았다. 그는 전조등이 꺼진 차를
세우고 차 밖으로 나가서 주위를 살피다 털고무신 한 짝을 발견한다. 혹시
나 차 사고가 아닐까 사람의 흔적도 찾아보지만 아무것도 발견할 수 없었
다. 그때 차 안에 있던 그녀는 청혼 반지가 주머니에 들어 있는 그의 재킷
을 걸치고 나온다.

> 그는 그를 부르는 소리를 따라 발걸음을 옮겼다. 그녀 앞에 섰을 때 그는
> 약간의 불안은 청혼이 요구하는 진정성의 일부라는 걸 받아들였다. 그녀는
> 재킷 주머니에 손을 넣고 있었다.
> "안에 있는 거. 꺼내봐."
> 그녀가 "어, 음, 응." 같은 소리를 내며 반지함을 꺼내 들었다. …(중략)…
> 그녀에게서 반지함을 받아 들 때 그는 결정적인 열세 번째 조건이, 그것이
> 정확히 무엇인지 깨닫기도 전에 충족되었다고 느꼈다.(23~24쪽)

　그의 청혼은 자신의 계획을 완벽하게 빗나간 예상 밖의 장소, 상황에서
돌발적으로 이루어졌다. 그의 세심한 청혼 시나리오 속에서는 전혀 없었던
청혼 장면이었지만 그는 청혼의 순간이 매우 만족스러워 눈물까지 흘렸다.

자동차가 전조등의 안내로 운전자가 안정적으로 시야를 확보하고 앞으로 순조롭게 나아가듯이, 그의 삶은 안정적 미래를 위해 현재를 성실히 살아가며 예상 가능한 미래로 나아가고 있었다. 그러나 정작 그가 큰 의미를 부여한 프러포즈 의식은 자동차의 전조등이 갑자기 꺼진 돌발 상황 속에서 계획(예상 가능성)이 무참히 깨어진 상태에서 이루어졌다.

전조등이 꺼짐으로써, '그'는 자신도 의식하지 못한 채 교통사고를 내고 털 고무신 주인을 다치게 했을지도 모른다(「전조등」은 이 부분을 미해결의 사건으로 남겨놓고 있다). 그러므로 '전조등이 꺼진' 순간이 그에게 우연히 프러포즈의 계기로 표면화되었지만, 한편으론 교통사고라는 불행한 사건으로 진행될 수도 있었다. 순간의 갈림길에서 운명은 그를 프러포즈라는 행운의 길로 안내했고, 차 사고의 사건은 그의 운명을 다행히 비껴나가는 것처럼 보인다.

이 장면에서 「전조등」은 삶 자체가 '행운과 비운의 모든 가능성이 열려 있는' 가운데 때로는 행운으로, 때로는 불운으로 한 개인과 엮이게 된다는 '근원적인 삶의 우연성'에 대한 통찰을 보여주고 있다. 물론 30대 중반에 이르기까지 그에게는 뜻밖의 불운이 없었지만 털 고무신의 주인이 시체가 되어 나타나는 비운이 그의 인생에 개입되지 않으리라는 보장이 없다. 그러므로 삶의 전조등이 꺼지는 순간들은 매우 설레면서도 두려운 인생의 찰나이다.

어느 평론가의 분석처럼 "김기태의 「전조등」은 그 중간의 거리를 유지하며 누군가의 삶을 응시할 때 드러날 수 있는, 비극이나 희극으로 환원되지 않는 삶의 근원적 연극성을 보여주고 있는" 작품일 수 있다. 그러나 「전조등」을 '삶이라는 연극'의 배역을 충실히 수행하는 한 남자를 통해 그가 발 딛고 있는 세계의 허위성을 폭로하는 작품이라 읽어내는 것은 다소 거친 독법일 수 있다. 「전조등」은 이제는 현대소설의 흔한 주제가 되어버린 '삶은 한 편의 연극'이라는 메시지를 넘어, 잘 순치된 일상을 깨고 불쑥 출현하는 미결정의, 암흑 속에서 맞닥트린 한 개인의 운명적 찰나를 포착하고 있다. 그러므로 「전조등」이 보여준 통찰은 마치 전조등의 환한 불빛에 따라 순조롭게 운행하는 일상적인 여정의 무의미함, 삶의 연극성을 폭로하려는 데 있기보다는, 자동차의 전조등이 꺼져서 빚어지는 인생의 사건, 즉 인생의 불확정적인 찰나를 포착해내는 데서 빛난다. 이런 맥락에서 어린 생명과 함께 촛불을 끄고 손뼉을 치며 앞으로 자신의 인생에 어떠한 일들이 불쑥 개입될지 어둠 속에서 기다리고 있는 그의 모습이 「전조등」의 마지막 장면인 점은 매우 인상적이다.

'그'는 아니 우리는 멀리 보면 매우 평범하고, 예상 가능한 일상을 살아가고 있지만, 우리의 일상도 마치 전조등이 꺼진 자동차처럼 코앞에 일어날 일을 전혀 예상치 못한 채 앞으로 나아가야 하는, 일상 속에 불쑥 '사건'이, 어떤 '운명'이 개입이 되는 순간이 찾아온다. 이런 맥락에서 「전조등」에 그려진 세세한 그의 일상은 '전조등이 꺼진 암흑의 순간'의 사건을 향해 달려 나가는 '빌드 업'의 조각들이다. 인생의 어떤 것들은 "예고될 수 없으며" 단지 "호명될 뿐"이다.

지하철은 왜 샛별인가

김멜라

2014년 『자음과모음』 신인문학상을 수상하며 작품 활동 시작.
소설집 『적어도 두 번』 『제 꿈 꾸세요』가 있음.
젊은작가상, 문지문학상, 이효석문학상, 퀴어문학상 수상.

지하철은 왜 샛별인가

승객 여러분께 안내 말씀드립니다. 열차 문이 닫힐 때는 무리하게 타지 마시고, 다음 열차를 기다려주시기 바랍니다. 열차 출발합니다.

기관사의 육성 안내방송과 함께 문이 닫히자 낮은 발차음을 내며 지하철이 움직였다. 닫히는 스크린도어에 발을 밀어 넣어 출발을 지연시킨 남자는 검정 배낭을 메고 승객들 틈에 서 있었다. 낡은 배낭은 봉제선이 터져 실밥이 나풀거렸고, 은색 수직 봉을 붙잡은 손은 핏물이 스며든 것처럼 손톱 사이사이가 검붉었다. 남자는 혼잡한 승객들 사이를 비집고 들어가 좌석에 앉은 한 여자 승객 앞에 섰다. 여자와 시선이 마주치자 그는 점퍼 주머니에서 잿빛 야구모자를 꺼내 머리에 눌러썼다.

금요일 밤, 사당행 열차가 지하터널 속을 빠르게 달려갔다.

곡선 선로로 접어들며 열차가 허리를 비틀자 손잡이를 잡은 승객들의 몸이 한 방향으로 기우뚱 쏠렸다. 천장에 매달린 저쥐들도 원을 그리며 흔들렸다. LED 전광판에는 또 다른 저쥐 떼들이 미끄덩한 콧물 덩어리 같은 배설물과 함께 엉겨 붙어 있었다. 좌석에 앉은 여자가 인중에 맺힌 땀을 닦아내고는 가방에서 유리병을 꺼냈다. 커피가 담긴 유리병 뚜껑을 열자 투명한 줄 끝에 매달린 저퀴들이 동시에 공벌레처럼 몸을 동그랗게 말았다. 귀리 껍질 같은 저퀴의 알들이 우수수 병 속으로 떨어졌다. 꿀꺽꿀꺽 여자가 무설탕 아메리카노를 들이켰다. 곧이어 열차 안에 퍼지는 흥거운 〈얼씨구야〉 소리. 가야금과 해금의 연주가 흐르자 내리려는 승객들이 출입문이 열리는 방향으로 몸을 틀었다. 높은 쇳소리를 내며 열차가 승강장에 멈춰 섰고, 타고 내리는 승객들 사이로 잡귀들이 올라탔다.

"쑤어나라! 쑤어나라!"

콩깍지처럼 부풀어 있는 저퀴 주머니를 후려치며 시오가 저퀴를 쫓는 주문을 외쳤다. 날염한 민소매 티셔츠에 자홍색 홍학이 그려진 반바지를 입은 시오는 풀쩍 짐칸 위로 뛰어올랐다.

"쑤어나라, 헛쉬! 헛쉬!"

삼베옷을 입고 짚신을 신은 초구도 개구리처럼 뛰어올라 선반 위에 엎드렸다. 초구는 무릎 높이만 한 감태나무 지팡이를 휘두르며 천장에 들러붙은 저퀴를 떼어냈다. 두 잡귀는 짐칸을 기어 승객들의 머리 위를 지나갔다. 좌석에 앉은 승객의 얼굴을 살피며 기어가던 시오가 맨 끝자리에 멈춰 선반 프레임 아래로 고개를 내밀었다. 또 옴 짓을 하려는 것이었다.

"마지막까지 그래야 해?"

초구가 수평 봉에 한 손으로 매달리며 시오를 막아섰다. 시오와 초구 사이에는 숱 없는 회색 머리칼이 마른 풀처럼 엉킨 노인이 졸고 있었다. 누가 봐도 임신 가능성이 없는 승객이었다. 지하철 공중도덕을 지키지 않는 승객에게 옴을 던지는 시오는 임신부 배려석은 더 각별하게 수호했다. 임신과 무관한 승객이 핑크석에 앉으면 도마뱀처럼 긴 헛바닥으로 승객의 목덜미를 감아 옴을 묻혔다. 긴 설소대에서 나온 옴이 붙은 승객은 내려야 할 역을 지나치거나 계단을 오르다 앞사람의 가방에 이마를 맞거나 열차 안에 중요한 소지품을 두고 내렸다. 옴이 불러오는 불운은 그 정도였다.

"안 비켜? 안 비키면 다 죽인다?"

뻔한 허풍을 늘어놓으며 시오가 눈을 부릅떴다. 초구도 물러서지 않았다.

"어차피 가실 날이 얼마 안 남았어. 무릎이 쑤셔서 서 있으실 수도 없다고."

초구가 감태나무 지팡이로 노인의 무릎을 가리키며 말했다. 노인은 주름진 입술을 오므린 채 단잠에 빠져 있었다. 초구는 오늘 노인이 다녀온 단골 국숫집 얘기를 시오에게 전하며, 이대로 평화롭게 노인을 이촌에 사는 막내딸의 집에 보내주자고 설득했다.

"근데 왜 이건 멀쩡해, 거짓말 아냐?"

시오가 초구의 삼베 천을 벗기자 귓바퀴를 따라 구부러져 있던 초구의 촉수들이 천천히 일어섰다.

"사방이 다 저쉬잖아. 한 번 묻으면 떼어내기도 힘들다고."

초구는 서둘러 굴건을 머리에 다시 쓰고는 저쉬의 배설물이 묻지 않게 천을 둘러싼 짚 끈을 동여맸다. 초상집에서 삼일 상을 치르다 온 듯한 행색의 초구는 수명이 얼마 남지 않은 승객을 알아챘다. 초구의 표현에 따르면 '저승풍이 든 사람'이라고 했다. 달팽이의 더듬이 같은 초구의 촉수가 그 저승의 냄새를 감지했다. 어떤 죽음은 시큼한 자두 냄새가 났고, 어떤 죽음은 다락방 먼지 냄새를 풍겼다. 어떤 죽음에선 풀물이 든 낫에서 맡을 수 있는 젖은 들판의 냄새가 났다. 머리에 달린 두 개의 촉수가 저승풍을 감지하면 초구는 눈두덩이가 붓고 입술이 부풀었다. 땅콩 알레르기가 있는 사람이 땅콩잼을 먹은 것처럼, 초구는 호흡이 빨라지면서 피부에 두드러기가 올라왔다. 심할 땐 팔다리를 떨며 쓰러지기도 했다. 노인의 저승풍을 느낀 초구는 벌레에 물린 것처럼 조금씩 윗입술이 부풀었다.

쪽.

그 입술에 시오가 입을 맞췄다.

"지하철에서!"

새된 소리를 내며 초구가 시오의 어깨를 밀쳤다. 속으로는 자기도 좋은 지 이내 입가에 웃음이 번졌다. 환승역임을 알리는 〈얼씨구야〉 노래가 나오자 시오가 두 팔을 들고 어깨춤을 췄다. 두 잡귀는 마치 두 마리의 너구리처럼 서로의 등에 번갈아 올라타며 다른 칸으로 옮겨갔다. 허공을 할퀴는 듯한 바람 소리를 내며 열차가 터널을 달렸다. 단 한 번도 햇빛이 비치지 않은 지하에는 저퀴들이 무럭무럭 번식하고 있었다.

역마다 작은 표를 흡입하는 은백색의 개찰구가 있던 시절, 충무로역을 지날 때면 타고 내리는 잡귀들로 승강장이 북적거렸다. 열차의 안팎으로 눈에 보이는 무질서가 난무하던 시절이었다. 무임 승차객이나 지하도 구석에서 방뇨하는 이들이 드물지 않았고, 여자 엉덩이에 사타구니를 비벼대는 성추행범이 즐비했다. 객차 한가운데 서서 고무장갑이나 때수건을 파는 잡상인도 많았다. 좌석 위 짐칸에는 승객들이 버리고 간 여러 종류의 무가지가 수북하게 쌓였고, 촘촘한 벨벳 천이 깔린 긴 승객석에는 정체불명의 얼룩이 남아 지린내와 곰팡내를 퍼뜨렸다. 주행 종료 후 청소부가 좌석 쿠션 틈에 손을 넣고 쭉 훑으면 작은 동전 몇 개가 나오던 날들이었다.

디지털 잡귀들은 옴을 던지며 지하철의 질서를 바로잡았다. 인간이 다른 인간에게 느끼는 분노를 대신 처리해주고, 보이지 않는 저퀴의 세력을 흡수하는 지하의 액받이라고 할까. 잡귀들은 충무로역 지하 통로에 있는 '충무로 영상센터 오! 재미동'에서 흘러나온 디지털 이미지였다.

새로운 밀레니엄의 도래로 세상이 떠들썩하던 무렵, 갖가지 디지털 제품 출시와 함께 영상 산업은 호황을 누렸고, 도시 곳곳에 무료로 영화 감상을 즐길 수 있는 영상 자료실이 들어섰다. 3호선과 4호선을 잇는 환승역이자 한국 영화의 산실인 충무로에도 역사 지하 통로에 영상센터가 개관했다.

잡귀들은 센터의 벽장을 가득 채운 DVD 자료에 곤히 잠들어 있었다. 누군가 동그랗고 납작한 디스크를 기계에 넣고 재생하면 잡귀들은 알라딘의 램프 속 정령처럼 압축 파일에서 풀려나 지하철로 향했다.

잡귀들의 생김새는 영화 속 배우들과 닮아 있었다. 그러나 겉모습만 따왔을 뿐 실제로 영화에 출연했던 사람이 죽어서 잡귀가 된 것은 아니었다. 단지 진열대에 수북하게 쌓인 옷 중에서 하나를 고르듯 영화 속 이름 없는 단역의 형상을 뒤집어썼다고 할까. 영화에 출연한 수많은 엑스트라가 잡귀의 몸이 되었다. 주인공을 지나쳐가는 행인이나 멀리서 바라보는 구경꾼, 재난이 벌어지면 떼죽음을 당하는 익명의 무리, 우르르 등장했다가 좌르르 죽어가는 졸병, 한마디로 대사는커녕 배역 이름조차 없던 사람의 형상이 귀신 중에서도 서열이 낮은 디지털 잡귀가 되어 땅 밑을 떠돌았다.

"기업주 임금 동결 같은 소리 하고 있네. 최저귀신법 제정하라!"

누군가 디지털 잡귀의 신분을 두고 왈가왈부하면 시오는 신문 사설에 나올 법한 단어를 쓰며 욕을 퍼부었다. 그러면서 지하철의 파수꾼인 디지털 잡귀는 자신과 같은 단역만 맡을 수 있다고 주장했다.

"걔들은 살아 있을 때 다 해먹어서 지하로 못 내려와."

시오는 촬영장에 개인 의자가 있는 주인공이나 단독 조명을 받아본 조연은 혼잡과 무질서가 팽배한 지하철에서 과감한 옴 짓을 할 수 없다고 했다.

시오는 '시위대 5'의 줄임말로 1995년에 개봉한 영화 〈개 같은 날의 오후〉에 출연했던 단역이었다. 생김새나 복장은 영화에서 나왔지만, 인간의 신체와는 다른 이질적인 기관이 달려 있었다. 시오를 포함한 디지털 잡귀 모두 그랬다. 그들은 필름을 디지털화하면서 생겨난 불가사의한 잡종이었기에, 저마다 원인을 알 수 없는 돌연변이 형질이 접붙어 있었다. 시오가 옴질할 때 나오는 도마뱀 같은 혓바닥은 브라질 아마존을 촬영한 자연 다큐멘터리 필름에서 온 것이었다. 아마도 두 개의 필름을 디지털화하면서

컴퓨터 프로그램의 악성 코드나 바이러스 같은 게 옮겨붙은 게 아닐까. 시오는 지하도의 커다란 거울 앞에 혀를 내밀고 서서 혼자 짐작해볼 뿐이었다.

영화에서 각목을 못질한 피켓을 들고 시위대로 출연했던 시오는 잡귀가 되어서도 도시 곳곳의 시위 현장으로 갔다. 시오가 몸담았던 영화 〈개 같은 날의 오후〉는 의처증이 있는 남편에게 구타당한 아내가 아파트 광장으로 뛰쳐나가며 이야기가 시작된다. 100년 만에 닥친 불볕더위에 평상에 모여 수박을 먹던 아파트 여자들은 얼굴에 피멍이 든 채 맨발로 뛰쳐나온 이웃집 여자를 발견하고, 아내의 머리채를 잡고 끌고 가려는 남자를 다 같이 응징한다. 날아오는 발길질과 몰매에 기절한 남자는 응급차에 실려 병원으로 향하지만 도로 위에서 급사하고 만다. 예기치 못한 살인 사건에 경찰 기동대가 출동하고, 모여 있던 여자들은 뿔뿔이 흩어지는데, 그중 도망치지 못한 여자들이 아파트 옥상으로 올라가 끝까지 경찰과 대치한다. 옥상에서 버티며 진압대와 맞서는 이들, 바로 그들이 〈개 같은 날의 오후〉의 주인공들이었다.

"나도 숙 자매를 따라 옥상으로 갔어야 했는데."

시오는 지하철을 타고 시위 현장으로 갈 때면 영화 속 숙 자매를 떠올렸다. 숙 자매는 영화에 출연한 손숙, 임희숙, 송옥숙을 일컫는 별칭으로 시오는 그들을 시위대 선배로서 존경했다. 빨랫줄에 널어둔 이불로 간이 텐트를 만들고, 빈 통에 걸터앉아 번갈아 오줌을 싸면서도, 숨 막히는 더위와 배고픔, 기동 대장의 협박에 굴하지 않는 숙 자매의 기개를 본받고 싶었다.

디지털 잡귀의 특성상 인간이 해당 영상물을 재생할 때 그 장소로 소환되었기에 시오는 여성 인권 연구자들을 자주 만났다. 국공립 도서관이나 대학교 디지털 자료실에서 논문을 읽는 사람들이 〈개 같은 날의 오후〉를 보며 참고 자료로 활용했다. 시오도 처음엔 그들의 목에 올라타 '90년대 한국 영화 속 여성 캐릭터 연구', '영화 속 가정 폭력의 재현 양상', '영화 속 유흥업 종사자는 어떻게 착취되었나'라는 주제에 골몰했다. 그러나 얼마 못 가 시오는 지하철의 덜컹거리는 세계로 돌아갔다. 거기 앉아 논문에 달린 주석도 못 될 바에야 현장에서 아스팔트 농사를 짓는 게 낫다고 했다.

"까라 그래, 썅, 나도 이판사판이야!"

시오는 영화에서 시위를 주도하는 배우 정선경의 90년대 말투를 따라 했다. 영화가 제작된 그때부터 수십 년이 지나도록 세상의 쭉정이들은 얻어맞고 도망치고 막다른 길로 내몰리고 있다며, 시오는 자신도 숙 자매처럼 쭉정이를 지키겠다고 선언했다. 시오는 영화에서 옥상으로 올라간 이들을 세상의 쭉정이라 표현했다. 가정 폭력 피해자, 학대받는 노인, 술집 여성과 트랜스젠더는 현실에서 쭉정이보다 못한 대우를 받으니 자신이 지하철과 광야에서 그들의 피울음을 대신 외치겠다고 했다.

"누구도 자기 인생의 엑스트라는 없다. 쭉정이도 마음 놓고 지하철을 탈 수 있는 참세상을 만들자!"

시오는 시위 현장에서 주워들은 노래를 짜깁기해 혼자만의 출정가를 부르며 첫차에 몸을 실었다.

시오의 하루는 바빴다. 소금땀과 비지땀을 흘리며 투쟁하는 동지들과 어울려 가슴을 젖히며 구호를 외쳤고, 전경 버스에 오르는 사람의 어깨에 올라타 물대포를 쏘는 진압대의 겨드랑이를 간질였다. 시오의 얼굴은 햇볕에 그을려 새까맸고, 단발머리는 물대포에 맞아 흠뻑 젖기 일쑤였으며, 쉬어 터진 목소리는 쇳소리처럼 거칠었다.

그날도 시오는 충무로역에서 3호선을 타고 안국역에서 내려 수요집회에 참석했다. 어깨를 흔들며 〈바위처럼〉을 열창한 다음, 다시 충무로역에서 4호선을 타고 서울역 광장으로 가서 트랙터를 타고 상경한 전국여성농민회 총궐기대회에 참가했다. 보리농사 망하고 고추농사 조지고 남은 것은 빚더미뿐이라는 노래에 맞춰 시오는 주먹 쥔 오른손을 힘차게 뻗었다. 상자 값도 안 나오는 참외를 팔아 뭐 하겠느냐며 동지들이 잘 익은 참외를 한데 모아 트랙터 바퀴로 짓밟을 땐 그 절절한 심정에 온몸이 저릿했다. 전경들 방패에 기대어 칼칼해진 목을 막걸리로 달래는 동지들의 모습에선 진한 삶의 애수를 느꼈다. 어떤 영화의 클라이맥스보다 가슴을 치는 순간이었다. 바로 그날, 시오는 각목을 못질한 피켓을 어깨에 걸고 충무로역으로 돌아와 '오! 재미동'에서 초구를 만났다.

초구는 충무로 시대의 상징인 한 영화제의 트로피를 보고 있었다. 오! 재미동으로 가는 복도에는 한국 영화를 빛낸 배우들의 캐리커처가 그려져 있었고, 벽면에 설치된 브라운관에선 영화제의 수상 소감 장면이 재생되었다. 그 화면 옆에는 몇 배 크기로 확대한 트로피의 모형물이 주백색 조명 아래 영광스럽게 빛나고 있었다.

에밀레종을 들어 올리는 두 사람의 금빛 형상.

초구는 그 트로피의 세계를 동경했다.

'초상집 9'라는 이름의 초구는 1996년에 개봉한 영화 〈축제〉에 출연한 엑스트라였다. 초구 역시 대본에 적혀 있지 않은 단역이었고, 영화에서 상복을 입고 사람들 틈에 앉아 잠깐 곡소리를 내다 흔적도 없이 사라지는 역할이었다.

초구는 자신의 연기 이력을 살려 지하철에 울 일이 생기면 누구보다 먼저 눈물이 스미고 목이 멨다. 승강장에 스크린도어가 생기기 이전, 선로에 뛰어드는 사람을 보면 초구는 저승풍을 맞아 한동안 압축 파일 속에 드러누워 끙끙 앓았다. 초구의 곡소리는 생물과 무생물을 가리지 않았는데, 한번은 차량사업소에 주박해 있던 전동차가 낙뢰를 맞았다는 소식에 그곳으로 달려가 열차의 하부 프레임을 잡고 통곡했다.

자신은 저승풍이나 쫓는 잡귀일 뿐이라며 낮은 지팡이를 짚고 허리를 숙인 채 지하도를 오갔지만, 초구는 오! 재미동의 어느 잡귀보다 더 국제적으로 소환됐다. '장례, 전통문화, 동양의 장례식, 한국의 전통 축제'라는 키워드로 검색한 이국인들이 인터넷으로 〈축제〉를 볼 때면, 초구도 저 멀리 칸이나 베를린으로 향했다. 특히 파리 8구역에 사는 피에르는 영화 속 상복차림을 좋아했는데, 시신의 콧속에 솜을 넣고 삼베로 둘둘 말아 관에 넣는 장면을 몇 번이나 돌려 봤다. 그날도 피에르는 자신의 매트리스 위에 누워 도시락 김을 와작거리며 염하는 장면을 감상했고, 초구는 열차 운행이 끝난 시간에야 충무로로 돌아왔다. 시차 적응으로 인한 가벼운 현기증을 느낀 초구는 트로피 조형물을 보며 지친 심신을 달래고 있었다.

"뭐야, 여자 둘이 젖을 맞대고 있네?"

크고 걸걸한 목소리에 놀란 초구가 뒤를 돌아봤다. 추레한 옷차림의 시오가 짙은 참외 향을 풍기며 서 있었다. 시오는 트로피를 보며 웃었다. 종을 들어올리는 두 사람의 가슴을 정확히 가리키며.

이런 상스러운 잡귀가 다 있나.

초구는 대중교통 장소에서 보란 듯이 음란한 단어를 내뱉는 시오를 경멸의 눈으로 훑었다. 각목을 못질한 피켓에는 '생존권 투쟁'이란 글자가 핏방울처럼 선명한 붉은색으로 적혀 있었다. 날염한 민소매에 슬리퍼를 신은 차림은 집 앞에 음식물 쓰레기를 버리러 가는 여자 같았다. 격조 높은 트로피를 향해 팔을 들고 말할 땐 민소매 사이로 겨드랑이털까지 보였다. 초구는 치마저고리를 단정하게 오므리며 경망스러운 잡귀에게서 물러섰다.

"난 이만, 한국의 축제를 찾는 손길이 많아서."

초구가 뒷걸음치자 시오가 초구의 팔을 붙잡았다.

"봐, 여자 둘이 가슴을 대고 있잖아."

초구는 시오의 억센 손길을 뿌리치면서도, 자기도 모르게 시오가 가리키는 곳을 보았다. 여태껏 초구는 단 한 번도 조형물 속 형상을 여자와 여자로 보지 않았다. 그러나 시오의 말을 듣고 나니 왠지 마주 선 두 사람의 가슴과 골반이 유독 도드라져 보였다. 본래 트로피는 종을 두 손으로 떠받친 여자를 마주 선 남자가 감싸 안는 형상이었다. 그런데 시오의 확신에 찬 어조 때문인지, 그때부터 초구는 두 여자가 가슴을 맞대고 있는 것처럼 보였다.

"어디서 온 잡귀인진 모르겠지만, 이 트로피는 최고의 작품을 만든 영화인의 노고를 기리는 거야. 여자니 남자니, 그런 게 중요한 게 아니라고."

초구는 머리에 쓴 삼베 천을 바로 하며 말했다.

"금융 마피아 구조 조정 칼 빼는 소리 하네. 누가 봐도 여자랑 여잔데, 그게 안 중요해?"

시오가 말했다. 초구도 물러서지 않았다. 두 잡귀는 수상은커녕 후보 문턱에도 못 가본 디지털 이미지였지만, 트로피 조형물 앞에 서서 논쟁을 벌였다. 그러다 나중에는 누가 영화에 더 오래 출연했는지 겨뤄보자며 오! 재미동 영상실에서 잠복을 시작했다.

두 잡귀는 〈개 같은 날의 오후〉와 〈축제〉를 보는 센터의 이용자 뒤에 서서 자신이 나오는 순간을 초조하게 기다렸다.

"여기, 여기야."

시오가 모니터를 가리키며 말했다. 영화 중반, 옥상에 갇힌 여자들을 응원하기 위해 아파트로 몰려오는 시위대 속에 시오가 있었다. 그러나 시오가 손으로 짚은 희끄무레한 점을 아무리 들여다봐도 시오의 푸석한 단발머리조차 알아보기 힘들었다.

"이것도 편집될 뻔한 거야."

시오는 폭력 남편이 아파트로 뛰쳐나올 때 자신도 같이 수박껍질을 던지고 슬리퍼로 뺨을 후려쳤지만, 개봉할 땐 다 잘려버렸다고 했다.

"원래 작품을 만들 땐 다 그런 거야."

초구는 영화에서 좋은 연기를 했다면, 편집되어도 배우로서 만족해야 한다고 했다.

"좋은 연기가 뭔데?"

시오가 물었다. 초구가 감태나무 지팡이를 옆구리에 끼고서 말했다.

"예를 들어, 배우가 영화에서 세수한다 쳐. 보통 연기는 손에 물을 묻혀 얼굴만 닦지. 하지만 좋은 연기는 세수할 때 얼굴이랑 목을 닦고 코까지 펭 푸는 거야."

초구는 드러나지 않는 세상의 이면까지 연기에 담아내는 게 좋은 연기이 자 배우의 본분이라고 했다. 카메라에 찍히지 않을 걸 알면서도 진심으로 망자를 위해 울었던 〈축제〉 속 자신처럼.

"저기 뒤통수, 저게 나야."

초구가 저고리 앞섶을 손으로 지그시 누르며 말했다. 영화의 오프닝, 상 복을 입을 사람들이 줄지어 서서 망자의 사진 앞에 절하는 장면이었다. 영 정 앞으로 상복 입은 남자들이 쫙 자리 잡았고, 여자들은 그 뒤에 서서 남 자들의 엉덩이에 대고 절했다. 그 대열의 끄트머리에 선 초구는 렌즈 밖으 로 밀려나 삼베 천을 쓴 뒤통수마저 삼각형으로 잘려 있었다.

"여자는 앞줄에 가지도 못하네."

시오가 말하자 또 그 소리냐는 표정으로 초구가 고개를 흔들었다.

"봐, 남자들은 절하고 향을 피우는데, 여자는 전 부치고 음식만 나르잖 아."

시오는 이런 고릿적 악습은 여농회 남부지부장의 트랙터로 깔아뭉개야 한다고 말했다. 초구가 감태나무 지팡이로 바닥을 내리치며 명작 앞에서 입조심하라고 호통쳤다.

"같이 시루떡이나 먹으러 갈래?"

영화의 재생 시간이 절반도 채 지나지 않았을 때 시오가 말했다. 시오는 각목 끝으로 삐져나온 나무껍질을 뜯으며 수줍은 듯 얼굴을 붉혔다. 같이 시루떡을 먹으러 가자는 말은 잡귀들 사이에서 데이트 신청이나 다름없었 다. 쌍둥이별을 꿈꾸는 '손님 잡귀'가 '발님 잡귀'에게 건네는 말. 그때만 해도 초구는 시오가 자신의 쌍둥이별이 되리라 예상치 못했다. 저렇게 무식한 잡귀가 귀하신 마마님을 알까. 그렇게 생각하면서도 어느새 초구는 시오와 유실물 센터 선반에 등을 대고 앉아 싸리 바구니에 담긴 시루떡을 나눠 먹고 있었다. 초구는 떨어지는 팥고물을 점잖게 손으로 받치며 떡을 오물거렸다.

"너랑 나랑은 종을 들 수 없는 거 알아?"

끈적한 눈길로 초구의 삼베 천을 어루만지며 시오가 말했다. 종을 든다는 것은 마마님을 만나 귀신의 문으로 들어간다는 뜻이었다. 디지털 잡귀는 디스크 파일이나 인터넷 주소에 묶여 있는 자신들을 풀어줄 마마님을 만나고 싶어 했다. 마마님의 인도로 귀신의 문에 들어가 옴 짓도, 소환도 없는 해방 세상으로 가는 게 잡귀의 꿈이었다.

충무로역 오! 재미동에 사는 잡귀는 마마님을 만나는 것을 '종을 들어올린다'라고 말했다. 대종상 트로피의 에밀레종을 뜻하는 말이었다. 국회도서관 디지털 센터의 잡귀는 금배지 달고 의사봉을 때린다고 했고, 대학 도서관 미디어룸에선 '올 에이뿔'을 맞아 장학금을 탄다고 했다. 표현이야 어떻든 디지털 잡귀는 쌍둥이별과 함께 마마님을 만나 천문으로 들어가길 원했다.

"같이 마마님 찾으러 갈까?"

유실물 센터를 나서며 시오가 말했다. 이 잡귀는 날 뭐로 보고 이러는 걸까. 초구는 입가에 팥고물이 묻은 시오를 보며 생각했다. 시오와 일정한 거리를 둔 채 지하도를 걸으면서도 시오가 하는 말에 자신의 촉수들이 반응하는 걸 느꼈다. 시오가 왜 발님과 발님은 쌍둥이별이 될 수 없느냐고 물을 땐 디지털 생애 처음으로 촉수가 환한 빨간색으로 달아올랐다. 베옷을 입은 죄인은 몸에 지녀선 안 될 발칙한 색이었다. 게다가 귀신의 문은 손님 잡귀와 발님 잡귀가 짝이 되어 들어가는 게 당연했다. 아닌가? 초구는 자신의 쌍둥이별을 찾아 나서진 않았지만, 쌍둥이별이 되는 그 기준에 큰 불만이 없었다. 마마님을 만나게 될 거라는 허황한 꿈도 꾸지 않았다. 어디서 어떻게 마마님이 나타날지 아무도 모르니까. 그런데도 시오는 자신이 마마님을 만나는 방법을 아는 양 초구에게 같이 종을 들어올리자고 했다. 매일 열차 운행이 끝나면 오! 재미동 복도에 서서 초구를 기다렸다. 시루떡 사줄까? 우리 같이 쭉정이연대 만들래? 같이 긴 밤 지새울래? 너랑 나랑 바위처럼 살지 않을래?

초구는 그게 뭘 하자는 건지 알 수 없었다. 하지만 바위처럼 살자는 말은 좋았다. 시련 속에 자신을 깨우쳐 가며 세상의 주춧돌이 되자는 노래. 시오가 그 노래를 부르며 어깨춤을 출 땐 무슨 일인지 시오의 자홍색 홍학 바지도 영화 속 주인공의 옷처럼 특별해 보였다.

그날 이후 시오와 초구는 쌍둥이별처럼 붙어 다니며 지하철에서 옴을 던졌다. 그리고 얼마 뒤 처음으로 초구가 저고리의 옷고름을 푼 날, 시오는 초구에게 팔베개를 해주며 말했다.

"발님과 발님도 트로피를 들 수 있어야 해."

*

발 빠짐 주의
발 빠짐 주의
발 빠짐 주의

열차가 문을 열자 하차객과 승차객이 뒤엉키며 승강장이 아수라장을 이뤘다. 마치 탱고 스탭을 밟듯 바닥의 빈틈을 찾아 빠르게 발을 뻗는 사람들이 사방으로 엇갈렸다. 겉으로는 다른 사람과 시선을 마주치지 않은 채 무표정했지만, 속으로는 서로를 향한 독한 말을 내뱉고 있었다.

내린 다음에 타, 내린 다음에 타라고! 빨리 내려 이 새끼야, 문밖으로 꺼져!

저퀴는 승객이 품은 그 감정을 먹고 자라났다. 본래의 청록색 광택이 사라진 타일 벽에도, 천장의 환기구와 가파른 콘크리트 계단에도 인간의 악의를 먹고 번식한 저퀴들이 가득했다. 저퀴가 열차와 지하도에 뿜어낸 가느다란 줄을 연결하면 도시의 지하철 노선을 모두 왕복할 수 있을 정도였다.

한편, 저퀴의 알이 들어간 커피를 마시던 여자가 좌석에서 일어나자 잿빛 모자가 빈자리에 앉았다. 잿빛 모자는 해진 배낭을 짐칸에 올리고는 팔짱을 낀 채 눈을 감았다. 핑크석 노인은 잠에서 깨어 휴대전화기를 무전기처럼 붙들고 통화했다. 거의 다 와간다고, 어디냐고? 거의 다 와간다니까! 왜 이렇게 크게 말하냐고? 내 목소리가 뭐가 커!

블루투스 이어폰을 껴도 새어드는 노인의 목소리에 승객들은 기계의 음량을 높였다. 상단 봉에 줄을 감은 저퀴들이 비정형의 몸을 꿈틀대며 노인에게 몰려들었다.

"잘 안 들려서 그런 거야. 너희도 늙어봐, 늙어보라고!"

초구가 감태나무 지팡이로 저퀴들을 쳐내며 소리쳤다. 시오는 짐칸에 다리를 아래로 내려뜨리고 앉아 발을 까딱였다.

"그만하고 올라와. 영화 시작해."

시오가 팝콘을 먹듯 시루떡 끝을 뜯어먹으며 말했다. 열차가 강 위를 가로지르는 순간이 다가오고 있었다. 두 잡귀가 삼도천으로 떠나야 할 시간이기도 했다. 귀신의 문을 열지 못한 잡귀는 삼도천으로 가야 했다. 오! 재미동에 사는 디지털 잡귀 중에선 시오와 초구만이 남아 있었다. 두 잡귀도 깊은 강바닥에 가라앉아 다가올 재난을 피해야 했다. 피부로 스며드는 저퀴의 타액에 파묻힐 바에야 하수 폐기물 사이에 잠들어 있는 편이 나았다.

옴을 던지며 놀던 디지털 잡귀들이 하나둘 지하철을 등지기 시작할 즈음, 전동차도 잦은 고장을 일으켰다. 어느 날은 출퇴근 시간의 열차가 승강장의 정차선을 한참이나 벗어나 멈춰 섰다. 또 어느 날은 스크린도어와 출입문의 연동장치가 말썽을 부렸고, 어느 날엔 LED 전광판의 글자가 깨져 기괴한 모자이크 형상을 만들었다. 직교류 변환 구간이 아님에도 객차 안 전류가 끊겨 승객들이 몇 분간 캄캄한 폐쇄 공간에 갇혀 공포에 떨기도 했다.

절연체 문제일까. 변환설비나 견인전동기의 문제일 수도 있었다. 전문가들은 레일 결손이나 선로 신호기의 오작동 상황을 꼼꼼히 살폈으나 고장의 원인을 뚜렷이 밝혀내지 못했다. 그들은 무엇보다 노후한 열차의 탓이 크다고 여겼다. 누군가는 열차들이 단체로 파업하고 있는 게 아니냐며 농담했다. 틀린 말은 아니었다. 아무 감정 없이 역과 역 사이를 오가던 도시의 전동차는 어딘가 탈진한 듯 보였다. 같은 시간, 같은 장소에 다다르는 의무에 지쳤다는 듯 열차는 출입문을 닫은 채 출발하지 않았다.

늘어가는 저퀴의 수에 일 맛을 잃은 잡귀들도 옴을 던지는 일을 그만두었다. 이전과 비교하면 잡상인이나 성추행범은 줄어들었고 열차 내부도 세련되고 깨끗해졌지만, 보이지 않는 살기가 지하철을 앞으로 나가지 못하게 했다. 그 소리 없는 인간의 감정은 사라지지 않고 남아 흔적을 쌓아갔다. 저퀴의 지독한 타액에 신체가 손상되면서도 잡귀들은 인간을 원망하지 않았다. 보이지 않는 마음으로 누구를 좀 미워한다고 해서 그게 큰 잘못인가?

결국 잡귀들은 환승 통로에 모여 대책 회의를 열었다. 지하철에 남아 끝까지 옴을 던져야 한다는 소수파와 삼도천으로 내려가 최악을 피하자는 다수파가 맞섰다. 다수파는 우리의 한계를 인정하고 각자 자신의 고통을 외면하지 말자고 했다. 아무리 디지털에서 나온 이미지일지라도 우리의 내면이 저퀴에 의해 파괴되고 있는 걸 느끼지 않느냐며 침통한 목소리로 호소했다. 더불어 잡귀 따위는 인간의 마음을 바꿀 수 없다는 현실을 직시하자고 했다.

그날부터 잡귀들은 오! 재미동의 영상 자료실로 돌아가지 않았다. 시오와 초구는 잡귀들이 떠난 빈 디스크 자료를 세어보며 삼도천을 떠날 날을 하루이틀 미뤘다.

"빨대로 컵 밑바닥을 빨아들이는 소리 같아."

짐칸에 나란히 앉은 시오와 초구가 열차의 마지막 구동음을 감상했다. 시오는 입술을 모아 빨대로 공기를 빨아들이는 소리를 흉내 냈다.

"아냐, 우주선이 이륙하는 소리야."

초구가 손등을 펼쳐 날아가는 우주선의 궤적을 만들었다. 그런 다음 시오의 손가락에 깍지를 끼었다.

"이 영화는 어떻게 끝나지?"

초구가 물었다. 시오는 까만 눈동자를 빛내며 말했다.

"둘이 행복하게 오래오래 살지?"

"어디에서? 삼도천에 빠지면 우린 어디로 가는 거야?"

"어디로 가든 너랑 있으면 나한텐 그게 해피엔딩이야."

시오가 눈물 자국이 마를 날 없는 초구의 뺨을 어루만지며 말했다.

"삼도천은 지하도보다 훨씬 깊고 어둡대."

초구의 말에 시오가 마주 잡은 다섯 손가락에 힘을 줬다.

"그런 샛바람에 내가 떨 것 같아?"

시오는 〈얼씨구야〉 리듬에 맞춰 다리를 흔들었다. 열차가 감속하며 승강장에 들어서자 잿빛 모자가 출입문으로 걸어갔다. 핑크석 노인이 남자를 향해 말했다. 아저씨, 저 배낭, 아저씨 거 아니오? 잿빛 모자는 검버섯이 핀 노인의 얼굴을 물끄러미 보더니 대꾸도 없이 열차에서 내렸다. 출입문이 닫히자 남은 승객들이 선반 위 배낭을 올려다보다 다시 자신의 스마트폰으로 고개를 숙였다.

저승풍.

초구의 입술이 부풀었다.

"저기서 부는 거야?"

시오가 맞은편 선반을 가리키며 물었다. 순식간에 눈두덩이가 부어오른 초구가 고개를 젖힌 채 숨을 헐떡였다. 심상치 않은 저승풍이었다. 초구의 목덜미에 붉은 반점이 올라왔다. 시오가 맞은편 선반 위로 점프해 발을 뻗어 배낭을 건드렸다. 아무 반응이 없었다. 시오는 천천히 배낭을 열었다. 지퍼가 열리고 배낭 안이 드러나자 강한 돌풍이 불어 초구의 삼베 천을 벗겨냈다. 초구의 촉수가 두 개의 끝을 맞댄 채 파르르파르르 떨었다. 검은 비닐의 매듭을 풀고 비닐 안에 손을 넣자 녹슨 낫에 가슴을 찍힌 것처럼 시오가 숨을 멈췄다. 새끼 고양이의 벌어진 목덜미에서 비명이 새어 나오는 것 같았다. 그 순간 열차는 터널을 빠져나와 지상으로 올라섰다.

한강을 가로지르는 철교를 지날 때면 시오와 초구는 열차 밖으로 머리를 내밀었다. 달리는 열차에서 도시의 하늘을 바라보면 영화 속 풍경으로 들어간 것 같았다. 어느 날엔 강기슭에 높이 선 빌딩들 사이에서 밝은 햇무리가 떠올랐다. 해님을 둘러싼 둥근 빛살이 꼭 연인의 반지 같아서 시오와 초구는 햇살을 향해 팔을 높이 들었다. 어느 밤에는 애드벌룬 같은 핑크빛 보름달이 캄캄한 밤하늘에 떠 있었다. 시오는 강한 빛으로 눈을 마주치지 못하게 하는 태양보다 그 달빛이 더 좋았다. 늘 정해진 시간을 지키며 보름에서 그믐으로 변하는 달님은 지하철의 성실함을 닮은 것 같았다. 한밤중 고요한 한강을 지날 때면 강물이 몸을 뒤척이는 소리가 들리는 듯했다. 다리 아래로 일렁이는 검은 물결, 물속을 헤엄쳐 가는 심해어 같은 자동차 헤드라이트. 눈을 감으면 수면 밖으로 튀어오르는 물고기의 숨소리까지 느낄 수 있었다.

하늘색!

열차가 하늘색 교량과 교량 사이를 빠르게 지날 때 시오와 초구는 자긍심이 밀려들었다. 자신들이 지키는 지하철 노선의 상징색이 하늘색이란 게 자랑스러웠다. 승객들이 밟고 선 바닥에도, 열차의 바깥 프레임에도 하늘색 선이 이어져 있다. 시오와 초구는 도시의 강바람을 맞으며 열차의 하늘색 띠를 바라봤다. 저쿼의 배설물이 열차를 뒤덮기 전까지는 그랬다.

초구는 감태나무 지팡이를 내려놓고서 시오에게 고양이를 받아 안았다. 연한 갈색 털에 흰 줄무늬가 있는 새끼 고양이였다. 심장은 이미 멈춘 것 같았고 상처를 따라 흐른 진물에 검은 비닐 조각이 달라붙어 있었다. 초구가 고양이의 등덜미에 이마를 대고 눈을 감자 초구의 촉수가 작은 원을 그리며 녹색 빛을 냈다. 시큼한 자두의 멍든 부분을 입으로 베어내 버리듯, 다락방의 먼지를 쓸어내듯, 초구의 촉수가 고양이의 상처에 다가가 빛을 뿜었다. 초구는 계속 눈을 감은 채 상상했다. 젖은 풀대 사이를 뛰어노는 갈색 새끼 고양이, 바람이 부는 쪽을 향해 서서 뾰족한 두 귀를 쫑긋거리는 작은 고양이.

"살아났어, 눈을 떴어!"

시오가 소리쳤다. 초구의 손에 머리를 댄 고양이가 실금 같은 눈을 뜨고 꼬리 끝을 둥글게 말았다. 초구가 살며시 콧등을 어루만지자 고양이의 푸른색 눈동자가 커졌다. 살아난 게 아니라 고양이의 영혼이라고 초구가 말했다.

"데려가자."

초구의 말에 시오가 고개를 끄덕였다. 고양이를 안은 초구가 일어서자 시오가 먼저 열차 밖으로 발을 뻗었다. 영사기에서 쏟아지는 빛줄기를 가로지르듯 시오의 몸이 단단한 차체를 통과해 밖으로 나갔다. 곧이어 초구가 몸을 빼냈지만, 품에 안은 고양이 때문에 팔이 걸려 나오지 못했다.

"내가 안을게."

시오가 고양이를 받아 안았다. 이번엔 초구가 먼저 열차 밖으로 나가고 시오가 뒤따랐으나 역시 고양이를 안은 팔이 빠져나가지 못했다.

yaooomm.

갈색 새끼 고양이가 시오를 올려다보며 울었다.

"고양이는 안 되나 봐."

초구가 솜털이 난 고양이의 귀 뒤를 조심스럽게 어루만지며 말했다.

"디지털이 아니라서 그런가."

시오가 고양이를 데려갈 방법을 궁리하며 손에 든 고양이를 조금 들어올렸다. 흰 안경테를 쓴 것처럼 눈 주위에 하얀 털이 난 고양이가 **yaooomm.** 하고 울었다.

"어쩔 수 없어. 우선 가자."

초구가 시오의 손을 잡았다. 지금 가지 않으면 다음 그믐달이 뜰 때까지 기다려야 했다. 그때까지 시오와 초구가 지하철에서 버틸 수 있을지 알 수 없었다.

"내가 가면 핑크석은 누가 지켜?"

시오가 말했다. 시오는 팔에 안은 고양이의 머리를 쓰다듬었다.

"장난칠 시간 없어. 빨리 가야 해."

초구의 목소리가 떨렸다. 초구는 시오와 눈을 마주치지 않은 채 고양이를 만지는 시오의 손길만 내려다보았다.

"네가 그랬지? 좋은 연기는 보이지 않는 부분까지 표현하는 거라고. 세수하는 장면에선 얼굴이랑 목을 닦고 코까지 펭 푸는 거라고. 나도 숙 자매랑 같이 옥상으로 가고 싶었어. 나도 끝까지 남아서 좋은 연기를 하고 싶었다고."

시오가 초구의 삼베 천을 어루만졌다. 천의 솔기를 접어 물결무늬를 만들고는 빙긋 웃었다.

"우리 여기 남아서 좋은 연기를 하자. 너랑, 나랑, 야— 옴— 이랑."

시오의 말에 초구가 고개를 저었다.

"이건 영화가 아니야. 우린 연기를 하는 게 아니라고."

"그럼 더 좋아. 결말이 정해져 있지 않은 거잖아."

시오가 한쪽 팔로 초구의 어깨를 끌어안았다.

"바보야, 우리가 어떻게 바꿔."

초구가 눈물이 스민 얼굴을 숙이자 시오가 그 입술에 쪽 하고 입을 맞췄다.

"그건 뿌리가 얕은 갈대들이나 하는 말이야."

yaooomm.

초구가 밤의 한강을 돌아보았다. 그러고는 고양이를 받아 안았다. 시오가 간지럼을 태우듯 고양이의 흰 줄무늬를 손끝으로 따라가며 말했다.

"트로피는 필요 없어."

빨대로 컵의 밑바닥을 빨아들이는 소리를 내며 열차가 역으로 들어섰다. 문이 열리자 객차 안 승객들이 서둘러 밖으로 빠져나갔다. 객실 내 전등과 함께 열차의 모든 기계 작동이 멈춘 상태였다. 열차의 등뼈를 타고 흐르던 고압 전류가 끊기고 쇳소리를 내며 달리던 바퀴축도 정지했다. 기관사가 본부로 연락을 시도했지만 통화선도 연결되지 않았다. 저퀴들은 사람들의 피부에 스민 채 지상으로 퍼져갔다. 텅 빈 열차엔 새끼 고양이와 두 발님만 남아 있었다. 시오와 초구는 밖으로 나가 밤하늘의 그믐달을 보았다.

열차 운행이 끝난 지하도처럼 어둡고 적막한 하늘.

그리고 달.

후 불면 날아갈 것 같은

알파벳 C 같은 달.

yaooomm.

두 발님이 허공으로 떠올랐다.

yaooomm omm om m.

우주선이 이륙하듯 신비로운 바람 소리를 내며 시오와 초구가 떠올랐다. 이 새끼 고양이가 우리의 마마님일까. 초구가 고양이를 높이 들어올리고, 시오가 초구의 허리를 팔로 감쌌다.

"세상에서 제일 멋진 종소리야."

초구가 고양이를 올려다보며 말했다. 두 잡귀는 별님과 별님이 마주 보듯 손톱 모양 달과 마주 서서 고양이의 옴 소리를 들었다. 저 아래 선로에서 열차가 천천히 일어서고 있었다. 엎드려 있던 지하철이 등과 허리를 세우고 밤하늘을 향해 수직으로 섰다. 열차는 빠르게 하늘에 빛줄기를 그었고, 열차가 지나간 길을 따라 붉고 어스름한 새벽빛이 번져갔다. 이제 도시는 조금씩 밤의 길이가 길어질 예정이었다. 조금씩 밤이 길어질 시간이었다.

* '쑤어나라', '헛쉬', '저쿼'라는 표현은 『한국민족문화대백과』(http://encykorea.aks.ac.kr/)의 「잡귀」 편과 「잡귀 풀이」 편을 참고했다.
* '손님(手)'이란 말이 있다면 '발님(足)'도 있었을 거란 아이디어는 『샤먼문명』(박용숙, 소동, 2015, 463쪽)을 참고했다.
* 소설 속 특정 장소나 작품, 조형물, 단체 등에 관한 내용은 사실을 기반으로 재창작한 허구이다.

지하철의 갈대와 바위에 관한 디지털 민속학

김건형 문학평론가

예로부터 자주 사용하거나 소중히 간직하는 물건에는 도깨비나 (귀)신이 깃들곤 했다. 재물을 긁어모으고 싶은 간절함이 응축된 빗자루, 집을 지켜주는 신줏단지는 물론이고 경건한 마음으로 정화수를 받아 기도를 올리던 장독대나 마을 어귀의 큰 나무에는 신령이 살아왔다. 이는 특정한 시공간에 들어서는 순간 느끼는 특정한 감정이 있고, 이를 주변의 다른 사람들 역시 마찬가지로 반복해 느끼기 때문이다. 유한한 인간과 달리 오랜 시간을 버티며 크게 자란 나무를 보고 느끼는 경외감이 쌓이고 반복되는 패턴 속에서 서낭당에 신성함이 부여되고, 그 나무 그늘에 들어서는 사람은 누구나 타인이 미리 만들어둔 감정의 회로를 만나게 된다. 요컨대 인간이 공유하고 축적하는 감정은 공간(사물)의 성격을 결정하고, 그 공간에 들어서는 다른 사람의 마음에도 영향을 미친 것이다. 어린아이들에게 들려주던 우습고 무서운 도깨비 민담은 마을의 고유한 감정적 시공간에 진입하도록 유도하는 장치였던 셈이다.

그렇다면 우리 시대에는 어떤 감정이 어떻게 움직이고 있을까? 지하철 4

호선과 영화 아카이빙을 매개로, 감정의 사회적 수행성을 포착하는 김멜라의 재미난 상상력은 이렇게 시작되었을 것이다. 민속학이 일상의 물건과 공간에 신격/인격을 부여하게 된 배경 이야기와 그 안의 마음을 추적하는 작업인 것처럼, 김멜라의 소설은 일상적 공간의 사소한 감정, 영화 속 엑스트라에 이름과 서사를 부여한다. 소설은 누구나 느끼지만 이내 흩어져 이름 붙이지 못했던 도시적 감정을 관찰한다. 일상 세계의 평온한 질서 아래의 감정들, 무심코 매일 뱉어내는 감정들에 목소리를 불어넣는 이야기 속에서 디지털 잡귀와 지하철 '저퀴'가 태어났다. 저퀴들은 대도시의 밀집 환경이라는 특정한 시공간에서 사람들이 뱉어내는 분노와 저주를 먹고 살아간다. "겉으로는 다른 사람과 시선을 마주치지 않은 채 무표정했지만, 속으로는 서로를 향한 독한 말을 내뱉고 있었다." 내가 내린 다음에 타지 않는 '저 (새)퀴'를 원망하는 마음이 쌓이고 모여서, 반자동적으로 주변의 다른 사람을 미워하게 만드는 대도시의 마음 형식이 생겨난 것이다. 가령 '시오'가 일갈하듯이 대중교통이라는 특정한 시공간에서 '정상 신체'라면 마땅히 갖추어야 하는 속도와 예민한 청력, 행동 규범을 따르지 못하는 노인에 대한 '정의'롭고 신속한 혐오는 대도시의 대표적인 감정회로다.

물질적 공간이 아니더라도, 영화 속 인물이나 상황에 배역에 관객의 특정한 감정이 반복해서 축적된다면 그 역시 (귀)신이 되지 않을까? 기술복제 시대의 재현물에도 마찬가지로 감정이 흐르는 원리를 겹쳐볼 수 있다면 얼마든지 디지털 민속학이 가능할 것이다. '시오'와 '초구' 같은 디지털 잡귀는 관객들이 특정한 영화의 같은 장면에서 반복적으로 느끼(도록 문화적으로 훈육되)는 감정이 응축되어 태어났다. 그들 역시 사물을 대하는 사람(의 감정)으로부터 출발하기에 잡귀들은 누군가가 불러내야만(초혼(招魂)) 압축 파일에서 풀려나 움직일 수 있다. 하지만 흥미롭게도 저퀴와는 달리 공간에 속박되어 수동적으로 적의를 드러내는 데 그치지 않고 스스로 판단하고 움직이고 자신의 운명을 결정할 수 있다. 그래서 시오와 초구는 흔히 사람들을 겁주는 귀신 이야기가 그러하듯 원수를 찾아가 저주하거나 원한에 사무쳐 마구잡이로 공포심을 유발하지 않는다. 도리어 지하철에 타는 타인들의 사연을 듣고 위로하고 싶은 따뜻한 귀신들이다. 아무리 농사를 지어도 빚에서 벗어날 수 없는 농민들의 곁에서 함께 투쟁가를 부르고, 지하철 선로에 몸을 던지는 슬픈 죽음을 만나면 한동안 함께 앓아눕는 식이다.

이 차이는 이야기의 원리에서 비롯된다. 저퀴가 찰나의 상황 속에서 느끼는 짜증과 불쾌감 같은 즉흥적이고 반사적인 느낌에 기반한다면, 잡귀는 휘발되는 감각이 아니라 분노와 슬픔같이 이야기를 해석하는 감정 반응에서 비롯하기 때문일 것이다. 누군가의 사연을 이해하고, 듣는 자신의 맥락과 연결시켜 의미망을 형성하는 이야기-해석-감정의 과정에서 생겨났기에 시오와 초구는 타인과 다른 동물의 사연을 이야기하고 들으며 움직일 수 있다. 이 차이는 단지 디지털 민속학의 신격에 대한 창의적인 설정만은 아니다. '이야기'를 바꾸어 읽는 '독법'이야말로 감정의 회로를 바꾸는 힘을 갖고 있기 때문이다. 이야기 자체가 고정되어 있더라도 관객과 독법이 변한다면 얼마든지 다른 흐름으로 감정을 전환할 수 있는 것이다.

그 전환은 귀신으로서 삶(?)의 목표마저 바꾸는 계기가 된다. 동양적 장례 제의의 신비를 즐겨 찾는 서구 관객들 덕분에 초구는 다른 "어느 잡귀보다 더 국제적으로 소환"되곤 했다. 서구 백인 남성 지식인의 오리엔탈리즘에 복무하는 대목만 집중적으로 반복 소환되기에 초구는 파리로 불려갔다가 지쳐버리길 반복한다. 그래도 초구는 "최고의 작품을 만든 영화인의 노고를 기리는" 트로피를 보며 지친 심신을 달랜다. 그런데 변방의 '정한'을 영화의 '본토'에서 인정받는다는 한국적 자의식의 정점인 트로피의 맥락을 시오는 가볍게 전유한다. "뭐야, 여자 둘이 젖을 맞대고 있네?" 그간 초구는 한국의 축제를 찾는 국제적인 (실은 제1세계의 남성) 손님들의 인식론과 미학에 호명당하는 일을 영광으로 여겨왔다. 그 호명의 주체/대상이 "여자니 남자니, 그런 게 중요한 게 아니"며, 아름다운 이야기란 국적과 젠더와 섹슈얼리티의 차이를 넘어 모두에게 같은 맥락이라고 믿어왔던 것이다. 하지만 시오에게 무엇이 누구에게 아름다운 이야기인지로 느껴지는지는 도리어 그 아름다움 자체를 규정하는 중요한 문제다. "에밀레종을 들어 올리는 두 사람의 금빛 형상"을, 보편적인 (실은 대부분 백인 남성으로 상상되는) '사람과 사람'이 아닌 (손쉽게 환원될 수 없도록 저항하는) '여자와 여자'가 젖을 맞대는 이미지로 읽는 독법이야말로 중요하다. 그런 남성 제국의 인식론과 미학에 복무하는 재현에서 벗어난 시오는 "손님 잡귀"와 "발님 잡귀" 사이로 제한된 숙명의 언어를 "발님과 발님도 트로피를 들 수 있"는 언어로 바꾼다. 남녀의 이성애를 완성함으로써 지상의 세속적 원한을 풀고 더 높은 경지로 승화되는 기성 이야기의 당연한 목적을 퀴어링하고 탈–인간화하는 것이다. 이야기의 주체와 대상, 감정의 방향과 위상에 얽힌 차이를 읽는 작업은, 인간(과 귀신)의 삶을 더 폭넓고 멀리 보게 해준다. '상스럽게' 바뀐 트로피의 명칭 덕분에 초구도 생애의 완성을 손발의 만남이 아닌 발과 발의 만남으로, 촉수를 붉히며 더 멀리 그릴 수 있다.

레즈비언 귀신 연인이 보여주는 독법 전환은 거대한 역사에 비하면 보잘것없어 보이는 우리의 하루를 새롭게 만들기도 한다. "드러나지 않는 세상의 이면까지 연기에 담아내는 게 좋은 연기이자 배우의 본분"이기에 "카메라에 찍히지 않을 걸 알면서도 진심으로 망자를 위해 울었"다는 초구의 말에서 '연기'를 소설이나 이야기로 바꾸어 읽어도 좋을 듯하다. 중심 서사를 보조하는 "세상의 쭉정이" 엑스트라이므로 세계의 주목을 받지 못하고 편집되어버렸지만, 시오와 초구의 연기/삶의 이야기가 그저 사라지는 것은 아니다. 영화 〈개 같은 날의 오후〉에 대해 시오가 말하듯이, 그간 민주

화라는 거대 역사의 주체로 기록되진 않았지만, 여성-퀴어들의 일상은 단 한 번도 역사의 복판을 떠난 적이 없었다. 시대정신을 내건 투쟁과 의식적인 연대만큼이나, 우연히 부딪히는 사건에 휘말리는 평범한 사람들이 진심 전력으로 응답할 때도 분명 역사는 한 걸음만큼 나아간다.

그래서 타인을 저주하게 만드는 절망적인 대도시에서, 사소하게 여겨지고 무참하게 살해되는 생명을 두 귀신은 끝까지 놓지 않는다. 정상 규범을 어기는 사람을 저주하는 적의에 마음을 쏟기보다, 모두가 고개 돌리는 작은 생명의 움직임에 마음을 쓸 때, '야옴'이 되살아난다. 그것이 비록 트로피의 주인공으로 카메라에 잡히는 일이 아닐지라도. "잡귀 따위는 인간의 마음을 바꿀 수 없다는 현실"이 힘에 부칠 때, 그저 작고 나약한 "우리가 어떻게 바꿔"낼 수 있겠냐는 의심이 들 때, 김멜라는 한 사람의 순간적인 미움들이 모여 지하철을 혐오와 분노의 공간으로 만드는 일상의 감정적 수행성을 반례로 내민다. "보이지 않는 살기가 지하철을 앞으로 나가지 못하게" 하고 급기야 그 공간의 흐름을 멈춰 세운다면, 그 반대도 가능하다고. "소리 없는 인간의 감정은 사라지지 않고 남아 흔적을 쌓아"가는 법이니까. 그렇게 달라진 감정이 축적되면 공간 역시 변할 수 있다. 미움과 혐오가 세계를 나쁘게 만드는 만큼, 똑같은 원리로 한 생명을 살리고 세계를 바꾸는 감정도 있다고 상기시켜준다. 우리 개개인은 비록 "뿌리가 얕은 갈대들"이지만 트로피의 의미를 바꾸는 언어, 눈앞의 사람/동물을 향한 마음의 흐름을 바꾸는 이야기들은 모이고 축적되면 단단해진다. 그러면 다시 "바위처럼" 살아가 볼 수 있다.

세월은 우리에게 어울려

김병운

2014년 『작가세계』 신인상을 통해 작품 활동 시작.
지은 책으로 소설집 『기다릴 때 우리가 하는 말들』,
장편소설 『아는 사람만 아는 배우 공상표의 필모그래피』 등이 있음.
제13회 젊은작가상 수상.

세월은 우리에게 어울려

1

장희가 부산행을 제안한 건 지난달 말이었다. 그날은 P의 2주기이자 본격적으로 여름 기운이 나기 시작한다는 절기 소만(小滿)이었고, 우리는 진짜 P는 아니지만 P라고 믿기로 한 산사나무에 물을 충분히 준 뒤에 그 옆 벤치에 앉아 숨을 돌리던 참이었다. 물을 주고 나면 덩달아 목이 마를 것 같아서 챙겨 온 작은 생수병을 꺼내는데, 장희가 다다음 주 주말에 시간이 되느냐고 물었다. 그 주 금요일이 건강검진일이어서 휴무이므로 그날 늦은 오후에 출발하여 일요일 이른 오후에 돌아오는 짧은 일정으로 부산에 다녀오자는 것이었다. 차비와 숙박비, 식비까지 모두 자기가 부담할 테니 같이 가주기만 하면 된다는 게 장희의 제안이었다.

꿀이네.

꿀이지.

그런데 얘기를 들어보니 장희는 마냥 놀자는 게 아니었다. 장희가 계획 중인 일정에는 병문안이 있었고 그래서 더더욱 혼자이고 싶지 않았던 것이다. 병문안은 잠깐이고 나머지는 식도락일 거라고 했지만 병문안이 아니라면 굳이 건강검진일까지 붙여가며 부산에 내려가지는 않았을 터였다.

근데 웬 병문안? 누가 아파?

장희는 그때부터 죽은 삼촌 얘기를 했다. 이건 꼭 얼굴을 보고 해야 하는 얘기여서 요 며칠 오늘만 기다렸다며 뜸을 들이는데 어쩐지 장희와 나눠 마시고 있는 공기의 밀도가 **빽빽**해지는 것 같았다.

혹시 그 삼촌 기억하려나?

삼촌?

응, 미국에서 돌아가셨다는 삼촌. 예전에 말했던 것 같은데.

이쪽이었다는?

오, 기억하는구나.

나는 몇 해 전 장희로부터 전해 들었던 사연을 떠올려보며 천천히 고개를 끄덕였다. 집안에 어렸을 때부터 여성스러운 행동거지로 천덕꾸러기 취급을 받던 삼촌이 하나 있었다는 것. 80년대 말에 미국으로 이민을 가서 잘 사는가 싶었던 그 삼촌이 어느 날 갑자기 세상을 떠났다는 것. 직계 가족이 쉬쉬해 몰랐으나 나중에 알려지기를 사인은 에이즈로 인한 합병증이었다는 것. 이런 것들이 내게 남아 있는 그분에 대한 몇 가지 정보였다.

내 기억이 맞다면 장희가 처음 삼촌 얘기를 꺼낸 건 아마도 앨리스 벡델의 『펀 홈』 때문이었을 것이다. 장희에게서 그 책을 빌려 읽고는 돌려주던 날이었는데, 나는 마지막 장을 덮은 지 수일이 지났음에도 딸은 레즈비언이고 아빠는 클로짓 게이라는 설정에 다소 경도되어서는 장희에게 연신 이게 말이 되느냐고 물었다. 이 별난 사연이 작가의 실제 가족사라는 것도 놀라웠지만, 무엇보다도 부녀가 모두 퀴어라는 희박한 확률이 퀴어 후진국에서 나고 자란 나로서는 좀처럼 믿기지가 않았던 것이다.

그때 장희는 퀴어가 한 가족에 둘이나 셋이면 안 된다는 법이라도 있느냐며 내게 퉁을 줬는데, 다들 말을 안 해서 그렇지 증조에 고조까지 거슬러 올라가든 사돈에 팔촌까지 옆으로 뻗어가든 가계도를 샅샅이 뒤져보면 퀴어가 여럿인 집은 생각보다 많을 거라고 자신했다. 그러고는 또 하나의 사례처럼 자기 아버지의 외종사촌 얘기를 했다. 그러니까 할머니의 큰오빠의 막내아들. 촌수를 엄밀히 따지자면 오촌 외종숙이지만 엄마가 삼촌으로 부르기에 자기도 그냥 삼촌으로 부르게 됐다는 친척 어른.

장희는 자신이 태어나 처음으로 만난 퀴어가 바로 그 삼촌이었다고 했고, 그래서인지 그분의 죽음은 지금까지도 인생을 통틀어 가장 충격적인 사건으로 남아 있다고 했다. 왜냐하면 자신과 무관할 수 없으리라 예감했던 그 질병이 바로 그때를 기점으로 아주 구체적인 얼굴을 하고서 일상 속으로 들어왔으니까. 죽어서까지도 그분에게 가해지던 비난과 멸시를 곱씹다 보면 그것이 예비 감염인인 자신에게 예정된 미래일 수도 있다고 생각하지 않을 수가 없었으니까.

나한테 삼촌이 죽었다는 소식을 전해준 사람이 엄마였거든.

장희가 맞은편 산책로를 건너다보며 말했다.

입대하기 전이었으니까 아마도 대학교 1학년 때였던 것 같은데, 엄마가 안방 문을 닫은 채로 누구랑 길게 통화하는가 싶더니 갑자기 내 방으로 와서는 그러더라고. 진무 삼촌, 그이가 죽었다고. 그렇게 하지 말라는 짓만 골라서 하더니 결국 더러운 병에 걸렸다고. 통화를 하다 울었는지 눈은 퉁퉁 부어 있고 목은 잠겨 있는데도 입에서는 그런 말이 나오더라.

나는 장희가 지어 보이는 쓸쓸한 미소를 그대로 돌려주었고 옆에 있는 산사나무를 한 번 올려다보았다. 하얀 꽃잎이 촘촘히 달린 나뭇가지 틈새로 초여름의 청명한 하늘이 깔려 있었고, 햇살이 우리가 앉아 있는 자리 주변으로 난해한 모양을 만들었다. 물을 한 모금 마신 뒤에 그래서 누구 병문안을 가는 거냐고 되물으려는 찰나, 장희가 말을 이었다.

근데 말이야. 얼마 전에 누가 집으로 찾아온 거야.

응? 누가?

진무 삼촌에 대해 잘 아는 사람. 삼촌을 오랫동안 돌봐왔고 지금도 삼촌의 곁을 지키고 있는 사람.

나는 이게 무슨 소린가 싶어서 장희를 똑바로 바라봤다. 오랫동안 돌봐 왔다는 말도 곁을 지키고 있다는 말도 모두 현실에서는 불가능한 일이므로 무슨 비유나 상징 같은 건가 싶었다. 그때 장희가 전혀 감을 잡지 못하는 나를 보며 피식 웃었고, 어떻게 말을 하면 좋을지 다시금 생각을 가다듬는 것처럼 조용히 눈을 감았다 떴다. 그러고는 이렇게 이야기를 시작했다.

삼촌이 살아 있다고. 그러니까 삼촌은 죽은 게 아니었고 그동안 나는 완전히 속았던 거라고.

2

지난주 일요일이었으니까 열흘쯤 됐나. 그날 내가 주말 야근에 감기몸살 까지 겹쳐서 내리 열두 시간을 잤거든. 일어나보니 점심이 훌쩍 지나 있었 고 약 기운인지 잠기운인지 눈을 뜨고도 몸이 무겁고 몽롱해 이불 밖으로 나오질 못하고 있는데, 누가 현관을 똑똑 두드리더라고. 처음에는 잘못 들 었나 했어. 소리가 작기도 했거니와 누구시냐고 물어도 답이 없었거든. 내 가 잠이 덜 깼나 싶기도 하고 택배가 왔나 싶기도 해서 일단은 문을 조금 열어본 거지.

그랬더니 그분이 있었던 거야. 문틈 사이로 눈이 마주치자마자 꾸벅 인 사를 하시는데 작고 마른 체구에 동그란 이마, 어디서 빌려 입은 것 같은 낡은 정장 차림까지…… 그래, 하필 일요일이기도 했으니까 아, 이건 전도 구나, 요즘도 이런 걸 하는구나 싶더라고. 그래서 그냥 죄송합니다, 제가 지금 바빠요, 하고 다시 문을 닫으려고 하는데, 그때 생전 처음 보는 그 아 저씨 입에서 엄마 이름이 나오는 거야. 여기가 이금이 씨 댁이 맞느냐고.

저희 어머니신데 어떻게 오셨느냐고 되물었더니 그제야 그분이 안도하면서 그럼 그쪽이 장희 군? 하고 아는 척을 하더라. 그러고는 원진무 씨를 기억하느냐고 물었지. 자기는 원진무 씨 대신 온 사람이고, 원진무 씨가 이금이 씨의 부음을 얼마 전에 접하게 됐다고. 그래서 장희 군한테 어떻게든 연락하고 싶어 했는데 알고 있는 게 옛날 집 주소 하나뿐이어서 일단 무작정 찾아와본 거라고.

나는 삼가 고인의 명복을 빈다는 그 깍듯한 인사에 덩달아 허리를 굽혔고 얼결에 그분이 안겨주는 꽃다발까지 받아 들었어. 겹겹의 신문지에 싸인 새하얀 국화에서 향기가 진동하는데 어쩐지 그마저도 난데없는 게 내가 무슨 꿈이라도 꾸고 있는 건가 싶었다니까. 그분을 안으로 모시고 나서도 한동안 믿을 수가 없었어. 삼촌의 최근 모습이 담긴 사진을 여러 장 본 뒤에도, HIV 감염인으로 스무 해 가까이 살아냈고 또 살아가고 있다는 걸 알게 된 뒤에도 무슨 유령이라도 본 것처럼 아연했지.

그때부터 내 안에서 질문이 솟구쳤어. 어째서 엄마는 죽지도 않은 사람을 죽었다고 한 건지. 그 시절 엄마에게 삼촌의 소식을 전한 사람은 누구였고 도대체 무슨 말이 오갔기에 죽었다고 생각하게 된 건지. 아니, 나는 엄마가 과연 내게 사실을 전한 건지도 의심스러웠어. 어쩌면 엄마는 듣고 싶은 대로 듣거나 믿고 싶은 대로 믿은 건 아닌지. 이런 삶의 말로는 비참한 죽음뿐이라고 내게 일러주고 싶었던 건 아닌지…….

삼촌은 한일 월드컵 이듬해에 미국 생활을 완전히 접고 한국으로 돌아온 모양이더라고. 처음 몇 년간은 부천과 인천에 살았는데 결국 자리를 잡은 건 부산이었대. 작은 무역 회사 일을 오래 했고 그때부터 지금까지 쭉 부산에 살았다고 하더라고. 작년부터는 영도에 있는 한 요양병원에서 생활하시는데, 최근 몇 년 사이에 지표도 안 좋아지고 경도 인지 장애 진단까지 받아서 상황이 그렇게 좋지만은 않은가 봐. 치매 판정이 예견되어 있고 그래서 기운이 날 때마다 마지막이라는 생각으로 소중했던 사람들에게 연락하신다고 하네. 의절했던 큰형네 식구들에게 다시 전화를 하게 된 것도, 그러다 우리 집 소식을 전해 듣게 된 것도 모두 그래서였다고 하고.

그분이 말씀하시기를 삼촌이 예전부터 내 얘기를 자주 하셨대. 금호동 고모네 집에 정말 힘들게 태어난 애가 하나 있는데 어찌나 순한지 계속 안고 있어도 힘들지가 않았다고. 한번은 그 아이가 자기를 힘껏 안아주었던 순간에 뭔가 간신히 참고 있던 게 무너져 눈물을 쏟은 적이 있는데, 그 이후로 사는 게 너무 무섭거나 참담한 날에는 그 순간을 한 번씩 떠올리게 됐다고. 삼촌은 며칠 전에도 그런 얘기를 했고 그 애가 어떻게 자랐는지, 건강히 잘 지내고 있는지, 그리고 혹시 자기를 기억하고 있는지 궁금해하셨다고 하네.

3

부산에 내려온 첫날부터 이영서 씨를 만나려 했던 건 아니었다. 저녁 무렵 도착하는 만큼 첫날은 호텔에서 조금 쉬다가 느지막이 저녁을 먹는 게 우리의 계획이라면 계획이었다. 장희가 부산에서 나고 자란 직장 동료로부터 추천받은 곱창집이 부평동에 있었고, 거기서 밥을 먹고 야시장을 구경하면 그럭저럭 괜찮을 것 같다는 얘기를 장희와 나누었다. 출발 전날에 이영서 씨가 우리를 자신이 일하는 조개구이집으로 초대하기 전까지는 그랬다.

장희에 따르면 이영서 씨는 삼촌의 병문안을 위해 장희가 다시 연락한 그날부터 가게에 한 번 꼭 들러달라는 얘기를 거듭했는데, 밥 한 끼를 같이 했으면 하는 바람이 느껴지기도 하거니와 어르신의 호의를 거절할 이유는 전혀 없었기에 우리는 짐을 풀자마자 태종산 인근의 자갈해변으로 갔다. 2, 300미터쯤 되어 보이는 자그마한 해변을 따라 영업장이 빽빽하게 늘어서 있었고, 테이크아웃 커피점 하나를 제외한 모든 가게가 조개구이집이었다.

이영서 씨는 그중 가장 안쪽에 있는 가게 앞에서 호객을 하다 말고 우리를 맞았다. 금요일의 여파인지 이른 저녁임에도 가게 안이 북적였고 우리를 위해 일부러 맡아두었다는 창가석을 빼고는 여석이 없었다. 하지만 예상과 달리 이영서 씨는 우리와 함께 식사를 하지는 않았다. 알고 보니 가게에 한 번 꼭 들러달라는 말은 우리에게 밥을 사겠다는 뜻이지 같이 먹겠다는 뜻은 아니었던 것이다.

이영서 씨는 근무 시간에 뭘 먹는 건 불가능할뿐더러 사실 자기는 물에서 나는 건 이골이 났다며 손사래를 쳤고, 결국 우리에게 조개구이 대자를 주문해주고는 다시 하던 일로 돌아갔다. 도중에 내가 불판 앞에서 유난스레 땀을 흘리는 게 안쓰러웠는지 아이고, 친구분, 하면서 본인의 목에 걸고 있던 휴대용 선풍기를 쥐여주기도 했는데 몇 번을 사양해도 이런 건 가게에 막 굴러다닌다며 돌려받지도 않았다. 하나라도 더 챙겨주려는 마음이 여실한 듯했고, 창밖에서도 우리와 눈이 마주치면 손을 흔들며 아는 체를 하기도 했다.

같이 밥을 먹을 것도 아니면서 우리를 굳이 왜 여기로 불렀을까 하는 의문은 식사를 마치고 나서야 조금 해소되었다. 이영서 씨가 이 해변에 얽힌 소중한 기억을, 정확히는 이 해변에서 많은 시간을 보냈다는 원진무 씨에 대한 이야기를 들려주었기 때문이었다. 장희가 근처 커피집에서 아이스 아메리카노 세 잔을 사 온 다음이었고, 우리는 가게 앞 공터에 나란히 서서 한동안 해변을 눈에 담았다. 하늘을 주홍빛으로 물들였던 노을은 어느새 저녁 공기에 자리를 내어준 듯했고, 어둠이 흐릿하게 내려앉은 하늘 위로 사람들이 쏘아 올린 불꽃이 시시하게 흩어졌다.

여기는 밥을 먹으러 온 사람들이 덤으로 노는 곳이지 일부러 찾아올 만한 곳은 아닌 것 같다는 생각을 하는데, 이영서 씨가 해변으로 이어지는 돌계단을 보며 말했다. 시선을 따라가 보니 검은색 야구 모자를 푹 눌러 쓴 폭죽 장수가 작은 캐리어와 함께 서 있었다.

형님이 저 자리에서 장사를 오래 했어요. 몸이 안 좋아지기 전까지 했으니 꼬박 10년은 했죠.

장사요?

장희가 되물었고,

저이처럼 폭죽을 팔았지요.

이영서 씨가 대답했다.

저이는 궂은 날씨에는 안 나오는데 형님은 추우나 더우나 한결같이 나왔어요. 어느 해 여름인가 아는 분 소개로 한 철만 해볼 생각이었는데 하다 보니 계속하게 됐지요.

장희는 조금 놀란 눈치였고 뭐라 설명할 수 없는 기분 속에 있는 사람들만이 지을 법한 당혹스러운 표정으로 한동안 폭죽 장수에게서 눈을 떼지 못했다. 아마도 폭죽을 팔던 삼촌의 모습을, 비가 오나 눈이 오나 그 자리에 있었다는 삼촌을 상상해보는 게 아닐까 싶었다.

1, 2분쯤 뒤에 이영서 씨는 우리를 해변 쪽으로 이끌었다. 폭죽이라도 사주려는 건가 했는데 그건 아니었고, 몇 걸음 더 걷다가 충분하다고 생각하는 지점에서 해변을 등지고 서게 했다. 그러고는 조개구이집 너머의 완만한 언덕을 가리켰다. 중턱에 조립식 슬레이트 지붕을 얹은 집이 예닐곱 채 보였고, 언덕배기에 오래 방치된 폐건물이 자리하고 있었다.

이영서 씨는 콘크리트 외벽에 붉은색 철골이 드러나 있는 바로 저 건물이 원래는 요양병원이었다고 설명했다. 죽을 날을 받아놓은 노인들이나 다른 의료 기관에서 입원도 치료도 거부당한 사람들이 오는 시설. 이영서 씨와 원진무 씨가 환자와 간병인으로 처음 만나게 되었다는 곳.

그때만 해도 지금보다 인식이 많이 안 좋아서 우리 같은 사람들은 간병인들도 꺼렸거든요. 그래서 형님처럼 몸 관리를 잘하고 일상생활이 가능한 다른 감염인들이 협회에서 교육을 받고 간병 일을 하기도 했지요. 그런데 그것만으로는 먹고살 수 없으니까 형님은 퇴근하고 이 해변으로 오는 거예요. 저 언덕길을 따라 캐리어를 끌고서.

거기까지 들었을 때 다시금 바다 앞에서 불꽃놀이가 시작되었다. 값이 꽤 나가는 제품인지 앞선 것들보다 소리도 훨씬 더 크고 퍼져나가는 반경도 넓었다. 매캐한 화약 냄새가 끈적한 바닷바람을 타고 우리가 서 있는 자리까지 넘실댔다.

다들 아주 성가셔했어요.

이영서 씨가 코끝을 찡그리며 말을 이었다.

밤에 소등하고 누워 있으면 저 소리가 끊이질 않는 거예요. 창문을 닫으면 덜하긴 한데 그래도 신경이 예민한 사람들은 아주 미치는 거죠. 하지만 나는 안 그랬어요. 소리가 날 때마다 형님이 돈을 버는 거니까, 하나를 팔면 얼마가 남는지 내가 아니까 오늘은 몇 개나 팔리나 귀 기울이고 있는 거죠. 그러다 자정이 가까워지면 적막해지는데 그럼 생각하는 거예요. 이제 형님도 집으로 가겠구나. 고된 하루가 드디어 끝났고 그럼 이제 나도 눈을 붙여도 되겠구나.

이영서 씨는 그 시절이 눈앞에 재생되는 것처럼 잠시 허공에 시선을 걸어두었고, 이내 우리를 향해 살포시 웃어 보였다. 주름으로 깊게 팬 눈가와 희끗희끗한 머리가 어스름한 저녁 빛으로 물들었고, 두껍고 커다란 안경 너머에 가려져 있던 눈동자가 물막에 싸인 듯이 반들거렸다.

나는 그 순간 장희의 어깨를 툭 하고 건드려보았다. 이영서 씨에게서 어떤 소중한 것을 건네받은 듯한 느낌이 들었는데, 장희 역시 그것을 놓치지 않기를 바라서였다.

그때 이영서 씨가 더 할 말이 있는지 목을 가다듬었다. 그리고 그다음 이어진 한마디 한마디는 그로부터 20여 분 뒤 우리가 호텔로 돌아가는 택시 안에서 내내 무거운 침묵과 함께 창밖만 내다봤던 이유이기도 했다.

나는요, 형님을 만나고 나서 알게 됐어요.

이영서 씨는 말했다.

나를 죽게 한 건 병이 아니고 사람이었다는 걸. 그러니 나를 살게 할 수 있는 것도 약이 아니고 사람이라는 걸. 오늘 장희 군한테 이 말을 꼭 해주고 싶었어요. 삼촌은 절대로 부끄러운 삶을 살지 않았다고. 곁에 있는 사람을 하루라도 더 살고 싶게 만드는 사람이 삼촌이었고, 그래서 내가 이렇게 지금도 잘 지내고 있다고.

4

부산까지 내려와도 원진무 씨를 만날 수 없다는 건 이미 출발 전부터 알고 있었다. 사회적 거리두기가 해제되고 생활 전반에서 방역 수칙이 완화되었음에도 요양병원은 예외였고, 면회는 비대면 방식으로만 허용될 뿐이었다.

처음 장희가 부산에 가서 할 수 있는 건 전화나 영상 통화가 전부라고 말했을 때, 어쩌면 삼촌의 컨디션에 따라서 그마저도 할 수 없을지도 모른다고 말했을 때 나는 그렇다면 조금 더 기다려보는 게 어떻겠냐고 물었다. 지난봄에는 접촉 면회가 한시적으로 허용되기도 했거니와 일부 시설에서는 명절마다 유리 칸막이나 비닐을 사이에 두고 만나는 비접촉 면회를 진행하기도 하므로 추석쯤에는 방법이 생기지 않을까 싶었던 것이다. 하지만 장희는 이후에 다시 찾아뵙더라도 일단은 가봐야 할 것 같다고 했다. 계신 곳을 알게 된 이상 가보고 싶다고 했고, 그게 맞는 것 같다고도 했다.

장희가 병원에서 겨우 200미터쯤 떨어져 있는 호텔을 예약한 것도 그러한 이유에서였다. 장희의 요청으로 우리는 창문을 열면 왼편으로 병원 건물의 일부가 보이는 객실에 묵었는데, 장희는 자정이 넘어서까지도 창밖을 살피는가 싶더니 결국 그것만으로는 성에 차지 않는지 동네를 좀 걸어보자고 했다. 어떻게든 삼촌에게 더 가까이 가보고 싶은 듯했다.

우리는 그 길로 나서서 산책 삼아 동네를 크게 한 바퀴 돌았다. 그리고 병원 앞을 오래 서성였다. 어둑한 초록빛이 새어 나오는 창도 몇 있었으나 안이 보이진 않았고, '면회 전면 금지 유지'라는 제목의 안내문이 출입문뿐만 아니라 사람 키만 한 입간판에도 부착되어 있었다. 장희는 한동안 끊었던 연초를 피우며 헛숨을 내쉬었는데, 원진무 씨가 있다는 708호의 위치를 가늠해보는 게 그 순간 우리가 할 수 있는 전부라는 사실이 생각할수록 기막힌 듯했다. 이게 말이 되느냐는 혼잣말이 연거푸 흘러나왔고, 요동치는 마음을 진정해보려는지 건널목의 전신주나 신호등에 눈을 두기도 했다.

그런 장희의 곁에 우두커니 서 있는데, 문득 P와 함께 살았던 집 주변을 하염없이 배회하던 밤들이 떠올랐다. 도저히 안으로 들어갈 수도 없고 이대로 떠날 수도 없어서 누군가 내 목에 줄이라도 채워놓은 것처럼 숨 막혔던 밤들. 눈물이 나는데도 어떻게든 몸을 움직여보겠다며 걷는 사람들이 그러하듯이 한 걸음 한 걸음 내디딜 때마다 물에 젖었다 그대로 얼어버린 신발이라도 신은 것마냥 비참했던 밤들.

생각해보면 그 밤들을 내가 오롯이 혼자서 감당했던 건 아니었다. 이따금 장희가 앱에서 만난 남자들 얘기나 기한 만료가 임박한 스타벅스 BOGO 쿠폰을 구실로 나를 보러 와주기도 했으니까. 그때 장희는 우리 동네의 명소라는데도 어째서인지 나는 그 존재조차 몰랐던 백반집과 선술집으로 나를 데려가주었고, 발이 얼다 못해 떨어져 나갈 것 같은데도 종종거리며 남산 둘레길을 같이 걸어주었으며, 그래도 차도가 없는 날에는 언제까지고 있어도 된다며 자기 방을 내어주기도 했다.

내가 자꾸 죽고 싶다고 말하는 게 사실은 살고 싶어서라는 걸 알았던 장희. 내가 무슨 말을 할 때보다 하지 않을 때 오히려 더 유심히 귀 기울여주었던 장희.

무슨 생각을 그렇게 해?

장희가 두 번째 담배를 비벼 끄며 물었고, 나는 장희가 이 와중에도 나를 보고 있었구나, 내가 보이는구나 생각하며 느릿하게 고개를 저었다. 그러고는 이제 슬슬 들어가자는 장희의 팔꿈치를 잡으며 말했다.

한 바퀴만 더 돕시다.

5

장희가 오래전 삼촌에게 받았다는 자동카메라를 보여준 건 다음 날 점심 무렵이었다. 원진무 씨와 영상 통화를 하기로 한 시각은 오후 2시였고, 늦은 아침을 먹고 커피까지 마셨는데도 아직 세 시간이나 남아서 우리는 다시 영도 초입의 골목을 소요했다. 그리고 한낮의 햇살이 목덜미를 뭉근히 덥힐 때쯤 근처의 편의점 야외 테이블에 앉았다. 날은 흐렸으나 바다 마을의 습기가 만만치 않아서 어제 이영서 씨로부터 받은 휴대용 선풍기가 내내 요긴했다.

카메라는 원진무 씨가 장희를 기억하지 못할 가능성에 대비해 준비한 것이었다. 이영서 씨가 말하길 원진무 씨는 코로나 이후로 인지력과 기억력이 급격히 저하됐다고 하는데, 삼촌의 상태를 종잡을 수 없는 장희로서는 뭐라도 챙겨 오지 않을 수가 없었던 모양이었다. 바디 전체가 어두운 녹갈색으로 장희의 손에 딱 맞는 크기였고, 렌즈 커버에 'RICOH'라는 브랜드명이 속이 빈 테두리 선으로 인쇄되어 있었다. 농활 때 수로에 빠뜨려 망가진 다음부터는 쭉 서랍 속에 두었는데, 몇 년 전 충무로에 있는 수리점에 가져가봤더니 이건 틀렸다며 사망 선고를 받았다고 했다.

미국 삼촌이 준 건데 어째서 미제가 아니라 일제인 거냐며 내가 실없이 웃자, 장희가 그건 말이지 하면서 카메라에 얽힌 사연을 들려주었다. 삼촌이 준 것이긴 하지만 원래 주인은 따로 있었다는 것이었다. 초등학교 3학년 여름 방학의 일이라고 했다.

하루는 삼촌이 친구랑 월미도로 드라이브를 가는데 나를 데려갔거든.

장희가 머뭇머뭇 웃음을 섞어 말했다.

근데 가는 길에 내가 뒷좌석 시트에다 대박 토를 한 거야. 원체 차멀미가 심했던 데다 하필 출발 전에 코코스인가 하는 패밀리 레스토랑에서 뭘 많이 먹었던 거지. 차주였던 그 친구분은 뚜껑이 열려서 노발대발이고, 삼촌은 애가 그럴 수도 있는 거지 왜 화를 내느냐며 황당해하고, 나는 창피하기도 하고 무섭기도 하니까 계속 울고…… 결국 월미도는 가보지도 못하고 중간에 쫓나버렸지. 근데 집에 돌아와 보니까 가방에 이게 들어 있더라고.

나는 장희의 카메라를 자세히 살펴보았다. 안에 필름이 들어 있는지 카운터 바늘이 21에 걸려 있었고, 뷰파인더는 깨끗했으나 후면의 액정은 시커멓게 깨져 있었다.

그날 내가 찍사였거든.

찍사?

밥을 괜히 사준 게 아닌지 그 친구분이 나한테 카메라 조작법을 알려주더니 월미도에 도착하면 삼촌이랑 자기 사진을 많이 찍어달라고 하더라. 삼촌이 미국으로 돌아가면 한동안 못 볼 테니 사진이 중요하다면서.

근데 그 사달이 났고?

응, 그분도 나도 카메라 같은 건 안중에도 없게 됐고. 아, 처음에는 돌려주려고 했어. 근데 며칠 뒤에 삼촌이 떠나면서 이건 그냥 너 가지라고, 그 사람은 이런 건 몇 개나 더 있다고 하더라고.

장희가 말을 멈췄을 때 나는 두 사람이 혹시 연인이었던 거냐고 물었다. 그리고 추억 속의 두 사람을 재구성해보는지 눈을 가느다랗게 뜨는 장희의 다음 말을 기다리면서, 그때는 잘 몰랐지만 생각하면 할수록 그랬을 거라는 확신이 든다는 장희의 대답에 흡족해하면서 손에 쥐고 있던 카메라의 무게를 다시 실감해보았다.

하지만 잠깐의 망설임 뒤에 장희는 이미 그때도 알고 있었던 것 같다며 말을 고쳤다. 그날 밤 엄마에게 거짓말을 했는데 굳이 그런 말을 공범처럼 했던 걸 보면 아마도 많은 것들을 감지하고 있었던 게 아닐까 싶다고 했다.

거짓말? 무슨 거짓말?

장희는 엄마에게 그 친구분의 성별을 여성으로 바꿔 말했다고 했다. 삼촌이 무슨 부탁을 한 것도 아니요, 엄마가 먼저 캐물은 것도 아닌데 자기도 모르게 그런 말이 술술 나왔다고 했다. 삼촌을 도와주고 싶었던 거냐고 묻자, 장희는 그것보다는 조금 더 복잡한 마음이었다며 말을 골랐다. 그러고는 그건 엄밀히 따지면 삼촌을 위한 것이라기보다는 엄마를 위한 것이었다고 회상했다. 그 당시에 할머니가 장희를 볼 때마다 너는 계집애같이 맥아리가 없는 게 꼭 진무 어렸을 때랑 똑같다며 한두 마디씩을 했는데, 그래서인지 엄마는 삼촌이 집에 오는 걸 별로 좋아하지 않았다는, 삼촌이 오면 장희가 무슨 영향이라도 받을까 봐 신경을 곤두세우는 게 느껴졌다는 그런 이야기였다.

그때 나는 엄마를 안심시키고 싶었던 것 같아.

장희가 한 박자 쉬었다 말했다.

삼촌과 함께 있었지만 나는 비정상적인 것에 노출된 적이 없다고. 내가 삼촌과 비슷한 사람이 될 수도 있다는 예감은 틀린 거라고. 웃기지? 엄마가 모를 리가 없는데. 어쩌면 내가 그런 말을 해서 더 심란했을 텐데…….

나는 장희가 그러하듯이 입은 웃고 있지만 눈은 그렇지 않은 얼굴이 되었고, 이내 뭔가를 곰곰이 생각하는지 발끝을 쳐다보는 장희와 그런 장희의 어깨 위로 일렁이던 햇빛 조각을 눈에 담았다. 그리고 그 대목에서 장희의 어머니가 했다는 거짓말을 떠올렸다.

진무 삼촌, 그이가 더러운 병에 걸렸다는 말. 하지 말라는 짓만 골라서 하더니 결국 죽었다는 말. 잘못 알고 말한 것인지, 아니면 어떤 의도를 갖고 말한 것인지 영영 알 수 없게 되었지만 어쨌든 사실이 아니었던 말.

나는 그 말을 내뱉던 순간에 그녀가 마주했을 불안의 크기에 대해 생각했다. 감염과 죽음이 동의어인 줄 알았던 그 무지한 시절에, 장희의 미래를 오염과 타락, 징벌로밖에 상상할 수 없었던 그 막막한 날들에 그녀가 감당 했을 공포의 무게에 대해 생각했다. 그러니까 어쩌면 그건 장희의 성장과 함께 증식한 불안이 아니었을까. 장희가 누군가를 원하고 만지고 사랑하는 게 이상할 게 없는 나이가 됨으로써 완성된 공포가 아니었을까.

그렇다면 그건 왜 응당 불안이고 공포였을까.

내가 이런 생각을 공글리다 입 밖으로 꺼냈을 때 장희는 그럴지도 모르 겠다며 고개를 주억거렸다. 너희 어머니는 너를 보호해야 한다는 절박한 심정이었을 거라고 말했을 때도, 너를 지키려면 이 방법뿐이리라 생각했을 거라고 말했을 때도 그 말을 곱씹는 것처럼 골똘히 생각에 잠겼다.

하지만 어느 순간부터 나는 장희가 내 말에 동의하지 않는다는 것을 알 았다. 비스듬하게 당겨진 턱과 굳었다 풀어지기를 반복하는 입매가 그걸 똑똑히 보여주고 있었다.

뭔데, 말해.

아니야, 그냥.

그냥 뭐.

사람 참 안 변한다 싶어서.

……응?

너 말이야. 그렇게 당했으면서…….

나는 그게 무슨 소리냐고 되묻듯이 미간을 좁혔다. 그게 무슨 소리인지 단박에 알아차렸으면서도, 장희가 P에 대해 말하고 있다는 걸 모르지 않았 으면서도 설명이 더 필요한 것처럼 장희를 건너다봤다. 생각을 젓듯이 남 은 음료를 빨대로 휘휘 젓는 걸 보니 무슨 말이 이어지기는 할 것 같았다.

하지만 장희는 시선을 떨어뜨린 채로 시간을 끌었다. 정적이 길어질수록 주제넘은 소리였다 후회하는 게 보였고, 여기서 P 얘기를 꺼내는 건 적절 치 않다고 판단하는 것 또한 보였다. 내가 그 시절의 얘기는 나 자신에게도 하고 싶어 하지 않는다는 것을 장희는 아니까. 어떤 날들은 말해지지 않아야만 간신히 멀어질 수 있으니까.

아니, 나도 나지만 너도 정말 어떻게든 이해해보려고 하잖아.

장희가 한참 만에 입을 뗐다.

그럴 수밖에 없는 이유가 있을 거라고, 그럴 만한 사정이 있을 거라고. 설령 그게 우리가 죽는 건 자업자득이고 인과응보라고 생각하는 사람들일 지라도.

내가? 그런가?

지금도 우리 엄마를 이해해보려고 했잖아. 입장 바꿔서 생각해보려고 했잖아. 아니야?

……

나는 그 말을 듣고서야 장희가 왜 P를 떠올렸는지 알 것 같았다. 왜냐하면 나는 우리가 잘못됐다고 생각하는 사람들을 어떻게든 이해해보려다 P를 잃었으니까. 중죄를 지은 듯이 자책하고 선처를 바라듯이 관용을 구걸하다 P를 빼앗겼으니까. 그럴 수밖에 없는 이유가 있을 거라고 생각하다 나는 어떻게 되었나? 배제되었다. 그럴 만한 사정이 있을 거라고 생각하다 나는 어떻게 되었나? 박탈당했다.

그 시절 장희는 도대체 왜 이런 취급을 받으면서도 가만히 있느냐며 나를 한심해했지만, 사실 나는 가만히 있었던 게 아니다. 나는 최선을 다해 나를 증명해 보였던 것이다. 내가 기다리라면 기다리고 믿으라면 믿는 그런 충직한 사람이라는 걸 보여주기 위해서, 나는 당신들 못지않게, 아니, 당신들보다 훨씬 더 도덕적이고 모범적이며 무해하므로 내게도 자격이 있다는 걸 입증하기 위해서 기꺼이 참고 견뎠던 것이다. 오직 내가 원했던 단 한 자리, P의 곁에 있기 위해서. P의 마지막을 지키기 위해서.

하지만 그렇게 해서 나는 어떻게 되었나? 내가 틀린 게 아니었다면, 그 방법이 유효했다면 어째서 나는 지금 아무것도 아닌 나무 쪼가리에다 P의 안위를 빌고 용서를 구하며 살고 있나. 어째서 그토록 끊어내고자 했던 원가족의 품으로 P를 돌려보내야 했으며, 어째서 그들의 일가친척이 모두 모인다는 그 선산에 P를 가두어야 했나. 어째서 죽어서까지도 P를 그곳에 살게 했나.

그때 장희가 말했다.

나는 아니야. 나는 안 할래.

뭐를…….

이해할 생각이 없다고. 이해를 거부할 거라고.

나는 장희를 똑바로 바라봤다. 계속 바라보고 있었지만 더욱 바라봤고, 장희의 눈에 비치는 것은 나인데 어째서 분노가 느껴지는 것인지 확인하려는 것처럼, 이게 분노라면 어째서 이토록 단숨에 서글퍼지는 것인지를 납득해보려는 것처럼 조용히 시선을 맞받았다.

안전을 바라는 마음? 보호해야 한다는 믿음? 그거 혐오였어. 헷갈릴 것도 없고 선해할 것도 없어.

장희가 나를 향하던 눈빛만큼이나 선연한 목소리로 덧붙였다.

그래서 동성애하라는 거야? 아니잖아. 남자랑 섹스하라는 거야? 아니잖아. 거기에 무슨 자유가 있고 해방이 있는데? 그런데도 나는 그 마음을 사랑이랍시고 놓지를 못했던 거야. 그게 나를 어떻게 좀먹는지도 모르고, 나를 반쯤 죽여서 딱 반만 살게 하는 줄도 모르고…… 어떻게든 엄마를 이해해보려고 했던 거야. 나는 그랬던 거야.

6

하루 만에 다시 만난 이영서 씨는 화면이 못해도 15인치는 되어 보이는 커다란 노트북과 함께였다. 한 손에 노란색 이마트 가방이 들려 있기에 뭘

가 했더니 노인 복지 회관에서 대여해 왔다는 노트북이었고, 우리가 앉아 있던 카페의 테이블 위로 어댑터와 마우스까지 차례로 꺼내며 능숙하게 영상 통화를 준비했다. 얘기를 들어보니 병원에서 눈이 어두운 분들 가운데 신청자에 한해 노트북 영상 통화 서비스를 제공하는 모양이었다.

이영서 씨는 약속한 시간이 다가올수록 너무 큰 기대는 하지 말라는 말을 거듭했다. 오는 길에 간병인로부터 오늘 원진무 씨의 컨디션이 아주 좋다는 얘기를 전해 들었다며 안도하면서도 통화가 불발되거나 갑자기 종료될 가능성을 언급했다. 이영서 씨에 따르면 원진무 씨는 약 기운 때문에 깜빡 잠이 든 적도 있었고, 정신이 산란한 날에는 통화 중에도 화면을 보지 않거나 입을 열지 않은 적도 있었다.

하지만 약속 시간이 되어 화면에 나타난 원진무 씨는 모든 우려가 무색할 만큼 좋아 보였다. 두 눈 밑에는 푸른빛이 감도는 음영이 곡선을 그리고 있었고 납작한 이마와 움푹 꺼진 뺨은 주름과 검버섯으로 뒤덮여 있었지만 어쩐지 화면 너머로 생기가 느껴졌다.

그게 나만의 인상은 아니었는지 이영서 씨는 좋아 보인다는 말로 대화를 시작했다. 두 사람 역시 얼굴을 보는 건 근 한 달 만이어서 확인해야 할 근황이 적지 않았고, 사회복지사라는 중년의 여성이 원진무 씨의 휠체어 위치를 조정해주는 동안에도 문답은 끊기지 않았다.

_그래서 장희는? 장희는 어디 있는데?

다정한 타박과 성마른 염려가 이어지려는 찰나, 원진무 씨가 손을 내저으며 물었다.

거기 있는 거 맞아?

이영서 씨는 그제야 아이고, 내 정신 하면서 장희에게 자리를 내어주었다. 장희는 심장이 너무 뛰어 갈비뼈가 아플 지경이라며 내 쪽으로 몸을 반쯤 숙이고 있었는데, 삼촌의 목소리가 들려오는데도 화면을 쳐다보지 못하더니 결국 카메라 앞으로 자리를 옮긴 뒤에야 겨우 눈을 들었다.

너가 장희야? 장희가 이렇게 큰 거야?

예, 삼촌. 장희예요.

원진무 씨가 순간 휠체어에서 몸을 반쯤 일으켜 세우며 화면으로 얼굴을 들이밀었다. 그러고는 장희에게도 조금 더 가까이 와보라며 손짓했다.

그래, 맞네. 장희다, 장희야. 애기 때 얼굴이 다 있어.

삼촌도요. 그대로예요.

장희는 그렇게 말하고는 고개를 떨구었다. 복받치는 감정을 어떻게든 제압해보려고 애쓰는 것 같았는데, 바로 그게 부질없다는 걸 깨닫고는 그냥 모든 걸 놓아버린 듯이 울었다.

장희야, 잘 컸다. 고맙다.

원진무 씨가 소매로 눈가를 훔치며 말했다.

죄송해요. 정말 죄송해요.

뭐가 죄송해. 너가 왜 죄송해.

모르겠어요. 그냥 다 죄송해요.

장희가 들썩이는 어깨를 간신히 누르며 말을 이었다.

돌아가신 줄 알았어요. 그 말을 다 믿었어요.

괜찮아, 잘했어.

정말 몰랐어요.

아니야, 나부터 내가 죽었다고 생각하면서 살았어. 그러지 말자, 그럴 필요 없다 수백수천 번 맘을 다잡았는데도 그게 잘 안됐어. 이렇게 반가울 줄 알았으면 더 일찍 만나는 건데, 그렇지?

장희는 한참을 더 울고 나서야 원진무 씨의 안부를 챙겼다. 몸은 좀 어떠시냐고도 물었고 병원 생활은 하실 만한 거냐고도 물었는데, 그 짧은 몇 마디를 잇는데도 목젖이 뜨거운지 자꾸 침을 삼켰다.

원진무 씨는 이토록 서서히 나빠진 것에 감사하는 마음으로 지낸다고 했다. 언제나 소원은 노환이었는데 그게 이루어졌다며 멋쩍게 웃었고, 사람

일은 한 치 앞도 알 수 없다지만 그래도 한 가지 확실한 건 지금 있는 6인실에서만큼은 자신이 제일 오래 살 거라는 말로 장희를 웃게 했다. 그리고 그 실낱같은 웃음이 잦아들었을 때, 이내 어떤 생각이 스친 것처럼 표정이 어두워졌을 때 원진무 씨는 장희에게 엄마의 마지막에 대해 물었다. 어떻게 된 거냐며 사정을 궁금해했고 너무 일찍 갔다며 속상해했다.

아팠어요.

어디가.

머리요. 수술을 여러 번 했는데 잘 안 됐어요.

잠시간의 침묵이 흘렀고, 원진무 씨가 세월 속에 잠겨 있던 생각들로 어떻게든 자신을 이해시켜 보려는 것처럼 인상을 썼다.

그래, 두통이 심했지. 항상 게보린을 달고 살았고.

맞아요, 그놈의 게보린.

말도 안 되는 집에 시집와서 기가 막혔을 거야. 너 태어나기 전에는 훨씬 더 심했어. 장희 너가 엄마를 살렸지.

장희가 그 말을 되새기듯 작은 미소를 지어 보이는 사이, 원진무 씨가 장희를 나지막이 불렀다.

장희야.

예.

장희아.

예, 삼촌. 말씀하세요.

너 엄마한테 잘했지? 잘했을 거야, 그렇지?

…….

장희는 한동안 입을 떼지 못했다. 한꺼번에 너무 많은 감정이 치밀어 오른 것 같았고, 호흡이 뜻대로 안 되는지 들숨도 날숨도 모두 거칠었다. 물기 어린 눈을 손바닥에 파묻었을 때는 끙하고 앓는 듯한 소리가 나기도 했다.

내가 타코마에 있을 때 말이야.

얼마쯤 뒤에 원진무 씨가 말했다.

형수가 꼬박꼬박 연하장을 보내줬어. 거기 15년을 살았는데 한 해도 거른 적이 없었지. 그렇게 해주는 사람은 형수뿐이었어.

엄마가요?

응, 그리고 어느 해부터인가 장희 니가 한글을 배우기 시작했는지 카드 안에 추신처럼 한두 문장을 더 적었지. 그때 너는 또 오라고 썼어. 처음에는 삐뚤빼뚤한 글씨로 나중에는 단정해진 글씨로 기다리고 있을 테니 언제든 우리 집에 또 오라는 말을 잊지 않았어. 그 말이 나는 참 좋았고.

장희가 기억의 미로를 헤매는 듯한 고통스러운 표정으로 되물었다.

제가요? 생각이 안 나요.

괜찮아, 그 카드들 아직도 다 갖고 있어. 이사를 하도 많이 다녀서 다른 건 다 버렸는데 그래도 그건 지켰어. 나중에 보여줄게.

꼭이요.

그래.

진짜로요.

그래.

거기까지 말했을 때 화면 밖에 있던 사회복지사가 다시 모습을 드러내며 통화 종료 시간을 알렸다. 원래 통화는 15분으로 제한되어 있는데 벌써 20분이 됐다고, 다음 분이 밖에서 대기 중이니 이쯤에서 그만 마무리해달라고 했다.

두 사람은 다음 만남을 기약하는 것으로 마지막 인사를 나눴다. 돌아오는 추석 연휴에 또 내려오겠다는 장희에게 원진무 씨는 그때까지 건강하자며 고개를 끄덕였고, 하고 싶은 말이 너무나도 많다는 원진무 씨에게 장희는 앞으로는 오늘처럼 울다가 시간을 허비하는 일은 없을 거라며 입꼬리를 끌어올렸다.

삼촌, 저 잊으면 안 돼요.

장희가 마지막으로 말했고,

그래, 곧 보자고.

원진무 씨가 손을 흔들며 대답했다.

그리고 몇 초 뒤에, 서로를 향하는 눈짓과 손짓, 표정에서 스며 나오던 아쉬움이 두 사람을 어떠한 양감으로 살짝 움켜쥐었다 편 것처럼 주춤하게 했을 때 통화는 예기되었음에도 예기치 않은 것처럼 갑자기 종료되었다.

7

돌아가는 날에는 장희의 카메라를 고쳤다. 고쳐야겠다 마음을 먹고 고친 것은 아니었고 어쩌다 얼결에 고친 것이었는데, 과연 이걸 고쳤다고 말해도 될까 싶을 정도의 간단한 조작으로 작동이 됐으므로 사실 카메라는 망가진 것도 아니었다고 보는 게 맞을 것 같다.

그때 우리는 부산역 대합실에서 서울행 열차를 기다리고 있었다. 딱히 서두른 건 아니었음에도 예상보다 일찍 도착해 시간이 30분 정도 남았고, 출도착 현황 전광판이 보이는 벤치에 나란히 앉아 시간을 흘려보내고 있었다.

얼마쯤 지났을까. 아무래도 호텔에 핸드폰 충전기를 두고 온 것 같다며 백팩을 뒤적이던 장희가 제대로 확인을 해봐야겠다 싶었는지 앉아 있던 자리에 자기 물건을 하나둘 꺼내놓았다. 안경 케이스와 접이식 우산, 화장품 파우치 같은 생활 도구가 먼저 나왔고 아이패드와 에어팟, 전동 면도기 같은 전자 기기가 뒤이어 딸려 나왔는데, 그중에는 자동 카메라도 있었다.

나는 카메라를 이리저리 살피다 하단 오른쪽에 달린 작은 뚜껑을 열어보았다. 입구 전체가 황갈색이 도는 녹으로 뒤덮여 있었고, 작은 걸쇠를 밀어

올리자 지난 세기에 제조되었을 것만 같은 AA형 건전지 한 쌍이 하얀색 전해액 가루와 함께 별다른 저항 없이 밀려 나왔다. 거의 썩어 있는 듯한 상태여서 손바닥에 올려둔 것만으로도 꺼림칙했다.

이영서 씨에게 받은 휴대용 선풍기가 머릿속을 스친 건 아마도 그때였을 것이다. 장희가 여기 있다, 하면서 백팩 밑바닥에서 충전기를 꺼내 들었던 그때. 전광판에 14시에 출발하는 서울행 KTX 36 열차의 탑승구 안내가 업데이트된 것을 확인한 그때. 나는 혹시나 하는 마음으로 선풍기 손잡이에 달린 뚜껑을 열었고, 그 안에 들어 있는 게 AA형 건전지 한 쌍이라는 것을 확인하자마자 카메라에 바꿔 끼웠다. 그러고는 셔터 버튼을 천천히 눌러보았다.

뭐야? 어?

찰칵 소리와 함께 팡 터지는 플래시에 장희의 눈이 내 것만큼이나 휘둥그레졌고, 나는 그런 장희를 뷰파인더에 담으며 다시 한번 버튼을 눌렀다. 그 사이 카운터의 바늘이 21에서 23으로 바뀐 걸 보니 뭐가 찍히긴 찍힌 것 같았다.

어떻게 한 거야? 천잰데?

장희가 내 손에 들린 카메라를 거의 낚아채다시피 가져가며 물었고,

내가 좀.

나는 어깨를 으쓱해 보이며 대답했다.

분명히 고장 났다 그랬는데?

속았지 뭐.

또 속은 건가.

막 믿고 그러지 말라니까.

장희는 믿을 수 없다는 듯이 얼빠진 얼굴로 카메라를 만지작거렸다. 렌즈 커버를 여닫으며 뷰파인더를 확인했고, 이내 렌즈의 방향을 내 쪽으로 맞추더니 셔터 버튼을 꾹 눌렀다. 그리고 한 번 더 눌렀을 때 카메라에서

우웅 하는 작은 진동음이 들리기 시작했다. 이대로 고장인가 싶어서 멈칫했는데 다행히 그건 아니었고 안에 들어 있던 필름이 자동으로 감기는 소리였다. 24장짜리 필름이었는지 카운터가 24부터 거꾸로 돌았다. 24, 23, 22, 21……

우리는 하나씩 줄어드는 숫자를 숨죽이며 지켜봤다. 그리고 카운터가 0을 가리키는 바로 그 순간에, 한 시절의 끝이자 시작을 알리는 것 같은 바로 그 순간에 눈을 들어 서로를 바라보았다.

장희가 먼저 웃었고 내가 따라 웃었다.

박탈당한 미래를 탈환하는 길

김보경 문학평론가

　김병운의 소설 「세월은 우리에게 어울려」는 80년대 말 미국으로 이민 갔다가 에이즈로 인한 합병증으로 죽었다고 전해진 삼촌 원진무가 사실 죽지 않고 살아 있었다는 사실을 알게 되어 그를 찾아가게 되는 장희의 이야기다. 장희에게 삼촌은 "자신이 태어나 처음으로 만난 퀴어"였던 사람으로서 퀴어인 자신에게 첫 번째로 삶의 표본이 된 인물이었다. 그런데 장희가 대학생이던 무렵에 그의 엄마는 삼촌이 죽었다는 소식을 전한다. 엄마는 누군가와 울음 섞인 통화를 나눈 후 장희에게 "진무 삼촌, 그이가 죽었다고. 그렇게 하지 말라는 짓만 골라서 하더니 결국은 더러운 병에 걸렸다"고 말한다. 이 소식은 장희의 일생에서 가장 충격적인 사건으로 여겨지며, "자신과 무관할 수 없으리라 예감했던 그 질병"이 "일상 속으로 들어"오는 계기가 되었다. 엄마의 말을 통해 전해진 바 진무의 죽음의 원인이 '더러운 병'에 있는 것으로 지목되는 데서 알 수 있듯, 진무의 죽음에 대한 서사는 퀴어에 대한 혐오와 HIV 감염인에 대한 무지에 근거해 재현된다.

　또한 이 소설에는 그러한 장희의 여정에 동행하게 된 화자가 등장한다.

화자는 아마 과거 연인 P와의 동성애 관계가 사회적으로 인정받지 못한 탓에 P를 떠나보내야 했으며, 그의 죽음을 애도할 권리마저 박탈당한 또 한 명의 퀴어다. 화자의 경우 동성애자들을 향한 혐오와 폭력으로부터 P와 자신을 보호하고자 충분히 "도덕적이고 모범적이며 무해"하다는 것을 입증하기 위해 그러한 혐오와 폭력을 참고 견뎌왔지만 결국 P의 죽음을 겪으며 그 존재마저 부정당하게 된 인물이다. 이처럼 소설은 (나중에야 살아 있었다는 사실이 밝혀지는) 진무의 죽음과 P의 죽음이라는 두 겹의 죽음을 겹쳐놓으면서, 불온성과 규범성의 서사 사이에서 퀴어의 죽음을 어떻게 서사화하고 애도할 것인지를 다루었던 김병운의 전작 「9월은 멀어진 사람을 위한 기도」* 속 문제의식을 환기한다.

그런데 어느 날 진무의 오랜 파트너인 이영서가 갑작스럽게 장희를 방문하게 되고, 그는 장희에게 진무가 살아 있다는 소식을 전한다. 진무는 한일 월드컵 이듬해에 한국으로 돌아와 자리를 잡았고, 현재는 영도의 한 요양병원에서 생활하고 있다는 것이다. 건강이 악화되며 마지막이라는 생각으로 의절했던 식구들에게 연락을 돌리고 있다는 진무를 대신해 영서가 장희를 찾아오게 된 이유는, 진무에게 어린 시절의 장희와의 기억은 "사는 게 너무 무섭거나 참담"할 때마다 떠올리며 계속 살아가게 만드는 힘이 되어주었기 때문이다. 아마 진무에게도 장희가 자기의 모습을 투영하게 되는 존재로서 각별한 대상이었기 때문이라 짐작된다. 그렇게 진무가 살아 있다는 소식을 듣게 된 장희는 진무를 방문하기로 마음을 먹고, 소설은 진무의 죽음이 아니라 진무의 생존과 마주하는 여정을 그린다.

이 여정의 의미가 각별한 것은, 이를 통해 김병운은 애도의 서사를 만남

---

* 『기다릴 때 우리가 하는 말들』, 민음사, 2022. 해당 작품과 관련해서는 졸고, 「계간평 : 한 발짝 앞서 걷는 이야기」, 『문학동네』 2022년 봄호, 475쪽에서 간략히 언급한 바 있다.

의 서사로 전환해내며 퀴어한 삶의 재현에 있어서 비교적 간과되어온 퀴어의 역사와 미래라는 문제를 다루고 있기 때문이다.* 진무가 일찍이 장희에게 생존을 알리지 못했던 것은 "나부터 내가 죽었다고 생각하면서 살았"기 때문으로, 진무는 퀴어이자 HIV 감염인으로서 겪는 신체적 고통이나 사회적 편견과 억압에 짓눌려 살아왔던 것으로 그려진다. 그런 진무의 죽음 소식은 장희에게 대리 경험되어 장희가 질병과 죽음을 가까이 느끼며 살게 되기도 했다. 그러니 진무에게 "삼촌이 살아 있다"는 사실을 받아들이는 것은 진무과 장희 모두에게 퀴어를 (실제적이거나 상징적인) 죽음으로 내모는 현실과 바로 그 현실에 의해 내면화된 자기 부정과 혐오에 저항하는 상징적인 과정이기도 하다.

여기서 '삼촌의 살아 있음'은 단지 생물학적 사실을 가리키는 것만이 아니다. 진무의 살아 있음을 확인하고 장희가 그와 만나게 되는 과정은 진무의 삶에 대한 새로운 서사를 얻고 그 자신의 삶도 재서사화하는 과정이다. 이는 영서가 진무와 자신의 관계를 설명하는 대목에서 암시된다. 영서는 HIV 감염인의 치료가 거의 보장되지 못했을 당시 "다른 의료 기관에서 입원도 치료도 거부당한 사람들이 오는" 요양 시설에 입원했을 때 처음으로 진무를 만났는데, 진무는 그와 마찬가지로 감염인이었으며 간병인으로서 영서를 돌보게 되었다. 영서는 진무에 대해 이렇게 말한다. "나를 죽게 한 건 병이 아니고 사람"이었으며 "나를 살게 할 수 있는 것도 약이 아니고 사람이라는 걸" 말이다. 덧붙여 그는 장희에게 삼촌 진무가 행여나 부끄러운

---

* 이성애적 결혼을 통한 세대의 재생산을 중심으로 미래를 상상하는 "재생산 미래주의"(리 에델만)로 인해 재생산하지 못하는/않는 퀴어를 부정적 존재로 재현하게 된다는 퀴어 부정성의 논의는 "현재에만 집중하느라 퀴어들을 위한 미래를 상상하지 못함으로써 퀴어들의 삶과 잠재력과 가능성을 현재에만 붙박아놓을 위험이 있다"(호세 에스테반 뮤노즈)는 비판을 받기도 한다는 점을 떠올려볼 수 있다(전혜은, 『퀴어 이론 산책하기』, 여이연, 2021, 418, 422쪽에서 재인용).

사람으로 기억될까 봐 그가 "절대로 부끄러운 삶을 살지 않았다"고, "곁에 있는 사람을 하루라도 더 살고 싶게 만드는 사람"이었다고 말한다. 즉 장희는 진무가 동성애자이기 때문에 비참하게 죽은 사람이 아니라, 동성애자이면서 병을 얻고 또 누군가를 사랑하고 돌본 사람이자 무엇보다 누군가를 살려온 사람이라는 사실을 알게 된다. 이때 죽음으로 종결된 줄 알았던 진무의 삶은 영서의 서사에서 되살아나며, 장희는 진무를 다른 방식으로 기억할 수 있게 된다. 여기서 장희에게 진무가 자신의 미래를 투영했던 존재라는 점을 떠올려본다면, 죽음으로 상상되었던 자기의 미래 역시 이러한 재서사화의 과정을 통해 변화된다는 것을 짐작할 수 있다. 그러니 진무가 살린 것은 영서만이 아니다. 진무가 장희를 통해 살 수 있었던 것처럼, 장희 역시 진무를 통해 죽음만이 아닌 미래를 상상하고 살아갈 수 있게 된다.

이때 김병운의 소설에서 가족이 이성애 중심주의와 이분화된 성별 규범의 학습이 이루어지는 사회화의 처소로서의 의미만을 가지지 않는다는 점은 주목을 요한다. 장희의 엄마는 이러한 의미의 규범성을 체현하는 인물로 진무와 장희의 유사성을 부인하며 "삼촌이 오면 장희가 무슨 영향이라도 받을까 봐 신경을 곤두세우"곤 했다. 하지만 진무와 장희에게 가족은 자기 자신 외의 또 다른 퀴어를 발견하는 곳이며 그를 자기 삶에 선행하는 표본이자 후행하는 존재로 여기게 되는 기회를 얻는 곳이기도 하다. "다들 말을 안 해서 그렇지 증조에 고조까지 거슬러 올라가든 사돈에 팔촌까지 옆으로 뻗어가든 가계도를 샅샅이 뒤져보면 퀴어가 여럿인 집은 생각보다 많을 거라고 자신"하는 장희의 말은 진무의 존재를 통해 경험하고 상상할 수 있게 된 퀴어의 역사와 미래에 대한 믿음에서 비롯한다. 이들은 서로를 통해 자신의 과거를 보고 미래를 본다. 장희가 진무의 과거였다면, 진무의 현재와 미래는 곧 장희의 미래이기도 하다. 퀴어가 이성애적 재생산의 기본 단위인 가족과는 대척점에 놓여 있는 것으로 재현되었던 것과 달리 이 소설은 그러한 가족의 의미를 퀴어링하면서 퀴어의 과거와 미래가 이어지는 일직선적(straight)이지 않은 행로를 그린다.

소설 중반에 장희는 삼촌을 방문하러 영도에 갈 때 어린 시절에 진무에게 선물 받은 오래된 카메라를 들고 간다. 그리고 진무를 만난 후 돌아가는 길, 화자는 이 카메라를 만지다가 우연히 카메라를 고치게 된다. 고장 난 줄 알았던 카메라가 사실 고장 난 것이 아니었다는 사실을 알게 되는 장면은 죽은 줄 알았던 진무의 생존을 확인하게 되는 서사와 유비 관계를 이루고 있다. 이 카메라가 다시 작동하기 시작하자 필름이 감겨 카운터가 0을 가리키고, 그렇게 "한 시절의 끝이자 시작을 알리는" 순간에 대한 묘사로 소설은 마무리된다. 이 마지막 장면은 끊어져 있다고 생각된 과거와 미래가 단절되어 있지 않다는 것을 깨닫고, 그 연결의 행로를 발굴하는 일이 박탈당한 퀴어의 미래를 탈환하는 중요한 방법이 될 수 있다는 것을 일러준다.

슬픔은 자라지 않는다

김본

2020년 중편소설 「내일의 집」으로
문학동네 신인상을 수상하며 작품 활동 시작.

슬픔은 자라지 않는다

1999년 5월, 강화와 선주는 학교 앞 카페 '시절'에서 3대 3 미팅을 하기로 했다. 실행력 좋은 강화의 주선으로 미팅에는 동아리의 퀸카 주연이 참석할 예정이었다. 그러나 미팅 직전, 주연은 문자로 불참을 알렸다. 대신 다른 사람을 보낼 테니 양해를 부탁한다고.

강화는 주연이 대단한 배신이라도 저지른 것처럼 역정을 냈다. 간을 보다가 물이 더 좋은 쪽을 고른 게 틀림없다는 거였다.

"어제 동방에서 영문과 애들 사진 들여다보는 거 봤다고."

미팅 자체가 파투나는 건 아니니 신경 쓰지 말자고 강화를 진정시켰지만, 선주는 의아했다. 냉정하게 말해서 두 사람은 주연만큼 예쁘지 않기 때문에 마음에 드는 상대와 맺어지려면 아무래도 주연이 오지 않는 쪽이 더 이득 아닌가 하는 생각이 들었기 때문이다.

"그래서 대타는 누구래?"

"뭐, 가봐야 알겠지."

선주는 머리를 묶을까 말까 고민했다. 손목에 찬 곱창 머리끈을 연신 잡아당기다가, 주연의 대타가 머리를 풀고 오면 묶기로 결정했다.

카페 시절에 도착해서도 강화는 께름칙한 표정을 지우지 않았다. 연신 핸드폰 폴더를 열었다 닫았다 하며 허, 참, 허, 하고 기가 찬 소리를 냈다. 마치 초대—권유라기보다는 강요에 가까웠던—에 대한 거절이 아니라 강화 자신이 거절당한 것 같은 태도였다.

평소에도 강화는 난관에 봉착하면 우선 화부터 내는 경향이 있었다. 그러나 어떤 경우에도 돌아가거나 방향을 틀지 않고 처음의 목적 그대로, 불도저처럼 뚫고 가는 쪽을 택했다. 돌파구를 찾기보다 본래의 경로마저 망가뜨리는 것에 가까움에도 강화는 언제나 자신이 해냈다고 생각했고, 실제로 어느 정도는 그랬다. 가로막히는 순간 나아가기를 포기하는 선주로서는 장애물을 모조리 부숴버리더라도 어쨌든 목적지에 도달하는 강화에게 경외심을 가질 수밖에 없었다. 그러나 무지막지한 추진력에도 불구하고 중간에 길이 막히면 어린애처럼 성을 낸다는 점에서, 선주는 이따금 강화가 무력하다고 느꼈다.

"우리를 무시하지 않고서는 할 수 없는 행동이잖아."

우리, 라는 말로 선주를 끌어들이고 있지만 강화의 분노는 오로지 주연으로부터 기인한다는 것을 선주는 단번에 알아차렸다. 그건 못 알아차리기 힘든 종류의 감정이었다.

단순히 주연이 아름답기 때문인지 아니면 선주는 알 수 없는 치명적인 매력을 가졌기 때문인지는 모르겠지만, 강화는 주연에게 강렬한 친밀감을 표현했다. 그건 지나치게 저돌적이라는 점에서 폭력적으로 느껴지기도 했다. 미팅을 주선한 원동력도 주연을 향한 호감과 끌림에서 기인한 것이라고, 선주는 감히 짐작했다. 강화에게 미팅은 애초부터 목적이 아니라 주연과의 시간을 위한 수단에 불과한 것 같았다. 그러니 선주처럼 남몰래 안심하는 것이 아니라 저렇게 화를 내는 거겠지. 강화는 마치 주연이 그들 사이의 잠재적인 미래까지 결코 있을 수 없는 일로 못 박기라도 한 것처럼 굴었다.

다행히 강화가 더 화내기 전에 남자애들이 도착했다. 전부 벙거지 모자에 펑퍼짐한 티셔츠 차림이었고, 한 명만 비니를 쓰고 있었다. 잘나지도 못나지도 않은 고만고만한—딱 선주나 강화 같은—아이들이었다.

"반가워. 나이트 웨이터 아니고 진짜로 이름이 신승훈이야."

들어올 때부터 선두에 있던 녀석이 넉살 좋게 악수를 청하며 강화의 맞은편 창가에 자리 잡았다. 강화는 눈인사만 하고 악수에 응하지 않았다. 당황한 선주가 자기도 모르게 그 손을 잡고 흔들었다. 신승훈은 사람 좋게 웃었고 강화도 별말 없었지만 선주는 미팅 내내, 손을 괜히 잡았다는 생각을 떨칠 수 없었다. 그다지 절박해 보이지도 않았는데. 악수 같은 거 안 했어도 기분 상하지 않았을 것 같은데. 그런 생각은 학기 내내 선주를 주기적으로 괴롭혔다.

들어온 순서대로, 신승훈에 이어서 비니를 쓴 남자애가 선주의 앞에, 남은 한 명이 복도 쪽에 앉았다.

"한 명이 비네?"

"좀 늦는대."

"주인공인가 보다, 야."

어색함에 드문드문 끊기는 대화의 용접을 신승훈이 기가 막히게 성공해내면서 분위기는 제법 무르익었다. 탁자 아래로 강화가 선주를 툭 건드렸다. '서태지까라인줄' 핸드폰의 문자 입력란에는 그렇게 적혀 있었다. 보지도 않고 타자를 치다니. 선주는 속으로 감탄했다. 뒤로 가기 버튼을 누르자 주연이 보낸 문자가 나타났다가 순식간에 사라졌다. 그렇게 밀어붙여 놓고 번호 교환도 안 한 것인지, 문자는 '나 주연인데'로 시작했다. '급한 일이 있어서 못 가게 될 것 같아. 미안해.' 성의 없는 것도 같고 꾸밈없이 진솔한 것도 같은 사과, 별 내용도 없는 그 간결한 문자에 대한 답으로 좀 전의 밀담이 전송됐다면 주연이 얼마나 어리둥절했을지, 선주는 잠시 상상했다.

하마터면 우스워질 뻔했는데도 강화는 도무지 불안하거나 초조한 기색 없이 능숙하게 폴더를 접었다. 그 까닭에 문자는 영영 발송되지 않았다. 강화는 시치미를 뚝 떼고 핸드폰을 탁자에 올려놓았다. 숨기고 있는 마음이나 몰래 친 험담, 답하지 않은 말 같은 건 없다는 듯이.

"이야. 이거 애니콜 아니냐, 애니콜?"

신승훈이 허락도 없이 핸드폰을 가져가 폴더를 열었다 닫았다 하며 감탄했다. 선주는 본능적으로 강화의 눈치를 보았다. 정작 강화는 신승훈을 제지하거나 불쾌한 기색을 내비치지 않았다.

한 시간쯤 지나자 복도 쪽에 앉은 남자애가 슬슬 자리를 옮겨야 할 것 같은데, 하며 눈치를 살폈다. 선주가 가능한 양쪽을 번갈아 보며 대화에 임했음에도 그는 내내 대화에서 미묘하게 밀려났다. 들창코를 의식한 탓인지, 그에게는 웃을 때마다 코를 가리는 습관이 있었다. 티 나게 못난 생김새가 아니었음에도 그런 행동들은 오히려 그가 가리고 싶은 얼굴의 구석구석을 더 도드라지게 만들었다.

그가 스스로 '폭탄'이라 여긴다는 것쯤은 그 자리에 있던 모두가 눈치챌 수 있었다. 폭탄은 폭탄이 마크한다. 그렇게 되면 다소 비참해도 최소한 누구에게도 선택되지 않는 불상사는 피할 수 있었다. 그러나 지금처럼 인원이 부족한 상황이라면 폭탄은 홀로 쓸쓸히 돌아간다. 폭탄이라도 아쉬운 상황이 되자 들창코는 자꾸만 카페의 입구를 힐끔거렸다. 문에 달린 종이 흔들리기만 해도 엉덩이를 들썩이자, 급기야 비니를 쓴 남자애가 들창코의 어깨에 손을 얹으며 장난스럽게 물었다.

"뭐가 그렇게 조급해?"

웃음이 터져 나왔다. 그건 들창코의 외적인 조건보다는 비니의 태도—손길은 전혀 억세지 않았고, 말투도 업신여기는 것처럼 들리지 않았다—에서 비롯된 거였다. 하지만 오랜 세월이 흐른 어느 평화로운 오후, 선주는 그 웃음이 정말 그랬을까? 하는 생각을 떠올렸다.

훗날 불현듯 떠올린 의문처럼, 그 애가 나타났다. 종소리가 웃음소리에 묻혀 들리지 않았기 때문에 그 애는 마치 어디선가 솟아난 것 같았다. 화기

애애하게 떠드는 그들 곁에 스쿠터 헬멧을 쓴 여자애가 어느샌가 다가와 있었다. 가장 먼저 그 애의 존재를 느낀 신승훈이 엇, 깜짝이야, 하고 파드득 튀어 올랐다. 그 바람에 모두가 놀랐다.

여자애는 앞치마같이 생긴 원피스 차림에 겨드랑이에 책 한 권을 끼고 있었다. 헬멧의 고글은 위로 젖힌 채, 두꺼운 잠자리 안경을 쓰고 자신을 향한 열 개의 눈을 훑어보던 그 애는, 이윽고 선주의 옆에 털썩 앉았다. 누구도 초대하지 않은 파티에 쳐들어와 와인을 병째로 들이켜고 입가를 닦는 사람처럼. 하지만 그 애는 황금 사과를 던지고 간 에리스도 아니었고, 부끄러움도 혼란함도 느끼지 못하는 취객은 더더욱 아니었다. 그저 헬멧을 쓴, 갓 성인이 되었음에도 여전히—좋지 않은 의미로—앳된 얼굴을 간직한 여자애일 뿐이었다.

폭탄이다.

모두의 마음속에 떠오른 생각이었다. 들창코는 절망적으로 고개를 떨궜다. 폭탄은 헬멧을 벗지도 않고—헬멧의 존재감은 그 부피감만큼이나 엄청나서, 선주는 자기도 모르게 강화 쪽으로 붙어 앉았다—메뉴판을 가져가 한 장 한 장 천천히 넘겨보았다. 마치 최후의 만찬이라도 앞둔 것처럼 신중한 태도였다. 그 애에게는 좌중을 압도할 만한 힘이 전혀 없어 보였음에도 다들 선뜻 말을 걸지 못했다.

메뉴판을 유심히 살피던 폭탄은 우엉차를 주문했다. 아이스 커피도 아니고 라떼도 아니고 하다못해 매실차나 오미자차도 아닌 우엉차라니. 저런 걸 돈 내고 먹는 애가 있구나. 선주는 속으로 놀라워하면서도 어쩐지 오늘 처음 보는 저 애가 먹을 만한 음료라고 생각했다.

빼앗긴 관심을 되찾아오려는 듯 신승훈이 작위적인 헛기침으로 주의를 끌었다. 그러고는 마치 본래부터 알고 지낸 사이라도 되는 것처럼, 나서서 아이들을 소개했다.

"딱 맞춰서 왔네. 안 그래도 막 소지품 교환하려던 참이었는데."

모두가 폭탄을 쳐다봤다. 네가 소개할 차례야, 하는 눈빛으로. 폭탄은 신 승훈, 비니, 들창코, 선주, 마지막으로 강화까지 천천히 살펴보았다. 아주 짧은 시간이었지만, 선주는 그 애의 눈길이 강화에게 더 오래 머문다는 것 을 알았다.

그때 종업원이 우엉차를 내왔다. 휴전 선언이라도 한 것처럼, 긴장이 잠 시 느슨해졌다. 두 손으로 잔을 소중히 감싸고 차를 들이켜자 폭탄의 안경 에 뿌옇게 김이 서렸다. 커튼 사이로 햇볕이 헬멧에 내리쬐었다. 신이 뭔가 를 점지하는 것 같기도 하고, 레이저포인터로 교사의 이마를 쏘는 남학생 의 짓궂은 장난 같기도 한 햇살에도 폭탄은 평화롭게 우엉차를 홀짝거렸 다. 모두의 시선이 집중된 가운데 천천히 찻잔을 내려놓은 그 애가 마침내 입을 열었다.

"나 폭탄이야."

그 말을 듣자마자 들창코는 사레가 들렸다. 비니가 들창코의 등을 두드 리면서 작은 소리로—그러나 모두에게 들리도록—니 말고, 했다. 스스로 폭탄이라 소개한 그 애는 방해에도 아랑곳하지 않고, 흐트러지지 않은 시 선으로 모두를 똑바로 응시했다.

"내 몸에 시한폭탄이 들어 있어."

적당히 고요한 카페에는 적당한 소음이 섞여서 기분 좋은 평화로움을 만 들어내고 있었다. 커피 원두를 그라인더로 가는 소리. 손님이 드나들 때마 다 문에 달린 종이 딸랑거리고, 서서히 잦아드는 소리. 그리고 귀를 기울이 면 들리는 흥미로운 수다.

"이게 터지면, 너희는 여기서 다 죽어."

한 손으로는 찻잔의 바닥을, 다른 한 손으로는 기둥을 감싼 폭탄이 뭔가 를 점지하는 것처럼, 피할 수 없는 죽음을 예견하는 것처럼, 눈에 닿을 수 도 있다는 생각은 하지 않고 경솔하게 쏘는 레이저 불빛처럼 내뱉었다.

"지구의 평화는 나에게 달려 있어."

그로부터 23년이 흘렀지만, 지구는 폭발하지 않았다. 선주는 살아남았다. 강화도 살아남았다. 전해 들은 바에 의하면, 주연도 무사했다.

신승훈과 비니, 들창코도 여전히 살아 있었다. 1990년대가 막을 내리면서 신승훈은 더 이상 까불지 않게 되었다. 난데없이 의대에 가겠다며 학기를 마치기도 전에 자퇴한 그는 4수 끝에 지방 국립대의 공학부에 들어갔다.

들창코는 성공적인 콧볼 축소 수술로 21세기의 시작과 함께 새 삶의 지평을 얻었다. 그는 연달아 여자친구를 사귀었으나 누구와도 오래가는 법이 없었다. 비니와 선주는 미팅에서 유일하게 성사된 커플이었다. 그러나 한 달 남짓 만나는 동안 영 마음에 진척이 없어서 결국 친구로 남기를 택했다.

미팅 이후로도 폭탄을 제외한 다섯은 곧잘 어울렸다. 심지어 비니는 선주에게 소개팅을 주선해준 적도 있었다. 알고 보니 같은 도서관 근로 장학생이던 소개팅 상대는 선주와 공통점이 많았다. 사귄 지 6년째 되는 해에 두 사람은 결혼했다. 남편과 비니는 이전까지 그냥 인사만 하는 사이였는데, 선주의 결혼 이후에는 부부 동반 모임을 결성해 곧잘 어울렸다. 그것을 두고 언젠가 강화가 물었다.

"그건 좀 이상하지 않아?"

"뭐가?"

"너희들 말이야."

선주는 뭐가? 하고 다시 묻고 싶었지만, 그러지 않았다. 몰라서 묻는 게 아니라 그저 용기가 없어서 하는 질문이라는 걸 알아서였다. 네가 뭔데? 가 아니라 그냥, 뭐가? 하고 묻는 게 자신이 표출할 수 있는 최대한의 불만이라는 사실이 창피했다. 살아온 세월이 쌓이면서 나름의 잣대와 요령이 생겼다고 믿고 싶었으나, 뭐든지 기면 기고 아니면 아닌 강화 앞에 서면 선주는 자신이 여전히 맹탕 같은 스무 살 여자애처럼 느껴졌다.

"아니, 그렇잖아. 그래도 전에 사귀던 앤데."

"겨우 한 달 만났는데, 뭘."

"내 말은, 남편이 보기에 이상하지 않겠냐는 거지."

"그런가……."

"뭐, 네가 알아서 하겠지만."

선주가 대꾸가 없자 잠시 후 강화는 그냥 그렇다고, 하고 덧붙였다. 짧은 연애 끝에 선주가 솔직한 마음을 털어놓았을 때 비니는 역시 친구로 돌아가자, 고 제안했다. 그리고 지금까지도 그것을 정말 잘한 결정이라고 생각했다. 이에 대해서는 비니도, 선주도, 선주의 남편도 이견의 여지가 없었다. 그래서 부부 동반 모임을 마치고 돌아가던 어느 날 남편이, 그런데 비니와 이전에 만났던 것 아니냐고 물었을 때 선주는 굉장히 놀랐다.

"만났지. 알고 있던 거 아니었어?"

남편은 알고 있었지만 막상 직접 들으니 기분이 썩 좋지 않다고 했다. 선주는 그 말에 웃었다.

"안 좋을 게 뭐가 있어. 다 옛날 일인데."

그러나 집으로 돌아가는 길 내내 두 사람은 다투었다.

"사귀는 사이에 볼 장 못 볼 장 다 봤을 거 아니야."

"그게 걱정인 거야? 그래?"

"그런 문제가 아니잖아."

남편은 빠르게 스쳐 가는 도로에 석연찮은 시선을 던지며 중얼댔다. 선주의 언성이 높아졌다.

"그럼 뭐가 문젠데?"

"누가 문제래."

그것이 대화의 끝이었다. 얼어붙은 공기 속에서 고가도로를 달려 집에 도착해 씻고 누울 때까지, 두 사람은 한마디도 하지 않았다.

다음 날이 되자 전날의 언쟁은 사라지고 없었다. 퇴근 후 두 사람은 평소처럼 마주 보고 앉아 저녁을 먹었다. 식사 내내 남편은 장모가 담근 갓김치에 감탄했다. 몇 달 후 모임의 일원이 상을 당해 충남 당진까지 내려갔을 때 그곳에는 비니도 있었다. 남편은 비니와 아무렇지도 않게 대화했다. 돌아오는 길에 선주와 남편은 다투지 않았다. 휴게소에 들러 어묵을 먹을 때는 장난도 쳤다.

그 문제는—이전까지 선주는 그것이 문제가 될 거라는 생각을 해본 적이 없었지만—아주 자연스럽게 봉합된 것처럼 느껴지기도 했고, 엉망으로 어질러진 방의 물건들을 벽장에 억지로 쑤셔 넣고 문을 영영 닫아버린 것 같기도 했다. 그렇게 감춰둔 물건들이, 문을 여는 순간 한 번에 덮칠 거라는 막연한 불안을 뒤로하고.

"신혼도 아닌데 그런 걸로 다툰 거면 오히려 좋은 신호지."

"그런가."

"그렇지. 오래 살면 말도 안 하고 각방 쓰는 부부들이 얼마나 많은데."

선주는 다시 그런가, 했다. 강화는 그렇지, 했다.

다툼의 전말을 들은 비니가 "그래도 아직까지 관심이 있으니까 그런 사소한 걸로 질투하는 것 아니겠어?"라며 전혀 상관없는 사람의 이야기처럼 반응했다고 하자, 강화의 표정이 이상해졌다.

"그걸 걔한테 왜 말해?"

"말 못 할 건 또 뭐야."

비니에게 남편을 소개받았을 때, 결혼을 하게 되었을 때, 기러기 아빠가 되어서도 비니가 꼬박꼬박 모임에 얼굴을 내밀었을 때, 그때마다 강화는 비슷한 반응이었다. 한 번은 아직도 비니에게 마음이 있는 것 아니냐고 물은 적도 있었다. 그런 질문이 불쾌했던 건, 비니를 들먹이고 있지만 실은 강화가 선주의 결혼을, 어떤 때는 선주 자체를 깔보고 있다는 느낌을 종종 받았기 때문이었다. 강화가 선주의 무신경함을, 남편이 느끼는 서운함의 합당성을, 비니와 나누는 우정의 부적절함을 건드릴 때마다 선주는 가슴이 콕콕 쑤셨다. 그러면서도 한편으로는 강화가 뭔가를 진단해주기를 원했다. 그들 부부 사이에 있는 것이 무엇이고 없는 것이 무엇인지, 일이 이 지경이 될 때까지 선주가 놓친 것들은 무엇이었고 지키려고 애써왔던—남편은 언제나 너는 너무 초연해, 그러지 않아야 하는 문제에 있어서도, 하고 말하곤 했다—것들은 무엇이었는지 똑바로 짚어주기를, 어떤 때는 날카로운 말로 아프게 긁어주기를 기대했고, 그런 기대가 강화에게 읽힐까 늘 두려웠다.

그렇지만 정작 강화 앞에서는 오래전 일이잖아, 하고 얼버무리는 게 다였다.

"야, 너는…… 아니다. 어련히 알아서 잘하시겠지."

이번에는 선주도 그런가, 하지 않았다. 내려앉은 침묵을 통해 강화가 빈정이 상했다는 걸 짐작할 수 있었지만, 선주는 나서서 분위기를 풀려는 시도를 하지 않았다. 강화에게 타인의 기분을 어루만져주는 섬세함이 없는 대신, 얼마간 시간이 지나면 다시 평소처럼 돌아오기 때문이었다. 선주와 남편이 지난 20년간 그랬던 것처럼.

선주가 비니와 헤어진 이후로도 남자애들과 어울렸던 것과 달리, 강화는 서서히 그들과 멀어졌다. 그 결속이 이해되지 않았던 건, 친교의 중심이 명백히 강화였기 때문이었다. 바람을 잡는 건 대개 신승훈이었지만 약속 시간과 장소, 만나서 먹을 음식처럼 사소한 부분까지도 결단을 내리는 건 늘 강화였다. 강화가 만나자고 하면 만남은 추진되었고, 다음에 보자고 하면 결렬되었다. 다섯이서 어울리는 동안 선주는 늘 강화를 따라다니는 깍두기 신세였다. 거기에 기분이 상한 적은 없었다. 선주는 늘 자신에게 주어진 소박한 역할에 만족하며 살아왔으니까. 그렇지만 때때로 나는 빠지고 강화만 있어도 크게 다를 것 없지 않나, 하는 생각도 들었다.

그런데 어느새 강화는 모임에서 완전히 이탈하고 없었다. 비니와 사귄 것도, 신승훈의 자퇴와 들창코의 연애를 상담해준 것도, 결혼하고도 주기적으로 연락을 주고받으며 관계를 지속하는 것도, 강화가 아닌 선주였다.

"강화 걔는 요즘 뭐 한대?"

두 번째 수능을 대차게 말아먹은 신승훈을 위로하기 위해 다 같이 모인

날, 들창코가 불쑥 물었다. 정말로 궁금하다기보다, 이제는 강화의 근황을 물을 수 있는 사람이 되었다는 걸 드러내고 싶은 것 같았다. 그때쯤 들창코는 매번 새로운 여자와—심지어 어떤 때는 한 번에 두 명과도—만남을 가졌다. 크게 달라진 게 없는 것 같은데도 여자가 끊이질 않는 이유가 단순히 외모의 변화 때문인지 그로 인해 치솟은 자신감 때문인지는 알 수 없었지만, 하여튼 들창코는 한결 너그러워진 세상의 순리에 무척이나 만족하는 듯했다. 들창코는—그의 코는 더 이상 들창코가 아니었지만—대화 도중 비니에게 팔을 두르거나 신승훈의 등을 아프지 않게 쳤는데, 두 사람은 그 손길에 기분이 상하거나 위축되어 보이지 않았다. 사실 신승훈은 두 번째 수능을 망친 뒤로 늘상 위축되어 있기도 했다.

선주는 어느새 '다 같이'에 강화가 포함되지 않는다는 사실에 놀랐다. 무리에서 빠져나가는 과정이 너무도 자연스럽고 고요하게 이루어져서, 강화는 애초부터 존재하지 않던 사람 같았다. 어쩌면 이 모임은 강화가 없어서 유지될 수 있는지도 몰랐다. 때때로 어떤 관계는 무언가 종결되어야만, 누군가 분리되어야만 존속될 수 있는 것 같았다.

그런 마음을 들키지 않으려는 듯, 선주는 최대한 가볍게 대꾸했다.

"그러게. 뭐 하고 지내나 몰라."

그러는 동안 강화는 연애를 했다. 의외였던 사실은 강화가 연애에 꽤 자주, 열정적으로 임한다는 거였다. 강화의 애인들은 강화에게 맹목적으로 매달렸다. 선주는 그들이 강화의 어떤 점에 이끌리는지 궁금했다. 오랫동안 선주는 강화가—그리고 강화가 가진 분위기가—남성들을 밀어낸다고 생각했는데, 어떤 이들에게는 오히려 그런 모습이 매력으로 작동하기도 하는 모양이었다. 그렇다 쳐도 무아지경이 될 정도로 강화의 매력이 대단한가 하면 납득하기 힘든 점이 많았다. 무엇보다 가장 이해하기 힘들었던 건 강화의 태도였다. 강화는 사귀는 사이라는 이유만으로 그들을 함부로 대해도 되는 것처럼 굴었다. 약속 시간을 어기거나 멋대로 바람맞히는 건 기본이고, 아무 때나 불러내 당장 달려오지 않으면 상대를 몰아세웠다. 강화가 폭군처럼 굴 때마다 연인들은 더욱 쩔쩔맸다. 강화가 매번 휘두르기 쉬운 성향의 인간들만 만나는 건지, 아니면 강화와의 교제가 그들을 쉽게 휘둘리는 사람으로 만드는 건지는 알 수 없었다.

강화의 폭력적인 연애를 지켜볼 때마다 선주는 보면 안 되는 광경을 목격한 기분이었다. 그들이 강화에게 시달리고 매달리고 애원하는 것을 볼 때마다 강화가 애원하는 것을 보는 기분이었고, 그건 선주를 덩달아 비참한 기분으로 만들었다.

미팅으로부터 얼마 지나지 않아 선주가 연애 사실을 털어놓았을 때, 강화는 지나치게 놀랐다.

"누구랑?"

단순한 질문인데도 선주는 순간 기분이 상했다. 그 마음을 들키지 않으려고 괜히 별일 아니라는 듯 시큰둥하게 대답했다.

"가운데 있던 애."

"그 서태지 까라?"

"그건 신승훈 아니었어?"

"야, 이름이 신승훈인데 어떻게 서태지 까라가 되냐."

"까라니까 상관없지 않나……."

강화는 멍하니 있다가 난데없이 웃음을 터뜨렸다. 탁자를 내리치며 괴로운 건지 즐거운 건지 구별이 가지 않는 표정으로 박장대소하는 강화를 종업원—미팅 날 서빙하던 종업원이었다—이 건너다봤다. 선주는 쩔쩔매며 야아, 조용히 웃어, 하고 소리 낮춰 말했다. 그러면서도 웃지 마, 가 아니라 조용히 웃어, 라고 요구한 게 어이가 없었다. 한참을 들썩이던 강화가 눈에 매달린 눈물을 닦으며 고개를 들었다. 어느새 말끔해진 얼굴로 강화가 물었다.

"좋냐? 연애하니까?"

"좋지, 그럼."

강화의 꾸며낸 불량함에, 선주는 갑자기 마음이 놓였다. 강화가 낄낄거렸다. 좋쥐이 구러엄. 부러 놀리는 투로 흉내 내는 강화가 선주는 밉지 않았다.

"내일 만나기로 했는데 너도 올래?"

"데이트하는 데 껴서 뭐 하냐."

"데이트 아냐. 다 같이 만나기로 했어."

"다 같이?"

강화의 반문에 선주는 폭탄을 떠올렸다. 처음부터 다섯 명밖에 없었던 것처럼, 그날을 회상할 때면 다들 기억에서 폭탄을 제거하고 이야기했다. 언급을 피하기만 하면 존재를 깨끗하게 도려낼 수 있는 것처럼. 똑딱거리며 시간이 줄어드는 초시계를 모른 척하면 시한폭탄이 터지지 않기라도 하는 것처럼.

"주연이랑 얘기는 해봤어? 그때 왔던 주연이 친구라는……"

"친구?"

강화가 피식 내뱉는 웃음이 날카로웠다. 강화는 좀 전처럼 찡그리지도 웃지도 않았지만 선주는 강화가 화가 났다고, 필사적으로 화를 참고 있다고 느꼈다.

"니가 보기엔 걔가 이주연이랑 어울리냐?"

어울리지 않았다. 처음 봤을 때부터 느꼈다. 선주나 강화만이 아니라 그 자리에 있던 모두가, 아니 주연을 아는 사람이라면 누구라도 그렇게 생각할 게 분명했다.

신입생 엠티에서 모두의 이목이 쏠린 가운데, 주연은 긴장하지도 않고 불문학을 전공하고 있다고 소개했다. 특별한 내용도 아니었는데 동아리원들은 환호했다. 밤이 깊은 숙소에서 여자애들끼리 모여 속 얘기를 할 때— 아직 서로의 이름도 못 외운 아이들은 그런 식의 솔직함으로 친목을 다지려 했다—주연은 관심 가는 선배나 거슬리는 동기의 이름을 대는 대신 실은 문헌정보학과를 지망했다고 고백했다. 부모님의 반대로 진학은 못 했지만 나중에 나이가 많이 들면 작은 서점을 열고 싶다고. 누군가 작은 소리로 되게 의외다, 했다. 선주는 남몰래 동감했다. 성적에 대한 미미한 열의와 집안 형편을 고려한 몇 안 되는 선택지를 두고 최대한 저울질해야 했던 자신과 달리 주연은 무엇이든 고를 수 있고, 무엇도 될 수 있을 것 같았다.

예상치 못한 공통점에도 선주에게 주연은 살면서 도무지 가까워질 일이 없는 부류처럼 느껴졌다. 어쩌다 뒤풀이에서 같이 앉게 되면, 주연은 선주를 모두와 평등하게 대했다. 그럴 때면 선주는 특별 취급을 받은 것도 아닌데 강화의 눈치가 보였다. 미팅 이후 강화는 시종일관 주연을 무시했다. 심술에 가까운 냉대가 실은 주연의 관심을 끌기 위한 시도라는 점에서 강화의 그런 태도는 좀 우스워 보이는 면이 있었다. 주연은 강화의 노골적인 적의에 맞대응하거나 피하지 않고 이전과 같은 태도로, 우아하게 인사를 건넸다. 그렇게까지 나오면 강화도 더는 무시하지 않았지만, 탐탁지 않은 표정으로 눈인사를 하는 게 최선이었다.

주연이 폭탄에게도 강화와 선주에게 그랬듯 친절을 베풀었다면, 폭탄이 주연의 대타라는 과분한 이름으로 미팅에 나타난 경위도 대충 이해가 갔다. 폭탄은 등장만으로 모두의 마음을 어수선하게 만들었지만, 그건 주연에게 쏟아지는 관심과는 질적으로 다른 종류였다. 한마디로 두 사람은 급이 맞지 않았다. 선주는 주연 역시 그 사실을 모르지 않을 거라고, 내심 돋보이고 싶은지도 모른다고, 연민에서 우러난 반쪽짜리 우정인 게 틀림없을 거라고 매도하고 싶어졌다.

"올 거지?"

그렇게 물으면서도 선주는 강화가 오길 바라는지 아닌지 알 수 없었다. 어느 쪽이든 강화가 확답을 내려줬으면 했다. 강화의 강한 호불호는 곤란할 때가 많았지만, 상대를 안정시키는 묘한 힘이 있었다.

"아무리 그래도 걔는 첫 데이트부터 친구를 부르냐."

강화는 한쪽 다리를 복도에 무방비하게 내놓고 비딱하게 앉아 있었다.

선주는 지나다니는 사람들이 다리에 걸려 넘어질까 봐 조마조마했다.

"나도 그러자고 했어. 다 같이 놀고 싶어서."

강화는 친절한 것도 같고 걱정스러운 것도 같고 한심한 것도 같은 표정으로, 선주가 알지 못하는 세계를 한참 전에 경험한 사람처럼 노골적인 거드름이 섞인 웃음을 지었다. 그러고는 선주의 답 같은 건 애초에 기다린 적도 없다는 듯 중얼거렸다.

"그러면 금방 못 갈 텐데."

빈 잔을 수거하던 종업원이, 강화의 다리를 미처 보지 못하고 훌쩍 넘어갔다.

보존서고의 규모가 서가 전체를 합친 것보다 방대하다는 사실을 아는 이용객은—심지어 사서 중에서도—거의 없다. 도서관이라는 공간이 사람들의 흥미에서 밀려난 지 오래이니 그렇게 놀랄 일은 아니었다. 보존서고라는 명칭 탓에 각별히 주의를 기울여야 할 문서나 귀중한 자료들만 취급한다고 생각하기 쉬웠지만 실은 사람들이 잘 찾지 않는 자료들, 인기 없는 소설집이나 구판 도서가 정해진 수순처럼 그곳으로 들어가곤 했다. 보존이라는 이름의 망각의 공간으로. 빙산의 일각이 숨기고 있는 거대한 몸통으로.

—다음 주에 법원에서 보자.

선주는 남편의 간략한 문자를 들여다보았다. 평소 핸드폰을 달고 사는 근로 학생의 근태가 그렇게 거슬릴 수 없었는데—남편에게 요즘 애들은 다 그런가? 하고 물은 적도 있었다—오늘 자신이 딱 그 모양이었다. 짧게 끊어지는 대화의 맥락을 파악하려 화면을 위아래로 움직여봐도 얻을 수 있는 정보는 그게 전부였다. 숨겨둔 단서나 진심 같은 건 찾을 수 없었다. 어쩌면 진심이라는 게 더는 남아 있지 않아서 이렇게 간단명료한 문자를 보낼 수 있는지도 몰랐다.

책을 내려놓는 소리가 꽤 크게 들리고서야 선주는 핸드폰에서 눈을 뗐다. 한쪽 귀에만 무선 이어폰을 낀 학생이 짜증스러운 표정으로 서 있었다.

선주는 대출반납은 1층에서 가능하다고 사무적으로, 그러나 기분이 상했다는 걸 들키지 않을 만큼 친절하게 안내했다. 학생은 한숨을 푹 쉬고는 책 안에 꽂아둔 이면지를 꺼내 부채질을 했다.

"아 그냥, 여기서 해주시면 안 돼요?"

선주가 다시 한번 같은 말을 반복하자, 학생은 책을 낚아채듯 쥐고 떠나버렸다. 멀어지는 뒷모습을 보며, 선주는 성인임을 자주 잊고 어린애처럼 구는 학생들을 겪을 때마다 되뇌는 말을 떠올렸다. 원래 저런 인간은 아닐 것이다. 상황이 그렇게 만들었을 뿐이다. 그렇지만 때때로, 아주 자주, 주어진 역할 이상은 결코 하지 않는 근로 학생의 딴짓을 못 본 체하거나 가망 없는 정규직 전환에 울먹이는 동료를 달래는 일, 나이 든 신입과 젊은 사수 사이의 갈등을 중재하는 것 외에도 도서관의 온갖 소음과 갈등과 소란을 감내하는 것까지 업무의 일부라는 사실이 변덕스런 날씨만큼이나 이해하기 힘들었다.

선주를 포함한 열 명 남짓의 모교 출신은 모두 정규직이었다. 취업난이니 경쟁률 몇백 대 일이니 하는 문제 이전의 시대였다. 도서관에서 근무하는 오랜 세월 동안 떳떳하지 않은 방법으로 자리를 얻었다고 생각한 적은 없었다. 그러나 요즘 들어서 공무원 시험을 포기하고 비정규직으로 버티길 택하는 직원들이나, 최저임금을 받으며 일하는 근로 학생들을 지켜보다 보면 참을 수 없는 부끄러움이 밀려올 때가 있었다. 깊은 밤, 코도 골지 않고 중간에 숨을 멈추는 법도 없이 고요하게 자는 남편 옆에서, 자신이 내는 아주 작은 소리까지 소음으로 느껴질 때만큼 부끄러운 기분이었다. 깨끗이 닦은 대리석 바닥에 눈에 띄는 한 점의 먼지가 된 것 같았다.

방학이었고, 도서관 내부는 한산했다. 근로 학생은 바퀴 달린 서재를 끌고 서가 사이로 사라진 지 한 시간째 모습을 보이지 않고 있었다. 학생이 떠난 자리에 이면지가 떨어져 있었다. 한숨을 쉬고 일어서자 반복된 마찰로 매끈한 바닥에 의자가 끌리면서 끔찍한 소리가 났다. 선주의 입에서 끙, 하는 소리가 절로 나왔다. 평생을 마른 체형으로 관리와는 거리가 먼 삶을 살아온 선주였지만 이제는 일어나고 앉는 단순한 동작도 이전처럼 쉽지 않았다. 젊음이라는 건, 노력하지 않아도 쉽게 움직이거나 움직이지 않을 수 있는 특권이라는 걸 선주는 이제야 체감했다.

선주가 무거운 몸을 다 일으키기도 전에, 누군가 종이를 주워 책상에 올려놓았다. 반으로 접힌 종이가 벌어지며 인쇄되다 만 중요하지 않은 문자들이 드러났다. 요즘 유행하는—선주는 그것들이 다시 유행하게 된 것을 무척이나 이상하게 여겼다—통이 큰 청바지와 티셔츠를 입고 무신경하게 자른 머리카락을 목덜미까지 기른 여자애가 어느샌가 선주의 앞에 서 있었다. 도서관을 드나드는 학생들의 절반이 자기 몸집보다 현저히 작거나 큰 옷을 걸치고 다녔다. 그런데 눈앞의 여자애는 그들과 달리 어딘지 모르게 어수룩한 느낌을 풍겼다.

고마워요. 종일 말을 하지 않은 탓에 선주의 입에서 갈라진 인사가 나왔다.

"이선주 선생님?"

선생님이라는 호칭은 익숙했다. 도서관에서, 사서들과 교직원들은 서로를 선생님이라고 불렀다. 심지어 이혼 조정 신청을 위해 방문한 법원에서도 그렇게 불렀다. 나는 뭘 가르치는 사람이 아닌데. 내게 뭘 배웠다고 저 사람들은 나를 선생님이라고 부를까. 달리 적당한 호칭이 없을 때 사용하는 존칭이라는 것, 자신도 도서관 이용객들을 곧잘 그렇게 부르곤 한다는 것을 알았다. 그러나 법원의 명도 높은 불빛 아래서 숙려 기간 동안 지켜야할 주의사항을 한 귀로 흘리며, 남편과 나란히 앉아 살아온 세월이 무색하게 끝을 바라보고 있자니 그런 생각이 울컥울컥 차올랐다.

"연체 도서 반납하러 왔는데요."

여자애는 조심스럽게 책을 내밀었다. 『기록과 보존』. 선주도 신입생 시절 빌려본 적이 있는 기초 교재였다. 몇 번의 개정을 통해 표지는 제법 세련되게 바뀌었으나 대학 교재라는 것이 으레 그렇듯, 아무리 뜯어고쳐도 특유의 케케묵은 느낌은 지울 수 없었다. 개정판이 간행되면서 구판은 보존서고로 옮겨졌다. 그 과정에서 분실 도서가 여럿 확인됐다. 시스템상으로는 분명히 존재하는데 어디에도 없는 책도 있었고, 몇십 년째 장기 연체 중인 책도 있었다. 사실상 돌려받을 수 있는 가능성을 포기해버린 책들이었다.

개정이 두 번이나 될 동안 어디 처박혀 있었던 건지, 여자애가 내민 책은 표지에 하얀 손자국이 가득했고 책등은 반쯤 뜯어져 형태가 유지되지 않을 정도로 너덜거렸다. 노랗게 변색된 종이는 곧 바스러질 것 같았다. 이미 오래전에 벗겨져 때가 타고 말린 코팅지를 펼쳐 보았지만, 바코드가 닳아서 인식이 되지 않았다. 손을 떼자마자 코팅지가 도로 돌돌 말렸다. 선주가 선뜻 책을 건드리지 못하다가, 이내 포기하고 물었다.

"성함이 어떻게 되시나요?"

"지희준이라고 합니다."

"히? 히요?"

"아뇨. 흐이요. 흐이. 지, 흐이, 준."

희준은 입을 가로로 길게 늘이고 흐이, 하며 성실하게 발음까지 일러주었다. 스톱모션 애니메이션에 나오는 점토 인형처럼 입술이 네모나게 벌어지자 보조개가 드러났다. 선주는 흐이, 하고 저도 모르게 따라 했다. 희준이 반가운 듯 네, 흐이흐이, 했다. 선주는 전산망에 희준의 이름을 쳤다. 아무런 정보도 나오지 않았다. 혹시나 싶어서 지히준으로도 검색해보았지만 마찬가지였다.

"조회가 안 되는데, 대출자 성함이 지희준 님 맞으세요?"

"아, 지희준은 제 이름이고요. 대출한 사람은 저희 엄마세요."

선주는 웃음기 없는 친절함으로—넌 파고들 틈이 없는 것 같애, 라던 남편의 표현대로—다시 물었다.

"어머니 성함 한번 불러주시겠어요?"

표지 안쪽에는 크림슨 색 종이 봉투가 부착되어 있었다. 본래 색상이 그런 건지 바랜 건지는 구분되지 않았다. 손끝으로 봉투 입구를 벌려 대출 기록부를 꺼내자, 맨 위에 익숙한 이름이 있었다. 문헌정보학과 199906016 이선주. 선주는 다른 사람의 이름처럼 그것을 매만졌다. 그 아래는 단 한 개의 이름이 적혀 있었다. 희준은 또박또박하게 대답했다.

"지, 수, 연이요."

미처 블라인드를 내리지 못한 창문으로 햇빛이 한 줄기 들어왔다. 선주의 근무지는 지하 1층이었지만, 도서관이 경사에 위치한 탓에 완전한 지하라고 보기는 힘들었다. 이용객들도 지하의 출입구를 후문으로 여기며 자유롭게 드나들었다. 아침저녁으로 환기를 시킬 때면 창문 너머로 시간의 흐름도 알 수 있었다.

"총 84만 7천 9백 원이에요."

"네?"

"연체료요. 제가 계산해왔어요. 바코드 잘 안 찍히잖아요."

저무는 해가 희준의 얼굴을 비추었을 때, 선주는 웅크린 몸이 잔잔한 수면 위로 떨어지면서 일으켰던 파란을 떠올렸다. 세기말의 폭탄을 몸 안에 지니고 다녔던 아이. 희준의 보조개가 즐거움을 담은 것처럼 움푹 들어갔다. 자신이 가진 게 얼마나 큰 자산인지 모르는 이의 특권 같은 미소였다.

아. 폭탄이다.

"현금 영수증 되나요?"

99년, 폭탄의 몸속에 웅크리고 있던 작은 폭탄이 눈앞에 있었다.

선주는 한 시간 만에 나타난 근로 학생에게 자리를 맡기고 희준을 사무실로 데리고 왔다. 예의상 차를 권하자 희준은 씩씩하게, 저는 이거면 됩니다, 하고는 탕비 구역에 놓인 우엉차 티백을 서슴없이 집었다.

"연체 기간이 길기도 하고, 대리 반납이라 처리해야 할 게 좀 있을 거예요."

"아마 신원 조회는 안 될 거예요. 엄마가 1학년 마치고 자퇴했다고 들었고, 작년에 돌아가셨거든요."

희준은 그 말을 아무렇지도 않게 했다. 슬픔을 감추려는 의도도 읽히지 않을 만큼 담백하게. 아주 짧은 시간 동안 선주는 모든 동작을 멈추었다가, 사무실을 굴러다니는 이면지를 분주하게 뒤적였다.

"괜찮아요. 그렇게 가까운 사이는 아니었어서. 엄마가 많이 바빴거든요."

분주함으로 감추려 했던 다급함을 간파한 듯, 희준이 좀 전과 같은 투로 말했다. 선주는 희준의 말투에 안도감을 느꼈다.

넌 진짜 아무렇지도 않아 보이네. 이혼 사실을 알렸을 때 강화는 그렇게 말했다. 그런가, 그래 보이나, 하고 넘겼으나 선주는 정말로 아무렇지 않았다. 때때로 선주는 아무렇지도 않다는 사실이 부끄러웠고, 부끄러워한다는 사실을 들키고 싶지 않았다. 어떨 때는 지나치게 몰두한 나머지 창피한 줄도 모르는 강화가 부러웠다.

"잔돈까지 맞춰서 드리는 게 편하시죠."

희준이 천 지갑을 꺼내 뒤집자 동전이 쏟아졌다. 희준은 주저 없이 무릎을 꿇고 책상 아래로 굴러떨어진 동전을 주워 담았다. 그러고는 금액별로 나눠서 무너지지 않게 조심조심 탑을 쌓았다. 선주는 잠시만 기다려달라고 둘러대며 사무실을 빠져나왔다. 핸드폰을 켜자마자 남편의 마지막 문자가 화면에 떠올랐다. 선주는 망설이지 않고 통화 버튼을 눌렀다.

―어, 왜.

"물어볼 게 있어."

―……지금?

"어, 지금."

―법원에서 하면 안 되는 문제야?

"연체비가 84만 7천 9백 원인데 현금 영수증 발급을 해주는 게 맞아?"

―뭐?

"맞아? 그래도 돼?"

―급하다는 게 그거야?

"응."

―뭐…… 맞겠지? 그런 게 현금 영수증이니까.

"맞겠지가 아니라 맞냐고."

―나도 몰라. 갑자기 그런 걸 물으면 어쩌라고.

"너도 일해봤으니까 알 거 아냐."

―겪어봤어야 알지. 그런 경우가 어디 흔하냐?

"알겠어. 고마워."

선주는 전혀 고맙게 들리지 않는 목소리로 전화를 끊었다. 남편과의 대화는 늘 이렇게, 해소되지 않은 채로 끝이 났다. 적절한 순간에 필요한 질문을 하는 것. 그것이 그들 사이에는 부재했다. 그러고 보면 선주도 이혼을 앞두고서 뜬금없이 결혼생활과 관계없는 질문이라는 것을 한 셈이었다.

사무실로 돌아오자, 희준은 종이컵에 티백을 담갔다 뺐다 하며 차를 우리고 있었다.

"우선 가족관계를 입증할 만한 서류가 있어야 할 것 같은데……."

희준은 그런 준비쯤은 이미 마쳤다는 듯이 메고 있던 핑크색 가죽 핸드백―그 나이대 학생이라면 흔히 들 법한 중저가 브랜드였는데 편안하고 수수한 차림에는 오히려 튀었다―에서 의기양양하게 서류를 꺼냈다. 네 등분으로 접힌 종이를 펼치자, 상단의 '가족관계증명서(폐쇄)'라는 명칭이 드러났다. 서류에는 지수연과 지희준이 자녀로 명시되어 있었다. 어린 딸 대신 조부모가 호적에 올린 듯했다. 지수연의 이름 옆에는 '사망자'라고 적혀 있었다. 괄호 안의 폐쇄와 이름 옆의 사망자. 그렇게 표기하는 것만으로 한 인간의 삶이 끝났다고, 관계라고 할 만한 것이 더는 존재하지 않는다고 증명할 수 있다는 게 놀라웠다.

"주연 이모한테 선생님 말씀 들은 적 있어요."

희준이 선주의 눈치를 보며 조심스럽게 말했다. 마치 선주에게 관계의 결정권이라도 있는 것처럼. 희준은 모르는 대단한 비밀을 선주가 알고 있기라도 한 것처럼.

"주연 이모, 아시죠?"

희준의 말투에는 자부심이 묻어났다. 우리 이모 정말 대단한 사람이죠. 그렇게 말하는 것 같았다. 엄마의 친구에게 종종 이모라고 부르는 경우가 있다는 걸 알았지만, 선주는 그런 식의 호칭이 부담스러웠다. 실제 친분의 정도보다 과장하는 기분이 들기 때문이었다. 선주에게도 조카들이 있었다. 이종사촌의 자식이었는데, 어렸을 때 몇 번 만났을 뿐 지금은 몇 살인지도 알지 못했다.

주연이 박정아나 이효리 같은 슈퍼스타 혹은 아나운서, 그것도 아니면 대기업 사모님이 아닌 교수가 되었다는 소식은, 그러면서도 주연이 소망했던 사서나 서점 주인이 아닌 전공을 살려 불문학 교수가 되었다는 소식은 동경과 시기로 똘똘 뭉친 이들에게 묘한 안도감을 주었다. 그런데 정작 강화는 주연의 임용 소식을 듣고도 시큰둥했다.

"만약에 말야, 그때 미팅에 이주연이 왔으면 어땠을까?"

선주가 글쎄, 하고 대답을 피하자 강화는 킬킬거리며 말했다.

"너네 남편, 하마터면 부인 바뀔 뻔한 거 아니냐."

겉으로 보기에 강화는 주연에 대한 감정을 넘어선 것처럼 보였다. 그러나 전혀 상관없는 순간에—그러니까 사실상 삶의 모든 순간에 있어서—억울하게 뭔가를 잃은 사람처럼, 그래서 마땅히 보상이 주어져야 할 것처럼 굴었다. 잃은 점수를 만회하려는 듯, 잘못이라고는 사랑받을 수 있으리라 착각한 죄밖에 없는 애인들을 괴롭히면서. 선주가 보기에 그건 관심을 받지 못한 어린애의 철없는 질투에 가까웠다.

세월이 흐르면서 선주는 강화가 원하는 걸 전부 가지는 게 아니라, 갖지 못한 건 원하지 않는 체한다는 사실을 알았다. 그게 마치 수치스러운 일이라도 되는 것처럼, 속마음을 인정하면 패배하기라도 하는 것처럼 꼭 경멸하듯 사랑하는 강화를 보면서, 선주는 남편을 떠올렸다. 저런 게 사랑이라면, 시기도 질투도 없는 이 관계를 과연 사랑이라고 할 수 있나?

"저희 엄마랑 친하셨어요?"

"친했다기보다는……."

"안 친하셨다고 해도 실망 안 할게요."

"그냥 주연이…… 이주연 교수님하고 동창이라 건너 건너 아는 사이였어요."

"아, 어쩐지."

실망하지 않는다던 희준은 맥이 빠진 것 같았다. 그러다 황급히 덧붙였다.

"오해하지 마세요. 저도 주연 이모 좋아해요."

"알아요."

선주는 고개를 끄덕이며 생각했다. 누군들 안 그러겠어요. 누군들 그 애를 감히 싫어할 수 있겠어요. 선주가 주연의 존재감을 확인할 수 있는 건 지정도서 신청자 목록에서 불어불문학과 이주연 교수의 이름을 발견할 때뿐이었다. 그런데도 이만하면 잘 살았다, 는 생각이 들 때마다 주연의 삶은 징벌처럼 선주를 따라왔다. 직업과 지위, 현재를 이루는 모든 것을 스스로 쟁취해냈다고 믿고 싶었지만, 때로 주연처럼 그런 것들을 상속받는 것만이 진정한 쟁취처럼 느껴졌다.

이따금 선주도 주연의 치부를 발견하고 싶었다. 샅샅이 살피고 구석구석 뒤져 아주 작은 흠집이라도 찾아내고 싶었다. 선주만 그런 게 아니라, 강화도, 주연의 애인이나 애인이 되고 싶어 하던 남자들도, 친구를 자처하거나 친구이기를 섣불리 확신했던 사람들도 모두 그랬다. 선주는 이런 마음을 강화를 비롯한 그 누구에게도 털어놓지 않았고, 일기장에도 적어본 적이 없었다.

"어렸을 때는 주연 이모가 엄마인 줄 알 정도였어요. 엄마보다 집에 자주 오고, 선물도 주고 그러니까. 그래서 주연 엄마라고 불렀다니까요."

희준은 인생의 즐거웠던 한때를 떠올리듯 히죽 웃었다. 그러자 보조개가 짙게 파였다. 선주는 저 얼굴에서 폭탄의 흔적을 가늠해보고 싶었다. 폭탄이 어떻게 생겼는지 떠올려보려 했으나 기억나는 것은 난처할 정도로 거대하고 동그란 헬멧, 세련됨과는 거리가 먼 복장, 대신 느껴야 했던 민망함뿐이었다.

"주연 이모가 진짜 엄마가 아니라는 걸 알았을 때, 엄마한테 아빠는 어디 있냐고 물어본 적이 있어요. 그랬더니 어디 있겠지, 하고 말더라고요. 어디서 어떻게 만났냐고 끈질기게 물어보니까 미팅이었나? 하는 거예요. 그래서 전 미팅이 약혼 같은 건 줄 알았어요. 선생님은 미팅 해보신 적 있으세요?"

첫 미팅 이후, 선주는 다시는 그런 자리에 나가지 않았다. 대답이 늦어지는 이유가 대단한 사연이라도 있어서인 줄 알고, 희준이 기대를 품은 얼굴로 쳐다보았다.

"해봤죠."

"언제요?"

"한…… 스무 살 때?"

"애프터도 받으셨어요?"

"네, 뭐……"

"우와. 그럼 사귀신 거예요?"

"그렇긴 한데, 아주 잠깐이었어요."

희준은 진심으로 아쉬워했다. 선주는 희준이 무엇을 아쉬워하는 건지 알 수 없었다.

"아버지…… 만나본 적 있어요?"

묻고 나서야 부적절한 질문이었다는 생각이 들었다. 선주는 그런 걸 묻는 사람이 아니었다. 어디서 만난 누구와도 거리를 유지하려고 노력했다. 때로 그런 모습이 직장 동료들에게, 오랜 친구나 남편에게 냉혹함으로 비친다는 걸 알고 있었지만, 적절한 거리 유지만이 관계를 지속하는 유일한 방법이라고 믿었다. 정작 질문을 받은 희준은 거리낄 게 없어 보였다.

"딱 한 번요. 엄마 돌아가시고 주연 이모 만나러 갔을 때 봤어요."

희준이 씁쓸하게 웃었다.

"저를 전혀 모르는 눈치더라고요."

어쩌면 폭탄이 주연의 대타 노릇을 한 게 처음이 아니었을지도 모른다는 생각이 들었다. 오래전, 동정이나 우월감 같은 이유를 갖다 대며 주연과 폭탄의 관계를 이해해보려고 애썼던 때를 떠올렸다. 인기 많은 여자애 주변에 엉겨붙는 남자들의 폭탄 제거반을 자처한 못난 여자애. 그렇게 설명하면 모든 것이 쉽게 이해되었다. 사는 동안 마주한 여러 복잡한 상황이나 사람을, 또는 관계를, 선주는 그런 식으로 이해해왔다. 그건 도무지 이해의 여지가 없을 때 베푸는 최소한의 관용이기도 했고, 관용을 치장한 핑계이기도 했다.

"부끄러운 줄도 모르고 제 앞에서 주연 이모한테 치근덕거리는 거 있죠. 이모는 관심도 없어 보였는데. 그 아저씨도 교수님이래요. 저보고 공부 열심히 하라고 하더라고요. 자기한테 다 큰 수험생 딸이 있다는 것도 모르고."

그렇지만 선주는 더는 그렇게 믿고 싶지 않았다. 적어도 희준을 앞에 두고는 그러고 싶지 않았다.

"실은 저 수험생이거든요."

"바쁘겠어요."

"대학은 안 가려고 했는데 주연 이모가 도전해보라고 해서. 이 나이 먹고 수능 보게 생긴 거 있죠."

희준은 기껏해야 열아홉 살 정도로밖에 안 보이는 얼굴을 씰룩거리며 웃었다. 선주는 그것이 젊은이들의 허세라는 걸 알았다. 이제 막 신입생에서 벗어난 학생들이 늙은이라는 둥 화석이라는 둥 자조적으로 던지는 농담이었다. 선주가 보기에 그들은 똑같이 젊었다.

"지금은 주연이랑 사는 거예요?"

"아니요. 할머니랑요. 그래도 한 달에 한두 번은 꼭 봐요."

한동안 잠잠히 있던 희준이 입을 열었다.

"어릴 땐 이모가 오는 날만 기다렸어요. 이모가 오면 엄마도 집에 왔거든요. 엄마랑 이모가 온 날에는 탁 트인 마루에 셋이 나란히 누워서 낮잠을 잤어요. 엄마랑 이모는 저를 사이에 두고 이마를 맞대고 누웠어요. 둘 사이에 웅크리고 있으면, 엄마가 없는 날들이나 아빠가 없는 날들 같은 건 아무런 문제도 되지 않는 것 같았어요. 한 번은 엄마가 벗어둔 안경을 깔아뭉개서 깨먹었던 적도 있어요. 그 바람에 엄마는 주연 이모한테 거의 의지해서 집을 나서야 했어요. 할머니가 엄마 간다, 이제 가면 한참 또 못 보니까 인사해라, 하는데 둘이 꼭 붙어서 가니까 정말로 둘 다 제 엄마 같아서 그냥 엄마 잘 가, 했어요. 누구보고 하는 말이랄 것 없이요."

웃긴 광경을 목격한 것처럼 흐흐, 하고 웃은 희준이 선주를 바라보았다.

"저는 여느 집이나 그런 줄 알았어요. 엄마가 둘인 줄 알았어요. 선생님은 아이가 있으세요?"

선주는 고개를 저었다. 희준은 뭔가 납득한 듯—누군가는 아이를 원치 않기도 하고, 원치 않는 아이를 낳아 기르기도 한다는 사실을—고개를 끄덕였다. 선주는 폭탄의 선택을, 선택의 결과를 바라보았다. 희미한 기억 너머 불퉁한 얼굴과 언뜻 닮은 것도 같고, 전혀 다른 사람 같기도 했다. 붙임성이나 해맑음으로 보건대 친모보다는 주연의 흔적을 발견하는 게 더 쉬워 보였다.

선주는 희준의 유년을 상상해보려 했다. 집에 남겨진 어린 희준이 보았을, 헬멧을 쓴 폭탄의 뒷모습을 그려보았다. 폭탄이 포기한 삶에 대해서 생각했다. 학업을 마치기도 전에 학교를 떠난 삶과 학교에 영영 발목 잡힌 삶. 아이가 있는 삶과 없는 삶. 결혼을 한 삶과 하지 않은 삶. 익숙한 구획만을 오가는 삶과 타지로 나가 생활하는 삶. 쉬는 날이면 트렁크에 러닝 차림으로 티브이를 보는 남편과 사는 삶과 한 달에 한 번, 아이를 낳지 않고도 엄마라고 불리는 여자와 이마를 맞댄 채 평화로운 단잠을 자는 삶.

"그때 만났던 분이요, 많이 좋아하셨어요?"

선주는 문득, 희준에게 털어놓고 싶어졌다. 아무것도 모르는 이 아이에게, 애프터를 신청한 상대로부터 소개받은 사람과 결혼했다는 걸. 그러나 정작 중요한 사실, 미팅도 결혼도 그다음이 있다는 사실을 몰랐기 때문에 곧 그 남자와 헤어져 혼자가 될 계획이라는 걸. 그 미팅에 너의 엄마가 찾아왔다는 걸. 등장만으로도 모두를 혼란에 빠뜨리고 잔뜩 헤집어놓은 후 바람처럼 사라졌다는 걸.

하지만 어떤 식으로 말을 꺼내야 할지 알 수 없었다. 이 나이 먹고 삶을 회고하면 어떻게 해도 꼰대처럼 들린다는 걸, 선주는 무섭게 실감했다.

자신의 대답을 기다리고 있는 희준을 보며, 선주는 선선히 고개를 저었다.

"아니요."

희준은 작게 고개를 끄덕이며 그렇구나, 했다.

"그립지 않아요?"

선주는 오늘 정말 평소라면 하지 않았을 질문을 필요 이상으로 많이 한다는 생각을 했다. 희준은 곰곰이 생각하더니 고개를 저으며 아니요, 했다.

"그러려면 서로를 알아야 하잖아요. 전 그 정도로 엄마를 잘 알지는 못하거든요."

　희준의 말투에는 슬픔이나 원망이 전혀 없었다. 그저 평화로운 어느 오후, 낮잠의 기회를 잃어버린 사람의 아쉬움만이 있었다.

　선주는 뭔가 홀가분해진 기분이 들었다.

　선주는 희준을 도서관 후문까지 안내해주었다. B1이라고 적힌 로비에서 문을 열자, 다시 지상이 펼쳐졌다. 희준이 신기해하다 말고 아 맞다, 하며 뒤돌아 물었다.

　"연체료는 계좌이체를 해드리면 될까요?"

　선주는 희준이 이곳까지 걸음한 이유가 다름 아닌 연체료라는 것, 긴 세월 동안 실체도 없이 몸집을 불려온 가상의 부채 때문이라는 사실을 기억해냈다. 책임을 물을 대상은 이미 세상을 떠나고 없는데, 연좌제라도 적용되는 것처럼 빚을 청산하기 위해 곧이곧대로 찾아왔다는 걸.

　"확인을 좀 해봐야 할 것 같네요."

　"그럼 확인하고 연락 주세요."

　그러면서 희준은 핸드폰을 내밀었다. 모서리가 까지고 닳은, 보급형 모델이었다. 칠이 벗겨진 모서리를 만지작거리다 번호를 찍어주자, 희준이 냉큼 전화를 걸었다. 선주의 핸드폰에 낯선 번호가 떠올랐다가 금방 사라졌다. 핸드폰을 들여다보던 희준이 실없이 실실 웃었다.

　"사실은 그냥 먹을까 했어요."

　"뭘……."

　"연체료요. 작년부터 가야지, 가야지, 했는데 미루다가 이제야 왔네요."

　희준이 두 손을 공손히 배꼽 위에 모으고 허리를 숙여 인사했다. 선주도 덩달아 상체를 어정쩡하게 숙였다.

　"늦어서 죄송합니다."

　허리를 편 희준이 개운하게 웃었다.

"그래도 오늘 선생님을 만났으니까, 84만 원이 아깝지 않네요."

선주는 소득 없는 이 만남에서 희준이 무엇을 얻었을지 가늠해보다가, 그냥 이렇게 말했다.

"빛나는 양심이네요."

멀어지는 희준은 배웅이라도 받는 사람처럼, 끝까지 돌아보며 인사했다. 선주는 잠시 손을 흔들까 했으나, 어느새 희준은 점처럼 작아져 인사를 해도 소용없을 것 같았다.

마침내 소지품 교환 시간이 다가왔을 때 강화는 핸드폰을, 선주는 곱창 머리끈을 내놓았다. 차례를 정하기도 전에, 신승훈이 망설이는 기색 없이—그러나 설레는 기색도 없이—핸드폰을 집으며 이거 내 꺼, 했다. 비니의 손이 머리끈에 가까워졌을 때, 선주는 긴장했다. 곧 비니가 그것을 쥐었고, 탁자에는 미팅 내내 폭탄의 무릎에 놓여 있던 책만이 덩그러니 남았다.

미팅이 끝나고 아이들은 뿔뿔이 흩어졌다. 신승훈과 강화는 오랜 친구라도 되는 것처럼 자리를 옮겼고, 비니와 선주는 돌아가는 방향이 같아 동행하기로 했다. 남겨진 건 예상대로 폭탄과 들창코였다. 맺어질 사람들이 모두 맺어지고 남은 이들인데도 어쩐지 1순위로 이어진 것 같은 착각이 들었다. 선주가 뒤돌아보았을 때, 들창코는 폭탄과 일행으로 보이는 걸 피하려는 듯 안절부절못하고 주변을 배회했다. 폭탄은 그런 들창코의 노력 같은 건 안중에도 없는지 카페 앞 돌담에 무심하게 앉아 있었다.

비니가 집 앞까지 바래다주는 동안, 선주는 처음 만난 남자애와 이렇게 격의 없이 대화를 나눌 수 있다는 사실에 놀랐다. 두 사람은 통하는 구석이 많은 것 같았다. 소지품 교환 이후로 비니는 쭉 머리끈을 손목에 차고 있었다.

"나 순간 헛갈렸잖아."

"왜?"

선주는 처음부터 머리를 묶을 걸 그랬다고, 아니면 적어도 손을 탁자에 올리고 있을 걸 그랬다고 후회했다. 핸드폰에 비하면—하다못해 두꺼운 양장본보다도—머리끈은 하잘것없는 물건으로 느껴졌다.

"너 사서학과라며. 근데 책이 올라왔길래. 실수로 안 골랐으니 망정이지."

비니가 장난스럽게 몸을 떨었다. 선주는 뭐라고 대답할까 하다가 그냥 이렇게 말했다.

"다행이다."

선주가 다시 시절로 돌아간 건 자정이 가까운 시간이었다. 지갑을 두고 온 것이 떠올라서였다. 거리는 한산했다. 잠깐이지만 소나기가 내린 직후라 땅이 젖어 있었고, 공기가 맑았다. 선주는 쾌적한 밤공기를 가르고 빠른 걸음으로 걸었다.

카페 앞에 도착했을 때 당연히 영업은 종료된 후였다. 조금 전까지 선주가 앉아 있던 창가 자리를 비롯해 사방이 커튼으로 가려져 있었다. 손차양을 하고 출입구에 달린 작은 창문을 들여다보니 어두컴컴한 계산대만 겨우 보였다. 익숙한 구조를 짐작할 수 없을 만큼 내부는 어두웠다. 잠겼다는 걸 알면서도 괜히 문고리를 당겨보았다. 덜컹, 하고 걸쇠가 걸리는 느낌이 났다.

선주가 게세요, 하며 문을 소심하게 두드렸다. 지갑 따위 내일 찾아도 될 텐데. 잃어버린 곳이 카페가 아니라 길바닥일 수도, 혹은 소매치기를 당한 걸 수도—선주는 무심결에 비니의 얼굴을 떠올렸다—있었다. 그러나 수많은 가능성을 제쳐두고, 선주는 닫힌 문 앞에 서 있었다. 세월이 오래 흐른 뒤, 선주는 바로 그 모습, 대답해줄 이가 없다는 걸 알면서도 걸어온 길이 아쉬워 무용한 짓을 하는 것이야말로 자신의 본모습이라는 생각을 하곤 했다. 제대로 도움을 요청할 용기도 없이 부끄러워만 하는 것. 고집을 부리며 미련스럽게 눈앞에 놓인 상황에만 매달리는 것. 이후 펼쳐진 삶의 중요한 순간마다 선주는 꼭 그날 밤으로 돌아간 것 같은 기분을 느꼈다.

아직 근처에 주인이 있지 않을까 싶어서 주위를 둘러보는데, 웬 가분수가 가로등 아래 앉아 있었다. 부끄러운 광경이라도 들킨 것처럼 선주가 뒤로 물러섰다. 자세히 보니 그것은 헬멧이었다. 주먹밥처럼 동그란 헬멧. 촌스러운 안경. 선주가 거리를 나설 때와 똑같은 자리에, 똑같은 자세로 폭탄이 앉아 있었다.

폭탄은 선주에게 눈길도 주지 않고 텅 빈 거리만 건너보았다. 가까이서 보니 헬멧 표면에 자잘한 이슬이 맺혀 있었다. 허벅지에는『기록과 보존』이 놓여 있었다. 자신을 설명하지도, 대변하지도 못하는 실속 없는 소지품. 마지막까지 아무도 가져가지 않던 애물단지.

순간 선주는 화가 치밀었다. 저 애는 왜 저렇게 미련한 걸까? 거절할 수도 있었고 거절했어야 마땅한 자리에 꾸역꾸역 고개를 들이밀어 웃음거리가 되길 자처하고, 누구도 환영하지 않는 분위기에서 아무렇지도 않게 차를 마시고, 갖은 핑계를 대며 떠나가는 사람을 붙잡지도 않고 그저 이렇게, 같은 자리에 앉아 있는 게 어떻게 가능한 걸까? 왜 저 애에게 미련스럽게 돌아오는 꼴을 들켜야 하는 걸까?

"애."

선주의 부름에도 폭탄은 돌아보지 않았다. 조금 더 큰 소리로 애, 하자 그제야 돌아봤다.

"너, 강화 싫어하지?"

폭탄은 미팅 때처럼 시종일관 무심한 표정이었다. 선주가 몇 시간 전에 옆에 앉았던 상대라는 것도 눈치채지 못하는 것 같았다. 어쩌면 저 애는 그 자리가 미팅인 줄도 몰랐을 수 있겠다는 생각이 들자, 선주는 더 이상 화가 나지 않았다. 그저 부끄러울 뿐이었다.

폭탄이 조용히 돌담에서 일어났다. 그 애가 앉았던 자리만 비에 젖지 않아 엉덩이 모양대로 둥그렇게 옅은 자국이 남았다.

"이선주."

선주는 잘못 들은 건가 싶었다. 폭탄이 손에 든 책을 흔들었다.

"책 좀 제때 반납해."

"뭐?"

선주가 말문이 막혀 쳐다보자, 폭탄이 웃었다. 그 이상 즐거울 수 없다는 듯이, 이 순간을 위해 평상시 웃음을 아껴왔다는 듯이. 폭탄의 치아는 뻐드 렁니도 아니었고, 치열도 가지런했다. 보조개가 파인 것도 같았는데, 사방 이 어두운 와중에 헬멧 때문에 잘 보이지 않았다. 어쩌면 보조개가 아닌지 도 몰랐다. 머리카락이거나, 그냥 그림자일 수도 있었다. 뭐가 좋다고 실실 웃어. 선주는 차마 입 밖으로 내지 못하고 속으로만 생각했다. 안경 탓에 네 개의 눈이 일제히 그리고 올곧이 자신에게 향하는 것 같았다.

폭탄은 서서히 몸을 돌려 선주에게서 멀어졌다. 골목을 돌아 그대로 사 라질 줄 알았는데, 스쿠터 앞에 우뚝 멈춰 섰다. 그러고는 스쿠터의 안장을 열고 책을 조심스럽게 집어넣었다. 폭탄의 팔뚝이 안장 깊숙이 사라졌다가 다시 올라오기 전에, 선주는 몸을 돌려 도망쳤다.

있는 힘껏 뛰어 왔던 길을 되돌아가면서, 선주는 이 세상이 폭발해버렸 으면 좋겠다고 생각했다. 폭탄의 몸속에 있는 시한폭탄이 터져버렸으면 좋 겠다고. 그래서 폭발 이전에 무엇이 있었는지 짐작도 안 갈 정도로 말끔히 사라졌으면. 선주도 사라지고, 강화도 사라지고, 비니도, 신승훈도, 들창코 도, 폭탄도, 폭탄의 몸도, 마음도, 모두 가루가 되어버렸으면 하고 간절히 바랐다. 이 세상이 산산조각 나버렸으면. 그래서 어떤 마음을, 상황을, 누 군가의 선택을 이해하거나 고려할 필요도 없어져 버렸으면.

집에 도착하자마자 방으로 뛰어 들어간 선주는 문을 세차게 닫았다. 아 이고, 다 부숴라, 부숴! 하는 엄마의 호통이 들렸다. 침대에 뛰어들어 아주 사소한 무엇도 틈입할 수 없게끔 이불을 똘똘 말았다. 선주는 몸을 웅크리 고 주문을 외웠다. 폭발해라. 폭발해라. 폭발해라. 그렇게 생각하면 보이지 않는 힘이 정말로 대폭발을 일으키기라도 할 것처럼.

그렇게 밤새 기도했다. 숨이 막혀 더는 참을 수 없을 때까지. 아주 오랫동안 잠수하다 수면 위로 튀어 오르는 것처럼 이불을 걷어내고, 숨을 토해낼 때까지 내내 그러고 있었다. 그러나 세상은 폭발하지 않았고, 어느덧 까무룩 잠이 들었다. 다음 날 늦게 눈을 뜰 때까지도, 지각을 면하려 부리나케 달려가느라 시절을 지나칠 때까지도, 하굣길에 무사히 지갑을 찾을 때까지도, 세상은 그대로였다. 선주의 세상은 영영 터지지 않았다.

삶을 선택하는 일

조연정 문학평론가, 서울대학교 기초교육원 교수

　김본의 「슬픔은 자라지 않는다」는 스무 살 여섯 명의 남녀가 미팅 자리에서 만났던 1999년의 시간에서 시작한다. 미팅의 주선자 '강화'는 "동아리의 퀸카"였던 불문학과 '주연'이 미팅에 참석하지 못해 다른 친구를 내보내겠다는 짤막한 통보 문자만을 보낸 것에 화가 나 있는 상태이고, '선주'는 그러한 강화의 눈치를 살피며 안절부절못하고 있다. 세 명의 남자들이 미팅 장소인 카페에 도착한 뒤 마지막으로 등장한 것은 주연의 '대타'였던 "헬멧"이다. 원피스에 커다란 헬멧을 쓰고 들어와 아이스커피도 라떼도 아닌 우엉차를 주문했던 그 친구는 그날 미팅의 '폭탄'이 분명했다. 한동안 '헬멧'으로 기억되던 그 친구는 자신의 모습을 보며 어리둥절해하는 동년배들 앞에서 "흐트러지지 않은 시선으로 모두를 똑바로 응시"하며 "내 몸에 시한폭탄이 들어 있어."라고 장난 같은 말을 진지하게 내뱉어 모두를 당황스럽게 만들기도 했다.

　23년 전의 미팅 장면을 복기하며 시작되는 「슬픔은 자라지 않는다」는 이후 그들이 어떤 관계를 맺으며 20대를 지나 40대에 이르게 되었는지를 보여준다. 선주는 그날 커플이 되었던 "비니를 쓴 남자애"와 잠시 사귀다가 헤어지고 그가 소개해준 남자를 만나 6년을 사귀다가 결혼해 지금은 이혼을 준비 중이다. 대체로 선주의 시각에서 서술되고 있는 이 소설은 매사에 거침이 없는 성격의 강화와 매순간 주변의 눈치를 살피는 선주의 성격을 대비해 보여주며 그녀들이 어떤 관계를 맺어왔는지를 매우 섬세하게 드러낸다. 미팅 이후에도 계속 이어졌던 이들의 모임을 주도했던 것은 주로 강화였다. 만남의 장소와 시간, 그리고 만나서 먹을 음식까지를 주도적으로 결정하는 그녀 옆에, 선주는 "깍두기 신세"처럼 있는 듯 없는 듯 함께했다. 그러나 강화가 어느 순간 모임에서 완전히 이탈해버리고 나서도 관성처럼 그 모임에 함께해온 것은 선주였다. 학교를 졸업하고 모교 도서관의 정규직 사서가 되어 오랫동안 같은 자리를 지켜온 선주의 인생은 어쩌면 결정적인 선택 없이 자신의 성격처럼 망설이고 눈치보며 그저 일정한 궤도를 벗어나지 않는 채 살아온 삶이었다고도 할 수 있다.

선주가 23년 전 그 미팅의 장면을 떠올리게 된 것은 자신이 일하고 있는 도서관에 장기 연체 중인 도서를 반납하러 온 스무 살 남짓의 여자애 '지희준' 때문이다. 선주에게 "이선주 선생님"이라 부르며 알은체를 하는 희준은 자신의 엄마 '지수연'이 대학 1학년 때 대출했던 책 『기록과 보존』을 반납하러 왔다고 말한다. '헬멧'이 미팅 장소에 들고 왔던 바로 그 책, 대학 신입생들이 빌려보던 기초 교재이다. 선주는 희준을 보자마자 첫눈에 그녀가 23년 전 '헬멧'의 몸속에 들어 있던 '시한폭탄'이었음을 알아차린다. 그리고 희준의 이야기를 통해 지금은 모교의 불문과 교수가 되어 있는 동기생 '이주연'과 '지수연'의 남다른 우정에 대해서도 알게 된다. 아빠가 없는 대신 엄마가 두 명인 줄 알고 자랐다는 희준, 그리고 작년에 엄마를 잃었다는 그녀에게서 선주는 어떠한 삶의 그늘도 볼 수는 없었다. 선주는 희준을 통해 20여 년 전의 어떤 순간으로부터 동기생들 각자의 인생이 어떻게 전개되어왔는지를 가늠해보게 된다.

　이 소설에 이처럼 두 개의 우정이 존재한다는 사실도 흥미롭게 읽힐 만한 부분이다. 일상을 나누면서도 성격이 잘 맞지는 않아 어느 정도는 한쪽이 내내 불편하던 강화와 선주의 관계나, 떼려야 뗄 수 없는 가족처럼 한 아이의 두 엄마가 되었던 주연과 수연의 관계는, 물론 어느 쪽이 더 진정한 우정이라고 말할 수는 없다. 희준을 통해 전해지는 주연과 수연의 관계, 즉 대학에 입학하자마자 임신을 하게 된 상황을 담담히 받아들이고 그 '시한폭탄'을 책임지며 살아온 수연과 그녀의 든든한 지지자가 되어준 주연의 남다른 우정은 희준에 의해 미화된 것이기도 하기 때문이다. 그럼에도 불구하고 그녀들의 우정이 "연민에서 우러난 반쪽짜리 우정"이 아니었던 것만은 독자들도 짐작할 수 있다.

　23년 전의 미팅 자리에 괴상한 모습으로 나타났다가 그 이후로는 인연이 닿지는 않았던 동창생 수연은 오랜 시간이 지난 뒤 마치 그때 그 모습 그대로인 듯 선주 앞에 희준으로 다시 나타난다. "보존이라는 이름의 망각의 공간"인 "보존서고"에 오래전에 들어갔어야 했지만 분실된 채로 오랫동안 잊힌 대출도서를 반납하러 온 희준을 통해 선주가 보게 된 것은 무엇일까.

　　선주는 희준의 유년을 상상해보려 했다. 집에 남겨진 어린 희준이 보았을, 헬멧을 쓴 폭탄의 뒷모습을 그려보았다. 폭탄이 포기한 삶에 대해서 생각했다. 학업을 마치기도 전에 학교를 떠난 삶과 학교에 영영 발목 잡힌 삶. 아이가 있는 삶과 없는 삶. 결혼을 한 삶과 하지 않은 삶. 익숙한 구획만을 오가는 삶과 타지로 나가 생활하는 삶. 쉬는 날이면 트렁크에 러닝 차림으로 티브이를 보는 남편과 사는 삶과 한 달에 한 번, 아이를 낳지 않고도 엄마라고 불리는 여자와 이마를 맞댄 채 평화로운 단잠을 자는 삶.

자신이 살아온 특별할 것도 없는 삶의 여정 속에서는 상상도 할 수 없는 다른 삶을, 그때의 그 '헬멧'이 살아냈다는 것을 아련히 음미해보는 선주는 이러한 '다름'이 시작되었던 그날 밤으로 돌아가 잊힌 기억을 끄집어내본다. 일행과 헤어진 뒤 잃어버린 지갑을 찾으러 자정 가까운 시간에 카페에 되돌아간 선주는 카페의 닫힌 문 앞에 미련하게 서 있다가, 모두가 함께 카페를 나설 때와 "똑같은 자리에, 똑같은 자세로 폭탄이 앉아 있"는 장면을 목격한다. 친구의 부탁을 거절도 못 하고 우스꽝스러운 꼴로 미팅에 나온 것 같은 그 '폭탄'의 미련함이 꼭 자신과 같다고 느껴서일까, 신경질적으로 그녀를 불러보지만 '폭탄'은 선주에게 "책 좀 제때 반납해"라는 말을 하며 그 이상 즐거울 수 없다는 듯이 폭발적으로 웃어본다. 소설의 마지막 장면에서 선주는 집으로 있는 힘껏 달려오면서, 그리고 밤새도록, "이 세상이 폭발해버렸으면 좋겠다"고 기도한다. 스무 살 어느 날 밤 선주의 그 기도는, 마치 닫힌 문 앞에 서서 안으로 들어가지도 돌아서지도 못하는 사람처럼, 40대에 이르기까지 자신이 그렇게 같은 자리를 맴돌 듯 살아가게 될 것이라는 것을 이미 아는 듯, 간절하기만 하다.

김본의 「슬픔은 자라지 않는다」는 돌이켜보니 어떠한 선택도 적극적으로 해보지 못한 채 관성에 따르듯 삶에 이끌려온 40대의 여성이 스무 살에 만났던 한 친구를 망각 속에서 건져 올려 그녀를 통해 이제까지의 자기 삶을 가늠해보는 이야기라고 할 수 있다. 수연과, 수연을 만났던 날의 자신의 간절한 기도를 떠올리는 선주가 앞으로 살아내야 하는 삶은 이제까지와는 전혀 다른 색깔의 삶이어야만 하는 것은 아니다. 자신에게 이미 벌어진 일, 이미 지나간 시간들을 내 선택의 결과로서 인정하고 이해하는 일, 다르게 살기 위해 그녀가 우선적으로 다짐하고 실천해야 하는 일은 바로 그것일 것이다.

홈 파티

photo by inboil

김애란

2002년 제1회 대산대학문학상에 「노크하지 않는 집」이 당선되어 작품 활동 시작.
지은 책으로 소설집 『달려라, 아비』 『침이 고인다』 『비행운』 『바깥은 여름』,
장편소설 『두근두근 내 인생』, 산문집 『잊기 좋은 이름』 등이 있음.

홈 파티

며칠 전 이연은 성민으로부터 '다음 주 주말에 혹 시간 있느냐'는 연락을 받았다. 자기가 '아는 대표님 댁에서 홈 파티가 열리는데 같이 가지 않겠느냐'고. '요즘 방역 상황이 안 좋아 인원이 많지는 않고 대략 대여섯 명 정도 모일 거'라면서. '누나도 알고 지내기 나쁘지 않은 사람들이니 긍정적으로 생각해달라'고 평소보다 말을 길게 했다. '그래도 내가 아는 사람 중 누나가 가장 유명하다'면서.

약속 당일, 두 사람은 성민의 회사 근처 카페에서 차를 마신 뒤 택시를 타고 함께 목적지로 이동했다. 겨울이라 해가 진 지 얼마 안 됐는데도 주위가 어둑했다. 이연이 창밖 불빛에 시선을 고정한 채 무릎 위 꽃다발을 매만 졌다. '누나가 드리면 더 좋아하실 거'라며 성민이 카페에서 넌지시 건네준 거였다. 성민은 '너무 평범한가?' 갸웃거리다 '왠지 부족한 게 없어 보이는 어른들 선물 사는 게 제일 어렵다'고 혼잣말하듯 중얼거렸다. 그러다 '아니 야, 압도적이지 못할 바엔 관습적인 게 나아' 웅얼웅얼하며 주억거렸다. 이 연은 자신의 검정 모직 코트에 묻은 감색 꽃가루를 응시하다 차창 밖으로 다시 고개 돌렸다. 목적지까지 아직 20분이나 남았는데 벌써 술 생각이 났다. 연습 때문에 평소 술자리를 피했지만 어쩌다 한번 입에 술을 대면 정신을 놓아버릴 정도로 취하고픈 충동이 일었다. 신인 때 무대 위 긴장을 이기려 종종 폭음한 버릇이 남아서였다.

—그런데 그분은 어떤 분이셔?

새삼 모임의 호스트가 궁금해진 이연이 성민에게 물었다.

—누구?

—그 오 대표라는 사람.

성민이 시선을 위에 둔 채 적당한 말을 찾다 어떤 부정적인 암시도 담기지 않은 투로 답했다.

—계산이 정확하신 분?

오 대표의 집은 지은 지 10년 정도 된 대단지 아파트에 있었다. 호젓한 부촌은 아니나 주위에 초록이 많은 깨끗하고 조용한 동네였다. 그런데 거기서 멀지 않은 곳에 비슷한 이름의 단지가 하나 더 있었고, 그 둘을 착각한 성민이 엉뚱한 데 내려 길을 헤매는 바람에 두 사람은 모임에 조금 늦을 수밖에 없었다.

—전에 한 번 가봤다며?

이연이 꽃을 안고 추위에 동동거리며 말하자 성민이 민망해하며 대꾸했다.

—그때는 나도 취해서 앞사람만 그냥 따라갔거든.

얼마 뒤 두 사람은 아파트 승강기에서 내려 오 대표 집 앞에 섰다. 성민이 주소를 한 번 더 꼼꼼히 확인한 뒤 한 손으로 초인종을 꾹 눌렀다. 잠시 후 반쯤 열린 현관문 사이로 오 대표의 모습이 보였다. 세련된 옆 가르마 보브 단발에 서글서글한 눈매를 가진 중년여성이었다.

—어서 오세요.

오 대표가 성민과 먼저 눈 맞춘 뒤 이연에게 미소 지었다.

—밖에 춥죠?

성민이 안으로 들어서며 가볍게 고개 숙였다.

—늦어서 죄송합니다.

오 대표는 "아니에요. 여기 길이 좀 복잡하죠?"라며 '찾아오느라 고생 많으셨다'고 했다.

—저, 이거……

이연이 꽃다발을 내밀자 오 대표가 "샤베트 튤립이네요?" 하고 차분히 반색했다. 이연은 오 대표의 느긋하고 위엄 있는 목소리가 단정한 외모와 묘하게 어긋난다 느꼈다. 어쩌면 그런 어긋남이 상대를 집중시키는 힘인지 모르겠다고. 오 대표가 가슴에 꽃을 안고 천천히 두 사람을 안쪽으로 안내했다. 기역자로 꺾인 복도 너머에서 사람들의 웃음소리와 노란 불빛, 달콤한 알코올 냄새가 희미하게 새어 나왔다. 이연이 마스크를 벗어 호주머니에 넣고 성민을 따라 그 빛 속으로 조심스레 들어갔다.

택시에 오르기 전 성민은 이연에게 이번 모임의 성격을 짧게 알려줬다. 자기가 작년에 모 대학의 반년짜리 최고경영자 과정을 밟았는데, '거기서 알게 된 몇몇 분과 지금도 연락한다'고. '시절이 시절인지라 식당에는 자주 못 가고, 가끔 서로 집에 초대해 노는데 어느새 그게 암묵적인 의무와 패턴이 됐다'고 했다. '경영자 과정 수료식 후 골프나 등산으로 인연을 이어가는 분도 많은데, 그래도 나는 이 모임이 가장 편하다'면서. 실제로 2년 넘게 전염병이 이어지며 많은 이들이 관계를 실내로 들였다. 더불어 사적 관계도 조금 더 선택적으로 변했는데 누군가와 숨을 섞고 대화를 나누는 게 어느새 모험이자 사치가 된 까닭이었다. 그리고 그러기 위해서는 일단 서로 믿을 만한 상대를 택해야 했다. 성민은 '홈 파티의 그런 내밀하고 폐쇄적인 성격이 우정의 위상을 높여주고, 서로에게 특권을 주는 듯해 싫지 않다'고 했다. '정말 비싼 정보는 온라인에 없고 세상 많은 중요한 일은 식탁에서 이뤄지기 마련'이라면서 이연 듣기에 '최고경영자 과정' 밟은 티를 냈다.

—그럼 너도 집 공개했어?

성민이 겸연쩍게 웃었다.

—어유, 내가 집이 어디 있어 누나. 그리고 거기 여덟 명이 어떻게 앉아?

이연이 '그럼 동기들이 서운해하거나 부담 주지 않느냐'고 묻자 성민은 '나 혼자 오피스텔 사는 거 다 알고, 그분들 연령대가 높아 이해하는 것 같다'고 했다. '젊은 대표라 힘도 많이 실어주시고, 뜻밖에 귀염을 받는다'면서. 성민은 '아무튼 그러다 어느 날 한 분이 주위에 좋은 지인 있으면 우리 모임에 한 번씩 모셔 오자' 했고, 이번이 자기 차례라 고민하다 '누나에게 연락해봤다'고 했다.

—그래서 그간 누가 왔는데?

성민이 이연의 눈치를 봤다.

—뭐 젊은 미술가가 온 적도 있고, 안무가도 봤고……

성민은 '그렇게 초대한 사람이 좋으면 다시 부르고, 아니면 새 손님을 모신다'는 말을 꺼낼까 말까 하다 결국 하지 않았다.

—그런데…… 배우는 누나가 처음이야.

이연이 잠시 침묵하다 웃었다.

—처음이라니 부담되는데?

성민이 오래전부터 혼자 연습해온 대사를 읊듯 자부심을 담아 말했다.

—부담은 명예래.

본인이 평소 즐겨 보는 스포츠 프로그램 속 표현을 인용한 거였다. 몇 해 전 한국 피겨 선수가 빙판에 오르자 한 해설위원이 존경과 응원의 뜻을 담아 한 말. 언젠가 성민이 동영상 링크를 보내준 덕에 그 선수가 누군지 아는 이연이 받아쳤다.

　—그건 슈퍼스타 얘기고.

　오 대표의 집은 사회에 일찌감치 자리 잡은 중년 부부의 단단한 안정감이 느껴지는 곳이었다. 가구나 조명은 최신 유행과 동떨어졌지만 그래서 왠지 더 집주인의 고집과 자신감이 드러났다. 식탁 위 다채로운 식기와 소품을 보며 이연은 평소 오 대표가 색을 얼마나 대범하게 쓰고, 색 쓰는 걸 두려워하지 않는지 알 수 있었다. 대학 때 미술을 전공했다는 오 대표는 지금은 인테리어 편집 숍을 운영한다고 했다. 더불어 그 집에는 그런 개성뿐 아니라 '서사적 윤기'라 부를 만한 것이 곳곳에 포진돼 있었다. 한쪽 바닥에 무심하게 놓인 현대 회화 액자와 아프리카 대륙에서 온 걸로 추측되는 나무 조각품들, 은은하게 색이 바랜 진짜 아라비아산 카펫까지…… 오 대표가 일일이 설명하지 않아도 이연은 물건 하나하나에 깃든 집주인의 시간과 체력, 미감과 여유를 짐작할 수 있었다.

　사실 이연은 최근 중요한 오디션을 앞두고 있었다. 전염병 시기에 대학로가 썰렁해지며 영상 쪽으로 사람이 몰렸다. 같은 영상이라도 영화판은 드라마에 비해 사정이 더 어려운 듯했지만 이연도 이제 부업만으로는 버티기 힘들어 여기저기 계속 문을 두드리던 참이었다. 그런데 최근 모 드라마 단역 중 '화장품 제조업체, 50대 여성 임원' 역이 오디션 공지에 떴고, 이연은 그 역을 꼭 따내고 싶었다. 그리고 어쩌면 오늘 이 자리가 도움 될지 모른다고 기대했다. 누군가를 작정하고 관찰하지 않는다 해도, 어떤 인물을 그냥 아는 것과 상상하는 것, 실제로 겪는 일은 전혀 달랐다. 이연은 오늘 사회의 '리더' 격이 모인 자리에 공기를 쐬며 그 기운을 받고 싶었다. 더불어 성민의 면을 세워줄 수 있으면 그것으로 족할 듯했다. 더구나 이연은 몇해 전 집을 옮기며 성민에게 천만 원을 빌린 적이 있었다. 그 뒤 어렵게 모은 500만 원을 돌려주며 "나머지는 곧 어떻게……"라고 말을 흐리자 성민은 "누나, 나 이제 자리 좀 잡았어. 나머지는 사정 나아지면 언제든 천천히 줘"라고 했다. 그후로 성민은 한 번도 돈 이야기를 꺼내지 않았지만 이연은 그게 늘 좀 신경 쓰였다.

―성민 씨 왔어요.

오 대표의 말에 식탁에 나란히 앉아 담소를 나누던 세 사람이 엉거주춤 일어났다. 한 명은 반백의 쇼트커트 여성이고 나머지는 서로 키 차이가 많이 나는 중년남성 둘이었다. 세 사람 모두 혈색이 좋고 얼추 50대 초반으로 보였다. 오 대표가 양쪽을 번갈아 보며 말을 이었다.

―성민 씨는 다 아실 테고, 이분은…… 직접 소개하실래요?

―안녕하세요. 이이연입니다.

이연이 짧게 고개 숙였다. 세 사람도 가볍게 상체를 수그렸다. 두 눈에 호의와 호기심을 담고서였다. 그렇지만 그건 나이 들며 타인에 대한 기대치를 적당히 낮춘, 무심한 듯 까다로운 관심이었다. 실제로 어떨지 모르나 이연은 그렇게 느꼈다. 이제 막 40대에 접어든 이연도 바로 그렇게 변해서였다.

―이연 씨는 성민 씨랑 여기 앉으시겠어요?

오 대표가 식탁 한가운데 자리를 가리켰다. 이연을 중심으로 양옆에 오 대표와 성민이, 맞은편에 나머지 세 사람이 앉는 구조였다.

―이제 다 모였네. 최 이사님이랑 이 상무님은 오늘 못 오신다 했어요.

팔인용 식탁에 여섯이라 자리가 결코 좁지는 않는데, 다채로운 식기와 한 사람 앞에 놓인 컵만 세 종류라 식탁 위가 꽉 차 보였다. 앞의 세 사람이 이연에게 차례로 명함을 건넸다. 이연이 명함과 얼굴을 번갈아 보며 정보를 빨리 익히려 애썼다. 왼편 반백의 짧은 머리 여성이 '서', 가운데 키 작고 둥근 얼굴의 남성이 '박', 그 옆에 훤칠하니 눈썹 짙은 남성이 '김'이었다. 서는 명상센터 소장이고, 박은 성형외과 의사, 김은 법률회사 변호사로 소속은 다 달랐지만 입성만큼은 모두 깔끔하니 귀티가 났다. 성민 말로 이들은 평소 문화예술에 관심이 높다 했다. 그래서 성민 입에서 우연히 이연 이름이 나왔을 때 다들 큰 호감을 보였다 했다. 말이 '경영자 과정'이지 그 안에도 별별 부류가 다 있어 '결 맞는' 사람끼리 모이기 쉽지 않은데, '나는 운이 좋은 편'이라며 성민은 덧붙였다. '대신 저분들은 나를 이벤트회사 대표로만 알지, 결혼식 하객 대행 업무나 장례식 문상객 대행 사업 하는 건 모르니 누나도 말조심해달라'고. 성민 소개로 몇 번 '신부 측 친구'나 '고인의 제자' 역을 맡으며 생활의 고비를 넘긴 적 있는 이연은 말없이 고개를 끄덕였다.

간단한 통성명 후 어색한 기운이 돌자 박이 먼저 대화의 물꼬를 텄다.

―저도 대학 때 연극 동아리에 있었습니다.

낯선 이와 대화할 때 자주 듣는 말이었지만 이연은 신기하다는 듯 활짝 웃었다.

―정말요?

거기 있는 걸 없는 척하고 없는 걸 있는 셈 치는 건 연극의 중요한 약속 중 하나였다. 그리고 그건 가식이나 위선과는 다른 거였다.

―네. 사실 저 이래 봬도 로미오도 했었어요.

옆에 잠자코 있던 김이 박에게 무안을 줬다.

―그건 연습 때잖아. 실제로는 당나귀 한 주제에.

―아니야, 그건 〈한여름 밤의 꿈〉 때고. 연습 때 분명 로미오 몇 번 했어. 주연 대타로.

박이 이연 눈치를 보며 해명했다. 이연이 작게 웃으며 '두 분은 대학 때부터 허물없는 친구였나 보다' 짐작했다. 박이 기 안 죽고 가슴을 폈다.

—그래도 한 건 한 거지, 로미오.

오 대표가 자연스레 화제에 끼어들었다.

—저 이연 씨 그 공연 봤어요. 몇 해 전 예술의전당 소극장에서 한⋯⋯.

오 대표가 미간을 찌푸리다 금방 제목을 기억해냈다.

—안티고네.

순간 박이 두 손으로 허공에 딱 소리를 내며 외쳤다.

—소포클레스! 소포클레스 맞죠?

이연이 고개를 끄덕이자 박이 즐거운 듯 덧붙였다.

—대학 때 대본 읽고 무척 놀랐거든요. '선으로 향한 유혹은 얼마나 끔찍한가!' 학창 시절 내내 도덕만 배우다 그 대사 보고 뒤통수를 한 대 맞은 기분이었죠. 아, 선도 유혹일 수 있구나 하고.

이연이 '그건 브레히트인데요⋯⋯'라고 말하려다 그냥 미소 지었다. 옆에서 성민이 이연을 추켜세웠다.

—지난 연말에 〈보이체크〉에도 출연할 예정이었는데 코로나로 취소됐어요. 공연 일주일 앞두고 상대 배우가 확진돼서.

이연이 눈을 내리깔며 잠시 생각에 빠져들었다. '공연 전까지 오직 감염되지 않는 것만을 목표로 친구도 안 만나고, 운동도 집에서만 하며 연습에 매진했는데. 엄마 칠순 잔치까지 불참해 형제들 원성도 자자했는데. 그래, 그랬지. 주연배우와 술 마신 다른 조연들 확진이 줄줄 이어지며 모든 게 엎어졌지⋯⋯.' 톱스타급 배우가 보이체크로 나오는 데다, 이연이 본인 나이보다 열 살 이상 어린 마리 역을 맡아 그 자체로 화제였는데. 그래서 정말 두 달 내내 다른 사람 대사까지 희곡 전체를 달달 외웠는데. 이연은 이제 자기 인생에 더 이상 마리는 없을 듯해 낙담했다. 그사이 시간과 이력, 출연료를 동시에 잃은 건 덤이었다. 이윽고 박 왼편에 앉은 서가 무덤덤한 목소리로 말했다.

—그게 무대에 처음으로 프롤레타리아가 주인공으로 등장한 연극이죠? 저도 젊을 때 베를린에서 봤어요.

이연이 서의 얼굴을 흥미롭게 응시했다.

—뷔히너! 뷔히너 맞죠? 우리 그것도 했었어요.

박이 다시 반색했다.

—나는 보이체크 하고 싶었는데 연출이 군악대장 시키더라고.

김도 그때 일이 기억나는 듯 씩 웃었다.

—아니야, 너는 너한테 어울리는 역을 한 거야.

이연은 박에게 보이체크나 군악대장보다 의사 역이 어울린다 생각했지만 말로 뱉지 않았다.

—술은 뭐로 하시겠어요?

오 대표가 호스트답게 물었다. 이연이 "저는 그냥 여기 물 마시겠습니다"라고 했다. 기분 같아서는 차가운 맥주로 실컷 목을 축이고 싶었지만 간신히 자제했다.

—술은 전혀 안 하세요?

김의 정중한 물음에 이연이 '지금 준비 중인 작품이 있어 금주하고 있다' 둘러댔다. 방역 기간 동안 극장 열 곳 중 여덟 곳이 문을 닫고, 이연도 현재 일이 없는 상황이면서 그랬다.

—그럼 잔만 받아두세요. 드시지는 말고. 거기 그 잔 괜찮죠?

오 대표가 크리스털 디캔터의 우아한 목 부분을 쥐고 물었다. 수십 년간 거위 목을 잡아온 농장주마냥 능숙한 몸짓이었다. 디캔터 안의 검붉은 와인이 이연의 눈앞에서 매혹적으로 출렁였다.

—네, 주세요.

오 대표가 이연 쪽으로 상체를 기울이자 목선이 깊고 둥글게 파인 검정 니트에서 짙고 달콤한 향이 났다.

—그럼 이렇게 만난 것도 인연인데 다 같이 건배할까요?

오 대표의 제안에 모두 잔을 들었다.

—제가 '지화자!' 하면 다들 '좋다!' 하는 겁니다?

박의 농담에 다들 부끄러워하는 찰나 눈썹 짙은 김이 부드럽게 끼어들었다.

—죄송합니다. 저희가 이것보다는 좀 수준이 있습니다. 아직 후회하지 마세요.

—자, 다시 우리 이연 씨 환영하며 건배해요.

오 대표의 정리에 사람들이 내려놓았던 잔을 들었다.

—건배!

이윽고 여섯 개의 팔이 움직이자 교회 종소리처럼 맑은 소리가 겹겹의 원을 그리며 허공에 퍼져나갔다. 이연은 크리스털 잔을 입에 살짝 댔다 술은 들이켜지 않고 조용히 내려놨다. 그러곤 '입에 잔 닿는 느낌이 좋다'고, '비싼 건가 보다' 추측했다. '사실 좀 망설였는데 이 자리에 오기 잘했다'고도 생각했다. '별 목적 없이 그냥 이렇게 놀다 가도 좋을 것 같다'고. 그리고 그때서야 이연은 자신이 이런 자리를 가져본 게 참으로 오랜만임을 깨달았다. 지난 20여 년간, 사람 만나, 사람 앞에서, 사람을 연기하는 게 일이었으면서 그랬다.

☘

모임 초반 화제는 단연 이연 중심으로 흘러갔다. 사람들은 이연에게 조심스레 질문하고, 이연 말에 귀 기울이고, 자기들이 잘 모르는 분야 얘기에 즐거워했다. 그러다 가끔 유명 배우 이름이 나오면 '나중에 그분이랑 같이 봬도 좋을 것 같다'는 말을 슬쩍 얹고 '우리 애가 학교에서 영어 연극 하는데 혹 잘 아는 연출이 있는지' 물었다. '영어를 잘하는 분이면 가장 좋지만 무엇보다 아이들과 교감할 수 있는 분을 찾는다'면서. 성민이 '누나, 연출 했었어요. 드라마투르기로도 유명하고'라고 자랑하자, 이연은 '가르치는 능력은 전혀 다른 거'라며 손사래 쳤다. 하지만 밤이 깊을수록 화제는 이렇다 할 중심 없이 이리 쏠렸다 저리 쏠리며 자연스레 흩어졌다. 사람들은 둘이 소곤댔다 셋이 도란댔다 다시 전부 대화에 참여하는 식으로 모임을 즐겼다. 그리고 이연은 이편이 대상을 관찰하기에 더 편하다고 생각했다. 이연은 섣불리 타인을 판단하는 대신 '가능하면 저 사람들처럼 생각하자' '저들 입장에서 느끼고 즐기며 저 사람들이 되어보자' 다짐했다. 그러곤 화장실 거울 앞에서 혼자 그들의 말투와 동작을 따라 하다 관둔 뒤 싱겁게 웃었다. 세상에 주류다운 몸짓과 표정이 따로 있는 것도 아닌데 제 모습이 민망해서였다. 다만 이연은 웃고 떠드는 와중에도 그들에게서 알 수 없는 힘을 느꼈다. 상대에게 직접 가하는 힘이라기보다 스스로를 향한 통제력이라 할까, 오랜 시간 '판단'과 '선택'이 몸에 밴 이들이 뿜어내는 단단하고 날렵한 기운이었다. 얼핏 사람 좋아 보이는 박도 마찬가지였다. 이연은 자신이 대상을 편견 없이 대하는 태도에 작은 만족을 느꼈다. 타고난 성정이라기보다 수양의 결과였다. '어렸을 땐 정말 타인을 시시콜콜 판정했는데……' 지난 세월, 시간의 물살에 깎이고 깨지며 둥글어진 마음이 있었다. 실제로 20여 년간 이연이 여러 인물에게 자신의 몸을 빌려주며 깨달은 사실은 단순했다. 그건 '한 사람이 다른 사람의 자리에 서보는 건 얼마나 어려운 일인가?'라는 거였다. 그리고 그로부터 오해와 갈등이, 드라마가 생겼다. 최근 들어 배역 스펙트럼이 점점 좁아짐에도 불구하고 이연은 배우로서 지금 제 나이와 경험이 싫지 않았다. 적어도 지금 이연은 인간을 더 연민하게 됐으니까. 이연은 그리스 신화 속 영웅이나 현대의 범인 못지않게 '그 나머지' 사람들을 애정하게 되었다. 자신을 이기지 못하는 이들을, 실수하고 잘못된 선택을 하는 자들을, 변명하고 나약한 이들을, 같은 실수를 반복하는 이들을 깊이 응시하게 되었다. 우선 이연부터가 그런 사람이기 때문이었다. 이제 이연은 착한 사람보다 성숙한 사람에게 더 끌렸다. 그리고 자신도 그런 사람이 되고 싶었다. 어쩌면 젊은 시절 주사 때문에 동료들이 이연을 기피한 적이 있어서일지 몰랐다. 워낙 오래전 일이라 성민은 잘 몰랐지만. 이연은 요즘도 종종 자신이 가정이나 사회에서 늘 맡는 그런 역 말고 새 역을 입고 새 말을 쏟아내고픈 충동에 사로잡혔다.

　—혹시 물만 먹기 지루하면 차 마실래요? 커피 드릴까?

오 대표가 문득 수심에 잠긴 이연에게 다정하게 물었다.

　—네, 커피 부탁드리겠습니다.

　—신맛 섞인 원두도 괜찮아요?

　—예, 좋아합니다.

오 대표가 '혹시 차 마실 사람'이 더 있는지 확인하고 자리를 떴다. 그리고 그렇게 떠나기 전 말수 적고 무뚝뚝한 서의 어깨를 두 손으로 감쌌다 풀었다. 이연이 정신을 차린 뒤 옆의 성민과 맞은편 박의 대화를 경청했다.

　—박 원장님은 요즘 정원에서 파티 안 해요?

　—겨울이잖아. 그리고 귀찮더라고요.

김이 초콜릿 입힌 호두를 입에 털어 넣으며 한마디했다.

　—공간이 아깝네.

박이 가만 고개를 끄덕였다.

　—처음 집 옮기고 들띠 몇 번 했는데, 모기에 벌레에 성가시더라고. 그리고 나 사실 유학 시절부터 스탠딩 파티라면 질색했어. 괜히 누구 흉내 내는 것 같고, 성공한 어른인 척해야 할 것 같고. 한국 오니까 그거 없어 좋더라고, 가든파티.

박의 말에 이연이 '보기보다 내적 긴장도가 높은 사람이구나' 생각했다. 사실 배우 중에도 외향적일 것 같지만 그렇지 않은 친구들이 많았다. 그저 어떤 역과 몫을 해내느라 표를 잘 안 낼 뿐인 것처럼.

　—아무래도 한국에는 가든이 많지 않지.

김의 말에 성민이 우스갯소리를 얹었다.

—수원가든, 서교가든, 마포가든 이런 건 많죠.

그 농담이 마음에 들었는지 박이 안경을 콧대 위로 올리며 상큼하게 웃었다.

—성민 씨 그러지 마, 나 회식하고 싶어.

김이 박을 나무랐다.

—그건 네가 원장이니 그렇지, 젊은 직원들도 좋을 리가.

박이 물러서지 않고 분노를 가장했다.

—그래. 그래서 지금 홈 파티 하잖아. 안 젊은 너랑!

두 사람 싸움에 성민이 소리 내 웃다 문득 이연이 소외돼 보였는지 '괜찮으냐'는 눈빛을 보냈다. 이연이 어른스럽게 '물론'이라는 표정을 지었다. 낯선 이들과 함께 있으니 이연은 성민이 평소보다 가깝게 느껴졌다. 그리고 자기도 모르게 성민에게 의지하고 있음을 깨달았다. 이연이 크리스털 잔에 담긴 생수를 홀짝이며 신입생 때 성민의 앳된 얼굴을 떠올렸다. 이연이 학교 근처에서 잦은 이사를 할 때마다 성민은 두 팔 걷고 도와준 후배 중 하나였다. 연기를 전공한 이연과 달리 성민은 예술경영을 공부해 동선이 많이 겹치진 않았지만, 그래도 이런저런 수업이며 뒤풀이 자리에서 자주 만날 기회가 있었다. 친구들과 밤새 연극에 대해 토론하고, 비슷한 불안과 기쁨을 공유하고, 차가 끊기면 가까운 동기 집에서 자고, 그러다 예고 없이 누군가 또 섞이고 놀러오는 일이 흔할 때였다. 아무튼 그때도 성민은 지금처럼 허세가 있어 이사 당일에도 일꾼의 본분을 망각하고 늘 근사하게 차려입고 오곤 했다. 그게 자신에게 잘 보이려 한 행동이란 걸 이연은 아주 나중에 알았지만. 다 옛날얘기였다.

—공연 쪽도 회식 많죠?

그때까지 주로 다른 사람 얘기만 듣고 별말 않던 서가 입을 뗐다. 이연은 자기도 모르게 허리를 곧추세웠다.

─네. 그런데 지금은 방역 상황이 안 좋아 거의 못 해요. 해도 간단히 하고.

때마침 저쪽에서 오 대표가 커피잔과 설탕, 찻숟가락이 담긴 나무 쟁반을 들고 다가왔다. 멀리서부터 신선한 커피 향이 오 대표를 졸졸 따라오다 어느 순간 공기 중에 확 퍼졌다. 이연은 카페인이 반가웠다. 오 대표가 우아한 몸짓으로 나무 쟁반을 이연 앞에 내려놓았다. 쟁반 한가운데 아가미 모양의 옹이가 눈에 띄었다. 그 위에 얇고 단단한 자기에 은박 테두리와 꽃무늬가 새겨진 찻잔이 놓여 있었다.

─잔이 아름답네요.

그림 감상하듯 찻잔을 보며 이연이 감탄하자, 오 대표가 살짝 향수 어린 얼굴로 말했다.

─어머니에게 물려받은 거예요.

이연은 고개를 끄덕이며 한편으로 조금 놀랐다. 요즘에야 빈티지 그릇이 워낙 흔하지만 무려 '그 시대'에 이런 차 문화를 자연스레 향유한 가족이 있었다는 게 신기했다. 오 대표가 '이 잔은 80여 년 전 영국에서 소량 생산돼 지금은 구할 수 없는 거'라고 했다. 그래서 자기가 '정말 좋아하는 손님이 왔을 때만 내온다'고. 잠시 딴생각을 하다 그 말뜻을 알아챈 이연이 감사의 미소를 지었다. 오 대표가 친밀감을 표하며 응석 부리듯 덧붙였다.

─그런데 우리 남편은 또 뭐라 하더라고요. '유럽 놈들이 쓰다 버린 걸 비싸게 사서 소꿉놀이한다'고. '우리가 거지야?' 하고 어느 날은 화를 내지 뭐예요. 아무튼 평생 공부만 해서 아무것도 몰라.

식탁 끝자리에서 성민과 진지한 대화를 나누던 김이 문득 끼어들었다.

─지금 부산에 계시죠?

─네, 지점에 별일 없으면 아마 다음 주에 한번 올 거예요.

─따님은 아직 미국에 있나요?

오 대표가 고개를 끄덕이자 김이 방금 전 화제를 거들었다.

—매일 쓰는 물건이 아름다우면 좋죠. 그리고 그냥 시간을 견딘 것들이 주는 위로가 있잖아요? 제 사무실에도 비슷한 거 있어요.

오 대표가 호응했다.

—그래서 나도 한마디 했어요. 그게 당신 콤플렉스라고. 이게 만약 다른 대륙 거였어도 똑같이 말했겠느냐고.

김이 적장에게 예를 표하듯 상체를 숙였다.

—잘하셨습니다.

그때 성민이 솔직한 막내 역을 해내느라 그러는지 아니며 실제 제 생각이 그런지 다른 의견을 냈다.

—그런데 저는 젊어서 그런지 아직은 단순하고 모던한 게 좋더라고요.

—그럴 수 있죠.

오 대표가 오묘한 미소를 짓자 성민이 재빨리 덧붙였다.

—제가 아직 그 단계로 못 갔나 봐요.

새삼 박이 끼어들었다.

—그래, 모던에 질릴 때도 곧 있을 거예요. 모던도 모던 나름이고. 가끔 싸구려 자재 쓴 모던만큼 또 싫증나는 게 없더라고요. 요즘처럼 무슨 저가 시공, 저가 인테리어 상품에 창궐하는 그런 모던은……

박이 혀를 차며 고개를 저었다. 순간 이연과 성민의 눈이 짧게 마주쳤다. 두 사람만 아는 순간이었다. 박이 말을 계속 이어나갔다.

—흉내는 흉내고. 본질은 돈으로 못 사죠. 역사도 그렇고.

이연이 박을 흘깃 쳐다보며 '저 사람 진골이 아니라 성골인가?' 갸웃거렸다. '부러 돈 내고 인맥 학교 다닌 분이 하실 말씀은 아닌 것 같은데?' 싶어서였다. '창궐이라니. 사람들이 한정된 자원 안에서 나름 생활에 윤기를 주려 하는 게 무슨 질병이라도 되나?' 눈을 굴렸다. 그런데 그 눈빛을 맞은편의 서가 봤고, 그 시선의 흐름을 또 성민이 알아챘다.

—그런데 이 올리브 진짜 맛있네요. 어디 거예요?

오 대표가 성민 말에 답하는 걸 잊고 걱정스러운 투로 물었다.

—어? 괜찮아요?

이연이 제 앞의 와인을 막 홀짝대는 모습을 본 까닭이었다.

—네, 이 정도는 괜찮아요.

박이 불쾌해진 얼굴로 말했다.

—배우 분하고 술 마시니까 참 좋네요. 옛날 생각도 나고. 언제 우리 병원에 관리 받으러 한번 오세요. 크게 할인해드릴게. 너도 우리 밤새 무대 만들고 포스터 붙이러 다닌 거 기억나지?

김이 한 손으로 와인잔을 천천히 돌렸다.

—응.

박이 말했다.

—나는 아직 몇몇 대사는 다 외워.

—로미오, 당신의 이름은 왜 로미오인가요? 그런?

오 대표가 놀렸다.

—아니요. 그것 말고도 많아. 그 뭐지, 그래, 아까 보이체크.

박이 짐짓 배우 흉내를 내며 발성을 바꿨다.

—아시다시피 우리같이 천한 사람들에겐 덕이란 게 없어요. 그러니 그저 본능대로 행동할 뿐이죠. 제가 신사라면 저도 예의 바르게 행동하겠죠. 하지만 전 가난한 놈인걸요.

이연이 잠자코 박의 말을 들으며 몇몇 대사가 누락된 걸 알아챘다. 그 대본을 외운 게 겨우 반 년 전이었다. 그때 이연은 연출에게 '왜 보이체크는 자신의 진짜 적인 대위나 군악대장, 하다못해 의사도 아닌 마리를 죽였는지 모르겠다'고 불평했다. '요즘 시대에 이 설정이 혹 퇴행적으로 읽힐까 걱정된다'고. 그러자 연출은 잠시 생각에 잠겼다 '퇴행이 아니라 오히려 예언으로 읽힐 수 있으니 너무 걱정 말고 관객을 믿어보자' 했다.

—그런데 이연 씨, 제가 아까부터 계속 지켜봤는데요.

박이 수줍게 말을 이었다.

―네.

―배우치고 참 소탈하신 것 같아요.

―네?

―아무튼 또 뵐 수 있으면 좋겠어요.

―박 원장 취했네.

사람들이 어색하게 웃었다.

술자리가 무르익자 대화 주제는 자연스레 '돈'으로 흘러갔다. 사람들은 최근 흥행하는 드라마를, 플랫폼과 콘텐츠의 관계를, 이제는 시들해진 서바이벌 프로그램을, 그러나 여전히 '쇼'가 된 계급 상승을, 그 쇼가 '모욕과 영광을 동시에 주는 방식'을 밀도 높고 느긋한 어휘로 토론했다. '요즘 관심만큼 비싼 것도 없다'면서 '자기 서사가 있는 사람이 살아남는다'는 식의 말도 이어나갔다. 이연도 어디서 한 번쯤 들은 말이었다. 그러자 누군가 '전염병 시대에 가장 큰 수혜자 중 하나가 온라인 동영상 서비스'라 했고, '영화관 시대가 이렇게 끝날지 누가 상상했겠어?' 한탄했다. '이럴 줄 알았으면 관련주 사둘걸.' '요즘 유명 배우들도 다 동영상 서비스 회사에 줄 선다'며 안주를 씹었다.

―연극 쪽은 더 어렵지 않아요?

서의 질문에 사람들 시선이 이연에게 쏠렸다. 이연이 최대한 덤덤하게 답했다.

―그죠.

그런데 갑자기 김이 청하지도 않은 위로와 용기를 건넸다.

―그래도 연극은 살아남을 거예요.

박이 거들었다.

―나는 연극하는 사람들 존경해.

―왜요?

평소라면 그냥 지나쳤을 말에 살짝 취기 오른 이연이 반문했다. 막상 질문을 받자 박이 더듬거렸다.

―사람이 수지 안 맞는 일에 몰두한다는 게…… 아무튼 쉬운 일은 아니잖아요? 저 같은 사람은 워낙 계산기 두드리는 게 일이라. 그래야 우리 병원 식구들 먹여살리기도 하고. 존경스럽더라고요, 그 산수가. 그 힘이 뭔가 궁금하고.

이연이 뭐라 답할까 고민하다 말이 길어지면 도리어 이상할 듯해 능청스레 넘겼다.

―그러게 저도 궁금하네요.

잠시 후 오 대표가 분위기를 바꿨다.

―제가 주말마다 고아원으로 봉사 활동을 나가요.

김이 호응했다.

―훌륭하시네요.

―그게, 칭찬받으려는 건 아니고. 거기 원장님이 지난주에 인상적인 이야기를 해주시더라고.

성민이 의례적인 관심을 비쳤다.

―무슨 얘기요?

―거기 아이들이 만 18세가 되면 시설에서 나가야 하거든요. 그때 자립 정착금을 줘요, 500만 원씩. 그런데 생각해보세요. 내가 지금 열여덟이야, 그리고 나한테 500이 있어. 그럼 그 돈을 어떻게 쓸 것 같아요?

성민이 진지하게 답했다.

―집부터 구하지 않을까요?

—그죠? 성민 씨도 그렇게 생각하죠? 거기 원장님도 그러시더라고요. 형제님 생각에 보통 300으로 월세 보증금 하고, 나머지 200은 저축하거나 생활비로 쓸 것 같지 않으냐, 그게 상식 아니냐고.

—그렇죠.

—그런데 아이들이 그걸로 500짜리 명품 가방을 산다는 거야.

사방에서 탄식에 가까운 한숨 소리가 터져 나왔다.

—놀랍죠?

오 대표가 사람들 반응에 만족한 듯 눈을 크게 떴다. 박이 말했다.

—그럼 그냥 모조품을 사지.

—그건 또 싫은가 봐.

—어차피 주위에 그게 진품인지 가품인지 알아보는 사람도 없을 텐데.

성민이 물었다.

—왜요?

—그 주위라는 게 빤하지 않겠어.

순간 성민과 이연의 눈이 다시 마주쳤다. 박이 한숨 쉬었다.

—그러니까 우리나라도 애들 유치원 때부터 금융 교육 시켜야 해. 세상에 금융 문맹이 너무 많아.

김이 말했다.

—차라리 주식을 하지.

오 대표가 반문했다.

—500으로?

—아니. 그 200 정도로. 좋은 공부가 될 텐데.

박이 말했다.

—그러게 며칠 전 우리 집에 가구 회사 아저씨가 한 분 오셨어. 그런데 한두 시간? 그 가구 조립하는 내내 휴대전화로 계속 주식 창을 보고 계시더라고.

—어머, 나 최근 정육점에 갔을 때 거기 총각들도 그러던데.

—아휴, 그런데 보기 안타깝더라고, 휴대전화에서 눈을 떼지 못하는 게. 그분이 또 무슨 그 유명 유튜버를 신봉하길래 내가 조언해드렸지. '선생님, 작년에 재미 좀 보셨죠? 그랬더니 '그렇다' 하기에 '그런데 올해는 또 잘 안 됐죠? 그러니까 '어떻게 아셨냐?'고 그래. 그래서 '그게 그 유튜버 말이 꼭 맞아서가 아니라 시장 흐름이 그렇습니다, 그러니 너무 거기 의지하지 마세요' 그랬지.

—음…….

김이 턱을 만졌다.

—그랬더니 그분이 그래도 자기는 이 유튜버 만나기 전에는 이런 거 전혀 몰랐는데, 이 사람 덕에 그나마 희망을 가질 수 있다고, 이 사람이 너무 고맙다고 그러는 거야.

주위에서 다시 낮은 한숨 소리가 났다. 갑자기 서가 말했다.

—그래봤자 7프로래요.

오 대표가 고개를 기우뚱했다.

—뭐가?

—주식 시장에서 이익 본 사람. 크고 작은 파도들이야 다들 겪었겠지만 실질적으로는 7프로라고 하더라고요, 통계로.

박이 말했다,

—그 사람이 서 대표네?

서가 별말 없이 알쏭달쏭한 미소를 짓다 짧게 호응했다.

—누가 들으면 진짠 줄 알겠어.

박이 호들갑을 떨었다.

—서 대표님은 그런 정보 다 어디서 얻나 몰라. 정계 쪽에 줄이 있나. 혼자만 알지 말고 우리도 좀 알려줘요.

순간 이연은 서와 오 대표가 거의 동시에 눈을 내리까는 걸 봤다.

—그럼 그 가구 조립한 아저씨 돈이 서 대표 주머니로 간 거야?

김의 말에 몇몇이 조그맣게 웃었다. 이연은 몸이 살짝 굳었다.

—그러니 대출받아 주식하는 젊은 친구들 마음 우리가 이해해야 해.

박이 마치 성민이 그런 '젊은 친구'인 양 동의를 구하는 눈빛을 보냈다. 김이 바로 그 말을 받았다.

—나도 20대 때만 해도 바보같이 빚이 나쁜 건 줄 알았어. 빚에 대한 안 좋은 경험만 있어서. 생각해봐. 어릴 때 대출로 어딘가 투자하는 부모를 본 사람하고, '빚' 하면 보증과 고함, 부모의 불화, 이런 것만 떠올리는 사람하고 뭐랄까, 대출 상상력이나 금융 감수성이 다르지 않겠어?

박이 모처럼 역공의 기회를 얻은 듯 받아쳤다.

—그러니 앞으로도 제수씨한테 감사하고 살아. 제수씨 아니면 너 여기서 말도 못 섞어.

서가 물었다.

—성민 씨는 어때요? 주식 하죠?

성민이 주저하다 대꾸했다.

—네, 그럼요. 저도 불과 두 해 전에 제가 금융 문맹인 거 처음 알았어요. 언론에서 알려줘서. 저도 뒤늦게 막 이것저것 공부하고 있어요, 뒤처질까 봐. 그런데 한편으로는……

김이 물었다.

—한편으로는?

—아, 아니에요.

오 대표가 성민을 온화하게 타일렀다.

—왜? 얘기해봐. 괜찮아요.

성민이 입술에 침을 바른 뒤 어렵게 입을 열었다. 이연이 보기에 성민이 소탈한 막내 역을 하느라 그런지 아니면 술에 취한 탓인지 알 수 없었다.

—사실 해방 이래 한 번도 돈을 욕망하지 않은 적 없으면서, 겉으로는

노동과 근면을 미덕인 양 가르쳐온 사회가 갑자기 저더러 문맹이라니 억울하고 서운한 마음이 들더라고요. 단순히 돈 문제가 아니라 그간 저나 제 부모님이 살아온 방식을…… 응, 실존을 부정당한 것 같아서.

박이 취기 어린 투로 응했다.

―실존. 진짜 오랜만에 들어본다.

김이 무슨 말을 할지 망설이다 성민의 어깨에 한 손을 툭 올렸다.

―내가 이래서 성민 씨 좋아해. 이래서 다양한 사람들과 자주 만나봐야 한다니까. 안 그러면 굳어.

성민이 갑자기 '저, 그런데 잠깐 나갔다 오겠습니다'라며 웃옷 주머니에서 담배를 찾았다. 그러자 김이 너그러운 양 깐깐한 투로 응했다.

―성민 씨 아직 담배 안 끊었어? 장기적으로는 꼭 끊어요. 중요한 거래처 임원 중 그 냄새를 아주 싫어하는 사람이 있을 수 있어. 듣기 싫어도 내 말 들어요. 다 성민 씨 좋으라고 하는 소리야.

그때 이연이 불쑥 끼어들었다.

―제일 잘 감출 수 있는 거라 그런 거 아닐까요?

―네?

김이 눈을 둥그렇게 떴다.

―그 아이들, 아까 가방 말씀하신 거요.

사람들이 멀뚱히 이연을 바라봤다. '갑자기 그 이야기는 왜 꺼내느냐'는 듯한 표정이었다. 막상 입을 열어놓고도 사람들의 집중이 부담돼 이연은 좀 주저했다. 작은 실수 하나만으로도 연기자가 세간에 어떻게 이야깃거리로 남고, 추문이 되는지 알고 있어서였다. 동시에 이연은 다른 건 몰라도 이게 주정이 되면 절대 안 된다고 생각했다. 만약 자신이 지금 뭔가 얘기할 거라면 아주 말짱해야 한다고. 그래서 아까부터 술을 더 입에 대고 싶은 욕구를 거의 초인적인 힘으로 꾹 참고 있었다. 살면서 어떤 긴장은 이겨내야만 하고, 어떤 연기는 꼭 끝까지 무사히 마친 뒤 무대에서 내려와야 한다는 걸, 그건 세상의 어떤 인정이나 사랑과 상관없는, 가식이나 예의와도 무관한, 말 그대로 실존의 영역임을 알았다. 처음 여기 왔을 때만 해도 '임원' 연기를 위해 '최대한 저 사람들처럼 생각하자, 저 사람들 입장에서 느끼고 즐기자' 다짐했는데, 그 모든 노력에도 불구하고 안 되는 게 있어서였다.

—그게 꼭 그 아이들이 철없거나 허영심이 세거나 금융 문맹이어서가 아니라요, 제 생각에는…… 밥은 남이 안 보는 데서 혼자 먹거나 거를 수 있지만 옷은 그럴 수 없으니까, 그나마 그게 가장 잘 가릴 수 있는 가난이라 그런 것 같아요, 가방으로.

순간 몇몇 이들이 묘한 눈빛을 주고받았다. 이연은 자신이 뭔가 망치고 있다는 생각이 들면서도 그걸 수습하고 싶은 마음이 들지 않았다. 동시에 술을 더 마시고 싶은 걸 꾹 참고 성민에게 누를 끼치지 않으려 애쓰는 제 모습을 의식했다. 여기서 혼자 정색하면 연극이 망한다고, 막이 내릴 때까지 최대한 자연스레 퇴장하자 다짐했다. 이연은 가슴을 펴고 자신이 낼 수 있는 가장 정확한 발음으로 밝게 다음 말을 이었다.

—그냥 제 생각은 그래요. 아, 그리고 결례가 안 된다면 저는 조금 이따 일어나보겠습니다. 내일 또 연습이 있어서요.

오 대표와 서가 짧게 눈을 마주친 뒤 시선을 돌렸다.

—왜요, 더 있다 가시죠. 뭐가 불편하셨나요?

—아니요. 정말 중요한 연습이라 늦으면 안 돼서요.

그런 뒤 이연은 '저는 잠깐 화장실에 들렀다 일어날 테니 마저 즐겁게 노시라'고 했다. 그런데 그렇게 말하고 자리에서 일어서는 순간 그만 몸의 중심을 잘못 잡고 앞의 나무 쟁반을 건드리고 말았다. 동시에 오 대표의 80년 넘은 빈티지 잔 세트가 바닥으로 떨어지며 산산이 부서졌다.

—누나 괜찮아?

성민이 자리에서 일어섰다. 이연은 당혹스러운 얼굴로 그 자리에 얼어붙고 말았다. 김과 박, 서와 오도 지금 막 일어난 상황을 얼떨떨한 얼굴로 바라봤다. 이윽고 정신을 차린 이연이 오 대표에게 사과한 뒤 허둥지둥 도자기 파편을 정리하려 하자, 오 대표가 이연을 저지하며 '이러면 다친다'고, '자리가 곧 파할 테니 그때 제가 천천히 치워도 된다'고 했다. '이연 씨 어디 다친 데는 없느냐'고 오히려 이연을 진정시키고 위로했다. 이연이 넋 나간 얼굴로 어쩔 줄 몰라 하며 오 대표의 옆얼굴을 살피다 문득 몸이 굳었다. 오 대표의 얼굴에 잔을 잃은 서운함이나 원망 대신 묘한 만족감이라 할까 승리감이 얼핏 스치는 걸 보았기 때문이다. 전혀 놀란 기색 없이 마치 오늘 파티에서 얻을 건 다 얻었다는, 이만하면 괜찮은 계산서가 나왔다는 표정을 지은 까닭이었다. 성민 표현대로라면 오 대표는 '계산이 정확하신 분'인데, '그렇다면 저 미소는 대체 무슨 뜻일까?' 그제야 이연은 오늘 가장 말수 적은 서가 자신에게 던진 질문이 대개 '걱정'과 '근황'뿐이었다는 사실을 깨닫고 기분이 이상해졌다. 그렇지만, 아니 그렇다 해도 이연은 가능한 한 이 연극을 이대로 마치지 않을 생각이었다. 이연이 무대에서 중요한 대사를 치기 전 순간처럼 숨을 깊이 들이쉬며 거실 창문 너머 하늘을 봤다. 미세먼지 탓인지 달이 비현실적으로 붉었다. 이연은 이 밤이, 그리고 또 이 계절이 낯선 듯 익숙해 마치 보이체크가 마리를 죽이기 전 한 말처럼 "몸이 차가우면 더 이상 얼어붙지 않으므로" 많은 이들이 다 같이 추워지기로 결심한 어떤 시절 혹은 시대처럼 느껴졌다.

이연은 잠시 그대로 서서 오래전 읽은 몇몇 책을 떠올렸다. 이연이 읽은 많은 희곡 속 사건은 '초대'와 '방문', '침입'과 '도주'로 시작됐다. 어떤 일이 일어나려면 반드시 누군가 무대에 등장해야 했다. 혹은 반대로 사라지거나. 그리고 지금은 이연이 퇴장할 시간이었다.

—물 한잔 할래요?

오 대표 말에 이연이 예의 바르게 대꾸했다.

—아니요, 괜찮습니다.

이연은 스스로 놀랄 정도로 정신이 맑고 차가워지는 걸 느꼈다. 성민이 어느새 코트를 들고 이연 옆에 섰다.

—그래요, 성민 씨가 좀 바래다줘요. 밖에 위험해.

그러다 다시 생각을 바꿔 성민에게 한마디 더 했다.

—술 부족하면 다시 오고.

그런 뒤 오 대표는 이연에게 갑자기 이상한 걸 물었다.

—오늘 어땠어요?

정말 궁금한 것 같기도 하고 마땅한 작별 인사가 떠오르지 않아 불쑥 튀어나온 말 같기도 했다. 오 대표의 목소리를 듣자 이연의 머릿속에 문득 학교에서 배운 서사 이론 하나가 떠올랐다. '작가로서 당신이 누군가에게 뭔가 주고 싶다면 그에게서 먼저 그걸 빼앗으라'는 법칙이었다. 그래서 이연은 지금도 소설이나 연극, 드라마에서 주인공이 너무 행복한 표정을 지을 때면, 사랑이나 어떤 성취 혹은 명예 앞에서 너무 벅찬 감정을 표할 때면 어김없이 '저 사람 곧 저걸 잃어버리겠구나' 예감하곤 했다. 이연은 오 대표의 눈을 빤히 바라보다 어떤 주문을 외듯, 마치 지금 자신이 처한 상황과 사랑에 빠진 사람처럼, 그 사랑을 어서 잃고 싶어 하는 연인처럼 달뜬 목소리로 말했다.

—좋았어요.

—…….

—너무너무 좋았어요, 정말.

김과 박, 서를 등진 오 대표의 얼굴 위로 알 수 없는 표정이 스쳤다. 이연이 코트 호주머니에서 마스크를 꺼내 얼굴에 썼다. 집에 갈 시간이었다.

우리는 무대 밖으로 나갈 수 있을까

강도희 문학평론가

김애란의 「홈 파티」는 연극배우인 이연이 대학교 후배인 성민의 연락을 받고 홈 파티에 초대되면서 시작된다. 대행 사업을 하는 성민은 모 대학의 반년짜리 최고경영자 과정을 밟으며 만난 동기들과 정기적인 모임을 한다. 코로나 이후 모임이 주로 이뤄지는 곳은 각자의 집이다. 명상센터 소장 서, 성형외과 의사 박, 법률회사 변호사 김 등 사회적으로 인정받는 직업의 동기들은 집도 넓어 여럿을 초대하기 안성맞춤이다. 오늘의 모임 장소인 오 대표의 집 역시 대단지 아파트에 위치하며 집 안에는 현대 회화와 아프리카에서 온 조각품 등 고가의 예술품이 즐비해 있다.

이연이 이 모임에 오기로 한 계기는 오디션 때문이다. 모 드라마 단역 중 화장품 제조업체의 50대 여성 임원 역을 뽑는다는 소식을 듣고 준비하던 참에 성민의 제안을 받은 것이다. 연기에 도움이 되겠다 싶어 이연은 이 자리에 참석한다. 식탁 위 다채로운 식기, 디캔터에 담긴 검붉은 와인, 그것을 따라주는 오 대표에게서 나는 달콤한 향……. 술을 마시지도 않았는데 이미 이연은 '그냥 이렇게 놀다 가도 좋을 것 같다'고 느낀다. 그러나 한

편으로 맨정신의 긴장감을 유지해 이들에게서 오는 느낌을 정확히 포착하려 한다. 이들의 말투와 동작을 유심히 관찰하고 닮을 만한 점을 찾는다.

배우는 역할의 외형을 그대로 모방하기보다 그 인물과 상황을 배우 자신의 고유한 경험으로 만들어서 감정을 창조한다. 사실적 연기를 위해선 무대 위 모든 행동이 정당하고 합리적이라는 믿음이 요구된다.* 이연은 지난 이십여 년간 연기를 해오며 타인의 자리에 서보기를 단련해왔다. 어렸을 때 안에서 밖으로 타인을 시시콜콜 판정했다면, 이제 그는 있는 그대로의 타인을 내 안으로 받아들이는 데 능숙하다.

연기 대상에의 공감(empathy) 능력 또한 배우로서 그가 갖는 자부심이다. 특히 현실의 자신과 비슷하게 나약한 사람들, "그리스신화 속 영웅이나 현대의 범인 못지않게 '그 나머지' 사람들"을 연기할 때, 그의 공감은 연민과 애정으로 확장된다. 다만 이번 연기의 대상은 이제껏 해온 것과는 조금 다르다. 테이블에 앉아 있는 사회적 주류들에게 이연은 "알 수 없는 힘", "단단하고 날렵한 기운"을 느낀다. 연민은커녕 공감도 쉽지 않을 저 사람들에게 잘 이입해서 저들이 되어보는 것이 이번 홈 파티의 관건이다. 이 연기는 비단 오디션을 앞둔 이연만을 위한 것이 아니다. 서로에게 특권을 주는 내밀한 홈 파티는 구성원 간의 동질감으로 유지된다.

그런데 이 모임에서 어쩐지 이연은 평소처럼 능숙하게 자신의 역할에 이입하지 못한다. 처음엔 매너 있고 지적인 문화예술인을 연기하며 모임 구성원들과 감정을 공유한다. 대학 때 연극 동아리에 있었다는 박의 말에 활짝 웃으며 "가식이나 위선과는 다른" 감정이입이라는 연극의 중요한 약

---

* 19세기 러시아의 연극이론가 스타니슬랍스키는 이전의 연극들이 보여왔던 과장되고 '기계적인' 연기를 반대하며 역할에 감정을 개입하고 생명을 주는 현실주의적 연기를 제안한 사람이다. 그는 배우가 개인적인 기억을 가동시킬 정도로 감정을 이입해 연기할 수 있어야 한다고 말했다. 스타니슬랍스키, 『배우훈련』, 김균형 역, 소명출판, 2014, 33쪽.

속을 시도한다. 그것이 깨지는 첫 번째 계기는 자신의 배역에 대한 서로의 이해가 다르다는 데서 나타난다. 술자리가 무르익고 서로의 근황에 관해 대화하던 중, 팬데믹 시대에 스트리밍 플랫폼에 떠밀린 연극계는 더 어렵지 않느냐고 서가 묻는다. 이연은 최대한 덤덤하게 그렇다고 한다.

> 그런데 갑자기 김이 청하지도 않은 위로와 용기를 건넸다.
> ─그래도 연극은 살아남을 거예요.
> 박이 거들었다.
> ─나는 연극하는 사람들 존경해.
> ─왜요?
> 평소라면 그냥 지나쳤을 말에 살짝 취기 오른 이연이 반문했다. 막상 질문을 받자 박이 더듬거렸다.
> ─사람이 수지 안 맞는 일에 몰두한다는 게…… 아무튼 쉬운 일은 아니잖아요? 저 같은 사람은 워낙 계산기 두드리는 게 일이라. 그래야 우리 병원 식구들 먹여 살리기도 하고……. 존경스럽더라고요. 그 산수가. 그 힘이 뭔가 궁금하고.
> 이연이 뭐라 답할까 고민하다 말이 길어지면 도리어 이상할 듯해 능청스레 넘겼다.
> ─그러게 저도 궁금하네요.

박의 위로와 존경은 동질감에서 나타난 게 아니다. 조금 전 연극 동아리로 맺어진 공감은 계산기를 두드리지 않았던 시절의 그에 한정된 것이다. 박은 수입에 따라 성형외과와 연극계를 구분하고, 서로가 돈에 대한 행동적 지향이 다르다고 판단한다. 자본의 바깥에 머물러 있어야지 예술인들은 존경스럽고 연극의 가치는 되살아난다. 이 발언은 무대 위의 즐거움을 공유하던 이연에게 무대 밖의 고통을 직시하게 한다. 서로가 같은 연기를 한다고 믿었던 이연은 자신의 역할이 조금 다르다는 것을 인지한다.

두 번째 계기는 배역 간의 관계, 그것을 지시하는 대본에 문제가 있음을 깨달으면서 나타난다. 오 대표가 봉사활동을 가는 고아원의 아이들은 만 18세가 되면 자립정착금 500만 원을 받는데, 원장의 말이 그 돈으로 집을 구하거나 저축하지 않고 아이들은 500짜리 명품 가방을 산다는 것이다.

　　―그럼 그냥 모조품을 사지.
　　―그건 또 싫은가 봐.
　　―어차피 주위에 그게 진품인지 가품인지 알아보는 사람도 없을 텐데.
　　성민이 물었다.
　　―왜요?
　　―그 주위라는 게 빤하지 않겠어.
　　순간 성민과 이연의 눈이 다시 마주쳤다. 박이 한숨 쉬었다.
　　―그러니까 우리나라도 애들 유치원 때부터 금융 교육 시켜야 해. 세상에 금융 문맹이 너무 많아.

　　명품의 가치를 알아볼 만한 사회자본을 가지지도 못했으면서 기껏 받은 돈을 다 써버리는 것에 중년들은 안타까움을 느낀다. 그들의 생각에 이처럼 세상의 많은 이들이 투자에 실패하는 것은 '수지맞게' 사는 법을 알려주는 금융 교육을 받지 못했기 때문이다. 가구 조립하는 기사나 정육점 청년들이 아무리 유튜버를 보고 주식에 몰두한다고 해도 이미 벌어진 경험과 교육 격차는 따라잡을 수 없다. 서로 다른 위치를 자각하지 못하고 무작정 주류와 같아지려 하는 비주류의 몸부림은 안타깝지만, 그것을 목격할 때 주류들은 은연중 희열과 자부심을 느낀다. 사실상 오늘날의 금융 시장에선 93프로의 손해가 있기에 '7프로'가 이익을 보고, 실패자를 자극하는 희망과 도전이 자본을 움직인다. "그러니 대출받아 주식하는 젊은 친구들 마음 우리가 이해해야 해." 그러나 저 마음을 이해하지 않아도 박은 큰 문제가 없다. 진짜 문제는 자본의 논리를 이해하지 못하고 주류들의 성공 비법을 공부하지 않은 서민들이다. 그리하여 상위 10퍼센트가 소득을 증식하며 갖춘 기준과 가치는 '대출 상상력', '금융 감수성'이란 이름으로 교육된다.

이에 대한 반항은 성민에게서 먼저 드러난다. 그는 "겉으로는 노동과 근면을 미덕인 양 가르쳐온 사회"가 특권층에게 막대한 자본소득이 집중된 뒤에야 노동으로 소득을 얻는 이들을 문맹이라고 부른다며 토로한다. 그러나 이미 모임의 '귀여운' 존재로 타자화된 그는 주류 집단의 방향성을 크게 흔들지 못한다. 그의 불평은 거리를 두고 공감할 수 있을 정도의 안전한 감정으로 수용된다. "내가 이래서 성민 씨 좋아해"

이에 이연이 입을 뗀다.

　　—그게 꼭 그 아이들이 철없거나 허영심이 세거나 금융 문맹이어서가 아니라요, 제 생각에는…… 밥은 남이 안 보는 데서 혼자 먹거나 거를 수 있지만 옷은 그럴 수 없으니까, 그나마 그게 가장 잘 가릴 수 있는 가난이라 그런 것 같아요, 가방으로.
　　순간 몇몇 이들이 묘한 눈빛을 주고받았다. 이연은 자신이 뭔가 망치고 있다는 생각이 들면서도 그걸 수습하고 싶은 마음이 들지 않았다.

이들과 같아질 수 있다는 생각이 착각임을 깨달았거니와 그 착각이 상류층의 자의식과 자본주의적 성공 신화를 더 공고히 한단 걸 안 이상 더는 연극에 참여할 수가 없다. 이연은 주류를 연기하는 비주류들에 대한 모임원들의 안타까움을 되받아쳐 그 연기를 야기한 구별 짓기와 낙인을 꼬집는다. 기준에 비해 뒤처짐을 인정하고 성민처럼 불평하는 것과 기준 자체가 잘못됐다고 반박하는 것은 다르다. 후자는 더 큰 불편함을 낳는다. 구성원들은 모임에 부적합한 정서를 감지하고 비로소 이연에 대한 모종의 감정을 굳힌다.

다시 모임의 첫 장면으로 돌아가자. 이연이 성민과 오 대표의 집에 들어섰을 때, 오 대표가 한 말은 "밖에 춥죠?"이다. 이어서 "여기 길이 좀 복잡하죠?'라고 묻는 것은 특권층의 사적 모임에 어렵사리 진입한 노고에 대한 염려다. 따뜻하고 안전한 집 안에서 중년의 상층 계급은 새로운 이들의 안위를 끊임없이 걱정한다. 이연에게 물만 먹기 지루하면 커피는 어떠냐고 물어보고, 그가 조금씩 술을 마시자 괜찮겠냐고 물어본다.

마사 누스바움은 우리가 다른 개체에게 연민을 느낄 때, 나를 대입해서 그 고통을 이해하지 않더라도 그를 내 소중한 삶의 영역에 넣고 그에게 좋은 어떤 것을 추구하는 태도도 가능하다고 말한다. 누스바움은 이 삶의 영역을 관심의 원이라고 부른다.* 홈 파티의 주최자들은 자신들의 관심의 원으로 막 들어온 손님이 춥고 복잡한 집 밖으로 다시 나갈까 봐 진심으로 걱정한다(concern). 이 연민은 안과 밖, 행복과 불행을 철저하게 구분 짓는다. 그렇다면 저 관심의 원은 우리가 특정한 대상들에 '행복함'을 부여하고 그것들로부터 함께 쾌락을 느끼는 정서 공동체이기도 하다. 행복한 대상에 가까이 있으면서도 이 쾌락을 감지하지 못하는 이는 정서 공동체에서 소외된다.** 행복은 늘 특정한 방향성을 가지고 있으며, 어떤 신체는 다른 신체보다 더 가깝게 행복의 행로에 놓인다. 이들 주류에게 행복은 집 안에, 정확히는 식탁 위에, 비싼 식기와 술에, 부와 권위를 상호 인정하는 분위기 속에 있다. 이 자원을 소유하지 못하거나 행복한 이들이 즐기지 않는 것을 가까이한다면 행복해질 수 없다. 성민이 담배를 피우기 위해 나가겠다고 하자 변호사 김은 중요한 거래처 임원 중에 담배 냄새를 아주 싫어하는 사람이 있을 수 있으니 꼭 끊으라고 한다. "다 성민 씨 좋으라고 하는 소리야."

상대에게 좋은 것을 추구하려는 연민의 도덕은 아름다운 삶을 중요시하는 상류층의 진정성으로 이어진다. 그러나 이들에게는 참된 자아실현마저

* 마사 누스바움, 『정치적 감정』, 박용준 역, 글항아리, 2019, 236쪽.
** 사라 아메드, 『행복의 약속』, 성정혜·이경란 역, 후마니타스, 2019, 80쪽.

도 주말마다 고아원에 가거나, 자택으로 젊은 예술가들을 초대하는 방식처럼 철저하게 계산된 시간과 공간 속에서 획득된다. 고대 그리스의 비극 공연에서 시나 멜로디가 감미롭게 가미되었던 것이 직면하기 버거운 타자의 고통이 자칫 혐오감을 유발할 가능성을 차단하기 위해서였다면,* 이들의 환대와 덕담도 자신들의 권위를 흔들지 않을 '믿을 만한' 상대를 선별해서 이뤄진다. 그 계산의 정점엔 오 대표가 있다. "80여 년 전 영국에서 소량 생산돼 지금은 구할 수 없는" 찻잔 세트를 꺼내 이연을 대접하는 마음과 미적 감각을 함께 과시할 수 있었던 그는 이연이 집에 가기 위해 일어나다가 잔을 떨어뜨려 깨뜨리자 재빨리 당황한 이연을 진정시키고 위로한다.

> 이연이 넋 나간 얼굴로 어쩔 줄 몰라 하며 오 대표의 옆얼굴을 살피다 문득 몸이 굳었다. 오 대표의 얼굴에 잔을 잃은 서운함이나 원망 대신 묘한 만족감이라 할까 승리감이 얼핏 스치는 걸 보았기 때문이다. 전혀 놀란 기색 없이 마치 오늘 파티에서 얻을 건 다 얻었다는, 이만하면 괜찮은 계산서가 나왔다는 표정을 지은 까닭이었다.

'좋아하는 손님이 왔을 때만 내오는' 찻잔에 부여된 좋은 느낌, 그것이 창출하는 행복한 분위기는 중심을 잡지 못한 한 사람에 의해 깨진다. 깨진 분위기를 수습하는 것은 깨트린 사람이 아니라 비싼 찻잔 주인의 넓은 아량이다. 호스트로서 위엄과 느긋함을 그는 끝까지 잃지 않는다. 그리하여 찻잔이 가진 예술/상품으로서의 진정성(authenticity)은 오 대표의 도덕적 진정성으로 옮겨 간다.

이를 획득한 오 대표의 자기만족이 아까부터 그를 유심히 관찰했던 이연에게 포착된다. 그제야 명확해진다. 자신의 연기는 나의 공감이 아니라

* 마사 누스바움, 앞의 책, 414쪽.

이들의 연민을 자아내기 위한 것이었음을. 식탁 한가운데서 세심한 걱정과 주시를 받았던 연극의 주연은 더 이상의 감정이입을 거부한다. 연기가 끝난 것은 아니다. 감정이입 없이 차가워진 몸은 연극을 현실과 분리해 이대로 봉합하고자 한다. 어떤 욕망은 비현실적인 것으로 남겨놓고, 누군가에게는 더 차가워질 필요가 있다는 저 믿음은 저들이 행복하다고 여기는 것과 거리를 두는 태도로 이어진다. "오늘 어땠어요?"라고 묻는 오 대표에게 이연은 매우 '극적으로' "너무너무 좋았"다고 답한다. 이때 이연이 짓는 행복한 표정은 "소설이나 연극, 드라마에서 주인공이 너무 행복한 표정을 지을 때면, 사랑이나 어떤 성취 혹은 명예 앞에서 너무 벅찬 감정을 표할 때면 어김없이 '저 사람 곧 저걸 잃어버리겠구나' 예감하곤 했"던 기억을 되살린 것이다. 특정한 집단만이 동의하는 행복, 그러나 쉽게 '좋은' 삶과 도덕으로 치부되는 이 행복을 어서 잃고 싶다는 마음은 다시 가치를 재조정하는 틈을 연다. 그리하여 김애란의 「홈 파티」는 폐쇄적인 행복 공동체의 원을 기꺼이 나갈 힘이 우리에게 있는지 묻는다.

관객

김이숲

2022년 단편소설 「관객」으로
자음과모음 신인문학상을 수상하며 작품 활동 시작.

관객

텔레비전 앞에 밥상을 놓고 앉은 누리는 리모컨을 손에 쥐고 채널을 돌렸다. 아, 테라장. 영화 프로그램에 테라장이 나왔다. 며칠 전 외국의 어느 독립영화제에서 테라장이 감독상을 받은 뒤로 영화 전문 채널에 테라장이 가끔 나왔다. 누리는 리모컨을 내려놓고 계란프라이를 크게 잘라 입에 넣었다. 리포터의 차분한 목소리가 흘러나왔다.

"이번 영화도 가난을 치밀하게 그려낸 작품이죠. 지난 10년간 테라장은 다큐멘터리와 영화를 넘나들며 장르에 구애받지 않고 현실의 어두운 곳을 묵묵히 비춰왔습니다. 우리 사회의 낮은 곳을 따뜻한 시선으로 들여다본 그의 초기 작품을 화면을 통해 만나보시죠."

나 낮은 데 있구나. 누리는 계란프라이를 씹으며 중얼거렸다.

여섯 살 누리의 모습이 담긴 〈별산동 프로젝트〉가 화면에 펼쳐졌다. 9년 전, 테라장이 카메라에 담아낸 별산동 철거 지역 풍경과 골목에서 뛰놀던 누리의 모습, 지금은 철거되고 없는 누리가 살던 집, 누리가 쓰던 뽀로로 변기, 누리의 작은 발이 짤막하게 편집되어 나왔다. 그리고 테라장의 다른 작품이 몇 편 더 나왔고, 화면은 다시 세계적인 영화인들이 일어나 박수 치는 시상식장으로 넘어갔다. 테라장이 수상 소감을 말했다.

"영상 작업을 시작하고 저는 조교수에서 정년을 보장받는 정교수가 되었지만, 제가 찍은 사람들은 여전히 가난한 삶을 살고 있는 것 같아 부끄럽습니다. 제가 영화로 담아낸 현실도 달라진 것 같지 않습니다. 가난하지 않은 제가 가난을 찍는 것이 어떤 의미인지 계속 생각하게 됩니다. 답을 못 찾아서인지 가난 옆에 있을 수밖에 없었습니다."

테라장의 말을 듣던 누리는 젓가락질을 멈췄다. 계란프라이 두 개, 밥 한 공기, 냄비에 든 김치찌개, 모서리가 부서진 밥상이 눈에 들어왔다. 다른 게 더 먹고 싶은 적은 있어도 밥을 먹는 자신이 초라하게 느껴진 적은 없었는데, 누군가에게 지금 모습을 들킨 것 같았다. 테라장의 수상 소감에 패널들이 말을 덧붙였다.

"겸손한 소감이네요. 선한 마음이 느껴지죠. 자신이 촬영했던 사람을 잊지 않고 책임을 다하려는 모습이 인상적입니다. 가난을 혐오하는 시대에 가난 옆을 지키면서도 부끄럽다는 테라장을 보며 저 또한……."

내가 여전히 가난하게 살고 있어서 부끄럽다고? 누리는 테라장과 패널의 말을 곱씹었다. 테라장이 찍은 사람 중 하나인 누리는 테라장이 영상 작업을 하고 정교수가 되는 동안 자신은 변함없이 가난하게 살고 있었다는 걸 깨달았다. 자신의 삶이 테라장에게 괴로움이고 부끄러움이라는 게 당혹스러웠다. 옛날에는 아니었는데. 〈별산동 프로젝트〉를 찍을 때 테라장은 늘 자신을 보며 환하게 웃었는데. 누리가 스케치북에 글씨를 쓰고 그림을 그릴 때 그가 지었던 표정, 누리에게 테라장이 해준 말들. 테라장과의 기억이 누리에게 되살아났다. 내가 테라장을 생각할 때의 기분과 테라장이 날 생각할 때의 기분이 다르구나. 누리는 마음이 저릿했다. 테라장의 말이 진심이 아니라고 생각하고 싶었다. 시상식이니까, 남들이 다 보고 있으니까 그럴 수 있잖아. 혼자 상을 받는 게 미안해서, 안 그럼 나쁜 사람이 되는 것 같으니까. 그래서 자신이 찍은 사람이 아직도 가난한 걸 자신도 알고 있으며 그래서 괴롭고 부끄럽다고 말한 걸까.

좋은 사람이 되고 싶은 사람들. 누리는 그런 사람을 많이 만났다. 〈별산동 프로젝트〉가 독립영화계에서 인기를 끌어 작은 영화관에서 오래 상영되었고, 동네와 학교에도 소문이 나 사람들이 누리에게 뭔가를 주는 일이 많았다. 초등학교 2학년 때부터 중학교 2학년인 지금도 드문드문. 학교 친구가, 친구의 엄마 아빠가, 본 적도 없는 사람들이 찾아와 뭔가를 줬다. 사람들은 뭘 주면서도 주는 자신과 받는 누리에 대해 많은 걸 염려했다. 누리가 부끄러워할까 봐 아무렇지 않게 쓱 줬고, 예쁘게 커줘서 고맙다며 줬고, 그러면서도 이 호의는 당연한 게 아니라는 걸 인지시키려 했고, 호의가 지속되는 걸 기대할까 봐 염려했고, 도리어 자신이 부담스러워지는 상황이 올까 지레 겁먹었고, 그래서 적당히 선을 긋기도 했고, 필요한 게 있으면 언제든 더 말하라고도 했다. 그 말이 모두 반은 진심인 것 같아 누리는 화를 내지 못했다. 진심이 아닌 반쯤의 마음이 느껴져서 어려웠다. 사람들은 가만히 있는 누리에게 뭘 자꾸 주면서 더 달라고 하면 염치를 모르는 거라고 했다.

그래서 사람들이 뭔가를 줄 때면 어떤 표정을 해야 할지 머릿속이 복잡했다. 웃어야 할지 감사해야 할지 겸손해야 할지 무덤덤해야 할지, 반응을 자꾸만 생각하게 됐는데, 3년 전 친구 엄마가 보낸 편지를 읽은 후로 그런 고민을 하지 않게 됐다.

'우리 엄마가 너 갖다주래' 하면서 얼굴만 아는 다른 반 친구가 건넨 쇼핑백에 패딩과 함께 들어 있던 편지.

이렇게 친구 편에 보내는 게 너에게 상처가 되지는 않을까 걱정되는구나. 이 옷 입고 따뜻하게 겨울 보내면 좋겠다. 네가 그렇게 사는 게 나를 비롯한 어른들의 잘못인 것 같아 많이 괴로웠단다. 다큐를 보고 네가 안타까워서 얼마나 울었는지 몰라. 부끄럽구나. 미안하다.

누리가 불편해할 걸 걱정하고 있는 그분에게 학교 친구한테 이렇게 받는 거 싫다고 속으로 화낼 수 없었고, 안타까워 울기까지 한 그분이 꺼내 보인

괴로운 마음에 압도당해 편지를 읽은 누리의 감정은 깊은 곳으로 눌러야 했다. 누리는 그 이후로 호의를 받을 때면 무표정한 얼굴이 됐다.

나는 부끄럽다는 말을 해본 적 있나, 하고 누리는 생각했다. 누리는 부끄러울 때면 입을 꾹 다물었다. 유행하는 옷을 학교에서 누리 혼자 입고 있지 않을 때도 부끄럽지 않은 척했다. 담임선생님에게 교사용 문제집을 받을 때도 그랬다. 전 과목 문제집을 모아 건네면서 누리가 부끄러워할까 봐 "네가 공부 잘해서 주는 거야" 하고 말하는 선생님에게 부끄러운 걸 들키지 않기 위해 "네" 하고 대답했다. 누리에게 부끄러움은 숨기고 싶은 것이었는데, 테라장은 무대에 서서, 저렇게 많은 사람이 보는 앞에서 어떻게.

누리는 시상식이 이상해 보였다. 아이들이 판잣집에 사는 영화를 보고 왜 박수 치지. 옷을 화려하게 차려입은 사람들이 판잣집에 사는 아이를 보고 감동받아 박수 치는 모습이 이상하게 느껴졌는데 무엇 때문인지 알 수 없었다.

텔레비전 앞에 한참을 가만히 앉아 있던 누리는 밥상을 옆으로 옮겨놓았다. 그리고 가방을 뒤적여 선생님에게 받은 꿈렌즈 안내문을 꺼내 찬찬히 읽었다. 중학생을 위한 영상 제작 교육 프로그램. 짧은 영화를 제작한다는 문구가 눈에 띄었다. 누리는 선생님에게 꿈렌즈를 하겠다고 문자를 보냈다. 테라장을 찍어보고 싶었다. 테라장을 다시 만나고 싶었다.

테라장은 9년 전 여름, 별산동 골목에서 누리를 처음 만났다. 여섯 살이던 누리가 얇은 러닝셔츠와 반바지를 입고 동네 아이들과 길바닥에 앉아 모래놀이를 하고 있을 때. 테라장은 아이들 무리 옆에 조심스럽게 앉아 누리에게 인사를 건넸다.

누리에게 말을 거는 건 테라장에게 상당한 용기를 필요로 하는 일이었다. 철거 지역에 거주하는 여섯 살 아이, 테라장이 이제껏 연구 대상으로 대면한 적이 없는 상대였다. 누리를 만나기로 결심한 날 아침, 테라장은 옷을 몇 번이나 입었다 벗었다 했다. 정장은 이질감이 느껴질 것 같았다. 연구자라는 신뢰감을 주면서도 경계심은 느껴지지 않을 옷차림. 어려웠다.

별산동 철거 지역 연구는 테라장이 조교수로 임용되고 처음 맡은 프로젝트였다. 프로젝트를 맡은 후로 테라장은 수업이 없는 날마다 별산동을 찾아 동네를 탐색했다. 첫 프로젝트라 공들인 것도 있지만, 꼭 그 이유 때문만은 아니었다. 테라장은 가난에 관심이 있었다. 계급 차이에 대해 강의할 때면 책을 많이 읽었는데도 자신 있게 말이 나오지 않았다.

난방텐트가 시작이었다. 에너지 격차에 관한 수업을 준비하다 난방텐트를 알게 됐을 때. 텐트, 하면 떠오르는 건 산속의 캠핑인데, 난방텐트? 방에 텐트를? 아, 체온으로 공기를 덥히는 거. 빈곤층이 외풍이 심한 집에서 추위를 견디기 위해 방에 1인용 텐트를 치고 그 안에서 잔다는 걸 학생들도 알게 하고 싶어 수업 때 언급했는데, 강의실에 앉아 있던 한 학생이 고개를 반쯤 기울인 채로 테라장을 빤히 바라봤다.

난방텐트가 극빈곤층만 쓰는 물건이 아니며, 인터넷에서 난방텐트를 검색하면 나오는 제품이 많고, 옥탑이나 지하에서 자취하는 학생도 꽤 쓰고 있다는 것을 알게 된 건 이미 학생의 눈빛을 받은 후였다. 테라장은 난방텐트를 이야기할 때의 자신의 목소리와 표정이 어땠을지 뒤늦게 마음에 걸렸다. 자신이 몰랐던 것을 하위 계급 문화로 단정 짓고 계급적 차이로만 환원시켜 분석하려는 이런 경향이 무엇에서 비롯되는 건지 곱씹었다.

그런 일은 빈번하게 일어났다. 자수성가해 중산층이 된 부모가 자신과는 다르게 부족함을 모르고 자라는 자신의 아이를 보며 복잡한 심정이 되어 '결핍이 없는 게 결핍이구나' 하고 말하는 걸 듣고 현시대의 새로운 결핍을 나타내는 기막힌 표현이라 생각해 동료 교수에게 얘기했을 때. 전자의 결핍과 후자의 결핍을 동등하게 보는 건가? 가난의 궁핍을 모르는 게 결핍이라고? 하고 말하던 동료 교수의 눈빛.

테라장이 영상 작업에 관심 있는 걸 알고 있던 정교수는 〈별산동 프로젝트〉를 테라장에게 맡기며 다큐멘터리 작업을 함께하라고 지시했다. 수업용 영상 자료가 필요하다는 게 이유였다. 수업 시간에 쓸 가난을 잘 보여주는 영상이 필요하다고 테라장도 생각하던 차였다. 상위권 대학이라 그런지 그 나이대의 특징인 건지 학생들은 대학 내의 계급 차에는 예민한데 대학 교육에 접근할 수 없는 계층에 대한 현실감각이 부재했다. 자신들보다 학력이 낮거나 고등학교를 중퇴한 계층을 이해하지 못했다. 도심에 얼마 남지 않은 달동네는 영상으로 기록될 가치가 있기도 했다. 사례를 심층적으로 탐구하는 질적 연구 방법을 글과 영상으로 실험해볼 수 있는 매력적인 프로젝트였다. 테라장은 연구자이자 다큐멘터리 감독으로 빈곤 지역이 철거되는 과정을 영상과 글로 기록하기 위해 별산동을 찾았다. 그 과정에서 투기꾼으로 오해를 받고 재개발 갈등을 부추기는 세력으로 몰려 어려움도 겪었으나, 철거 지역에서만 겪을 수 있는 특수한 경험이라고 생각하며 모든 일을 상세히 기록했다.

테라장은 대학원생 조교와 영화 스태프로 연구팀을 꾸려 별산동 주민들을 만나 사례 가족을 찾았다. 공터에서 아이들이 노는 모습과 아이를 데리러 오는 부모를 유심히 봤다. 조부모하고만 사는 아이는 제외했다. 한 세대를 건너뛰고 싶지 않았다. 되도록 셋방살이하는 가족을 찾고 싶었다. 집주인과의 갈등을 관찰하고 독립된 거주 공간이 아이에게 어떤 의미인지 알아보고 싶었다. 자신을 보여주는 것에 서슴없고 자기 이야기를 만들어갈 수 있는 아이인지도 고려했다. 오랜 관찰 끝에 연구팀은 누리를 사례 가족으로 선정하자고 의견을 모았다. 누리는 여섯 살이었고, 셋방살이를 했고, 부모 모두 일을 했다.

모래놀이를 할 때 누리는 무리에서 반걸음 물러앉아 있었다. 한 아이가 모래에 물을 뿌리려고 주전자를 기울이다 뚜껑이 떨어져 물이 왈칵 쏟아져 나오면, 누리가 재빨리 뚜껑을 주워 물이 나오는 곳을 덮었다. 기껏 도닥여 놓은 모래 더미가 파여 속상해하던 아이의 표정이 환해졌고, 누리도 활짝 웃었다. 누리는 놀이를 주도하다가도 밖으로 빠져나와 전체를 조망했고, 놀이가 침체되면 다시 놀이를 주도했다. 섬세하게 상황을 관찰하고 친구의 마음을 살피기도 했다. 소꿉놀이하던 한 아이가 꽃을 뿌리째 뽑아 와서 돌 위에 놓고 빻으려고 했을 때는, 누리가 그 꽃을 들고 아이와 함께 꽃이 심겨 있던 자리로 가서 꽃을 다시 심기도 했다. 그러곤 바닥에 떨어져 있는 색색의 꽃잎과 풀을 주워 와 돌 위에 올려놓고 밥상을 차려 꽃을 뽑았던 아이와 한참을 놀았다. 여섯 살이라는 게 신기했다.

테라장은 누리의 부모를 찾아가 다큐멘터리 작업을 제안했고, 누리 부모의 사는 이야기를 묻고 들으며 신뢰를 쌓아나갔다. 처음엔 머뭇거리고 경계하던 누리의 부모는 조금씩 테라장과 스태프들에게 곁을 내줬고 촬영에 동의했다.

여섯 살 누리를 카메라가 온종일 따라다녔다. 누리는 테라장과 대학원생과 스태프들을 신기해했다. 스태프들이 테라장을 교수님이라고 불렀다가 감독님이라고 불렀다가 하는 걸 유심히 들었다. 누리는 자신이 밥을 먹고 화장실에 가고 친구와 노는 걸 카메라로 찍는 것에 조금 신나 했다. 연구팀은 그런 누리에게 촬영 틈틈이 한글을 가르쳐주기도 하고 간식을 주기도 했다.

계란프라이를 맘껏 먹고 싶다는 누리의 말에 한번은 테라장이 계란 한 판을 사 가기도 했다. 그날 테라장은 계란프라이를 세 개 부치고, 프라이밖에 모르는 누리에게 다른 요리를 해주고 싶어 스크램블드에그를 만들었다. 누리는 다른 계란 요리를 몰랐다. 아침 시간에 가스레인지 앞에 서서 계란물을 부드럽게 저어줄 여유가 누리 엄마에겐 없었다. 계란프라이는 계란 껍질을 톡 깨서 노른자와 흰자를 프라이팬에 올려놓으면 익을 때까지 조금이라도 딴 일을 할 수 있는 손쉬운 반찬이었다. 일을 나가야 하는 누리 엄마는 언제나 시간에 쫓겨 해치우듯 음식을 했다. 주인집과 부엌을 함께 쓰니 더욱 그럴 수밖에 없었다. 테라장은 집주인과 누리 부모가 모두 일을 나가 부엌이 한가한 낮 시간에 가스레인지 앞에 서서 스크램블드에그를 만들었다. 유학 때 지겹게 해 먹어서 눈 감고도 할 수 있는 요리였다. 테라장은 스테인리스 볼에 계란을 풀고 치즈와 우유를 넣어 섞고 그 계란 물을 프라이팬에 부어 수저로 천천히 저으며 익혔다. 그리고 상을 차려 누리와 함께 밥을 먹었다.

며칠 후 스크램블드에그 먹는 장면을 모니터링할 때, 테라장은 카메라에 잡힌 자신의 모습에서 눈을 떼지 못했다. 누리의 말 "이런 거 처음 먹어봐요!" 그전에 테라장의 질문 "처음 먹어보지?" 테라장은 누리의 말을 유도하고 있었다. 웃는 누리의 표정이 스크램블드에그 때문인지, 자신 때문인지 확신하기 어려웠다. 먹어봐, 보드랍지? 맛있어? 어서 먹어, 라고 말하며 스크램블드에그를 누리의 밥 가까이에 밀어놓은 건 자신인데, 자신을 쏙 빼고 누리가 스크램블드에그를 신이 나 먹는 모습만 보여줘도 될까? 연구자의 질문 방식이 연구 참여자에게 영향을 끼친다는 걸 알고 있었음에도, 막상 자신을 통해 그 사실을 목격하자 마음이 복잡했다. 누리 가족의 반응에 연구팀이 영향을 끼치는 모습은 꽤 빈번히 카메라에 잡혔다.

테라장은 누리를 만나는 연구팀의 모습을 카메라에 고스란히 담았다. 인터뷰할 때 자신이 던진 질문과 질문할 때의 어조와 표정을 드러내고 그 판단을 관객에게 맡겼다.

3년 동안 누리의 가족을 찍은 다큐멘터리인 〈별산동 프로젝트〉는 누리가 초등학교 2학년 때 개봉했다. 누리는 테라장과 함께 영화제에 초청받았다. 영화제에 참석한 해외 유명한 감독과 배우들이 〈별산동 프로젝트〉를 보고 누리와 인사를 하고 사진을 찍었다. 누리는 테라장이 기자와 인터뷰할 때 함께했고, 무대 인사를 다닐 때는 관객들에게 선물을 받기도 했다.

〈별산동 프로젝트〉를 알게 된 학교 선생님은 학교에서 상영회를 마련했다. 상영회 날 누리는 잔뜩 긴장했다. 무대 인사 다닐 때 팬이라며 사인을 해달라는 어른이 있었는데 학교에서도 팬이 생기는 걸까, 기대가 됐다.

영화 상영이 끝나자 아이들이 누리에게 다가와 물었다.

"너 방에서 똥 쌌어?"

무대 인사 때 받아본 적 없는 질문들이 누리에게 쏟아졌다. 누리는 얼떨결에 몇몇 질문에 답했다. 아이들은 누리를 둘러싸고 다큐를 보면서 생각난 걸 떠들다가도 다시 누리에게 이것저것 물었다. 질문과 말들이 누리가 반응할 새 없이 수없이 나와 빠르게 지나갔다.

〈별산동 프로젝트〉는 독립 다큐멘터리계에서 유명해졌다. 평론가들이 테라장의 다큐멘터리에 대한 평을 내놓았다. 사례를 섬세하게 잘 발굴한 연구로 평가받기도 했다. 가난을 목격하는 연구자의 곤혹스러움까지 솔직히 드러낸 성찰적인 다큐라는 호평을 받았고, 연구 보고서를 책으로 출판하자는 제안도 받았다. 테라장은 몇 개의 작은 영화제에서 상을 받았다.

가난의 냄새까지 담아낸 작품, 이라는 평이 누리를 찍은 다큐멘터리에 붙었다.

가난의 냄새가 담긴 누리의 다큐멘터리는 주인집 대문을 비추는 것으로 시작했다. 카메라는 대문으로 들어가 좁은 마당을 지나 주인집 마루 풍경을 비추고 누리의 셋방으로 향했다.

별산동에서 누리는 방 세 개인 집에 세 들어 살았다. 집주인은 60대 부부로, 부부와 아들이 방을 한 칸씩 쓰고, 현관문 바로 옆에 있는 작은방을 누리 가족이 썼다. 누리의 방 맞은편에 화장실이 있었는데, 주인집까지 여섯 명이 한 개의 화장실을 쓰려니 난감할 때가 많았다. 특히 대소변을 참을 수 있는 나이가 아닌 누리가 화장실이 급할 때면 방법이 없었다. 화장실에 사람이 있을 때 누리는 방 안에 있는 뽀로로 변기에 앉아 일을 봤고, 뚜껑을 덮어놨다가 화장실에서 사람이 나오면 부모가 뽀로로 변기를 화장실로 들고 가서 비웠다. 누리가 기저귀 떼는 훈련을 할 때 썼던 뽀로로 얼굴이 그려진 플라스틱 변기는 별산동에 사는 내내 방 한쪽을 차지했다.

그 장면을 테라장은 조심스럽게 담아냈다. 누리와 부모가 부끄럽지 않게, 인권을 침해할 만한 요소를 제거하려고 노력했다. 카메라를 방바닥에 내려놓고 변기의 아랫부분과 두 발, 변기 옆에 놓인 물 주전자, 변기 뚜껑을 닫는 손, 시간이 흐른 후 변기를 비우러 화장실로 걸어가는 발만 카메라에 담았다. 얼굴과 엉덩이는 노출하지 않도록 앵글을 세심하게 잡았다. 방에서 끙끙대며 일을 보는 누리, 그 옆에서 일 나갈 준비를 하는 부모, 화장실에서 한 시간이 되도록 나오지 않는 주인집 아들, 오물이 담긴 채로 방 안에 그대로 놓인 변기. 부모가 변기를 비우지 못한 채 일을 나간 어느 날, 누리는 밖에 나가 놀다가 어두워질 무렵 집으로 돌아와서는 변기를 구석으로 밀어놓고 뒹굴다 잠이 들었다. 밤이 되어서야 집에 들어온 부모는 방문을 열고 인상을 쓰며 변기를 비우고, 잠들어 있는 누리를 이불에 눕혔다.

누리는 집에 혼자 있을 때가 많았다. 그럴 때면 테라장은 누리를 인터뷰하기도 했고, 누리가 노는 모습을 조용히 관찰하기도 했다. 카메라가 익숙해졌을 때쯤에는 누리가 마루에서 두리번거리다 주인집 냉장고에서 몰래 바나나를 꺼내 먹는 모습이 찍히기도 했다.

누리 부모는 종종 누리를 데리고 일을 나갔다. 테라장은 그 길에 자주 동행해서 부모가 하는 일과 누리의 모습을 카메라에 담았다. 겨울에 호떡을 팔 때 누리는 다 구워진 호떡을 종이컵에 자기가 담아주겠다며 분주히 움직였고, 엄마가 전단지를 돌릴 때는 사람들이 받아 들고 가다 길에 버린 전단지를 뛰어다니며 일일이 주웠다. 일이 모두 끊겨 엄마가 한동안 노래방 도우미 일을 하고 아빠는 야간 물류 작업을 할 때, 엄마는 열이 나고 아픈 누리를 집에 혼자 둘 수 없어 노래방에 데리고 출근해 비어 있는 방에 눕혀놓고 일했다.

누리가 임대아파트로 이사 간 후에도 테라장은 한동안 촬영을 이어갔다. 누리 부모의 직업은 달라지지 않았지만 거주지가 달라지며 바뀌는 삶의 모습을 사려 깊게 담아냈다. 화장실과 냉장고를 주인집과 함께 쓰지 않으면서 누리의 행동이 바뀌어가는 모습도 세심하게 포착했다. 방이 두 개인 소형 아파트였는데, 누리는 방과 화장실을 오고 갈 때 "너무 멀다!" 하고 뛰어다녔다. 다큐의 마지막 장면은 고된 노동을 하고 집으로 돌아와 누리에게 저녁을 먹이고 아파트 베란다에 나란히 서서 밤하늘을 바라보는 세 식구의 모습이었다.

다큐는 명랑한 누리 때문에 아름답고 먹먹했다. 자원봉사자들이 담벼락에 그린 벽화 때문인지 달동네 철거 지역이 알록달록해서 동화 속 세상처럼 보이기도 했다. 카메라가 조심스럽게 움직이며 보여주지 않은 것이 더 많아 보는 사람의 마음을 복잡하게 만들었다. 달동네 판자촌 철거 지역에서 뛰노는 누리의 모습이 예쁘고 아름다운데 아름답게만 볼 수가 없어 괴로워하는 관객이 많았다. 시사회에서 사람들은 다큐를 보고 나가면서 누리를 껴안기도 했다.

지자체에서는 작품명인 '별산동 프로젝트'의 이름을 따 체험 부스를 만들었다. 별산동 재개발 공사 현장 한쪽에 누리가 살았던 판잣집 모양의 쇼룸을 만들어 '누리의 집'을 설치하고 변화하고 발전하는 별산동을 홍보했다. 판잣집 안에는 뽀로로 변기가 있어 실제로 변기에 앉아볼 수 있었다. 주인집 냉장고에서 바나나를 꺼내며 슬쩍 뒤돌아 주위를 살피는 누리의 모습이 실제 크기로 제작돼 쇼룸에 세워졌다. 뽀로로 변기에 앉아 발을 꼼지락거리는 누리의 사진도 크게 걸렸다. 누리 집 담벼락에 그려져 있던 알록달록한 벽화와 똑같은 그림을 쇼룸 한쪽 벽면에 그려 포토존을 완성했다. 다큐멘터리 장면의 이미지를 넣어 만든 스티커, 마스킹테이프, 엽서도 판매했다. 판잣집과 아파트 모형 조립 세트는 인기가 많아 일찌감치 품절됐다. 영화를 보고 누리와 사랑에 빠진 팬들이 쇼룸을 다녀가고 SNS에 인증

샷을 올렸다.

테라장은 체험 부스가 설치됐다는 소식을 뒤늦게 전해 들었다. 테라장이 체험 부스 철거를 요청했지만 지자체는 되려 테라장을 설득했다. 많은 인력과 예산이 투입돼서 어쩔 수 없다고, 이 기회에 빈곤층의 주거권에 관심이 높아지면 좋은 거 아니냐고 했는데, 그럼에도 테라장이 주장을 굽히지 않자 작품을 즐기는 방식까지 창작자가 통제하는 건 자유민주주의 국가에서 너무한 거 아니냐고 언성을 높였다.

테라장은 작품의 어떤 점이 쇼룸을 만들도록 이끈 것인지 마음이 복잡했다. 작품에서 다룬 현실을 이미지로 재현하고 향유하는 것이 현세대가 사회문제에 접근하는 방식인가, 싶었다. 테라장은 가난의 복잡성을 읽어내는 사회의 감각이 깨어나길 바랐고, 그래서 다큐를 찍는 동안 냄새를 시각화해 재현하기 위해 고심했다. 실재를 영상으로 재현한 다큐와 다큐를 통해 재현된 '누리의 집'. 그 관계에 대한 분석이 테라장에게 숙제로 남은 것 같았다.

영화제에서 상을 받을 때 테라장은 누리의 가족을 언급했다. "저는 운이 좋았습니다. 누리를 만났기에 삶을 심층적으로 들여다보는 다큐멘터리를 만들 수 있었습니다. 3년 동안 촬영을 허락해주고 상영은 물론이고 실명을 사용해도 된다고 동의해준 누리의 가족에게 감사를 전합니다." 시상식에서뿐 아니라 기자와 인터뷰할 때, 관객과의 대화를 할 때, 테라장은 누리의 가족에게 꼭 감사 인사를 했다.

다큐 상영이 마무리된 후에 테라장은 책 작업을 시작했다. 다큐와 연구 보고서에 담지 못한 내밀한 이야기와, 연구자이자 감독인 자신에 대한 성찰을 책에 담기 위해 다큐 제작 과정을 찬찬히 되뇌었다. 누리 가족을 찍는 건 테라장에게 자신을 알아가는 과정이었다.

누리 가족이 내 가족이었다면, 내 동생이 판잣집에 살았다면, 그래도 나는 모른 척할 수 있었을까. 촬영 내내 들었던 고민이었다. 누리가 미술 학원과 태권도 학원에 가고 싶어 할 때, 누리 부모가 오토바이 사고가 났을 때, 장롱 문짝이 떨어졌을 때. 크고 작은 순간에 늘 그들은 돈이 필요했고 절실했다. 테라장은 그들을 지켜보며 어느 순간에는 도움을 줬지만, 대부분의 순간에는 연구 대상에 개입하지 않아야 한다는 연구 윤리를 핑계로 물러섰다.

테라장은 많은 순간 누리 가족을 이해하지 못했다. 촬영을 시작하고 얼마 되지 않았을 때 땀을 뻘뻘 흘리며 놀고 난 누리가 과일가게 앞을 지나가며 수박을 물끄러미 보던 게 마음에 걸려 수박 한 통을 사 간 날도 그랬다. 그날 누리 부모는 테라장이 사 간 수박을 촬영 스태프와 나눠 먹고 옆집에도 나눠주고 반의반의 반쪽, 아주 작은 덩어리만 냉장고에 남겨두었다. 카메라를 들고 그 모습을 촬영하며 테라장은 조금 답답했다. 속으로 '누리나 먹이지' 하고 생각했는데, 인터뷰를 하면서 월세가 밀리면 냉장고에 음식 보관하는 것도 눈치가 보인다는 말을 듣고 나서야 그 모든 상황을 이해했다. 주인집과 냉장고를 함께 쓰는 걸 알고 있었음에도 생각이 거기에 미치지 못했다.

차이는 매번 다른 지점에서 발견됐다. 테라장 혼자 생각을 바꾸면서 넘어갈 수 있는 건 극히 일부였다. 드러나서 부딪치는 문제가 더 많았다. 인터뷰 초기에 테라장이 한 질문을 누리 부모가 이해하지 못해 쉬운 표현으로 바꿔 다시 말하는 일은 비일비재했다. "마을 회의 하면 누가 주도적으로 대화를 이끌어요? 철거 지역의 정책을 만드는 사람들이 고려해야 될 지점이 뭘까요?"라는 테라장의 말에서 주도적, 고려, 지점은 누리 부모와 자신이 함께 쓰는 단어가 아니었다. 테라장은 차이가 드러나는 게 불편했다. 테라장이 입은 낡은 코트 소매에 붙어 있는 브랜드 라벨을 보고 가격을 궁금해하는 누리 부모에게 "10년도 더 전에 산 옷이라 기억이 안 난다"고 말을 돌렸고, 테라장의 교수 월급과 아파트 평수를 말해야 되는 상황은 피했다. 누리 부모가 테라장의 사는 모습을 궁금해하는 게 느껴질 때 테라장이 말을 돌리는 장면은 인터뷰에서 빈번하게 포착됐다. 테라장은 별산동에 갈 때마다 자신이 어렸을 때 살던 단독주택과, 유학 시절 살던 아파트와, 지금 살고 있는 아파트와, 가족과 친척들이 살고 있는 집을 떠올렸다. 누리 가족은 테라장이 자신의 모든 것을 돌아보게 했다.

누리에게 좋은 대학에 가라고 흘리듯 말할 때도 그랬다. 교수와 조교를 처음 만나 호기심을 갖고 이것저것 물어보는 누리에게 대학에 가면 할 수 있는 것들을 알려주다가 학벌주의를 은연중에 심어주게 됐는데, 테라장은 누리의 삶이 나아지기를 진심으로 바랐으므로 현실적인 이야기를 하지 않을 수 없었다. 그러다 보면 별산동 사람들과 대학에서 자신의 수업을 듣는 학생들의 계층 차가 적나라하게 느껴졌고, 대학에 도달할 수 있는 계층에게 지식을 전달하는 교수라는 직업의 의미를 자문해야 했다.

누리 부모는 낮에 누리를 돌봐줘서 고맙다고, 자신들에게 관심 가지고 이야기를 들어준 사람은 테라장이 처음이라고 자주 말했다. 그 마음으로 실명 동의서에 사인하고 촬영에 협조했을 거라는 걸 테라장은 알고 있었다. 그들에게 테라장 말고는 돈을 빌릴 만한 사람이 없는데도, 아주 다급할 때가 아니면 돈을 빌려달라고 하지 않았다.

테라장은 누리 가족을 찍을수록 가난을 경험한 적이 없는 자신이 가난을 찍는 게 노대체 어떤 의미가 있는 건지 고민했다. 그러다 한 매체와 인터뷰를 하면서 진지하게 이 고민을 말하게 됐고, 어느 날엔 동료 교수에게도 털어놓은 적이 있었다.

동료 교수는 "글쎄, 자네에게 어떤 의미인진 모르겠지만, 옛날에 가난한 아이를 그려서 그 그림을 집에 걸어놓는 게 부자들 사이에서 유행이었어. 자기가 적선을 베푼 아이가 웃고 있는 모습을 화가에게 돈을 주고 그려서 가난에 관심 가진 걸 증명한 거지. 구원받아 천국에 가려고" 하고 진지하게 답했다. 그럴 수도 있겠지만, 적어도 자신에겐 천국? 구원? 그런 의미는 아니었다. 가난의 현실에 대한 이해가 부재한 분석이었다. 테라장은 자신이 가난을 찍는 이유를 스스로 고민하고 있다는 사실을 공개석상에서 더 적극적으로 말했다. 〈별산동 프로젝트〉 교수 시사회도 열었다. 중산층 이상의 사람들은 가난의 구체성을 목격할 필요가 있었다.

❖

학교 상영회 이후로 누리에게는 방에서 밥도 먹고 똥도 싸는 아이, 라는 이미지가 생겼다. 그 말을 처음 들었을 때는 예상과 다른 반응에 실망하고 충격도 받았지만 초등학교 2학년이라 그랬는지 크게 신경이 쓰이진 않았다. 하지만 학년이 올라가면서 신경이 점점 많이 쓰였다. 중학교에 가면 새롭게 시작할 수 있을 줄 알았는데 같은 초등학교에 다니던 두 명과 같은 반이 되면서 중학생이 되어서도 여전히 그런 시선에서 자유롭지 못했다.

누리는 중학교 2학년 여름 방학식 날 담임선생님으로부터 꿈렌즈 아카데미 안내문을 받았다. 학교에는 누리를 눈여겨보고 있는 선생님이 많았다. 교무실에서 누리에 대한 이야기가 나오면 과목 선생님들이 한마디씩 했다. 애가 요즘 애들 같지 않아요, 뉴스를 챙겨 보나, 아 화단 물 주는 애요? 걔 옛날에 테라장 다큐 찍었던 애예요, 그래서 그런가 걔 혼자 이번에 〈다큐프라임〉으로 발표했어요, 애가 머리가 좋아, 근데 집에 돈이 없어, 안타깝죠.

누리는 담임선생님으로부터 교사용 문제집을 받기도 했고, 학내외 영상 교육 프로그램에 대한 정보를 얻기도 했다. 꿈렌즈는 누리가 처음으로 참가를 결심한 프로그램이었다. 테라장의 시상식을 보면서 누리는 그를 촬영해보고 싶어졌다. 테라장에게 물어보고 싶은 게 있었고, 그 답을 기록으로 남기고 싶었다.

꿈렌즈 프로그램에서는 첫 주에 이론 교육을 받고 둘째 주에 제작하고 싶은 영상의 주제를 정해야 했다. 무엇을 찍고 싶으냐는 대학생 멘토의 질문에 누리는 테라장을 찍고 싶다고 말하지 못했다. 대학생 멘토 대부분이 영화과 학생들이었고, 테라장이 감독상을 받은 후라 그런지 프로그램 중간중간 테라장의 이름이 들려왔다. 누리는 용기가 나지 않았다. 자신을 담당하는 멘토인 진영이 무엇을 찍고 싶으냐고 물으면 모르겠다고만 답했다. 같이 생각해보자는 진영의 말에도 마음이 편하지 않았다. 진영은 누리에게 곤란한 기색을 내비치지 않으려 애쓰는 듯 보였고, 뭔가를 골똘히 생각하는 것처럼 보이기도 했다. 2주 차 수업의 마지막 날, 누리는 진영이 내민 종이 한 장을 받아 들었다. 누리는 종이의 글자를 찬찬히 읽었다.

누리의 경이로운 활기가 만들어내는 슬픔.
끝내 마음을 부숴놓는 처절한 아름다움이여.
눈부시게 성스러운 마법 같은 순간.
생기 넘치는 얼굴로 내 인생을 망치러 온 나의 구원자. 나의 누리.
마음에 보관하고 싶은 찬란한 이미지들.
천재적이고 따뜻한 이성으로 가난을 읽어내는 감독의 성찰적 태도가 돋보이는 수작.

"이것 봐."
"이게 뭐예요?"
"〈별산동 프로젝트〉를 보고 평론가와 기자들이 한 말이야. 사람들이 너의 이야기를 좋아했어. 쇼룸도 만들어지고 인기였잖아."
"쇼룸이요?"
누리가 고개를 들어 진영을 바라봤다. 누리가 쇼룸을 모르는 것 같다고 판단한 진영은 말을 돌렸다.
"그러니까 네 이야기를 더 해보는 건 어때?"
누리는 말없이 들고 있는 펜으로 종이에 적힌 글자에 밑줄을 그었다. 경이로운 활기 아름다움 찬란 마법 성스러운 나의 구원자.

"제가 누굴 구원했어요?"

"아, 그건 좋은 의미야. 누리야. 나쁜 곳에서 누군가 나를 꺼내줄 때, 그러니까 빠져나왔을 때 쓰는 말이니까. 사람들에게 좋은 영향을 준 거지."

"아닌 거 같은데."

"아닌 거 같아? 좋은 건데. 그럼, 누리야 네가 얘기를 해봐. 더 잘할 수 있을 거야."

"무슨 얘기요?"

누리가 기어들어가는 목소리로 진영에게 묻자, 진영은 누리에게 자신감을 주기 위해 부드럽게 말을 이어갔다.

"네가 겪는 어려움 같은 거. 네가 직접 네 얘기를 들려주면 사람들이 너를 잘 이해할 수 있잖아. 네가 겪는 문제를 우리가 같이 해결하려면 사람들이 잘 알아야 되니까."

"저는 잘 알아요."

"모르는 사람도 많으니까."

"누구요?"

"많지. 정말 많아."

누리가 아무 말도 하지 않자 진영은 누리 앞에 놓인 〈별산동 프로젝트〉 편을 손으로 짚으며 말했다.

"이거 봐. 누리야, 예술은 사람들의 마음을 흔들 수 있어. 영상은 특히 더 그래. 리얼하게 보여주니까. 사람들의 관심이 커지면 가난하게 사는 사람도 줄어들 거야."

고개를 숙이고 진영의 말을 듣고 있던 누리가 의아한 표정으로 진영을 보며 입을 열었다.

"근데…… 가난한 사람들이 많은 게, 가난한 사람이 어떻게 사는지를…… 사람들이 몰라서예요?"

"그럼 뭐라고 생각하는데? 좋은 작품이 나오면 사람들 마음이 달라져. 예술은 마음을 흔들 수 있어. 우리에게는 현실을 잘 보여주는 보고서 같은 작품이 필요해."

"우리요?"

진영은 대답하지 않았다. 방금 말한 우리에 누리가 속하는 것 같지 않았다.

"사회 선생님이 그랬어요. 가난한 사람들이 가난한 건 가난한 사람들이 열심히 살지 않아서가 아니라고요. 상위 계급이 자원을 독점하는 구조 때문이라고요. 문제를 해결하려면 원인을 해결해야 되니까, 그러니까 빈부격차의 원인은 가난보다는 부에 있으니까…… 가난한 사람보다 부자를 연구해야 되는 거 아니에요?"

"그럴 수도 있는데, 예술작품으로서의 의미도 있어. 가난을 잘 그린 영화와 다큐멘터리에 사람들은 관심이 많아."

"리얼하게 보는 것에요?"

"리얼하게 본다기보다는 예술의 사회적 역할이기도 한데, 그럼 혹시 다른 거 찍고 싶은 거 있니?"

"테라장이요."

"테라장? 테라장 감독님?"

"네."

"왜?"

"감독님이 궁금해요."

"테라장 감독님 바쁘지 않을까? 지금 한국에 들어오긴 하셨지만 바쁘실 거 같은데."

"감독님이 시간 낼 필요 없어요. 옛날에 감독님이 저 찍었을 때처럼 할 거예요. 옆에서 관찰할 거예요."

"그때 불편하지 않았어?"

"기억 안 나요."

"그래, 그럼 내가 테라장 감독님께 메일 보내볼게. 그런데 누리야, 네가 한 가지는 꼭 알아줬으면 좋겠어. 네가 나왔던 〈별산동 프로젝트〉는 좋은 작품이었어. 자부심을 가지면 좋겠어. 네가 나온 작품을 싫어하지 않았으면 좋겠어. 네가 사람들에게 많은 일깨움도 주고 감동도 줬어. 그 작품은 진짜 다큐멘터리계에서 의미 있는 작품이었어. 가난의 냄새를 수면 위로 끌어올려서 가난을 복합적으로 읽어내도록 담론의 장에서 논의도 활발하게 일으켰고."

"그 말 싫어요."

"무슨 말?"

"냄새."

"냄새? 아, 누리야, 그건 기분 상할 필요 전혀 없어. 네가 그렇다는 게 아니라 집단의 특징에 대한 말이니까. 그 말이 왜 싫어?"

"싫어요, 그냥."

"누리야. 그건 사회학 용어야. 네가 마음 상할 필요가 없어. 예민하게 받아들일 필요 없어. 나중에 공부하면 알겠지만 사회현상을 설명하기 위한 개념어들이 있어. 그건 사람을 기분 나쁘게 하려고 만든 말이 아니야. 우리는 누구나 가난해질 수 있으니까."

누리와의 대화에서 당황했던 것을 만회하려는 듯 말을 쏟아내는 진영에게 누리는 대꾸하지 못했다. 싫다는 말 외에 다른 말이 생각나지 않았고, 싫다고 할수록 자신이 이상한 사람이 되는 것 같아 입을 다물었다. 가난의 냄새라는 말이 싫은 이유를 설명하기 어려웠다. 느낌은 있는데 말로 하기 힘들었다. 진영의 말을 들을수록 기분이 더 이상해졌는데, 반박할 수가 없었다. 테라장을 만나고 싶은 마음도 테라장을 찍고 싶은 마음도 사라졌다. 누리는 꿈렌즈 프로그램에서 하차했다.

방학이 끝나고 새 학기가 시작되었을 때 담임선생님은 누리에게 꿈렌즈에 대해 묻지 않았다. 다만 교무실에서 누리에게 매실차를 타주며 말했다. "내가 담근 거야. 매실이 엑기스가 되려면 설탕을 넣고 100일을 발효해야 돼. 몇 년 묵히면 약도 돼." 누리는 매실차를 마셨다. 뜨겁고 달고 맛있었다. "과일이든 사람이든 익는 시간이 필요해. 선생님도 선생님 되려고 공부 7년 했어."

누리는 담임선생님이 권한 학내 신문사 활동을 시작했다. 선생님은 사진 칼럼을 신문에 실어보라고 누리에게 권했다. "사진을 찍고 짧은 글을 덧붙여봐. 논리적일 필요 없고 황당해도 되고 이상해도 괜찮아. 말이 안 되는 말일수록 더 좋아. 그건 아직 언어화되지 않은 것을 네가 감지한다는 뜻이니까." 선생님의 격려에 누리는 사진을 찍고 짧은 글을 쓰기 시작했다. 선생님이 추천해준 책도 많이 읽었다. "지금 우리가 알고 있는 세상에 나온 좋은 개념어는 이상한 느낌을 언어화하려고 노력했던 용감한 사람들에 의해 만들어진 거야." 누리는 용기를 내서 일주일에 한 편씩 꼬박꼬박 신문에 칼럼을 실었다. 누리는 테라장은 잠시 잊기로 했다.

고등학교 3년을 무사히 보내고 대학 입학시험을 치른 누리는 아르바이트를 하며 합격자 발표를 기다렸다. 누리는 두 곳의 대학에서 합격 통보를 받았고, 그중 장학금을 받을 수 있는 대학에 진학했다. 누리는 근로장학생도 신청했다. 학교에 다니며 식비와 책값을 벌고 싶었다. 근로장학생은 학내 기관에서 일하며 최저임금보다 높은 시급을 받을 수 있고 몸도 힘들지 않아 누리에게 꽤 좋은 아르바이트였다. 누리는 과 사무실에서 자료를 복사하고, 교수님 심부름을 하고, 은행을 다녀오고, 행사에 쓸 다과를 챙기는 일을 했다.

누리는 첫 학기에 교양으로 '미디어의 이해' 수업을 수강했다. 처음 2주는 교수가 강의를 하고 나머지 14주는 학생들이 팀을 짜서 미디어와 대중문화의 트렌드에 대해 발표하는 수업이었다. 팀 프로젝트가 많고 주로 일이 학년이 수업을 들어 분위기가 활기찼다. 첫 팀이 준비한 주제는 '서바이벌 게임'을 통해 본 문화예술 트렌드였다.

"여성과 아시아인을 500명씩 모아놓고 죽음의 게임을 벌이는 드라마 어떨까요? 인생의 막다른 곳으로 내몰린 절박한 여성에게 남성 몸을, 아시아인에게 백인 몸을 상으로 걸어 서바이벌 게임을 벌이고, 게임에서 진 사람이 한 명씩 죽을 때마다 이긴 사람에게는 남성 몸과 백인 몸으로 한 부위씩 바꿀 수 있게 해주고, 그들의 과거 사연도 적절히 가미한 드라마가 만들어졌다면? …… 비판성명서가 나오지 …… 그런데 왜 돈 없는 사람들을 모아놓고 죽음의 게임을 하는 건 …… 소싸움이 생각나지 않으시나요? 우리에 소를 가두고 관객이 투우 경기를 관람하는 …… 그런데 왜 돈 없는 사람들을 모아 상금을 걸고 하는 게임은 비판이 …… 첫째로, 가난한 사람은 이 드라마를 볼 가능성이 …… 전자기기와 넷플릭스와 시간이 …… 설사 가능하더라도, 변기가 역류하는 집에 사는 사람이 변기에서 오물이 역류하는 영화를 보고 싶을까요? 그것처럼 …… 둘째로, 가난한 사람들은 집단화되지 않았고, 그들에게는 자원과 언어가 …… 문제 제기를 해도 언어나 논리가 …… 그래서 가난은 당사자들의 비판에서 …… 미디어는 자본을 등에 업고 …… 콜럼버스가 신대륙을 발견한 것처럼 …… 이 땅을 내가 발견했다고 깃발을 꽂는 …… 과거에는 여성과 흑인과 장애인과 아동이 대상이었어요. …… 범죄 드라마에서 여자 시체로 스릴 있게 했던 것처럼 …… 그런데 당사자 집단이 세지고 대중의식도 …… 하지만 가난은 자본주의 때문에 …… 그래서 가난과 기후로 미디어 콘텐츠가 이동하고 …… 가난 콘텐츠는 …… 밑바닥 지하 세계의 문을 열어젖히는 …… 흥분 …… 스릴 …… 가난하고 싶지 않은 심리를 자극해 호응도 …… 죄책감도 해소 …… 감독은 사회문제를 조명하는 인간적이고 의식 있는 사람이라는 …… 도취적인 성찰도 아름답고 의미 있게 …… 가난은, 영화 예술계에서 사람을 대상으로 만들 수 있는 마지막 남은 블루오션 아닐까요. 미개척 지대죠. 원시림 같은."

발표를 들으며 누리는 헛웃음이 났다. 발표자에게 질문과 비판이 쏟아졌다.

"비유가 적절하지 않습니다, 가난한 사람과 여성과 아시아인은 달라요, 차이와 다양성을 무시하지 마세요, 가난을 이렇게 다루는 현상이 긍정적이라는 겁니까?"

질문을 넘어서 의견들이 오고 갔다. 돈과 남성성과 백인성은 다르다, 아니다 비슷하다, 돈은 생존에 필수다, 인종차별 있는 나라에서도 백인 몸은 생존에 필수다, 자본주의 사회니까 어쩔 수 없다, 그건 나이브한 생각이다, 가볍게 즐기는 미디어도 있어야 한다, 일부만 즐거운 거다, 대상화다, 아니다.

강의실이 토론의 열기로 들떴다. 뭔가를 배우고 있다는 느낌이 강의실을 가득 채웠다. 교수는 학생들의 발표를 진지하게 들었다. 첫 팀이 발표를 마무리하고 두 번째 발표자가 나와 영상을 틀 준비를 하는 동안 학생들은 숨을 골랐다. 다음 발표자가 영상을 먼저 보고 발표를 하겠다며 불을 끄고 영상을 틀었다.

어두컴컴한 강의실에 〈별산동 프로젝트〉가 상영됐다. 하얀 스크린에 여섯 살 누리의 얼굴이 화면 가득 펼쳐졌다. 강의실에서 누리와 누리의 엄마 아빠를 안타까워하는 탄식이 터져 나왔다. 그 가운데 앉아 있던 누리는 다큐멘터리를 보는 학생들의 표정을 구경했다. 15분 분량으로 편집한 영상이 끝난 뒤 발표자가 〈별산동 프로젝트〉에 대한 발표를 시작했다. 감독이 약자를 촬영하는 과정에서 고려해야 할 윤리를 분석한 발표였다. 학생들은 서바이벌 게임처럼, 〈별산동 프로젝트〉에 대한 논의도 활발하게 진행했다. 폭력, 사생활, 보편적 객관성에 대한 반성적인 성찰, 감독의 고뇌, 인간성 회복, 의미……. 쏟아져 나온 말들이 강의실에 둥둥 떠다녔다. 느낌만 남기고 사라질 것 같아 누리는 허공에서 흩어지는 학생들의 말들을 공책에 적었다. 누리의 지금 기분이 이 말들 때문인지 아닌지 나중에 찬찬히 들여다보고 싶었다.

누리는 도서관으로 가 『별산동 프로젝트』 책을 찾아 꺼냈다. 중학교, 고등학교 도서관에도 꽂혀 있었지만 절대 꺼내보지 않았던 책이다. 책에는 누리와 누리 부모의 삶이 아주 상세하게 분석되어 있었다. 누리는 읽어 내려가며 턱턱 걸리는 표현에 밑줄을 치고 엑스를 그었다. 이들은 말을 웅얼거린다. 이들은 가난의 언어를 쓰고 가난한 음식을 먹었다. 이들에게는 사생활도 계획도 없었다.

책은 온통 밑줄로 채워졌다. 내 부모와 나를 테라장이 이런 시선으로 보고 있었을 거라고 누리는 미처 생각하지 못했다. 연필을 잡은 손에 점점 힘이 들어갔다. 처음 알게 된 사실도 있었다. 〈별산동 프로젝트〉가 대학 수업에서 학생들에게 가난의 현실을 가르칠 목적으로 시작되었다는 것을 책을 보고 알았다. 이 작업을 테라장이 연구 방법을 실험해볼 매력적인 프로젝트로 여겼다는 건 누리가 생각지 못한 것이었다. 부모가 테라장에게 돈을 빌려달라고 했었다는 것도, 중고등학교 6년간의 학원비 일부를 테라장과 교수 모임이 후원해줬다는 것도 누리는 모르고 있었다. 노래방 도우미 일을 할 때 누리를 데려갔던 장면을 다큐에서 뺄까요, 하고 테라장이 물었을 때 엄마가 개의치 않아 했다는 것, 그 반응에 테라장이 혼란스러워했으며 그로 인해 빈곤층에게 사생활이 무엇인지 고민해보게 되었다는 것도 책을 보고 알게 됐다. 엄마는 왜 그랬을까, 엄마는 누리의 미래를 고려하지 않았던 걸까. 책에는 누리의 엄마 아빠가 이제껏 했던 일들이 상세하게 표로 만들어져 기록되어 있었다. 책 속에서 누리와 부모는 가난의 구체성을 보여주는 사례 가족이었다.

온갖 페이지에 밑줄을 치며 끝까지 읽어가던 누리는, 이 책이 비판을 기다리는 책 같다는 생각이 문득 들었다. 그렇지 않다면 부모가 테라장에게 돈을 빌려달라고 했을 때 테라장이 거절하면서 "영원히 도와줄 수는 없으니까" 하고 스스로에게 했던 변명을 이렇게 그대로 쓸 리가 없을 것 같았다. 자신의 실수와 곤혹스러움과 혼란과 비겁함을 테라장은 책에 고스란히 드러내고 있었다. 그러니까 테라장은 비판을 기다리고 있는 것 같았다. 더 나은 논쟁과 더 나은 다큐멘터리 작업을 위해.

누리는 〈별산동 프로젝트〉에 대해 쓴 논문도 찾아 읽었다. 연구자의 타자 되기, 연구자의 성찰성, 연구 대상자와 관계 맺기. 테라장에 이입하며 분석한 글 말고 다른 논의는 찾을 수가 없었다.

누리는 시상식이 왜 이상하게 느껴졌는지 알 것 같았다. 가난은 계급의 문제인데, 화려한 옷을 입은 사람들이 화려한 장소에 모여 앉아 가난을 찍은 영상을 보고 감동 받아 칭찬하고 박수 치는 건…… 작품이 목적 달성에 실패했거나 박수 치는 사람이 작품의 목적을 알아차리지 못해서가 아닐까.

화려함으로 가득 차 있는 곳. 누리는 그 공간의 느낌을 알았다. 조교 심부름으로 백화점에 갔을 때 누리는 그곳이 어색하지 않았다. 백화점에서 떡도 팔아요? 라고 심부름을 시킨 조교에게 물어볼 뻔한 게 무색할 정도로 에스컬레이터를 타고 지하 식품관에 들어섰을 때 두근거리기만 했다. 어릴 때 언젠가 테라장과 함께 초청받아 갔던 영화제의 관객과의 대화와 리셉션. 그때 반짝이던 조명과 우아한 소란스러움. 누리가 가장 반짝이는 조명을 받았던 순간의 분위기처럼, 식품관은 우아하게 활기찼고 조명은 반짝거렸고 음식은 고급스럽고 화려했다. 누리는 마음이 부풀어 올라 식품관 안을 이리저리 돌아다니며 진열장 안의 음식들을 하나하나 구경했다. 그렇게 감탄하며 그곳을 둘러보다가 한 아이가 도시락 매장 앞에 서 있는 걸 목격하고 흥분이 순식간에 가라앉았다. 아이는 한 손에 학원 가방을 들고 다른 한 손으로 진열장에서 별 고민 없이 도시락을 골라 까치발을 하고 점원에게 카드를 내밀었다. 그제야 누리는 그 안의 사람들이 눈에 들어왔다. 사과 한 팩을 집어 장바구니에 넣는 사람도 보였다. 누리가 가격을 보고 놀라

도대체 동네에서 파는 과일과 뭐가 다른 건지 눈으로만 이리저리 구경했던 건데. 백화점 식품관에서 장을 보는 사람들은 어떤 세상에서 사는 사람들일까. 누리는 그제야 리셉션장에 있던 화려한 턱시도와 드레스를 입은 사람들의 삶이 상상되기 시작했다. 누리가 다큐 찍은 소감을 이야기할 때 관객석에 앉아 있었던 해외의 유명한 배우와 감독들. 이런 사람들이었을까, 내 다큐를 보고 박수를 쳤던 사람. 아닐 수도 있을 것이다. 테라장도 별산동 골목에 있는 가게에서 과일을 사 오던 소탈한 사람이었으니까. 식품관 안의 사람들은 관객석에 앉아 있던 사람들과 달리 누리에게 관심 없어 보였으니까.

누리는 가난을 찍는 사람과 보는 사람에 대한 영화를 만들고 싶었다. 관객석에 앉아 있는 사람들의 얼굴을 다시 보고 싶었다. 누리는 화가 났다. 가난을 보는 것이 당신으로 하여금 어떤 감정을 갖게 하는지, 당신의 무엇을 건드리는지 묻고 싶었다. 시나리오에 그 마음을 쓰고 싶었다. 누리는 계급 문제를 적확하게 포착했다는 찬사가 세계에서 쏟아지고 있는 영화가 상영되고 있는 극장으로 가 로비에 앉아 영화가 끝나길 기다렸다. 극장 안의 스피커에서 나오는 소리가 로비까지 들려왔다. 울림과 진동도 느껴졌다. 누리는 두근거리는 마음으로 극장 문이 열리기를 기다렸다. 어느덧 극장 안의 소리가 잠잠해지고 문이 열렸지만 누리는 일어선 자리에서 발을 떼지 못했다. 너무 많은 사람이 한꺼번에 쏟아져 나왔고, 사람들의 표정이 다 제각각으로 달라 어떤 사람에게 다가가야 할지 판단이 서지 않았다. 누구와 무슨 이야기를 하고 싶었던 건지 갑자기 머리가 하얘졌다. 물어보고 싶어서 여기에 온 게 아니라는 걸 누리는 그 순간 깨달았다. 답은 이미 누리도 알고 있었다. 어떤 말을 할지 가늠되는 표정이 많았다. 재밌어요, 전율이 느껴져요, 안타까워요. 이런 말이 나오면, 내가 저 영화에 나오는 집 같은 곳에 살았다고 그게 왜 재밌고 왜 전율이 느껴지고 왜 안타깝냐고 누리는 되묻게 될 것 같았다. 누리는 자리에 서서 사람들의 얼굴을 살폈다. 눈썹을 찡그리며 사람들 사이로 빠르게 극장을 빠져나가는 사람을 발견했다.

누리는 그 사람에게 다가가 말을 걸고 싶은 마음을 누르고, 로비 의자에 내려놓았던 가방을 챙겨 극장을 나왔다. 달고 맛있고 부드러운 게 먹고 싶어 바닐라 아이스크림을 하나 사서 손에 들고 버스 정류장까지 걸었다. 집에 빨리 가고 싶었다. 강의 시간에 들었던 말들 몇 개가 스쳤다.

누리는 집에 도착하자마자 방으로 들어가 미디어의 이해 강의 노트를 찾았다. 기억하고 있는 게 맞는지 확인하고 싶었다. 누리는 메모해놨던 학생들의 말을 빠르게 훑었다. 누리가 기억하고 있는 것 말고, 다른 몇 개의 말이 눈에 더 띄었다. 누리는 이 말을 한 친구들을 찾고 싶었다.

일주일 뒤 미디어의 이해 시간에 누리는 의견을 말하는 학생들을 내내 자세히 살폈다. 강의가 끝나고 나서는 네 명이 모여 있는 무리에 다가가 팀 발표를 같이 할 수 있는지 물었고, 들어와도 좋다는 답을 들었다. 누리를 포함한 다섯은 모두 1학년인 걸 확인하고 말을 놓았다. 누리는 의자를 가져와 네 명의 학생 옆에 붙어 앉았다.

"발표 뭐 하지?"

한 학생이 말하자, 나머지 셋이 누리를 쳐다봤다. 새로 온 사람에게 뭔가를 기대하는 눈빛. 누리가 물었다.

"지금까지 했던 얘기는 뭐였어?"

"첫 팀 발표가 별로라는 거? 우리 주제는 못 정했어."

"근데 우리 팀은 마지막 주 발표라 아직 시간 많아."

누리는 서바이벌 게임 발표에 대한 팀원들의 생각을 듣자 용기가 생겼다. 조심스레 말을 꺼냈다.

"가난 콘텐츠 보는 이유를 자세히 알아보는 건 어떨까? 대중의식······"

누리는 말끝을 흐리고 반응을 살폈다. 한 학생이 말을 이었다.

"그건 서바이벌 팀에서 다 했잖아. 흥분. 스릴."

다른 학생이 고개를 갸웃하며 말했다.

"그 이유가 다는 아니니까. 불쾌한 사람도 있잖아. 우리같이 유치하다고 생각하는 사람도 있고. 근데 이렇게 유행하는 건, 즐기는 사람들이 더 많다는 거겠지?"

"그럼 불쾌함을 느끼는 사람들을 조사해보는 건? 그걸 반영하면 가난 콘텐츠의 좋은 모델을 만들 수 있으니까."

누리는 좋은 모델, 이라는 다른 학생이 꺼낸 말에 흥미가 생겼다. 그리고 조심스럽게 다시 의견을 보탰다.

"테라장을 더 조사해보는 건?"

"테라장? 그것도 이미 발표했잖아."

"다른 관점에서."

"다른 관점에서?"

"테라장이 쓴 책을 봤는데, 자기 작업의 장점도 언급했지만 문제점도 많이 써놨어. 자신을 다 드러낸 느낌이랄까. 비판을 기다리고 있는 것처럼. 그러니까 잘한 점보다 문제점을 살펴보면, 그걸 참고해서 좋은 모델을……."

"비판을 기다려? 무슨 무림의 고수야?"

누리를 뺀 나머지 네 학생이 동시에 웃음을 터뜨렸다. 한 학생이 물었다.

"그런데 누리야, 너 소외계층 콘텐츠에 관심이 많아? 너 무슨 과야?"

"환경공학과."

"환경공학?"

"어."

"환공관데 이 수업 왜 들어왔어?"

"환경 다큐 찍고 싶어서."

말을 뱉고 누리는 조금 멍해졌다. 그런 누리를 두고 네 명은 쉴 새 없이 말을 이었다.

"환경공학이면 트렌디한 과네. 우리 중 제일 유망해. 난 망했어. 국어국문이 이런 건 줄 몰랐어, '안녕하세요'에서 '하세요' 의미 가지고 한 시간을 토론해. 왜? '하세요'는 명령형인데 왜 높은 사람에게 안부 묻는 말로 굳어 졌는지. 정말 살기 참 어렵다. 근데 누리 말도 일리는 있어, 대중 의식이나 콘텐츠 생산 계층을 더 파고드는 거. 생산 구조와 흐름을 보는 거? 어, 서 바이벌 팀은 막 훑은 느낌이잖아. 그렇지, 지배층 메커니즘 분석도 중요하 잖아. 페미니즘에서도 남성 문화 연구가 중요하니까. 그런데 그걸 내가 하 고 싶진 않다. 야, 근데 무림 고수, 그거 진짜 산꼭대기에 앉아서 도전 기다 리는 느낌인데, 머털도사 스승 그 사람 이름 뭐지. 누더기 도사. 어, 누더기 도사가 눈 감고 팔짱 끼고 산꼭대기에 앉아서 머털이랑 꺼꾸리랑 깨달음 얻고 돌아올 때까지 기다리는 느낌? 머털도사가 뭐야. K 히어로 원조. 아 직 안 봤어? 레트로 느낌이잖아. 그러니까 우리 뭐 발표하냐고. 머털도사. 말도 안 돼. 히어로물을 환경공학적 관점에서 분석하는 거지. 이 아이디어 어때 누리야?"

누리는 이 무리에 들어가고 싶었다.

누리는 그날 새로 만난 친구들과 밥을 먹으면서 교수님이 시키는 커피 심부름에 대해, 서로의 전공 수업에 대해, 들고 싶은 동아리에 대해 한참 을 떠들었다. 누리가 부럽다는 국문과 친구에게 환공과 실체를 알려준다며 "우리 과는 교수님이 술을 한 방울도 못 남기게 해. 알코올은 무조건 몸으 로 걸러서 내보내는 게 규칙이야. 괜찮겠어?" 하고 말하고, 그에 국문과 친 구가 "잉? 왜?" 하고 반응하고, "소주 한 잔 정화하는 데 물 1톤 써야 된다 고. 신입생 환영회 때도 교수님이 돌아다니면서 검사했어." "멋있다."로 이 어지는 둘의 대화를 나머지 세 친구는 웃으면서도 진지하게 들었고, 그걸 시작으로 각자 전공의 이상함에 대해 또 한참을 떠들었다.

그날 집에 와서 누리는 중학생 때 썼던 사진 칼럼을 모아둔 파일을 꺼냈 다. 아파트 창문, 전봇대, 천막. 그 사진 밑에 적혀 있는 조금은 음울하고 거친 글. 칼럼을 시작하고 처음에 쓴 글은 보기 힘들었다. 누리는 페이지를 천천히 넘겼다. 학교 가는 길에 찍은 꽃과 나무 사진이 하나둘 나왔다. 진한 색을 뿜내며 길가에 피어 있는 아기자기한 꽃들. 나 여기 있다고 말하는 것 같아 자꾸 눈이 갔다. 나뭇잎이 바람에 팔랑이는 걸 보면 마음이 살랑거리며 편안해져 카메라를 들게 됐다. 친구들에게도 이 느낌을 알려주고 싶었다. 벚나무 아래서 사진 찍는 사람들을 보는 게 좋았다. 눈과 입이 와! 하고 똥그래지는, 화사하고 부드러운 얼굴이었다. 꽃나무를 볼 때의 웃음은 다른 웃음과는 뭔가 달랐다.

그래서 식물을 공부했고, 넓은 베란다 창가에 꽃나무 화분을 늘어놓은 집과, 길가에 핀 꽃도 보지 않고 아스팔트만 내려다보고 걸어가는 누리 부모 같은 사람을 사진에 담았다. 그리고 자연과 도시환경을 공부하고 싶어 대학에 온 건데.

누리는 자꾸만 자신의 삶에 끼어들어 〈별산동 프로젝트〉로 다시 자신을 데려가는 테라장에 대해 생각했다. 누리는 테라장에게 자신의 마음과 상황을 알리고 싶었다. 〈별산동 프로젝트〉로 인해 반복되는 누리의 고민을 테라장에게 보내고 싶었다.

누리는 메일을 쓰기 위해 기억을 떠올렸다. 다큐를 본 사람들에게 들은 말이 너무 많았다. 개명하게 해달라고 누리가 울면서 했던 말, 그런 누리를 보던 부모의 표정도 떠올랐다. 누리는 마음 깊이 남아 있는 일들을 하나씩 적어나갔다. 가난의 냄새라는 말을 처음 들었을 때의 당혹감을 표현할 단어도 고르고 골랐다. 테라장도 우리 집에 와서 숨을 참았을까. 테라장과의 기억이 밀려왔다. 스크램블드에그를 만들어주고 옆에 앉아 밥 먹는 모습을 지켜보던 테라장의 눈빛. 테라장이 즐겨 입던 니트의 보들보들한 촉감. 다큐를 찍던 3년, 누리는 부모보다 테라장에게 더 많이 마음을 줬다. 누리는 그런 테라장을 텔레비전에서 보면서 들었던 생각과, 『별산동 프로젝트』 책을 읽었을 때 느낀 감정과, 지금껏 누리가 겪은 모든 일과 그때 들었던 생각 모두를 메일에 솔직하게 적어나갔다. 그리고 당신이 대학 수업 자료로 만든 〈별산동 프로젝트〉를 내가 대학생이 되어 강의실에서 보았다고 덧붙이다, 키보드에서 손을 뗐다. 이 모든 걸 테라장에게 알려주고 싶지 않다는 마음이 불쑥 들었다. 가난을 찍는 의미를 고민한다는 말을 테라장이 이제 그만했으면 싶기도 했고, 그런 테라장을 모른 척하고 싶기도 했다. 누리는 의미 말고 마음이 알고 싶었다. 테라장이 어떤 마음일까? 괴로워할까? 이 메일도 테라장의 성장에 밑거름이 될까? 테라장이 메일을 안 읽을 수도, 답장이 와도 바라던 내용이 아닐 수도 있었다. 한참 생각에 잠겨 있던 누리는 다시 키보드에 손을 올리고 메일을 썼다. 일주일 후에 테라장에게서 답장이 왔다. 누리는 테라장이 보낸 메일을 읽지 않았다. 며칠 후에, 어쩌면 몇 년 후에, 꼭 읽고 싶었지만 지금은 아니었다.

---

* '안녕하세요'의 '하세요'에 대한 이야기는 '국립국어원 온라인 가나다' 게시판에 올라온 질문과 답변을 참고했다.
* 가난한 아이를 그린 그림이 부자들 사이에서 유행한 이야기는 이유리, 「'가난한 장애 소년' 그림을 '천국행 보험' 삼은 부자들」(한겨레S, 2021. 1. 2) 기사를 참고했다.

뽀로로 변기 위에 앉아 생각하는 사람

노대원 문학평론가 · 제주대학교 국어교육과 교수

신인 작가 김이숲의 등단작인 단편소설 「관객」은 다큐멘터리 영화에 관한 이야기다. 다큐멘터리 영화는 사실을 기록하는 재현의 예술이다. 그러나 순진한 '관객'이 아니라면, 사실의 순수한 재현이라고 주장하는 모든 기록과 표현 활동들이 실제로는 선택이나 편집의 산물임을 잘 알고 있다. 그것은 선택이므로, 선택하지 않은 다른 모든 것들의 배제 결과다. 그것은 편집이므로, 선택과 배제를 통해 의도하거나 의도하지 않았던 또 다른 흐름과 의미를 덧붙이는 일이다. 한마디로, 다큐멘터리 영화와 같은 사실주의적 재현 예술이 사실에서 길어 올린 것일지라도, 사실 그 자체는 아니다. 사실 그 자체가 아님에도 그것이 사실에서 비롯되었다는 그 사실이 이 기록과 재현에 힘을 실어준다. 우리는 이를 모르지 않으면서도 사실임에 경탄하고, 사실임에 감동한다. 그것이 픽션처럼 드라마처럼, 허구적 스타일과 극적 구성으로 잘 다듬어지고 꾸며져 있다는 사실조차 자주 잊는다. 그러나 이러한 사실적 재현에 대한 익숙한 비판보다 더 궁금한 것은 따로 있다. 그것은, 사실의 재현, 편집, 심지어는 왜곡이 일어날 때, 혹은 사실의

사실주의적이고 충실한 재현일지라도 그 현실을 여전히 살아가고 있는 이들이 어떤 식으로든 현실을 옮겨놓은 재현으로부터 불어오는 파랑에 휩쓸리는 마음, 재현 과정에 참여하는 이들의 마음이다.

「관객」은 그 마음의 궤적을 쫓는다. 〈별산동 프로젝트〉라는 다큐멘터리 독립영화의 감독인 '테라장'의 마음을 헤아린다. 그리고 그보다는 테라장의 영상 작업의 주인공이자, 테라장의 마음을 읽어보려고 애쓰는 '누리'의 마음을 헤아리는 데 애쓴다. 이 헤아림들의 중첩 과정은 진지하면서도, 또 꽤나 우스꽝스럽다. '난방텐트'를 빈곤층의 표지로 삼아 계급 차이를 설명하려고 했던 진지한 테라장은, 역으로 자신의 무지를 깨닫는다. 이 인물을 중심으로 이 소설을 읽는다면, 흥미로운 지식인 소설이라고 해도 좋을 것이다. 그렇게 비판적 성찰과 풍자와 패러디를 오가는 이 소설의 표정 바꾸기는, 자꾸만 마음의 속표정이 바뀔 수밖에 없는 테라장과 누리를 닮았다.

이 이야기에서, 테라장은 사회학 교수로서 자신의 연구에 진심을 다한다. 누리와 누리 가족의 삶을 담는 다큐 작업에 임하는 그의 태도는 실로 진정성 있다. 그 진정성은 다큐 감독이자 참여 관찰 연구자로서의 그의 전문가 윤리를 보증해주는 듯하다. 그러나 진정성과 윤리적 태도마저도 다큐의 주인공이자 연구 참여자인 누리의 마음을 온전히 지켜주지는 못한다. 더욱이 다큐 영화가 그저 스크린 위에 명멸하는 빛들의 율동, 관객의 귓속으로 스며드는 소리의 울림이 아니라 살아 있는 누군가의 삶을 건드릴 때, 그것은 사실을 움켜쥐려던 손아귀로 정말로 현실 바깥을 움켜쥐고야 만다. 하여, 이 소설은 소설에 관한 성찰적 소설이자 예술을 곱씹은 예술이 된다.

*

김이숲의 「관객」은 독자를 봉준호 감독의 영화 〈기생충〉과의 상호텍스트적 대화로 이끈다. 두 작품은 가난과 계급 문제를 핵심적으로 다룬다. 그뿐 아니라, 「관객」은 〈기생충〉의 '관객' 체험을 명백하게 반영한 후행 텍스트이기도 하다. 이를테면, "변기가 역류하는 집에 사는 사람이 변기에서 오물이 역류하는 영화를 보고 싶을까?"(188쪽)나 "누리는 계급 문제를 적확하게 포착했다는 찬사가 세계에서 쏟아지고 있는 영화가 상영되고 있는 극장으로 가 로비에 앉아 영화가 끝나길 기다렸다."(192쪽)가 그렇다.

〈기생충〉 관객들이 인상적으로 기억하는, '역류하는 변기'는 「관객」에 이르러 누리의 '뽀로로 변기'로 귀환한다. 누리의 가족은 집 주인 가족과 화장실을 함께 써야 해서 자주 화장실을 쓰지 못한다. 용변을 참을 수 없는 어린 누리는 뽀로로 변기에 의탁해 방에서 변을 볼 일이 많았다. 반지하 화장실이 상징하는 공간의 위계가 공간의 소유 (불가능) 문제로 뒤바뀌어 있는 것이다.

화장실은 내밀한 사적 공간이다. 먹고 싸는, 몸의 존재인 인간으로서, 현대인에게 그곳은 필수적인 공간이기도 하다. 많은 이들(그들은 누구인가?)이 그저 당연하게 여기는 삶의 기본 양식(그것은 당연한가?)이다. 하지만, 어떤 이들에게는 기본적인 위생 시설을 이용하는 것조차 일상적인 투쟁이 될 수 있다. 〈기생충〉과 「관객」의 화장실에서는 그렇게 "가난의 냄새"(176쪽)가 진동한다. 뽀로로 변기에 볼일을 보고 치우지 않은 채 잠이 든 어린 누리의 방은 지독한 가난의 냄새로 가득 차 있었을 것이다.

그런데 왜 하필 냄새인가? 화장실이 그런 것처럼, 다른 감각들처럼, 이를테면 시각적 남루(襤褸)에 비한다면, 냄새는 때때로 확실하지 않고 은근하고 은밀하기까지 하다. 미세한 차이와 은근한 뉘앙스 속에서만 감지되는 것이 냄새다. 그러나 냄새는 '지독하게' 강렬하게 계급의 차를 가르는 철저히 무자비한 감각으로 쉽게 뒤바뀔 수도 있다. 누리의 좁은 방을 가득 채웠을 그 냄새처럼.

*

「관객」은 왜 '관객'을 표제의 자리로 불렀을까? 주인공 테라장이 연구자로서 다큐멘터리를 찍기 위해 '관객'이 되어 누리 가족의 삶을 관찰하는 것처럼 소설의 중심 주제인 관찰 행위를 의미한다. 이 제목은 관찰자와 관찰 대상자 사이의 권력 역학을 강조하고 다큐 영화 제작에서 재현의 윤리에 대한 질문을 제기한다. 그리고 소설은 이 질문에서 한 발 더 내딛고자 조심스레 발을 뗀다. 시간이 흘러 누리는 자신을 찍은 영화의 '관객'이 되었다. 물론 누리는 그저 강 건너 먼발치에서 뒷짐 지고 불구경하는 관객으로 머물 수 없다. 객(客)이 아니라 자기 삶의 당사자이기 때문에. 영화가 자신의 어릴 적 삶을 담았고, 그 기록은 현실의 삶을 계속 휘젓는 힘으로 작동하기에. 동시에 누리는 자기 삶의 기록에서 소외될 수밖에 없는 '관객'의 조건에 처한다. 이 아이러니가 「관객」이란 이야기가 만들어내는 곤경의 핵심이다.

실재와 허구의 혼합인 오토픽션(autofiction) 역시 재현의 윤리적 문제를 자주 발생시키곤 했다. 이 소설 양식이 작가의 자서전적 삶을 허구화하는 것이지만, 작가 주변의 가족과 지인들의 삶까지도 문학과 예술의 이름으로 거침없이 노출하거나 폭로했던 일들이 있었다. 이 점에서 「관객」은, 최근 김봉곤 작가의 오토픽션이 지닌 윤리적 문제와 관련된 한국 문단의 논란의 맥락 속에서 읽히기도 한다. 물론, 「관객」 속의 〈별산동 프로젝트〉는 테라장의 조심스럽고 섬세한 접근과 배려 속에 진행된 것이다. 그러나, 그럼에도 불구하고, 남겨진 '실존 인물'인 누리가 겪은 마음의 풍파는 테라장의 의도가 완벽하게 관철되지 않는다는 것을 알려준다.

이를테면, 누리는 테라장이 『별산동 프로젝트』라는 책에서 이렇게 적은 것을 발견한다. "이들은 말을 웅얼거린다. 이들은 가난의 언어를 쓰고 가난한 음식을 먹었다. 이들에게는 사생활도 계획도 없었다."(190쪽) "계획"이 없다는 건 역시 〈기생충〉의 저 유명한 대사인 "너는 계획이 다 있구나."를 상기시킨다. "대학 수업에서 학생들에게 가난의 현실을 가르칠 목적으로 시작"(190쪽)된 이 프로젝트는, 테라장이 스스로 겪어본 적 없는 가난이란 이질적 삶의 조건에 결국 심도 있게 다가가지 못한 '관객'에 머물렀다는 것을 폭로한다.

누리는 그저 관객에서 머물지 않고, 과거에 테라장이 그랬듯이 자신도 테라장을 탐구하는 적극적인 관찰자로서, 저자(speaker)가 되어 관객의 자리에 서보고자 한다. 이 또한 객의 자리에 불과할까? 아니면, 그것은 테라장에 대한 탐구가 아니라 실은 자기 자신에 대한 대면일까? 어쩌면 소설의 끝에 테라장으로부터 온 답신을 열어보기를 머뭇거리고 미루는 누리의 마음은 그런 추측에 대한 증거인지도 모른다. 그럼에도, 소설의 끝은, 여운보다는 아쉬움이 남는다. 소설은, 어긋난 이 두 인물을 끝끝내 다시 대면시키지 않는다. 이 아쉬움은 어디에서 비롯될까? 소설의 독자 역시 '관객(audience)'이다. 사건의 전개를 관찰하고 목격하는 이야기의 관객이다. '관객'이라는 표제는, 관찰 행위와 재현에 관련된 권력 역학을 비판적으로 사유하도록, 독자를 생각하는 사람의 관객석으로 초대한다. 소설이란 허구의 형식에 안심하고 타인들의 이야기 속에서 안주하는 객이 바로 그 독자가 아닌가. 내가 그 독자가 아닌가. 혹시, 당신은?

서울 오아시스

김채원

2022년 『경향신문』 신춘문예를 통해 작품 활동 시작.

서울 오아시스

✿

어떤 사람은 건강하지 않아도 오래 살 수 있다.

나는 이 말을 외삼촌에게 듣고 배우며 자랐다.

외삼촌의 이름은 성을 포함하지 않는다면 단 한 글자, 그러니까 외자였는데, 그것은 그가 자신을 이루고 있는 크고 작은 요소들 중에서 유일하게 마음에 들어하는 것이었다. 이름이 외자면 평소에 사람들이 자신을 부를 때 왠지 별명으로 부르는 것만 같고, 이름이 아닌 별명이라면 언제라도 바뀌거나 바꿀 수 있으며 또 어느 때고 쉽게 잊어버릴 수 있으니까, 나는 그게 좋다. 외삼촌은 말했다.

외삼촌은 정말 그게 좋았나, 생각해보면 잘 모르겠다. 내가 생각하기에 외삼촌은 좋아하는 것이 하나라도 있는 사람인 것 치고는 사는 동안 번번이 불행했다.

불행이라니.

내가 외삼촌 앞에서 외삼촌의 불행에 대해 아는 척 이야기하려고 하면 외삼촌은 항상 모른 척 다시 되묻곤 했었다. 야. 불행이라니. 너도 내가 불행하다고 생각하니.

그야 물론이었다. 외삼촌을 처음 보았을 때부터 나는 그가 불행한 사람이라는 것을 단번에 알 수 있었다. 엄마의 옆에 있었으니까. 엄마의 옆에서 저렇게 무언가를 견디듯 얌전히 서 있을 수 있는 사람은 불행하지 않을 별다른 도리랄 게 없을 테니까.

하지만 나는 외삼촌의 질문에 그야 물론이지, 하고 소리 내어 대답해본 적은 없었다. 그런 건 아무래도 머릿속에서나 여러 번 할 수 있을 법한 대답이었다. 너도 내가 불행하다고 생각하니. 그야 물론이지.

외삼촌과 나는 금방 다른 것들에 대해 이야기했다. 금방 그럴 수가 있었기에 그렇게 했다. 모든 음식에서 이상하게 쓴맛이 난다는 이야기. 이가 아프지 않은데도 치과에 다녀왔다는 이야기. 옆집에서 찹쌀과 수수를 플라스틱 용기에 소분하여 가득 담아주었다는 이야기. 비 오는 날 백지같이 환한 꿈을 꾸고 나면 꼭 양말을 잃어버리게 된다는 이야기.

주로 내가 말을 했고 외삼촌은 듣기만 했다. 자신이 말하는 것보다 내가 말하는 것이 듣기에 더 좋다고 해서였다. 나는 그 말이 별로 믿어지지는 않았다. 그래도 듣기에 좋다고 하니까 말을 많이 했다. 앞서 했던 말을 되풀이하거나 내 잘못을 다른 사람에게 뒤집어씌워 마치 내가 당한 것처럼 굴었던 적도 있었다. 외삼촌은 그것들을 의심하거나 바로잡지 않고 잠자코 들어주었다.

그랬구나. 속상했겠다. 죽여버리고 와.

외삼촌은 말했다.

외삼촌이 가장 듣기에 좋아했던 이야기는 얼굴에 화상 자국이 있는 여자의 이야기였다. 얼굴에 화상 자국이 있는 여자가 길 가장자리에 혼자 앉아 있는 나를 어째서인지 걱정해주었다는, 그다지 길지도 않고 아무것도 아닌 이야기였다. 그 이야기를 들을 때마다 외삼촌은 바퀴가 달린 의자에 기대 앉은 몸을 뒤로 빼며 무릎 언저리를 둥글게 매만졌다. 괜찮아? 여자가 묻는

다. 뭐가요? 나는 괜찮아요. 내가 대답한다. 너는 나랑 좀 닮았다. 이것 봐
봐. 여자가 옷 주머니에서 약용 캔디를 한 움큼 꺼내 보여준다. 나는 갑자
기 화가 나서, 여자의 얼굴에 있는 화상 자국을 집요하게 노려보며 대꾸한
다. 내가 뭘 봐야 해요? 아니에요. 안 닮았어요. 나는 불에 덴 자국도 없는
데요. 알지도 못하면서. 그거 주지 마세요. 나는 이제 가야 돼요.

그 이야기가 진짜인지 아닌지에 대해 외삼촌은 크게 관심이 없었다. 진
짜인지 가짜인지, 중요한 건 그런 것이 아니라고 했다. 외삼촌의 말이 맞았
다. 중요한 건 그런 것이 아니었다.

그렇다면 외삼촌과 나에게 중요했던 것은 무엇이었나, 생각해보면 잘 모
르겠다. 나는 그냥 좀 듣고 싶었다. 외삼촌이 나에게 말해주지 않을 이야기
같은 것들을. 될 수 있는 한 많이.

외삼촌이 강가에서 실종되던 날, 아치형 다리 여섯 개가 연속으로 이어
진 하구 근처에서 마지막으로 외삼촌의 휴대폰 신호가 잡혔다고 들었다.
누군가에게 전화를 걸었다고 했다. 외삼촌의 여자친구가 말해주었다. 지
역 번호가 대전이었고 병원 번호였다고 했으니까, 엄마에게 전화를 걸었던
게 틀림없었다. 자살인가, 아닌가. 그게 아니고. 저 집이 워낙에 재수 없어
보였잖아요. 못 견디고 도망간 거지. 곱상하게 생긴 게 영악해서 여간해서
는 안 죽었을걸. 사람이 어디 쉽게 죽나. 그날 나는 비탈진 길을 혼자 걸어
내려가면서 이웃 사람들의 말소리를 들었다. 죽었나, 아닌가. 정말 아닌가.
곱상하게 생겼었나. 만약 외삼촌이 정말로 이 집이라는 것을 견디지 못하
고 도망간 거라면 내가 모르는 어딘가에서 아주 오래 살게 되기를 바라기
도 했다. 좋은 마음은 아니었다. 어떤 사람은 건강하지 않아도 오래 살 수
있으니까, 죽지 말고 오래오래 살아.

나는 시장 상인들이 딸기와 양파를 파는 목소리도 들었고, 무언가를 졸
이고 있는 듯한 달큰한 한약 냄새도 맡았다. 안개도 먼지도 없이, 날씨가

쩡하게 차갑고 화창했다.

외삼촌은 다시 나타나지 않았다. 시체로 발견된 것도 아니었다. 이제 더는 찾는 사람도 없어 앞으로도 발견되지는 않을 것이었다. 죽은 건지 아닌지 알 방법이 없었다. 그가 원했던 행복이 이런 거였다면 나는 그가 원했던 행복을 살아서 내내 지켜보고 있는 셈이었다. 행복이라는 게, 보기에 그다지 좋지가 않았다. 아마도 그랬다. 가끔은 외삼촌이 실종된 지 얼마 되지 않은 것도 같았다. 사흘에서 나흘, 어쩌면 일주일 아니면 아주 오래전. 이런 식으로 억지를 부리는 생각은 나를 헷갈리게만 하고 전혀 도움이 되지 않는다는 것을 나는 잘 알았다.

나는 외삼촌이 사라지고 없는 시간을 따로 헤아려보지 않았다. 한 해가 저물고 체온이 느껴지지 않을 만큼 추운 겨울이 지나면 이따금 외삼촌 생각이 났다. 외삼촌이 사라진 게 그때쯤인 것 같았다. 외삼촌이 실종된 장소 근처에 어쩌면 가지 않을 수도 있었겠지만 나는 잘 갔다. 집에서 가까웠고 무엇보다 물가여서 걷기에 좋았다. 한번 물을 먹은 물건은 아무리 말려도 결국엔 못 쓰게 되는 것처럼, 언제라도 내가 물에 빠져 아무리 말려도 결국엔 못 쓰게 될 수도 있다는 사실이 나를 들뜨게 했다. 조바심에 마음이 번갈아 두근거렸다가 무서웠다가 했다. 그러다가 제풀에 지쳐 누우면 금방이라도 잠이 쏟아질 것 같았다. 비린내 나는 바람이 불 때마다 물속에서 커다랗고 미지근한 손이 내 머리 위를 지나는 것 같은 기분이 들었다.

그곳은 막다른 골목이 없는 편이었기에 둔치를 계속 걷다 보면 웃자란 풀들이 얼굴을 간지럽힐 때도 있었고 갑자기 넓은 공원이 성큼 눈앞에 나타날 때도 있었다. 그러면 나는 잠깐 어리둥절하게 서서, 넓고 길게 흐르고 있는 푸른 강을 배경으로 두고 공원에 있는 사람들을 구경했다. 낮에도 밤에도 사람이 많았다. 나도 그 풍경의 일부, 한 사람일 수 있었다. 그런데 그런 기분은 좀처럼 들지 않았다. 사람들이 모두 집으로 돌아가도 나만 어쩌지 못하고 끝까지 이곳에 남아 있을 것 같았다. 거기에는 항상 사람이 많

아. 큰 강이 있어서. 도시에서 태어난 사람들은 강을 무서워하지도 않고 좋아하니까, 거기에서 장사를 하면 뭐든 많이 팔 수 있을 거다. 나는 외삼촌이 했던 말을 떠올렸다. 자살을 했다. 자살을 해버렸다. 이 두 개의 말은 아무래도 전혀 다른 말인 것 같다는 생각이 계속해서 들었다. 왜 그런 생각이 계속해서 드는지 이유는 알 수 없었다. 다만 이런 생각은 나를 헷갈리게만 하고 전혀 도움이 되지 않는다는 것을 나는 잘 알았다.

이런 생각은 말고. 나는 생각했다.

반짝거리고 단단한 플라스틱 장난감들을 카트에 싣고 몰래 밤 장사를 할 수 있다면 좋겠다는 생각을 해보자. 좋을 거야. 플라스틱 나비. 플라스틱 비행기. 플라스틱 새. 플라스틱 등꽃. 망원경. 대추야자. 만성절에만 쓰는 호박 모자. 사이렌이 울리는 자동차들. 사람을 쏠 수도 있는 총.

그런 생각을 할 수 있었기에 그렇게 했다.

내가 살고 있는 단지 뒤편에는 여전히 굴다리가 사방으로 뚫려 있다. 가까이에 높은 건물이랄 게 없어 창문을 열고 바깥으로 상체를 조금 내밀면 그것을 어렵지 않게 볼 수 있었다. 굴다리 세 개. 너머는 알 수 없음. 무언가 있어도 보이지는 않음. 나는 베란다에 있는 종이 상자를 가져와 짐을 챙겨보기도 했지만 우리는 이사를 가지 않았다. 집안의 누군가 죽거나 나쁜 일이 생기면 이웃 사람들은 이사를 갔다. 가장 나이 든 가족 한 명만 그 집에 남겨두고 뿔뿔이 흩어지기도 했다. 나는 그런 장면들을 종종 보거나 전해 들었기에 우리가 이사를 갈 것이라고 짐작했다. 그럴 필요 없어. 나쁜 일이라고는 아무 일도 안 생겼으니까. 나는 외할아버지의 그 말을 기억했다. 할아버지는 눈을 내리깔고 나에게서 등을 돌리며 말했었다. 그럴 필요 없어. 나쁜 일이라고는 아무 일도 안 생겼으니까. 나는 다시금 그 말이 떠올라 따라 중얼거렸다.

나는 바닥에 누워 눈을 감고 귀에 들리는 소리를 들었다. 굴다리 사이사이로 바람이 지나갈 때마다 규칙적으로 들려오는 소리였다. 그 소리는 야영 장비를 파는 상점의 작은 풍경 소리 같기도 했고 검은색 알토 리코더 소리나 병원 옥상에 남몰래 세워둔 바람개비 소리 같기도 했는데 지금은 아무 소리도 아닌 것 같았다. 그 소리는 나에게 있어 누군가 파랗게 시든 양손을 반갑게 흔들고 있는 소리가 될 수도 있었고, 한밤중에 들려오는 자전거 소리가 될 수도 있었다. 소리는 눈에 보이지 않는 것이므로 내가 상상하기만 하면 무엇이든 될 수 있는 것이었다. 하지만 그렇다고 해서 그 소리가 정말로 내가 상상한 모습의 소리라고는 할 수 없었다. 그렇기에 그 소리는 무엇이든 될 수 있었고 그 무엇도 아니었다. 나는 그게 이상하다고 생각했다. 이상하다. 이상한 게 아니라면 슬프다, 그렇게 생각했다.

창문을 열어두고 말없이 기다리면 바람은 지나갔고 소리는 멎었다. 금방이라도 다시 되풀이될 것 같았지만 그렇지 않았다. 거짓말처럼 고요해졌다. 착하게 잘 견디는 햇볕 아래의 풀들, 사람들. 역 앞에 남겨진 오렌지 껍질과 C형 건전지. 사탕. 회백색 포치 계단. 설탕이 섞인 기름 냄새.

엄마가 우편으로 엽서를 한 장 보내왔다.

병원에서 나누어 준 정월 대보름 엽서였다. 캄캄한 밤에 달이 환하게 떠 있고, 그 아래에 약과를 손에 쥔 아이들과 도깨비불, 그리고 토끼가 여럿 그려져 있었다. 먼저 잠들어 눈썹이 새하얗게 변해버린 토끼도 있었다. 엽서를 뒤집으면 병원 주소와 전화번호가 적혀 있는 것이 보였다. 한 해 중 달이 가장 크고 밝은 정월 대보름입니다. 가정의 건강과 풍요, 쾌유를 기원합니다. 정월 대보름은 이미 지난 지 오래였다. 한 달은 넘게 지나 있었다. 대보름이 있는 달에는 엄마가 집으로 엽서를 보내지 않았었다. 병원에서는 시간이라는 게 조금씩 빗겨난 채로 흐르는 것일지도 몰랐다. 한여름 무더위에도 지독한 추위를 느껴 이가 덜덜 떨린다거나, 한겨울에 머리끝까지

열이 끓어 맨발로 눈밭에 서서도 온종일 땀을 흘린다거나 하는 병자들이 있다고 언젠가 들었다.

다음에 올 때 내가 키울 수 있는 화분과 물컵을 가져와줘. 손을 움직이고 싶어.

나는 엽서에 적힌 엄마의 글씨를 읽었다. 엽서에 희고 빈 공간이 많은데도 엄마는 어두운 색이 칠해져 있고 다른 글씨가 인쇄되어 있는 부분에 자신의 글씨를 덧대어 적었다. 그것은 엄마의 버릇이었다. 엄마는 읽기와 쓰기를 배웠다. 쓰는 법을 배웠는데도 모양이 엉망이어서 반쯤 숨기듯이 글씨를 적는 거라고 했다. 창피해서. 내 말이 무슨 말인지 알겠지? 엄마가 묻는다. 아니. 모르겠어요. 내가 대답한다. 다시 배우면 돼요. 못 쓴 게 숨겨지지도 않았어요. 엄마는 아무 말도 하지 않는다.

나는 엄마가 적어둔 글씨를 다시 한번 읽고 나서, 나를 보는 사람이 없는데도 보란 듯이 와하하 웃었다. 거울에 비친 내 얼굴이 쪼개지듯 일그러졌다가 다시 원래대로 되돌아왔다. 병원에는 엄마가 키울 수 있는 생물 화분 같은 것은 가져갈 수 없었다. 벌레가 꼬이고 풀 알레르기가 있는 병자들이 있기 때문이었다. 물컵을 가져갈 수도 없었다. 쉽게 깨질 수 있기 때문이었다. 무언가 깨지면 그것을 깨뜨린 사람도 다치게 된단다. 간호사는 엄마가 공동체 생활을 하고 있는 거라고 말했다. 병원에서 병자들과 같이 생활을 하고 있다고.

나는 간호사에게 물어보았다. 이곳에서는 무슨 병으로 죽게 되나요? 간호사는 벽에 묻은 얼룩을 납작한 끌개로 떼어내며 대답하기를 망설였다. 글쎄. 잘 죽지는 않지. 시간을 묻는 병자들에게 시달려 지친 것 같았다. 병원에 입원한 병자들은 시간 개념이 없고 깨진 것들을 너무 좋아했다. 그래서 병자가 되었겠지. 엄마는 편지를 쓰거나 밥을 먹을 때를 제외하고는 양손을 그렇게 마음대로 움직일 수도 없었다. 남을 괴롭히거나 자살을 할 수도 있으니까. 그게 아니고. 남을 괴롭히기도 하고 자살을 할 수도 있으니까. 이것들을 엄마도 알고 있을 거였다. 그런데도 엄마는 손을 움직여 부지런히 엽서에 적는다. 내가 키울 수 있는 화분과 물컵을 가져와줘. 손을 움직이고 싶어.

병원 앞 샌드위치 가게. 오이 피클이 들어 있는 유리병. 음식 포장지. 큰길이 내다보이는 병실들. 크레용을 베어 먹고 새 이불 위에 누워 낮잠. 4인용 병실은 창문이 컸고 햇볕이 잘 들었고 체구가 큰 엄마는 만날 때마다 모습이 바뀌어 있었다. 초록일 때도 있었고 파랑일 때도 있었다. 딱히 색의 이름을 붙일 수 없는 어정쩡한 모습일 때도 있었다. 초록일 때의 엄마는 산책을 허락받을 때까지 말썽 없이 있다가 사각지대에서 나를 끌고 무단 횡단을 하려고 했고 자기가 아픈 게 아니라고, 그리고 절대로 행복해지지 못할 거라고 우겼다. 그러면 나는 지금은 엄마가 초록이다, 그렇게 생각했다. 사람이 언제까지고 초록이기만 할 수는 없는 법이었다. 내가 생각하기에 엄마는 행복해질 수 있었고 종종 행복해 보였다.

파랑일 때의 엄마는 나에게 살아가는 데 필요한 것들과 기본이 되는 것들을 알려주기 위해 몇 번이고 노력했다. 올바른 젓가락질, 시계 보기, 우비 입기, 모르는 사람의 날씨 이야기를 들어주기, 밤 까기, 친구를 기다리기, 손을 뻗기, 물 없이도 알약을 삼키기. 그러고는 동그랗고 짠맛이 나는 토마토 젤리를 혼자만 많이 먹었다. 나는 나중에라도 내가 엄마를 알아보지 못하게 될까 봐 엄마와 나만 아는 암호를 만들어두었다. 외삼촌이 말하기를, 군대에서 암호는 길이가 길지 않은 것이라고 했다. 보초를 서는 군인이 암호를 외치면 그 군인은 위험에 빠진 거라고. 아군끼리는 알아. 그 암호를. 나는 그것을 엄마에게 말해주었고 엄마는 작은 비밀이 생긴 것처럼 즐거워하며 내 귀에 대고 속삭였다. 무슨 말인지 알겠어. 그러고는 손가락으로 허공에 무언가를 적었다. 다들 잘 지내지? 나는 그게 우리의 암호가 될 수 있다고 생각했다. 응. 잘 지내요.

엄마는 나를 많이 사랑했다. 엄마가 그렇게 말했었다. 나는 엄마의 말을 믿었다. 믿지 않을 이유가 없었고 내가 그 말을 믿는 것이, 엄마의 이야기와 더 잘 어울렸기 때문이었다. 엄마가 아픈 건 나 때문이었다면 좋았겠지만 엄마 자신 때문이었다. 어쩌면 엄마조차 그 병의 발생을 알 수 없을 수도 있었다. 그런 것은 누구라도 알 수 없는 것일 수 있었다. 다른 모든 것들의 발생처럼 이렇게, 누군가에게는 아무 상관도 없을 일들이 여기저기에서 매일 같이 일어나곤 하듯이 여기저기에서, 아무렇지도 않게 이렇게. 내가 말했지. 엄마가 말한다. 네 아빠가 너를 지우자고 했어. 약속을 어긴 거나 다름없으니까. 그런데 나는 모든 약속을 어겨. 나만 그러는 것도 아니잖아, 그게 대체 무슨 말이었을까? 이렇게 될 게 아니었는데…… 몰랐니? 네 아빠보다 먼저 내가 너를 지우고 싶다고 생각했었어. 배가 너무 뜨거워서…… 나는 더운 걸 싫어하거든. 무슨 말인지 알겠지? 그 사람이 너를 지우자고 하니까 갑자기 너를 많이 사랑하게 된 거야. 그전까지는 그게 잘 안 됐는데, 기뻤어. 언젠가 다리를 걸어 한번 넘어뜨리고 싶더라.

엄마가 가장 듣기에 좋아하는 이야기는 병이 다 나아 퇴원한 사람이 멀쩡한 채로 또다시 병자가 되는 이야기. 불리해, 불리해, 이거 아니야, 하고 중얼거리며 또다시 병원으로 되돌아가게 되는 완전한 병자의 이야기.

이쪽으로 와. 거기는 햇빛이 너무 강해.

엄마는 자신의 병이 완전하게 나을까 봐 늘 겁먹었다. 건강하게 살아본 적이 없어서. 아마도 그랬다.

나는 집 밖으로 나와 아무 생각 없이 길을 걸었다. 화분과 물컵을 대신해서 가져갈 수 있는 물건들이 있을 텐데 그것들에 대해 별로 생각하고 싶지 않았다. 날씨가 더는 춥지 않았다. 봄이라도 된 듯이 선선했다. 검게 그을은 담장 너머로 흰색 작약이 군데군데 활짝 피어 있었다. 나는 할아버지가 안쪽에 서 있을 청과물 가게를 지나쳤다. 잠깐 동안 그 주변을 돌아다녔다. 정류장에 앉아 버스를 기다리는 사람들과 함께 매시간마다 오는 버스를 기다려보기도 했다. 버스가 오면 타지 않고 보내주었다. 정류장의 안내 표지판과 가판대가 햇빛을 받아 이따금 밝게 빛났다. 매연 냄새와 생크림 냄새. 양배추 냄새. 좁은 창문들. 장기판. 모든 기물은 16개의 정해진 자리가 있다. 뭐, 나는 어제랑 비슷해. 멀지 않은 곳에서 할아버지의 목소리가 들렸다. 나에게 하는 말이 아니어도 들었다. 할아버지의 목소리가 아닐 수도 있었다. 어디로 가는데? 거기에도 비 소식은 없던데. 날이 곧 따뜻해질 거야. 잘 다녀와.

저녁이 되면 할아버지는 겉잎이 상한 양배추를 몇 개 골라 만두 가게에 재료로 주고 만두를 얻어먹을 것이었다. 나도 가끔은 나눠 먹은 적이 있었다. 맛이 좋았다. 하지만 다른 걸 더 먹고 싶었다. 할아버지는 양배추와 밀가루로만 만든 만두를 먹고 차가운 중국 술을 마시는 것만으로도 만족했다. 사람들이 술에 취한 할아버지를 힐끔거리고, 곁에서 그 시선에 대신 화를 내줄 친구 하나 없어도 좋다고 했다. 오래전에 전매청에서 일할 때도 그랬을 거였다. 아니면 조금은 달랐을 수도 있겠지. 여러 일이 아직 잠자코 할아버지를 기다리고 있었을 때이니까. 할아버지의 팔에는 시위 현장에서 입은 큰 흉터가 있었다. 그는 농가에서 담배를 수확하는 시기마다 돈을 아주 많이 벌어들였던 사람이었다. 농부들에게 받은 부정한 돈이어서 은행이 아닌 장롱에 가득 넣어두었다고. 정말이야. 돈이 가득했어. 외삼촌이 말한다. 그걸 올려다보는 것만으로 좋아서 나는 몇 장 훔치지도 않았어. 불이 날까 봐 생일에 초도 안 켰어. 상상이 되니? 저기 저 꼭대기까지야. 나는 외삼촌의 얼굴을 바라보며 혀끝을 씹듯이 와아, 탄성을 내뱉는다. 상상이 되니? 물론 그렇다고는 해도…… 3등급 담배를 1등급으로 올려서 허가해줄 수는 없습니다. 다들 바보가 아니에요. 재배할 때부터 종자가 다른 것일 수도 있겠지요. 빛을 덜 받으면 발아가 더딜 수밖에 없고요. 발아가 더 딘 종자들은 아무리 다 자라도 1등급은 감히 어림도 없다고요…… 나는 할 아버지가 했을 법한 말과 표정을 상상하고 따라해볼 수는 있었지만 돈을 가득 채운 장롱이나 할아버지의 늙지 않은 얼굴, 목소리 같은 것들을 상상 해보기는 어려웠다. 할 수 있는 일을 하고, 먹을 수 있는 음식을 먹고, 만날 수 있는 사람만을 만나고, 잘 수 있는 만큼의 잠을 자기. 그리고 일어나 걷 기. 그보다 더한 것을 욕심내면 사람이 망가지는 거다. 할아버지가 술잔에 술을 넘치지 않게 따른다. 가게 천장에 달린 낡은 전구가 지글거리는 소리 가 들린다. 필라멘트. 원기둥. 비를 내리게 하는 묘약. 삶은 새우. 이마 좀 다시 보여줘. 수도관이 죄다 터져서 그래. 나는 학교에서 들은 말과 단어를 떠올린다. 할아버지의 울대뼈를 타고 투명한 액체가 흘러내린다. 그렇게 하기 싫으면 어떡해? 내가 묻는다. 그보다 더한 것을 매일 욕심내고 싶으면 어떡해? 그러면 사람이 망가지는 거다. 그러면 안 돼. 여태도 안 왔잖아. 할 아버지는 화를 내다가 고개를 떨군다.

봄에는 딸기.
여름에는 복숭아.

같은 말을 중얼거리며 걷고 있는 사람을 우연히 보았다. 봄에는 딸기. 여 름에는 복숭아. 장미의 행렬은 남색 대문. 형광색 조끼를 입고 길목을 청소 하고 있는 곱슬머리 남자였다. 남자는 길목에 있는 쓰레기들을 긴 집게로 주워 비닐 안에 넣었다. 스스로 정해둔 줍는 순서가 있는 듯했다. 비닐이 투명해서 안에 있는 쓰레기들이 잘 보였다. 하트 모양의 빨대가 비닐을 뚫고 나올 것 같았다. 그 아래에 귀가 두꺼운 쥐도 죽은 채 있었고 철 지난 야생화의 잎과 줄기도 한데 엉겨 뭉쳐 있었다. 남자가 한쪽으로 기울어진 비닐을 천천히 흔들어 마치 쓰레기들을 헹구듯이 그 안을 정돈했다. 하트 모양의 빨대가 다른 쓰레기들 사이에 뒤섞여 더는 보이지 않았다. 봄에는 딸기. 여름에는 복숭아. 장미의 행렬은 남색 대문. 남자는 나를 지나쳐 그대로 앞을 향해 걸어갔다. 남자에게서 독한 과산화수소 냄새가 났다. 비와 알코올을 섞은 냄새. 술은 물이 아니고 불이야. 조심해. 물과 불을 섞은 냄새. 나는 고개를 돌렸다.

과산화수소는 아무 냄새도 없는 액체인데. 거짓말하면 안 된다. 너는 그 냄새를 못 맡아.

선생님이 말한다.

거짓말이 아닌데요. 그럼 그 냄새를 무슨 냄새라고 해야 돼요? 그건 과산화수소 냄새가 맞아요.

선생님은 매번 그 냄새를 모른 척하고 있었지만 나는 선생님이 그 냄새를 알 것이라고 여겼다. 선생님은 외삼촌을 만난 적이 있으니까. 내가 사물함에 남자애 머리를 욱여넣고 다시 하자고 말한 탓에 외삼촌이 학교에 불려 온 일이 있었다. 다시 해. 다시 해. 나는 교무실 탁자 위를 손톱으로 긁으며 앉아만 있었고 외삼촌은 선생님들에게 허리를 굽혀 인사했다. 분명히 문제가 있어요. 신경을 써야 해요. 네. 알겠습니다. 신경을 쓰겠습니다. 문제가 있다면요. 면담을 끝내고 외삼촌과 나는 나란히 복도를 걸었다. 방과 후 시간이어서 우리 두 사람의 발소리만 사방으로 멀리 울렸다. 교복이 아직 커서 헐렁했다. 왜 다시 하자고 했어? 외삼촌이 물었다. 나보고 못한다고 하니까. 내가 대답했다. 내 안은 뜨겁지가 않대. 말하자면 곤죽 같은 거지. 그래서 다시 하자고. 다시 하면 더 잘하게 되니까. 내 말을 듣고 외삼촌은 웃었다. 그때 복도 창문을 통해 바람이 불어왔다. 외삼촌에게서 독하고 좋은 냄새가 났다. 물과 불을 섞은 냄새. 독풀 냄새. 너 조심해.

다시 하지 말어. 걔가 못한 거야. 다른 애랑 해봐. 지금 말고, 너 기분 좋을 때. 나는 교복 주머니에 양손을 넣고 고개를 끄덕였다. 주머니에 아직 뜯지 않은 실밥과 모래가 가득했다. 실밥과 모래가 아무리 가득해도 내 주머니는 불룩해지지 않았다. 양손을 다 넣어도, 남의 것을 모조리 훔쳐 숨겨 두어도 어쩐지 계속 그럴 것 같았다.

학교 건물을 빠져나오자 외삼촌이 나를 조금 앞질러 걸었다. 나는 외삼촌의 뒷모습을 보면서 외삼촌의 여자친구를 머릿속으로 대강 떠올려보았다. 세 손가락이 잘렸고 남은 손가락에 반지를 많이 낀 여자. 여자가 천천히 옷을 벗는다. 여자의 늙은 가슴이 조명을 받아 과육처럼 번들거린다. 앞으로도 네 삼촌은 나랑 다닐 거야. 나는 걸음을 멈추었다. 갈라진 아스팔트 바닥에 내 모양만큼의 그늘이 졌다. 몸이 더웠다. 삼촌이 술집에서 일하니까 걔가 나한테 기대를 한 거야. 나도 잘할 거라고. 앞서 걷던 외삼촌이 걸음을 멈추고 뒤를 돌았다. 햇빛이 강해 자꾸 눈이 부셨다. 뭐야. 나도 잘은 못하는데. 외삼촌은 다시 와하하 웃었다. 외삼촌의 얼굴이 쪼개지듯 일그러졌다가 다시 원래대로 되돌아왔다. 나는 그 얼굴을 보았다. 그런데 그게 너랑 무슨 상관이야? 죽여버리고 와. 운동장 개수대에서 걸레를 빨고 있던 애들이 서로에게 걸레를 던지는 시늉을 하며 놀고 있었다. 축축하게 젖은 걸레 냄새. 물과 빛이 뒤엉킨 개수대. 둥근 수도꼭지. 만년. 이런 기억들은 굳이 애쓰지 않아도 불쑥불쑥 떠올라 마치 살아 있는 생물처럼 몸을 웅크리기도 하고, 대낮에 교실을 활보하며 돌아다니기도 했다. 나는 그게 마음에 들었다. 마음에 들어서, 떠오르는 대로 내버려 두었다.

선생님은 강당 맨 오른쪽에 앉아 생활기록부를 펼치고 밑줄을 그었다.

연극부원인 학생들의 이름을 확인하고 학기 말 생활기록부에 발달 상황을 적기 위해서였다. 공정하게, 누락 없이. 올해부터는 과학 선생님이 연극부를 맡아 지도해주었다. 그는 나의 담임선생님이기도 했다. 선생님은 마음 내키는 대로 계획을 세웠다. 소품 구하기. 대사 외우기. 키 재기. 이동 동선에 대한 교육을 받기. 인물의 감정을 상상해보기. 이 인물이 어떤 감정으로 이러한 행동을 하는지 여러모로 깊이 생각해보는 거다. 내 교복은 이제 헐렁하지 않고 나에게 잘 맞았다.

학교는 월요일부터 금요일까지 갔다. 주말에는 학교에 가지 않아도 되었다. 하지만 연극부원들은 연극 연습을 위해 토요일에도 학교에 와야 했다. 공연은 연말에 할 예정이었고, 강당은 천장이 높아 올려다보는 게 재미있었다. 작년에 벽에 바른 페인트도 이제는 다 말라서 머리카락에 페인트를 묻힐 일도 없을 거였다. 나는 잘 마른 벽을 손바닥으로 두드리며 강당 안을 돌아다녔다. 어떤 자리는 내 머리카락이 쓸고 간 모양 그대로 패어 말라 있었다. 나는 그 자리를 기준으로 삼고 강당을 한 바퀴 돌았다. 한 바퀴를 돌고 제자리. 다시 한 바퀴를 돌고 다시 제자리. 페인트가 묻었을 때 내 머리카락 끝은 잠깐 동안 금발이었다.

극단 단원들은 보통 그렇게 말을 한다. 끝을 올리지 않고 내려서.

중간에 숨 쉬는 거 잊지 말고.

나는 딴청을 피우다가 자리에 앉아 선생님이 다른 부원에게 하는 말을 노트에 적었다. 말끝 내리기. 숨쉬기. 극단 단원들은 보통 그렇게 말을 한다.

나는 숨 쉬는 것을 잊어본 적은 없었다.

연극의 제목은 〈럭키 클로버〉였다. 내가 맡은 배역은 나무였다. 배역을 정할 때 내가 나무를 하고 싶다고 말했다. 먼저 손을 들었다. 나무를 하고 싶어 하는 부원은 나 말고는 없어서 어렵지 않게 나무가 되었다. 5백 년 동안 뿌리를 내린 고목은 오직 방백만을 할 수 있었다. 무대 위에 있는 모든 배우들이 나무가 하는 말을 실제로 듣고 있지만, 마치 전혀 듣지 못하는 것처럼 구는 것이 방백이 가진 유일한 규칙이었다. 곁에 사람을 두고도 홀로 하는 말. 나무가 하는 말은 무대 아래에 있는 관객들만이 들을 수 있었다. 하지만 연습하는 도중에는 관객이랄 게 없으므로 내가 하는 말은 지금껏 아무도 듣지 않은 것과도 같았다. 요상하게 들릴지도 모르겠으나 나는 5백 년 동안 같은 자리에 있었기에 나의 뿌리는 약재로도 쓸 수 없다오. 뿌리의 독성을 다스리는 데에는 정신 훈련이 필요하니 들어보세요. 위네바고족의 6월은 옥수수염이 나는 달, 나의 나뭇가지에 당신의 사다리를 걸지 마세요.

나는 대사도 잘 외우고 연기도 곧잘 했다. 실력이 떨어지는 부원들은 내가 대화를 나누지 않는 외로운 역할을 맡아 쉽게 연기하는 거라고 했지만 그 말은 사실이 아니었다. 혼자 말하는 편이 훨씬 어렵지. 너희는 아무것도 모르는구나. 너희가 나누는 게 대화라도 된다고 생각하니? 너희는 극장 앞에서 마사지 티켓이나 팔게 될걸. 내가 그런 말을 하면 부원들이 다리를 걸어 나를 힘껏 넘어뜨린다. 나도 일어나서 부원들을 하나둘 넘어뜨린다. 눈에 보이는 것은 다리를 걸어 서로 다 넘어뜨린다. 강당 바닥에 박혀 있는 압정이나 못에 귀가 찢어지는 일도 가끔은 일어난다. 큰일은 아니어도 이때 부원들은 울상을 짓거나 정말로 울거나 시끄럽게 군다. 귀머거리가 될까 봐. 쏟아지는 피가 마지막 남은 청력이라도 되는 듯이 다른 사람의 것도 쓸어 담으면서 바닥을 기어 다닌다. 야. 돌려줘. 내 거잖아. 뭐야, 빼앗지 마…… 그런데 오늘은 다 같이 바닥에 엎어져서는 좀처럼 다시 일어나려고 하질 않는다. 죽었나, 아닌가. 그게 아니고. 무릎이 아프고 졸려서요. 나도 그렇게 한다. 나를 그렇게 둔다. 벌써부터 쉬면 안 된다. 왜 또 다 같이 엎어져 있는 거냐? 선생님이 묻는다. 이런 건 장난에 가까워요. 누군가 대답한다. 나와 다른 부원들이 고개를 끄덕인다. 어째서인지 방금까지 함께 행복하게 놀았다는 기분이 든다. 유리 창문 너머로 공장 지대의 기계 돌아가는 소음이 이어진다. 아무도 귀를 안 막는다. 과연 이런 건 전부 장난에 가깝다.

아니다. 이런 건 장난에 가까울 수 없다.

이런 건 장난에 가깝지 않다.

나는 작다. 나는 강하지 않다. 나는 타고나기를 병들어 도움이 필요하다.

나는 매일 많은 꿈을 꾸었다. 외줄 철길이 나오는 꿈. 불길하고 무서운 꿈. 함정에 발이 빠지는 꿈. 과일나무 아래서 보라색 열매를 훔쳐 달아나는 여자를 지켜보는 꿈. 꿰맨 자국이 있는 배에 귀를 대고 조는 꿈. 배를 조금 뜯어 열어보면, 배 속에서 몰래 자라고 있던 아기에게 손을 깨물리는 꿈. 내가 탄 그네를 누군가 뒤에서 밀어주는 꿈. 얼굴을 뒤덮는 바람 냄새. 은화처럼 요란하게 쏟아지는 비. 맨발로 걷는 두 발. 화로 주변의 새까만 불씨들. 땀에 절은 속옷. 잠꼬대 소리. 꿈속에서 나는 얼마든지 죽을 수 있었고 살 수도 있었다. 높은 곳에서 뛰어내려 땅에 머리가 깨져 죽게 된다고 해도 꿈에서 단번에 깨어날 수 있는 것은 아니었다. 머리가 깨진 채로 일어나 운동장을 돌아야 한다면 운동장을 돌았고, 나뭇가지를 쌓아야 한다면 나뭇가지를 쌓았다. 꿈속은 질서가 없어 보였고 정말로 질서랄 게 없었지만 향하고 있는 과녁은 늘 같았다. 내 꿈들은 고집이 세서, 나에게 보여주고 싶은 것들을 밤새 다 보여주고 싶어 했다. 내가 예기치 못하게 그것들을 다 보지 못한 채 깨어나게 될 경우에는 보복이라도 하듯이 한동안 아무것도 보여주지 않았다.

어떤 꿈에서의 나는 원령에게 홀려 비탈진 언덕을 올랐다. 원령은 원한을 품고 죽은 사람의 혼령. 원한을 해소하지 못하고 죽으면 인간은 귀신이 되어 영영 구천 근처만을 떠돌게 된다. 심심하겠고 쓸쓸하겠다. 하루빨리 구천에 다다르고 싶겠다. 하지만 방법을 모르겠지. 나는 원령이 원령이 되기 이전에 어떤 모습의 인간이었을지 궁금했지만 원령은 어떠한 형태를 가지고 내 앞에 나타난 적이 없었고 단지 얇은 천이 펄럭이는 것처럼 미지근한 기운을 띠고 눈앞에 어른거리기만 할 뿐이었다. 이 꿈이 만약 나의 꿈이 아닌 원령의 꿈이었다면 이처럼 비탈진 언덕을 올라 땅의 가장 밑바닥인 구천으로부터 멀어지게 되는 일은 일어나지 않을 것이었다.

어쨌든 원령은 이미 죽었고, 언덕을 끝까지 오르면 평지였다.

평지에서 원령은 곧 사라졌다. 날이 밝았기 때문이었다. 해가 뜨면 원령은 몸이랄 게 없어도 자꾸 어딘가에 부딪혀 곤란을 겪었다. 원령이 사라진 자리에는 동물 발자국 같은 것이 여기저기 흩어진 모양으로 찍혀 있었다. 어디에서 물을 묻혀 왔는지 젖은 발자국이었다. 금방 말랐다. 나는 원령에게 홀려 있던 상태여서인지 평지에 서 있음에도 불구하고 계속해서 평지에 서 있는 연습을 하다가 잠에서 깼다.

여름이어서 땀이 뻘뻘 났어. 그런데 눈이 내렸다.

내가 말한다.

네가 겁이 많아서 그래.

키위가 들고 있던 종이 뭉치를 들추며 나의 꿈의 마지막을 해석한다. 단지 또 내가 겁이 많아서라는 것이었다.

내 꿈의 마지막과 관련해서라면 모르겠지만 그 말은 사실일 수 있고 사실이기도 하다. 나는 겁이 많았다. 겁이 많지 않았더라면 지금쯤 나의 어딘가를 스스로 고장 내거나 고칠 수도 있었을 거였다. 나는 그러지 못했다. 방법도 몰랐다. 나는 내가 겁이 많은 편이 더 좋았다. 나만큼은 아니어도 키위도 말하자면 겁이 많은 편에 속한다. 키위는 몇 년 전에 친척들과 함께 국경을 넘어 이곳에 왔지만 그것은 순전히 키위의 의지로 이룬 것도 아니었고, 키위의 아빠와 형이 넘으려고 했던 또 다른 국경에는 이제 거대한 장

벽이 세워져 키위의 주변 사람들 중 그 누구도 국경에 대한 이야기는 꺼내지 않는다고 했다.

아무리 해도 넘볼 수 없게 되었으니까. 키위는 말했다. 그런 말을 하며 몸을 떨었다. 이미 한 번 국경을 넘었는데도 환청으로 들리는 포탄 소리와 남은 가족들 생각에 겁을 내는 것이었다. 키위는 강가에 있으면 포탄이 강물에 빠지는 것만 같아 안정이 된다고 했었다. 밤이 되면 강 건너편의 불을 밝힌 아파트 창문들이 물 위에 비쳐 매우 아름답다고.

나는 키위가 나와 같은 겁쟁이인 것이, 손에 쥔 칼로 자신을 지키기보다는 그저 세게 쥐고만 있어 손바닥을 온통 피범벅으로 만드는 타고난 기질이 어느 때는 좋았고 어느 때는 싫었다. 키위의 타고난 기질이 싫어질 때마다 나는 키위를 완전히 잊고 지냈다. 강가에서 만난 키위에 대해서라면 그럴 수 있었다. 키위도 나에 대해서라면 마찬가지일 것이었다. 내가 키위에 대해 아는 것이 별로 없는 것처럼 키위 또한 나에 대해 아는 것이 별로 없었다. 어쩌면 나에게는 다른 사람이 알 만한 뭔가가 있지도 않았다. 키위에 대해 내가 알고 있다고 말할 수 있는 것이 있다면 그것은 키위의 성기나 주근깨가 아닌 눈이었다. 친구 키위의 눈, 그건 새까만 눈동자에 누군가 사포를 문지른 것처럼 회백색을 띠고 있어 마치 물을 섞은 것도 같았는데, 정말로 그랬다면 시야가 흐려 한밤에 앞을 보거나 할 수는 없을 거였다.

키위는 '도주'라는 단어를 배웠으면서도 나에게 그 의미를 물을 때가 있었고 가끔은 외운 것처럼 같은 말을 반복했다. 나 뭔가 잘못됐어. 내가 안다. 그런데…… 뭐가 잘못된 건지는 모르겠어. 그럴 때 키위는 무언가 곰곰이 생각하는 눈치였다. 키위가 나에게 말해주지 않을 무언가를 곰곰이 생각하는 동안 내가 떠올리는 것은 구체적이지 않은 4층짜리 건물이나 솟대, 수화기를 가로질러 들렸을 외삼촌의 목소리 같은 것들이었다. 누나. 나 뭔가 잘못됐어. 그런데…… 뭐가 잘못된 건지는 모르겠어.

집으로 돌아가는 도중에 키위는 모국어로 복잡한 말들을 공부했다.

Yolcuları karşılayanların bekleme yeri nerede?

마중 나온 사람들이 기다리는 곳은 어디예요?

Bununla aynı ilacı verir misiniz.

이것과 같은 약 주세요.

O benim yapmadıklarımı yaptığımı söyledi.

이 사람이 제가 하지 않은 말을 했다고 하는군요.

내가 키위의 모국어를 따라 하려고 하면 키위는 신경질적으로 웃었다.

「럭키 클로버」의 주인공은 자신에게 주어진 행운을 찾아 모험을 떠난다. 그에게 주어진 행운이라는 게 무엇인지는 조금이라도 알려진 바가 없고 그것을 발견하게 되면 스스로 그것이 자신의 행운임을 알아볼 수 있을 거라는 스승의 말을 주인공은 믿는다. 주인공이 내달리는 평평하고 너른 들에는 밀이 잘 자라고 있고, 사이사이 작게 소리 내어 웃는 듯한 바람 소리가 들린다. 만년설로 뒤덮인 산들. 햇볕에 바랜 우듬지. 수용소. 주인공은 울창한 숲의 입구에 도착한다. 숲지기의 안내를 받아 숲에 들어선 주인공은 그곳에서 양과 새와 같은 동물들과 우정을 나누고 나무들의 생일을 함께 축하한다. 나쁜 일은 일어나지 않는다. 방해꾼도 나타나지 않는다. '좋은 날이야.' 주인공은 생각한다. '하지만 계속될 수는 없는 좋음이야.' 주인공은 이 이야기의 주인공이기 때문에, 행운을 발견하려면 반드시 불운이 필요하다는 것을 알고 있다. 주인공은 물웅덩이에 비치는 맑게 갠 하늘과 자신의 얼굴을 들여다본다. 그의 등 뒤로 번개에 목이 부러진 나무 기둥이 엇갈려 누워 있다. 목이 부러진 나무는 말이 없다. 둥글게 말라 죽은 잎사귀 주위에 약초가 무성하다. 주인공은 제자리에서 두 걸음 떨어져, 번쩍이는

불꽃과 운명이 약속했던 행운이 모습을 드러내는 장면을 상상해본다. 그리
하여 숲은 밝고 나무는 어둠.

'외' 로운 사람들

노태훈 문학평론가

행운에게는 불운이 필요하고, 행복은 불행 없이 존재할 수 없다. 나쁜 것의 반대는 좋음이지만 좋음의 반대는 슬픔이기도 하고 이상함이기도 하다. 그리고 "어떤 사람은 건강하지 않아도 오래 살 수 있다."(204쪽) 하나의 인간은 두 인간의 유전자가 섞여 존재하게 되는데 그건 누구도 어떻게 할 수 없는 일이고, 공교롭게도 조금씩 그 유전자를 공유하고 있는 사람들이 있다.

'미친' 엄마가 있다. 그 뱃속에서 자칫하면 사라질 뻔한, 가까스로 태어난 '나'가 있다. 태어나보니 외삼촌이 있었다. 외자인 이름을 마음에 들어 하던 그 외삼촌은 내 이야기를 들어주는 사람이었다. 그리고 이 두 사람을 세상에 존재하게 한 외할아버지가 있다. 한때 장롱 가득 돈을 쌓았던, 이제는 매일 저녁 술잔을 채우며 삶이 더 망가지지 않도록 애쓰는 할아버지 역시 내 이야기를 들어준다.

삼촌은 "얼굴에 화상 자국이 있는 여자의 이야기"(205쪽)를 좋아했다. 길거리에 혼자 앉아 있던 그 여자가 '나'를 걱정해주었다는 그 시덥잖은 이야기를 삼촌은 좋아했다. 엄마는 "병이 다 나아 퇴원한 사람이 멀쩡한 채로 또다시 병자가 되는 이야기"(212쪽)를 좋아했다. 한 번도 건강한 적이 없던 엄마는 병원으로 되돌아가는 이야기에 안심했다. 삶의 불행을 반복하지 않는 이야기, 배척도 환대도 아닌 그저 공존하는 이야기가 외로움을 위로한다. 손이 묶이더라도 간호사와 환자들이 있는 병원으로, 그저 '괜찮아?'라고 물어봐주는, 진짜인지 가짜인지는 전혀 중요하지 않은 사람들 속으로.

'나'는 학교 연극에서 외로운 나무 역할을 맡았다. "무대 위에 있는 모든 배우들이 나무가 하는 말을 실제로 듣고 있지만, 마치 전혀 듣지 못하는 것처럼 구는"(217~218쪽) 방백이 규칙이었다. 하지만 "곁에 사람을 두고도 홀로 하는"(218쪽) 그 말을 들어줄 관객이 없다면?(물론 실제로 관객이 있는지 없는지는 별로 중요하지 않은 것 같다.) 자신의 말을 들어줄 사람이 사라진다면, 더 이상 자유롭게 말을 할 수 있는 상황이 온다면, 모국어를 잃은 채 알 수 없는 언어로 말해야 한다면?

소수자의 언어로 말하는 사람들이 있다. 손가락 세 개를 잃어버리고 나머지 손가락에 반지를 잔뜩 낀 삼촌의 여자친구, 목숨을 걸고 국경을 넘어 난민이 된 '키위' 같은 사람들이다. "봄에는 딸기. 여름에는 복숭아. 장미의 행렬은 남색 대문"(214쪽)이라는 알 수 없는 말을 중얼거리며 쓰레기를 줍는 남자에게 말은 차라리 하나의 주문(呪文)이다. 오로지 구체성의 언어로만 포착될 수 있는 세계에서 추상적이고 관념적인 말들은 너무 늦거나 불분명해서 사용될 수 없다. 순간의 기억과 사물의 이름과 장면의 이미지로 인식되는 그 세계에서 소수자는 은폐된 주류성을 폭로한다. "내가 사물함에 남자애 머리를 욱여넣고 다시 하자고 말한 탓에 외삼촌이 학교에 불려온 일이 있었다."(215쪽) 이 장면은 "다시 해. 다시 해."(215쪽)라고 외치는 '나'의 말을 통해 강렬하게 묘사되는데 당연하게도 여성 청소년의 섹스와 일탈이 기존의 서사에서 재현되는 양상과는 매우 다르다. "삼촌이 술집에서 일하니까 개가 나한테 기대를 한 거야. 나도 잘할 거라고.”(216쪽)라는 말에 이어지는 삼촌의 웃음과 죽여버리고 오라는 말, 그리고 걸레를 빨고 있는 아이들의 모습은 관습적인 성 감각을 뒤틀면서 '나'에게 일종의 해방 감을 안긴다.

그런 외삼촌이 강가에서 실종되면서 '나'에게 시간은 조금 달리 흐르게 된다. 다른 불행한 가족들처럼 이사도 가지 않고, 외삼촌이 자살했을지도 모르는 강가를 자주 거닐면서 '나'는 바뀌지 않는 공간을 다른 시간으로 지 각한다. 가만히 기다리면 알 수 없는 어떤 소리가 들려오고 '나'는 그것을 내 마음대로 상상할 수 있었으며 떠오르는 생각과 장면들을 그대로 두면서 도 전혀 도움이 되지 않는 생각들을 치워낼 수 있었다. 절망과 우울에 침잠 하지 않고 좋은 것들을 떠올리며 '와하하' 하고 웃어버리는 것은 외삼촌이 '나'에게 남긴 것이었다. 자살을 하는 것과 자살을 해버리는 것은 다르고, 행복한 것과 행복해 보이는 것은 달랐다. 여태 오지 않는 외삼촌을 기다리 는 것과 병원에 입원해 있는 엄마를 생각하는 것 역시 달랐다. '나'가 감각 할 수 있는 구체의 세계, 즉 색과 모양과 소리와 움직임이 있는 것들의 세 계에서 삼촌은 추방당했다. 엄마는 감금되어 있지만 "병자들과 같이 생활 을 하고 있"(210쪽)고 엽서를 쓰면서 건강하지 않아도 오래 살고 있다. 아 마도 삼촌의 실종을 알지 못한 채로 다들 잘 지낸다고 믿고 있는 엄마처럼, 어쩌면 엄마를 향한 삼촌의 마지막 전화도 '방백'의 일종이었을지 모른다. 잘 지내고 있다고 혹은 잘 지낼 거라고 말은 하지만 상대방은 들을 수 없고 남아 있는 관객들만이 확인할 수 있는, 그래서 여전히 오지 않은 삼촌을 기 다리며 '나'는 "누나. 나 뭔가 잘못됐어. 그런데…… 뭐가 잘못된 건지는 모 르겠어."(221쪽)라는 삼촌의 말을 듣는다.

'나'가 출연한 연극 〈럭키 클로버〉는 행운을 찾던 주인공이 "목이 부러진 나무"(222쪽)를 발견하는 것으로 끝이 난다. '나'가 맡은 배역이 나무였으므로 아마 '나'는 언젠가의 연습 시간처럼 누워 있었을 것이다. 그것은 여전히 '장난'이었을까. "손에 쥔 칼로 자신을 지키기보다는 그저 세게 쥐고만 있어 손바닥을 온통 피범벅으로 만드는 타고난 기질"(221쪽)은 스스로를 죽이지 못하고 병들게 하는데, 어떤 것이 더 나은 것일까. 키위의 도주와 삼촌의 실종은 어떻게 다를까. 어쩌면 키위가 실종된 것이고 삼촌이 도주한 것일 수도 있지 않을까. "남을 괴롭히거나 자살을 할 수도 있"는 것과 "남을 괴롭히기도 하고 자살을 할 수도 있"(210쪽)는 것은 또 어떻게 다를까. 남을 괴롭히지 않고 자살할 수도 있을까. 이 질기게도 외로운 핏줄을 가진 사람들은 이 세계의 저편에서 누구에게도 들리지만 누구도 들을 수 없게 이렇게 말하고 있는 것 같다. "마중 나온 사람들이 기다리는 곳은 어디예요?"(222쪽)

버섯 농장

성혜령

2021년 『창작과 비평』에 소설 「윤, 소, 정」을 발표하며 작품 활동 시작.

버섯 농장

한동안 연락이 없던 진화에게서 전화가 왔다. 화면에 뜬 진화의 이름을 보고 기진은 잠시 어리둥절했다. 진화라는 사람을 까맣게 잊고 있던 것처럼. 기진은 밤사이 업데이트된 유튜브 영상을 보려던 참이었다. 방은 한낮임에도 어두웠다. 암막 커튼 사이로 얇게 스며든 빛이 침대를 칼날처럼 가로질렀다. 기진이 구독 중인 유튜버는 목에 상처를 입은 채 버려져 있던 고양이를 구조하고 입양한 뒤 일주일에 한두 번씩 영상을 업로드했다. 구조한 고양이를 데리고 동물병원에 다녀온 에피소드가 새로 올라와 있었다. 영상을 막 재생했을 때 전화가 왔고 기진은 실수로 통화 거부를 눌렀다. 진화는 기진이 그럴 리 없다는 듯 곧바로 다시 전화를 걸어왔다. 그리고 운전 좀 해주라, 라고 말했다. 부탁인지 명령인지 애매한 말이었다. 서울 근교에 있는 요양병원에 갈 일이 생겼는데 교통편이 나쁘니 기진이 차로 데려가주면 좋겠다고 했다. 기진은 장거리 운전을 좋아하지 않았지만 알겠다고 답했다. 고마워, 그럴 줄 알았어. 진화가 말했다.

그럴 줄 알았다니. 진화는 물론 기진이 지금 일을 쉬고 있는 것을 알고 있었다. 기진이 밖에 잘 나가지 않는다는 것과 병균, 연쇄살인마, 교통사고를 무서워한다는 것도 알았다. 하지만 진짜 뻔한 사람은 진화였다.

　진화는 중국 저가 의류를 비싸게 파는 인터넷 쇼핑몰에서 거의 10년째 일하고 있었다. 쇼핑몰의 매출은 매해 크게 늘었는데 진화의 연봉은 그다지 오르지 않았고 일은 계속 늘어갔다. 진화는 기진과 만날 때마다, 부모 잘 만나서 스무 살 때 쇼핑몰을 시작해 실무는 아랫사람들한테 다 맡기고 외제차를 끌면서 내킬 때마다 해외로 여행 다니는 어린 사장에 대해서 온갖 저주와 욕을 퍼부었다. 진화의 증오는 너무 투명해서 기진은 가끔 진화에게 진심인지 묻고 싶었다. 정말 사장이 그렇게까지 싫은 거냐고. 회사를 나오면 다시 보지 않아도 될 사람을 어떻게 그렇게까지 싫어할 수 있냐고.정말 증오해야 할 대상은 그런 회사에서 10년간 나오지 못한 너 자신이 아니냐고. 물론 기진은 말하지 않았다. 이런 말을 하면 진화는 쉽게 회사를 그만둘 수 있는 기진이 아무것도 모른다고 생각할 것이므로.

　돌아오는 주말에 기진은 차를 몰고 진화의 집으로 갔다. 진화는 대학가 오피스텔에서 살고 있었다. 졸업 전에 취직했는데 일이 바쁘다 보니 이사 갈 시기를 놓쳤다고 했다. 기진이 진화의 집에 들를 때마다 진화는 불평했다. 옆집에서 오줌 싸는 소리도 들린다고, 계단에서는 썩은 계란 냄새가 난다고. 이사 가면 안 돼? 기진이 대꾸하면 진화는 어디든 똑같다고 말했다. 실은 몇 년 동안 오피스텔의 월세가 동결되었기 때문이라는 것을 기진도 알았다. 건물이 복잡한 상속 소송에 걸려 있다고 했다. 건물주 입장에서 건물 가치가 높게 평가되지 않는 게 유리한 모양이었다. 건물은 거의 방치된 상태였다.

　진화의 오피스텔이 있는 골목 입구에 접어들자 눈에 익은 세탁소가 보였다. 세탁소의 전면 유리창에는 항상 같은 검은색 모피 코트가 걸려 있었다. 지나가다 언뜻 보면 사람이 매달려 있는 것처럼 보였다. 전리품 같은 걸지도 몰라. 진화는 말하곤 했다. 연쇄살인마들이 자기가 죽인 사람들 머리카락이나 손톱 같은 거 뽑아서 기념품 챙기는 것처럼, 세탁소 주인한테는 그게 옷인 거지. 어쩌면 그걸 은폐하려고 세탁소를 하고 있는지도 몰라. 세탁소 주인이 한번 진화를 '처녀'라고 부른 후부터 진화는 그가 변태라고 믿었다. 세탁해야 할 옷이 있으면 다른 동네에 있는 체인 세탁소까지 갔다. 기진은 세탁소 앞에 차를 세웠다. 곧 진화가 골목 안으로 걸어 나왔다.

흰 민소매 원피스를 입은 진화가 차에 올라탔다. 치마가 접혀 올라가 뼈만 남은 듯 보이는 허벅지가 드러났다. 진화는 오랫동안 체중 관리를 하고 있었다. 쇼핑몰 모델로 촬영을 하러 오는 어린 여자애들한테 일을 시키려면 자기도 어느 정도 모델처럼 보여야 한다고 했다. 오랜만인가? 진화가 말했다. 기진은 잠시 진화와 언제 마지막으로 봤는지 생각해봤다. 그때 어디서 만났는지 무슨 이야기를 했는지 날씨가 어땠는지 어느 계절이었는지조차 전혀 떠오르지 않는데 한 가지만 기억났다. 그날 기진이 진화에게 한 번도 질문을 하지 않았다는 것. 그래? 정말? 같은 추임새를 습관처럼 넣으면서 단 한 가지도 진화가 하는 이야기에서 궁금한 점이 없었다.

진화는 내비게이션에 주소를 입력하며 중얼거렸다. 경기도 양평군 산사면, 352-2번지, 썬샤인 노인 전문 병원, 병원 이름을 왜 이렇게 지었을까. 진화가 말했다. 이런 병원에 자기 부모를 입원시키는 사람들도 어딘가 이상한 인간들일 거야. 아, 됐다. 진화가 말했다. 안내를 시작하겠습니다, 라는 기계 목소리가 너무 크게 들렸다.

고속도로에 접어들고 나서 진화는 기진에게 물었다. 여기 왜 가는지 왜 안 물어봐? 기진이 대답하기 전에 진화는 이야기를 시작했다.

기진에게 말은 안 했지만, 진화에게는 1년 정도 만났던 남자친구가 있었다. 왜 말 안 했는데? 기진이 묻자 진화는 그냥, 이라고 했다. 기진은 자기가 연애를 해본 적 없기 때문이라고 생각했다. 전 남자친구는 진화보다 두 살 어렸고 디자인을 전공했고 졸업 후 대기업 하청 마케팅 회사에서 일하고 있었다. 1년을 만나는 동안 진화와 남자친구 사이엔 별문제가 없었다. 문제는 휴대폰이었다. 진화가 당시 쓰고 있던 휴대폰이 갑자기 꺼지는 일이 잦아졌다. 남자친구가 휴대폰을 살 거면 자기가 아는 사람에게 가자고 했다. 군대에서 알게 된 동생이 있는데, 통신사 대리점에서 일한다고, 거기서 사면 직원 할인가로 싸게 살 수 있다고 했다. 진화는 살던 곳에서 꽤 먼 동네의 대리점에서 새로 휴대폰을 개통했다. 진화는 그 후 얼마 안 되어서 남자친구와 헤어졌다. 왜? 기진이 묻자 진화는 짧게 웃었다.

"전화를 안 받아서."

"전화?"

"새벽에 위경련이 나서 응급실에 간 적 있었거든. 그때 전화를 했는데 안 받았어. 자느라 못 받았대. 그럴 수 있지. 원래 잠들면 잘 안 깨거든. 근데 그냥 그다음부터 보기가 싫어졌어."

기진은 운전을 할 때 절대 한눈을 팔지 않았지만 잠깐 고개를 틀어 진화를 쳐다봤다. 진화는 자기가 운전하는 것처럼 허리를 곧게 펴고 전방을 똑바로 바라보고 있었다.

그 남자와 헤어지고 1년이 지났고 진화는 그동안 짧은 연애를 두 번 정도 더 했다. 두 번 정도? 연애라고 하기 애매한 관계도 좀 있었어. 진화가 말했다. 3주 전에 진화는 한국신용보증보험 회사라는 곳에서 독촉 전화를 받았다. 갚지 않은 부채가 있다고 했다. 부채는 총 653만 8,207원이었고 15.7퍼센트의 이자가 다달이 붙을 예정이었다. 진화가 알아보니, 진화의 동의 없이 진화 명의로 휴대폰이 하나 더 개통되어 있었고, 그 휴대폰의 할부 원금과 요금, 그리고 소액 결제까지 지불이 하나도 이뤄지지 않아서 채무 대행 회사로 넘어갔다고 했다. 그 휴대폰을 개통한 대리점이 진화가 남자친구와 함께 갔던 곳이었다. 대리점에서 남자친구가 소개해줬던 그 동생의 얼굴도 진화는 기억나지 않았다. 평범한 얼굴이었겠지, 굳이 기억할 이유가 없는. 진화는 말했다. 다만 그날 어떤 실수가 있어서 그 남자가 진화에게 사인을 한 번 더 요청했다는 것은 기억났다. 진화는 일처리를 못 하는 사람을 보면 언제나 화가 났지만 남자친구가 옆에 있어서 더 묻지 않고 그 아는 동생이 요청한 대로 모든 서류에 사인을 했다.

진화는 빚 독촉 전화를 받자마자 곧바로 전 남자친구에게 전화를 걸었다. 그는 전화를 받지 않았고 대신 메시지를 남겼다. 문자로 해. 진화가 대리점 동생에게 사기를 당한 것 같다고 긴 문자를 보냈다. 남자친구는 다른 말 없이 그 동생의 연락처만 문자로 보내왔다.

경찰에 명의 도용으로 신고를 했지만 일단 빚을 갚지 않으면 신용등급에 문제가 생길 수밖에 없었다. 진화에겐 아직 갚아야 할 학자금 대출이 남아 있고 이사를 가기 위해 무리해서 적금을 붓는 중이었다. 적금을 깨면서까지 남이 진 빚을 갚고 싶지는 않았다. 진화는 전 남자친구가 준 번호로 전화를 걸었다. 신호는 갔지만 연결되지 않았다. 그래도 진화는 계속 전화를 걸었다. 신호음을 듣는 그 짧은 시간 동안 모든 생각이 잠시 사라지고 단조로운 소리만 남았다. 그때만은 상대방이 전화를 받을지 받지 않을지, 절반의 확률에만 모든 신경을 집중할 수 있었다. 하루는 아무것도 하지 않고 앉아서 전화를 걸고 신호음을 다 들은 뒤 끊고 다시 걸었다. 상대의 전화가 꺼져 있다는 안내가 나올 때까지 멈추지 않았다. 진화는 꺼진 휴대폰에 문자를 남겼다. 얼굴도 기억나지 않는 그 남자애에게 인생을 그렇게 살면 안 된다고 적었다. 자기는 아버지가 사업에 실패하고 방 안에서 술만 마시고 있어도 막 살아본 적 없다고, 누구에게도 손 벌리지 않고 혼자 벌어서 집세도 통신비도 휴대폰 할부 원금도 꼬박꼬박 밀리지 않고 내면서 살아왔고, 아버지가 간 수술을 했을 때 돈을 보태기까지 했다고, 남의 돈으로 게임하는 동안 얼마나 즐거웠을지 모르겠지만 이미 네 인생은 시궁창이라고.

긴 문자를 쓰고 나니 그 애를 기분 나쁘게 해서 좋을 게 없다는 생각이 들었다. 결국 진화는 돈을 갚아주면 고소를 취하해주겠다고, 아직 어리니까 기록 같은 게 남으면 좋을 게 없지 않겠냐고 마치 그 애를 오랫동안 알아온 사람처럼 문자를 보냈다. 며칠 후에 답장이 왔다. 그 남자애는 아니었고 남자애의 아버지였다. 자기 아들과는 자기도 연락이 되지 않으며, 왜

인지 모르겠지만 그 번호는 아들의 번호가 아니라 자기 번호라고 했다. 그리고 그는 노모가 위독해서 낮부터 밤까지 요양 병원에 있다고, 자기가 지금 할 수 있는 게 아무것도 없으니 더는 연락하지 말아달라고 말했다. 진화는 남자애의 아버지에게 그 병원의 이름을 물었다. 만약 정말로 그 남자애의 할머니가 위독하다면, 혹시 죽기라도 한다면 남자애도 거기에 나타나지 않을까 하는 생각이 들었다. 당장 할머니가 죽지 않더라도, 그 애 아버지를 한 번 만나보는 것도 좋은 생각 같았다. 자식이 저지른 일의 책임을 상기시켜줄 필요가 있어 보였다. 그는 순순히 병원 이름을 알려주었다. 병원을 검색해보니 진화의 예상보다 먼 곳에 있었다.

그들은 강을 지났다. 진화는 창밖을 보면서 소나기가 올 것 같다고 말했다. 가뭄이 지속되고 있다는데, 하늘에 구름 한 점 없는데 무슨 소리야. 기진은 말하려다 말았다. 산이 높아지고 녹색이 짙어졌다. 차 안의 공기는 계속 뜨거워졌고 에어컨디셔너의 바람은 약한 세기로 고정되어 있었다.

기진은 진화를 기숙사 고등학교에서 만났다. 24시간 공부할 수 있는 환경을 제공해서 명문대 진학률이 높기로 유명한 학교였다. 기진과 진화는 같은 반이었다. 어느 날 점심을 먹다가 진화가 자신의 부모님이 사실은 서로를 혐오하고 있다고 고백하듯 말했다. 같이 밥을 먹던 아이들은 아무도 혐오라는 단어의 무게를 알아차리지 못한 것 같았다. 기진은 아니었다. 진화의 말을 듣고서 모든 게 명확해지는 느낌이었다. 기진의 부모님도 서로를 혐오하고 있었다. 단지 기진의 집은 진화네와 다르게 돈 문제가 불거질 일이 거의 없어서 분명히 드러나지 않았을 뿐이었다.

기진의 부모님은 지방에서 열린 친척 결혼식에 다녀오던 길에 고속도로에서 사고로 죽었다. 기진이 스무 살이 된 해였다. 30중 연쇄 추돌 사고에 열여섯 번째로 휘말렸고, 뒤로 갈수록 충격이 약해지는 경향이 있어서 순서는 나쁘지 않았는데 하필 앞뒤 차가 트럭이어서 즉시 사망했다고 했다.

기진은 한동안 집에서 나오지 않았는데 기진의 집 현관 비밀번호를 유일하게 알고 있던 사람이 진화였다. 기숙사 고등학교에서 밤에 서로의 침대를 찾아가 부모의 끔찍함을 조용히 속삭이며 이야기하던 기억 때문인지 진화는 기진에게 혹은 기진의 부모의 죽음에 책임감을 느끼는 듯했다. 기진은 약간의 죄책감과 당혹감, 엄마나 아빠가 돌이켜보니 나쁜 부모는 전혀 아니었다는 뒤늦은 깨달음으로 잠을 못 자고 먹지 못했다. 진화가 기진을 돌봤다. 음식을 사다 나르고, 강의가 없던 날에는 장을 봐서 밥을 차려주겠다고 주방에서 몇 시간이나 부산을 떨기도 했다.

물론 그런 시기는 지나갔다. 기진은 계속 부모님과 살던 집에 살면서 잠을 자고 밥을 먹었다. 산책도 가고 쇼핑도 했다. 엄마가 타던 차를 몰기 위해 면허도 따고 연수도 받았고 가끔 내키면 차를 끌고 마트에 가기도 했다. 직장을 열심히 구하지는 않았다. 부모님이 가지고 있던 오피스텔에서 월세가 들어왔고 보험금도 꽤 되었다. 반면에 진화는 일을 쉬었던 적이 없었다.

강을 따라 달리는 동안 도착지까지 남은 거리가 한 자릿수로 바뀌었다. 강변도로에서 빠져나와 굴다리를 지났고 시내 쪽으로 접어들었다. 진화가 갑자기 차를 세우라고 말했다.

"병원에 갈 때는 빈손으로 가는 거 아니야."

기진은 급하게 갓길에 차를 세웠다. 진화는 어린애처럼 갓길을 뛰어 가판대까지 갔고 참외를 봉지 한가득 사 왔다. 진화는 봉지를 발 밑에 내려놓고 안전벨트를 하면서 복숭아도 있었는데 아줌마가 아직 맛이 안 들었다고 해서 참외를 사 왔다고 말했다. 찢어질까 봐 까만 봉지를 하나 덧씌워주었다며 감탄했다. 세상에 저렇게 착한 사람들만 있으면 좋을 텐데. 진화가 말했다. 기진은 진화를 낯선 사람처럼 한 번 쳐다보고 다시 차를 출발시켰다. 그들은 낮고 낡은 건물이 늘어선 시내를 지나쳤다. 봤어? 진화는 창밖을 보며 말했다. 엄청 큰 새가 있었어. 못 봤는데. 기진이 말했다. 진짜 컸는데. 진화가 말했다. 그들은 단층의 시골집 몇 채와 목줄에 묶인 개들과 무성한 무덤들을 지나쳤고 병원에 도착했다.

병원은 생각보다 규모가 컸다. 세 동의 건물이 나란히 서 있었고, 주차 공간도 넓었다. 1층 로비에는 호텔처럼 넓은 1인용 소파와 테이블들이 충분한 간격을 유지한 채 놓여 있었고 통유리창에서 햇빛이 들어와 대리석 바닥에 광택이 돌았다. 진화는 창에서 가까운 테이블에 참외 봉지를 옆 의자에 놓고 앉았다. 여기 좀 비쌀 것 같다. 진화가 말했다. 기진이 참외 옆자리에 앉으면서 고개를 끄덕였다. 자리 곳곳에 혼자 있거나 가족과 함께 앉아서 무언가를 먹는 노인들이 보였다. 큰 목소리를 내는 사람이 없었다. 말소리는 사람들의 주위를 조금씩 넘실거렸다. 테이블에 교회에서 만든 책자가 놓여 있었다. 기진은 지루함을 견디려고 글자들을 읽었다. 가까운 테이블에서 어떤 남자의 목소리가 갑자기 크게 들려왔다. 엄마, 딴 건 다 까먹어도 이것만 기억해. 형이란 새끼는 정말 나쁜 놈이야.

기진과 진화는 빛이 더 깊숙이 들어올 때까지 테이블에 가만히 앉아 있었다. 진화는 휴대폰을 계속 보고 있었다. 잠깐 봤으면 한다고, 내려오시라고 했는데 답이 없어. 진화가 말했다. 진화가 자리에서 일어나 안내 데스크로 가서 남자애 이름을 대고 병실 번호를 물어봤지만 아무런 답을 듣지 못했다. 기진은 못 본 고양이 영상을 다시 볼까 말까 망설였다. 진화가 손톱을 깨물기 시작해서 휴대폰은 집어넣고 교회 전단지를 다시 처음부터 읽기 시작했다. '하나님의 품 안에서 아름다운 마무리를…….'

테이블에 그림자가 졌다. 기진과 진화는 햇빛을 정면으로 받고 서 있는 남자를 올려다보았다. 남자는 키가 커 보였다. 짧은 머리를 하고 몸에 달라붙는 티셔츠를 입고 있었다. 혹시, 나한테 전화한 아가씨예요? 남자가 말했다. 진화가 의자에서 일어났다. 안녕하세요, 진화가 고개를 숙였다. 남자가 빈자리에 진화를 마주 보고 앉았다. 남자는 다리를 꼬고 얼굴을 쓸었다. 얼굴도 눈도 벌겠다. 내가 요새 잠을 좀 못 잤어요. 진화는 고개를 끄덕였다. 기진은 진화의 긴 머리카락이 갈라지면서 드러난 흰 목덜미에 솜털이 바싹 서 있는 것을 보았다.

진화가 먼저 말을 꺼냈다.

"제가 갑자기 찾아와서 놀라셨죠."

"이 나이쯤 되면 별로 놀랄 일이 없어."

"말씀드렸다시피, 아드님께서 불법으로 제 명의를 도용해서 휴대폰을 개통했거든요. 그걸 본인이 직접 썼는진 모르겠지만 150만 원 정도 되는 휴대폰 할부 값에 10만 원 가까이 되는 무제한 요금제에 거기다가, 소액 결제로 게임 아이템을 엄청 샀더라구요. 저도 게임 좋아하지만 게임에 만 원 이상 써본 적이 없는데 아드님께서는 아실지 모르겠는데 한 달에도 막 30만 원, 어떤 달은 80만 원 넘게 결제한 적도 있더라구요. 물론 자기 명의의 폰이 아니니까 그랬겠죠. 근데 그러고 돈을 안 내서 그게 다 제 빚이 됐어요……. 일단 제 돈으로 그 빚을 조금이라도 갚아놓아야 하는데요, 제가 그럴 수가 없는 게 현재 여윳돈도 거의 없고……."

진화의 목소리가 떨렸다. 진화가 잠시 숨을 골랐다.

"아가씨, 얘기 다 끝났어요?"

"아…… 그게……."

남자는 진화의 대답을 기다리지 않고 자연스럽게 이야기를 이어갔다.

"내가 아가씨한테 할 말이 없어야 하는데, 우리 애가 지금 나랑 연락도 안 되고, 참. 걔가 나타나야 고소도 효력이 있을 텐데. 나는 아가씨, 지금 우리 어머니 여기 좋은 병원에 모시려고 집까지 판 사람이에요. 내가, 그거 때문에 내 새끼 엄마랑 이혼도 하고. 나는 내가 해요. 누구 안 시켜. 내가 효도하고, 내가 책임지는데, 내 손 떠난 자식 새끼 인생까지 내가 책임져야 하나? 날 길러준 우리 어머니한테 내 몫은 다 하고 또 내 자식 성인 될 때까지 안 굶기고 입히고 키워놨지. 난 진짜 떳떳해. 난 내 책임을 다하고도 남았지. 난 그 새끼한테 효도 받는 것도 안 바래. 바라는 거 하나도 없어. 어떤 부모도 자식을 끝까지 책임질 순 없는 거 아냐. 자식이 해야지. 주고받고, 그게 순리 아닌가? 내가 지금 내 자식한테 계속 줄 때는 지났지. 나는 우리 어머니한테 갚을 때고, 그걸 하려고 여기 있는 거고. 우리 엄마가 지금 오늘 내일 하는 마당에, 내가 지금, 아가씨 억울한 이야기를 들어줄 여력이 없어요. 아가씨도 이해하죠? 아가씨도 딱 보니까 착하게 생겨가지고, 내 말 이해하죠?"

진화는 고개를 끄덕였다. 기진은 손에 쥐고 있던 교회의 전단지를 조금씩 찢어서 손에 모아두었다. 남자의 말은 계속되었다.

"내가 집 살 때 얻은 대출 갚는 데 20년이 걸렸어요. 내가 자동차 공장에서 일했거든, 노조위원장도 한 사람이야 내가. 성실하게 살았다고. 그게 당시에 1억 5천짜리 집이어. 20년 전에, 그때도 서울 땅에 있다 하면 뭐든 비쌌거든. 그리고 그걸 내가 3년 전에 세금 떼고 15억에 팔았다고. 거기서 반 딱 떼서 마누라 줬어. 이 병원이 웃긴 게 보증금을 받아요. 보증금이 2억 5천이야. 그리고 한 달 병원비 요양비 다 하면 5백씩 나와. 왜 그렇게 비싼지 나도 몰라. 근데 보니까 건물이 좋고 간호사들이 화를 안 내더라고. 뭐 생일 파티도 해주고 행사도 많고, 우리 노인네한테 매일매일 말도 걸어주고 손도 잡아주고 마사지도 해주고 하더라고. 그런 거 하나하나 다 계산하면 그렇게 된다네. 그러면 나도 계산을 해야. 마누라 주고 남은 7억 5천에서 2억 5천 보증금 내면 5억이 남잖아? 근데 우리 엄마가 1년을 병원에서 버틴다고 계산하면 6천이야, 3년이면 1억 8천이야. 의사가 그래. 우리 엄마가 뇌가 까맣대. 길어야 3개월일 거래. 근데 지금 벌써 3년째 누워 계셔. 그럼 우리 엄마가 이대로 3년 더 사시면, 그 돈 거의 없어지겠죠? 나는 이 근처에 작은 땅뙈기 하나 사서 내 먹을 거 내가 심고 거두면서 살고 있어요. 내가 아가씨 사정이 어떤지 자세히는 모르지만 아가씨도 억울하겠지, 내 자식이 나쁜 놈이야. 걔가 그렇게 스트레스를 받더라고. 실적이 안 나온다고. 사람들이 뭐 휴대폰을 1, 2년씩 쓰는데 위에서 기대하는 것만큼 그렇게 많은 사람이 갑자기 휴대폰을 살 수가 있겠냐고. 아가씨, 내가 미안합니다. 내가 미안해요."

남자가 고개를 숙인 채 진화의 손을 잡고 여러 번 흔들었다. 진화는 어색한 자세로 손을 빼냈다. 기진은 주먹을 꽉 쥐었다. 주먹에 잘게 찢긴 종이 조각들이 한 줌도 안 되게 뭉쳐졌다. 남자의 휴대폰이 울렸다. 남자는 전화를 받으면서 진화를 향해 손을 흔들어 보이고 엘리베이터 쪽으로 걸어갔다. 진화는 남자의 뒷모습을 보고 있었다. 남자가 엘리베이터에 타고 문이 닫히기 전까지 잠시 동안 진화는 남자의 얼굴을 처음으로 똑바로 보는 것 같았다. 진화는 허리를 곧게 편 자세로 계속 닫힌 엘리베이터 문을 보고 있다가 가방에서 화장품 파우치를 꺼냈다. 진화의 손거울에서 빛이 튀었다. 진화는 천천히 화장을 고쳤다. 가방에서 여행용 티슈를 꺼낸 뒤 입술을 닦아내고 립스틱을 다시 발랐다. 한 번도 입술 선을 벗어나지 않고 깨끗하게. 이제 됐어? 기진이 물었다. 되긴 뭐가 돼. 진화가 말했다. 기진은 남은 종이를 계속 찢어서 테이블에 놓았다. 그리고 테이블에 흩뿌려놓은 찢어진 종이 조각들을 후후 불었다. 진화가 기진을 혐오하는 듯한 얼굴로 바라보았다.

주차장으로 가는 길에 진화가 말했다. 참외가 너무 무거워. 진화가 들고 있는 참외 봉지 주위로 초파리가 날아 들었다. 기진은 차문을 열면서 진화에게 무슨 말이든 해야 한다고 생각했다. 차에 시동을 걸고 계기판의 눈금이 내려가기를 기다리고 있는 동안 기진은 남자가 주차장으로 걸어오는 모습을 발견했다. 남자는 주차장 끝 쪽에 세워져 있던 승용차에 탔다. 기진이 말했다. 저 차, 비싼 거잖아. 새 모델 같은데. 얼마나 비싼데? 진화가 물었다. 기진은 휴대폰으로 검색한 뒤 진화에게 시가를 말해주었다. 남자가 말했던 자기 재산의 반이 넘는 가격이었고 출시한 지 1년도 되지 않은 차였다. 남자가 좁은 공간에서 차를 능숙하게 빼서 주차장을 가로질러갔다. 기진도 주차장을 빠져나갔다. 남자의 차가 도로로 진입하기 전에 좌회전 신호를 기다리고 있었다. 기진은 우회전을 해야 했지만 남자의 차 뒤에 섰다.

남자의 차에서 차창이 열리고 담배 연기가 새어 나왔다. 기진은 연기가 흩어지는 모습을 지켜보다가 남자의 차를 따라가기 시작했다.

남자는 차를 거칠게 몰았다. 좁은 2차선 도로에서 중앙선을 침범하며 과속을 했고, 굽은 길에서도 속도를 줄이지 않았다. 남자의 차는 시내를 지나 다른 마을로 접어들었다. 피서객이 많은 계곡을 가로지르는 다리를 지나쳐 펜션들이 늘어선 경사로를 따라 올라갔다. 오르막길은 산까지 이어졌고 차 한 대가 겨우 올라갈 수 있는 좁은 길이 산기슭을 타고 뻗어 있었다. 기진은 망설였다. 진화는 지금까지 보인 집이 전부 유럽식으로 지은 펜션들이었으니 저 남자도 틀림없이 산속에 좋은 집을 지어두고 있을 게 분명하다고 말했다. 그럼 바로 그 남자가 한 말이 거짓이라는 것을 증명할 수 있을 거라고, 그러면 자기가 유리해지는 거라고도 말했다. 기진은 어떤 경우라도 진화는 절대 유리해질 수 없을 거라고 생각했지만 차를 돌릴 수 없었다.

그들은 소나무 숲과 가족묘인 듯 보이는 무덤 여러 개를 지났다. 젖고 미끄러운 길이 끝나자 잔디가 솟아나고 넓게 트인 산 중턱이 나타났다. 나무가 사라지고 빛이 들어왔다. 검은 비닐하우스 한 채를 밑동만 남은 나무들이 둘러싸고 있었다. 그들은 비닐하우스 옆에 세워진 남자의 차를 발견했다.

기진은 내려가는 방향으로 차머리를 돌려서 주차하느라 여러 번 핸들을 감았다 풀고 전진과 후진을 오가며 기어를 조정해야 했다. 남자가 어느새 비닐하우스에서 나와서 그들을 지켜보고 있었다. 기진의 차가 반대로 돌았다. 남자가 기진의 차창을 두드렸다. 아가씨 나와봐. 기진이 진화를 쳐다봤다. 진화는 안전벨트를 풀고 흰 원피스를 털어내고 있었다. 기진이 차 키를 두고 내렸다. 남자는 능숙하게 차를 돌려서 자기 차 옆에 주차했다.

남자가 시동을 끄고 차에서 내린 후 지켜보고 있던 기진에게 다가와서 핸들을 끝까지 감으라고 말했다. 좁은 데서 차를 돌릴 때는 차가 가려는 방향대로 끝까지 감는 거야. 그다음에 후진하고 다시 반대쪽으로 끝까지 풀어서 전진해가면서 조절하는 거야. 오케이? 남자는 차 키가 달린 열쇠고리를 엄지손가락에 걸고 허공에 핸들을 감는 시늉을 하면서 크게 원을 그려 보였다. 열쇠고리가 남자의 손에서 쇳소리를 내며 헛돌았다. 기진은 열쇠가 그대로 날아갈까 봐 남자의 손에서 눈을 떼지 못했다. 남자가 기진에게 열쇠를 던지겠다고 폼을 잡았다. 기진이 잡으려고 손을 뻗자 남자가 웃었다.

진화는 참외 봉지를 두 손으로 받쳐 들고 그 속을 들여다보고 있었다. 남자가 진화와 기진을 훑어보다가 말했다. 근데, 여기가 내 집인데, 나 사는 꼴이 궁금해서 따라왔어? 남자가 검은 비닐하우스를 눈짓으로 가리켰다. 진화는 참외 봉지를 내밀었다. 이거 아까 드리려고 했는데 못 드렸어요. 진화가 말했다. 그래? 그럼 여기까지 온 김에 참외나 먹고 가요. 남자가 진화에게서 참외 봉지를 가볍게 받아들고 검은 비닐하우스 안으로 들어갔다.

비닐하우스 안으로 들어서자 단단한 벽에 부딪힌 것처럼 냄새가 선명하게 느껴졌다. 눅눅한 먼지와 합성 목재의 냄새 같았다. 햇볕을 보지 못해 모든 것이 축축하고 은밀히 부패해가고 있는 듯했다. 오랫동안 많은 것이 섞여 들어가 단단하고 끈끈한 입자가 되어 벽과 바닥에 달라붙어 있는 것 같았다. 위를 향해서 비스듬히 열린 창문으로 햇볕이 조금씩 들어왔지만 시야를 밝혀줄 만큼 충분한 빛을 주지 못했다. 진화는 희미한 빛 속에서 안을 유심히 살폈다.

비닐하우스 안은 밖에서 보던 것보다 넓었고, 컨테이너 하나가 들어가 있었다. 반대쪽 끝의 출입문 옆에는 실내용 미니 골프대가 놓여 있었다. 골프채 하나가 공이 들어가야 할 구멍에 깃대처럼 꽂혀 있었다. 컨테이너 밖으로 빨랫대, 세탁기, 플라스틱 간이 테이블과 의자, 공구 박스 등이 산만히 늘어서 있었다. 컨테이너 문은 열려 있었고 문을 마주한 벽에 달마 그림이 걸려 있었다. 기진은 처음에 그림의 먹색 선들이 벽에 붙은 벌레라고 착각했다.

남자는 컨테이너로 곧장 들어갔다. 컨테이너 안에는 이부자리가 그대로 깔려있었다. 진화와 기진은 밖에 서 있었다. 안에 개수 시설과 싱크대가 있는 듯했다. 물이 쏟아지는 소리가 짧게 들렸다. 남자는 쟁반에 참외와 과도를 담아 컨테이너 밖으로 나왔다. 그리고 테이블로 가 쟁반을 내려놓고 진화와 기진을 불렀다. 그들은 테이블에 남자와 마주 보고 앉았다. 흙바닥에서 의자가 불안하게 뒤뚱거렸다.

남자는 참외를 깎아 길게 썰었다. 포크가 없다고 젓가락을 하나씩 집어가라고 말했다. 젓가락도 여분이 없어서……. 남자는 손으로 참외를 집었다. 진화와 기진은 젓가락 하나로 참외를 찍어서 불편하게 먹기 시작했다. "내가 이렇게 살아요." 남자가 말하며 손으로 참외 씨가 박힌 속을 긁어냈다. 포크도 없고, 뭐 있는 게 없지. 어, 참외가 참 달다. 남자는 미지근한 참외를 잘 먹었다.

"원래 여기가 버섯 농장이었거든. 내가 잘 아는 분의 형님이 은퇴 자금 투자해서 시작한 건데, 뭐가 잘 안됐는지 자살을 하셔가지고 내가 싸게 넘겨 받았어."

"얼마예요?"

진화가 물었다.

"뭐, 얼만지 알면 세금 떼게? 이 근처가 최근에 펜션 같은 게 생기면서 땅값이 좀 오르긴 했는데, 이쪽은 주거지로 받은 땅이 아니라서 비싸지가 않아요. 특수임지거든, 엄밀히 따지면."

"그럼 거주하면 불법이에요?"

"뭐, 굳이 따지자면 그렇지."

"아드님이랑 연락은 언제부터 안 되셨어요?"

"애 엄마랑 이혼하고부터는 거의 못 했지. 내 엄마 챙기려다가 내 가정이 깨지다니, 참 인생이 그래. 아이러니지."

진화는 고개를 끄덕이며 남자의 말을 듣고 있었다. 기진은 말없이 참외를 먹었고 배가 아파졌다. 남자가 화장실은 비닐하우스 밖 주차장 반대쪽에 있다고 했다. 주차장 반대편 마당에는 나무판자나 밑동만 남은 나무, 썩은 나뭇가지들이 응달에 어지럽게 널려 있어서 발이 걸려 넘어지지 않게 조심해야 했다. 옥외 화장실은 다행히 수세식이 아니었다.

화장실에서 기진은 아침에 보려던 고양이 영상을 봤다. 유튜버는 동물병원에서 기다리는 동안 카메라를 향해 상처가 아문 자리를 클로즈업해서 보여주면서 목에 이렇게 깊은 상처를 낸 것은 살인 미수다, 라고 말했다. 엄밀히 말하면 살인은 아니지. 기진은 중얼거렸다. 혹시 유튜버가 이 고양이한테 상처를 내고 구조해서 유튜버가 되고 싶었던 것이 아닌가 잠시 생각했다. 그날따라 그 고양이가 유튜버의 품 안에서 계속 울었다. 새끼 고양이가 우는 소리를 듣고 있으면 초조해졌다. 고양이를 키워보고 싶었지만 매번 마지막 순간에 결정을 미뤘다. 기진은 집으로 돌아가고 싶었다. 집에 가면 이번에는 꼭 유기묘 보호소에 가서 가장 가까운 날에 안락사가 예정되어 있는 아이를 데려오자. 기진은 생각했다. 이번에는 꼭.

다시 비닐하우스 안으로 들어갔을 때 테이블은 비어 있었다. 진화도 남자도 보이지 않았고 접시에 참외만 두 조각 남아 있었다. 컨테이너 문이 아까와 달리 닫혀 있었다. 기진은 그 문을 열어보고 싶지 않았다. 그대로 차를 가지고 어둡고 습하고 냄새 나는 비닐하우스에서 나가고 싶었다. 기진은 잠시 망설이다 문을 열었다. 먹으로 찍은 달마의 눈동자가 우주로 향하는 구멍처럼 보였다. 기진의 집에도 금박 액자에 먹으로 그린 달마 그림이 있었다. 아빠가 어디선가 비싸게 주고 사 온 그림이었다. 아빠는 그림을 현관문에 들어서면 바로 보이는 곳에 놓았다. 그래야 집 안에 들어오는 액운을 막는다고 했다. 달마는 언젠가부터 사라졌다. 기진은 엄마가 버렸을 것이라고 짐작했다. 엄마는 못생긴 것들을 참을 수 없어 했다. 사람이든, 사물이든, 그림이든.

달마를 버렸기 때문에 부모님이 돌아가신 걸까? 남자의 달마는 남자를 지켜줄까? 기진은 문을 열었을 때부터 그럴 리 없다는 것을 알고 있었다. 남자는 바닥에 모로 쓰러져 있었다. 몸을 둥글게 말고 손이 다리 사이에 끼어 있었다. 마치 보이지 않는 줄에 포박당한 것처럼 보였다. 드러난 팔다리에는 아무런 상처도 없었고 피도 흐르지 않았지만 기진은 바로 남자가 죽었다는 것을 알았다.

기진이 컨테이너 문 앞에 굳어 있는 사이 진화가 뒤에서 다가왔다. 심장마비, 협심증, 뇌경색 뭐 그런 건가 봐? 진화는 골프채를 들고 있었다. 참외 더 가져오겠다고 들어갔는데 너무 오래 안 나오길래 미니 골프대 가서 공 좀 치고 있었어. 공이 하나 멀리 굴러가서 주우러 나갔다 왔더니 이게 무슨 일이래.

"우리 아빠가 옛날에 사업했던 거 알지? 엄청 높은 빌딩에 사무실 있었어. 무슨 섬유 수입 그런 거였는데, IMF 때 망했지만. 사장실에 가죽 소파랑 저런 미니 골프대가 있었는데 어릴 때 자주 가지고 놀았거든. 아빠가 나 보고 골프하라고 했는데. 열 번 치면 진짜 아홉 번은 들어갔어. 지금 하니까 예전만 못하다."

기진은 혼자 말하고 있는 진화를 바라봤다. 진화는 기진을 보지 않고 남자를 줄곧 보고 있었다. 진화가 골프채를 들고 남자에게 다가갔다. 그리고 폼을 잡고 남자의 머리를 가볍게 쳤다. 스윙이 크지도 않았는데 푹, 하고 무언가 꺼지는 듯한 둔탁한 소리가 났다. 피는 튀지 않았다. 한번, 쳐보고 싶었어. 진화가 말했다.

진화가 남자를 훌쩍 건너뛰어서 싱크대로 가 손을 씻고 골프채를 씻었다. 진화의 머리카락은 흐트러지지 않았고 흰 원피스는 얼룩 하나 묻지 않았다. 물이 싱크대에 부딪치는 소리가 그치고 고인 물이 깊은 곳으로 빨려 들어가는 소리가 한동안 울렸다. 그리고 아무 소리도 들리지 않았다. 진화가 물이 뚝뚝 떨어지는 골프채를 들고 남자의 머리맡에 섰다. 파란 형광등 빛 아래서도 진화는 여전히 아름다웠다.

"근데 쓰러진 폼이 꼭 자위하려던 거 같지 않아?"

진화가 말했다.

경찰은 부모님의 시체를 찌그러진 자동차 안에서 꺼낼 때 어쩔 수 없이 약간의 훼손이 생겼다고 했다. 기진은 진화와 함께 병원의 시체 안치소로 갔다. 자주 싸우고, 그보다 더 자주 서로를 무시하면서 살던 부모님이 같은 날 함께 죽었다는 사실이 기이하게 느껴졌다. 진화는 기진과 함께 두개골이 패고 눈이 꺼진 부모님의 시신을 봤다. 그런 장면을 같이 보게 되어서 오늘 진화가 이렇게 된 것이 아닌가, 기진은 생각했다. 기진은 처음부터 진화에게 시체 안치소까지 따라올 필요가 없다고 말해야 했다. 그때 진화는 기진에게 있어서 모든 것을 나누어도 괜찮은 사람이었다. 그런 게 있을 리 없다는 걸 일찍 알았어야 했다.

여기 봐봐. 진화가 남자의 콧구멍을 가리켰다. 너무 지저분해. 기진이 허리를 숙여서 피딱지가 앉은 남자의 콧구멍을 들여다보는 동안 진화는 얼굴에 달라붙은 머리카락을 떼어내며 말했다. 묻어야 될 것 같아. 진화가 남자를 훌쩍 건너서 다가왔다. 우리가 왜? 우리가 죽인 것도 아닌데. 기진이 말했다. 멍청하게 굴지 마. 이미 우리는 시체를 훼손한 거야. 진화가 말했다. 우리가 아니라 네가 한 거지. 기진이 말했다. 진화는 잠시 말없이 기진을 쳐다봤다. 내가 억울한 빚이 생겼다고 말했을 때 너는 단 한 번도 나를 도와주겠다는 말을 안 했어. 너 어딘가 잘못된 거 아냐?

비닐하우스 주변에는 버려진 나무판자들이 많았다. 대부분은 썩어가는 나무들이었다. 몇몇 판자들 위에 본 적 없는 버섯들이 자라고 있었다. 진화가 휴대폰으로 불빛을 비췄고 기진이 손으로 만져가면서 튼튼한 판자를 골라 들었다. 진화와 기진은 번갈아가며 땅을 파기 시작했다. 커다란 날벌레들이 휴대폰 불빛으로 날아들었다. 기진과 진화는 벌레들이 그들을 향해 달려들 때마다 짤막한 비명을 질렀고 서로에게 달려드는 벌레들을 쫓아주었다. 구멍은 깊고 좁게 파졌다. 그들은 구멍에 남자를 넣고 묻었다. 진화는 가방에서 담배를 꺼냈다. 언제부터 폈어? 기진이 물었다. 얼마 안 됐어. 진화는 한 번에 불을 붙이지 못했다. 라이터에서 빛이 튀어오를 때마다 얄고 짧은 열기가 기진에게도 느껴졌다. 달다. 진화가 연기를 뱉으며 말했다. 이제 갈까? 진화가 가방에 담뱃갑을 집어넣고 주머니에서 기진의 차 키를 꺼냈다. 기진이 화장실에 갈 때 바닥에 떨어져서 주웠다고 했다. 기진은 아무것도 묻지 않고 열쇠를 받았다. 진화의 손은 차가웠다. 그들은 아무런 어려움 없이 농장에서 빠져나왔다.

부조리한 현실을 내파하는 착한 사람의 잔혹극

오창은 문학평론가, 중앙대 교수

1. '착한 사람의 딜레마'

나뭇잎 주변에 하얀 가루가 낀 '녹색보석식물(녹보수)'이 있다고 하자. 세 사람이 협력하여 이 식물을 살려야 한다. '녹보수'를 살리기 위해 세 명은 역할을 나눈다. 한 사람은 웹사이트와 도서관에서 흰 가루의 정체와 시들어가는 원인에 대한 자료를 찾는다. 다른 사람은 화원을 방문해 전문가와 면담한다. 또 다른 사람은 식물의 상태를 관찰하고, 변화하는 모습을 기록한다. 도서관 등에서 자료를 찾는 역할과 화원을 방문하여 면담하는 역할을 맡은 두 사람은 성실히 일을 수행한다. '녹보수'의 상태를 관찰하고 기록하는 역할을 하는 사람에게서 문제가 발생한다. 그 사람은 일지 기록하는 데 게으름을 피웠다. 식물의 상태를 정확히 파악하지 못하면, 모든 처방과 처치는 효과가 없다. 원인을 모르면 문제를 해결할 수 없는 것과 같다. 성실한 과업 수행자였던 두 사람은 딜레마에 빠진다. 과제의 수행을 위해 무책임한 게으름뱅이의 역할을 대신할 것인가, 아니면 마냥 기다리다가 녹보수를 죽도록 놔둘 것인가?

낸시 폴브레는 『보이지 않는 가슴』(또 하나의 문화, 2007)에서 '착한 사람의 딜레마'를 이야기한다. 착한 사람이 다른 사람을 돕기 위해 일하고, 다른 사람도 이를 갚으면 모두가 이익이다. 만약에 착한 사람은 도움만 주고, 다른 사람이 이익만 취했다고 하자. 그러면, 착한 사람은 손해를 보고, 상실감만 커진다. 책임이 적절하게 분산되면 공동체 전체에게 이익이 된다. 책임을 외면하는 이가 발생하면, 공동체 내에서 착한 사람은 딜레마에 빠지고 만다. '녹보수' 살리기의 사례처럼, 착한 사람에게만 피해가 가중되어 모두의 상황은 더 나빠진다.

개인과 개인으로 쪼개진 사회에서는 좀처럼 전체의 모습을 그려보기가 쉽지 않다. 서로에게 책임을 다해야 한다는 생각보다는, 각자가 자신의 일에 집중하면 균형이 맞춰지리라 상상한다. 문제는 개개인의 일만으로는 전체의 균형이 유지되지는 않는다는 데 있다. 신자유주의적 자본주의 질서에서 개인은 점차 개별화되고, '협력과 연대의 가능성'은 점점 약화된다.

신인 소설가 성혜령의 소설에는 착한 자들의 자기 파괴, 위기 상황, 돌출적 행동이 등장한다. 그의 소설에는 서사의 과감한 생략, 혹은 의외성이 돋보인다. 소설 속 사건은 중심에서 비껴선 관찰자의 시선으로 그려지는 경우도 있다. 성혜령은 아직 첫 소설집을 발간하기 전의 신진 작가다. 그는 2021년 제2회 황순원 스마트소설 공모전에 「데이터센터의 유령」이라는 작품으로 대상을 받았다. 연이어 2021년 가을에는 창비신인소설상을 「윤 소정」으로 수상했고, 그 후 「물가」를 발표하는 등 활발한 활동을 하고 있다.

「데이터센터의 유령」에서는 '공감하는 관찰자'가 등장한다. 이 소설은 데이터센터 보안요원인 '나'가 유령처럼 출몰하는 '그 여자'의 사연을 밝혀나가는 내용을 담고 있다. 첨단 데이터센터에 유령이 출몰한다는 설정도 예사롭지 않고, 짧은 소설에 기억과 망각의 긴장을 담아냈다는 점도 흥미롭다. 성혜령의 실질적인 등단작인 「윤 소 정」의 서사는 훨씬 단단하다. 한 사람의 성명처럼 보이는 '윤 소 정'은 사실은 윤, 소, 정, 세 사람의 이름을 조합한 것이다. 셋은 함께 청소년기를 보냈고, 대학을 다녔으며, 그만그만 직장에 취직해서도 우정을 유지해왔다. 그들은 서른을 기념해 '특별한 여행'을 계획했다. 정이 그 여행을 위해 20개월간 함께 모은 돈을 보이스 피싱으로 날리면서 셋의 우정에는 균열이 생겼다. 착한 정은 윤과 소의 위로에도 끝내 자책을 떨쳐내지 못했다. 이 소설은 정에게 5년 만에 다시 연락이 와서 윤, 소, 정이 한자리에 모이면서 서사의 골격이 형성된다. 착한 사람이었던 정은 범죄로 인해 누구보다 더 깊은 상처를 입었다. 성혜령은 「윤 소 정」에서 기묘하고 범죄적인 분위기를 주조해냄으로써 개성적인 작가의 등장을 알리는 첫 발자국을 내딛었다.

성혜령의 「물가」라는 작품에도 '착한 나'가 등장한다. 친구 유안이 '나'에게 반려견 '치약이'를 맡아달라고 부탁하자 순순히 수락한다. '나'는 샌드위치 가게에서 여덟 시간 동안 서서 아르바이트를 하는 처지이다. 유안은 외국계 무역회사가 직장이고, 남편은 공기업 직원이다. 나는 유안과 계층적 차이가 확연함에도 묵묵히 '치약이'를 맡아 기르다가 곤란한 상황에 처하고 만다.

성혜령의 소설은 평범하고도 착한 사람이 부조리한 현실 속에서 겪는 곤란을 은근한 어조로 폭로하듯 드러낸다. 「윤 소 정」은 세 명의 여성에 관한 이야기이고, 「물가」에서는 두 여성의 계층적 차이를 드러냈다면, 「버섯 농장」은 젊은 세대와 부모 세대의 간극을 서사화했다. 「버섯 농장」은 「윤 소 정」의 후속편이면서, 신인 작가 성혜령 소설의 개성적 면모가 돋보이는 작품이다.

2. 무기력과 '투명한 저주'

「버섯 농장」은 기진의 시선을 통해 진화라는 인물이 그려지는 형식을 취한다. 특히, 작가는 진화라는 개성적 인물의 창조에 많은 공을 들였다. 기진과 진화는 명문대 진학률이 높은 기숙사 고등학교에서 같은 반 친구로 만났다. 둘 다 부모님과 관계가 안 좋아 쉽게 가까워질 수 있었다. 대학을 졸업한 지 10년이 지난 지금까지 만난다.

기진은 직장에 얽매이지 않는 생활을 한다. 유튜브 동영상에 집착하고, 타인의 일에 대한 호기심도 없다. 그는 무관심, 열정 없음과 같은 단어와 어울리는 삶을 살고 있다. 기진에게는 사연이 있다. 그는 스무 살 때 부모님을 교통사고로 여의었다. 그때 충격으로 은둔형 외톨이처럼 살 때, 진화가 돌봐줘서 정신적 상처를 극복할 수 있었다. 기진은 부모님이 남긴 오피스텔에서 들어오는 월세와 보험금으로 경제적 곤란 없이 살고 있다.

진화는 대학을 졸업한 후에도 10년 동안이나 대학가 주변에서 거처를 옮기지 못한다. 그가 사는 대학가 오피스텔은 옆방에서 오줌 누는 소리까지 들리고, 계란 썩은 냄새가 계단에서는 진동한다. 진화가 이사하지 않는 이유는, 몇 년 동안 월세가 동결되었기 때문이다. 오피스텔 건물은 복잡한 상속 문제가 걸려 있어 유지보수도 하지 않아 월세가 쌌다. 진화는 어린 시절에는 부유한 생활을 했다. 아버지는 섬유 수입 사업으로 높은 빌딩에 사무실을 가지고 있었다. 아버지의 사업 실패로 가정 경제가 파탄에 이르렀고, 진화의 생활도 궁핍해졌다.

진화에게는 또 다른 상황도 있다. 졸업도 하기 전에 '중국 저가 의류를 비싸게 파는 인터넷 쇼핑몰'에 취업했다. 10년째 그곳에서 일하고 있다. 매년 매출은 크게 상승하는데, 진화의 연봉 인상은 더디기만 하다. 진화의 화를 돋우는 것은 나이 어린 사장의 행태다. 사장은 단지 부모를 잘 만났다는 이유로, 어린 나이에 쇼핑몰 사업을 시작해 성공했다. 실무는 아랫사람들에게 맡기고 외제차를 끌며 해외여행만 다닌다. 진화는 사장에게 "온갖 저주와 욕"을 퍼붓는다. 진화가 회사를 그만둘 생각이 없기에, 그것은 '투명한 증오'일 뿐이다.

기진과 진화의 모습은 독특한 듯하면서도, 보편적이다. 둘은 현실을 부정적으로 바라보면서도, 현실을 바꾸려는 노력에는 무관심하다. 기진과 진화의 태도는 현실의 질서에 대한 '투명한 저주'이자, '냉소적 거리 두기'라고 할 수 있다. 진화는 현실에 연루된 주체이고, 기진은 냉소하는 주체이다. 둘은 현실의 부조리한 작동 방식을 잘 이해하고 있지만, 그 현실을 수락하며 받아들인다. 진화는 자신은 착하게 살아왔는데, 왜 범죄의 피해자가 되어야 하느냐고 항변한다. 착한 사람의 딜레마에 갇힌 모순적 주체가 바로 진화이다. 둘은 한국 사회의 평범한 일상인의 이데올로기를 내면화한 착한 사람이 감당해야 하는 삶의 모습을 보여준다.

3. 엽기 서사로 치닫는 상징 의례

성혜령의 「버섯 농장」은 세태소설이자, 범죄소설이며, 탐정 소설이다. 「버섯 농장」에서 '휴대전화'는 중요한 소품이자 사건의 단서이다. 진화는 '휴대전화' 때문에 범죄 피해를 입게 된다. 핸드폰이 갑자기 꺼지는 일이 잦자, 진화는 새로 휴대폰을 구입하려 했다. 남자친구가 군대에서 알게 된 동생이 하는 통신사 대리점을 소개해주었다. 휴대전화 개통 과정에서 그 동생은 실수가 있었다면서 진화에게 서류에 사인을 한 번 더 요청한 일이 있었다. 그것이 문제가 되었다. 진화에게 핸드폰을 개통해준 그 동생은 진화 명의 휴대폰을 하나 더 몰래 개통했다. 그 휴대폰에는 1년여 사이에 "할부 원금과 요금, 그리고 소액 결제"까지 무려 653만 8,207원이 연체된다. 명의자인 진화가 그 부채를 갑자기 떠안게 되었다.

　진화는 '핸드폰 불법 개통'에 책임이 있던 남자친구와도 1년 전에 헤어졌다. 헤어진 이유도 휴대전화 때문이었다. 새벽에 위경련이 와서 응급실에 가게 된 진화가 도움을 요청하러 남자친구에게 전화를 했었다. 공교롭게도 그때 남자친구가 전화를 받지 않은 것이다. 남자친구는 "자느라 못 받았"다고 해명했지만, 진화는 "그냥 그다음부터 보기가 싫어져" 남자친구와 결별했다. 전 남자친구를 통해 통신사 대리점 남자애의 전화번호만 넘겨받았고, 진화는 그 번호에 의지해 남자애를 찾아 빚을 갚게 해야 하는 처지이다.

　경찰에도 신고했지만 별 도움을 받지 못했다. 무엇보다 빚을 갚지 않으면, 자신의 신용등급에 문제가 생기게 된다. 진화는 졸업한 지 10년이 되었지만 아직 갚지 못한 학자금 대출이 남아 있었고, 이사를 위해 붓던 적금을 깰 수는 없었다. 아무리 전화를 해도 통화는 성사되지 않는다. 진화는 그 남자애에게 최후통첩처럼 문자를 남기려 했고, 그 내용은 다음과 같다.

　　　얼굴도 기억나지 않는 그 남자애에게 인생을 그렇게 살면 안 된다고 적었다. 자기는 아버지가 사업에 실패하고 방 안에서 술만 마시고 있어도 막 살아본 적 없다고, 누구에게도 손 벌리지 않고 혼자 벌어서 집세도 통신비도 핸드폰 할부 원금도 꼬박꼬박 밀리지 않고 내면서 살아왔고, 아버지가 간 수술을 했을 때 돈을 보태기까지 했다고, 남의 돈으로 게임하는 동안 얼마나 즐거웠을지 모르겠지만 이미 네 인생은 시궁창이라고.

　이것은 '저주의 문자'다. 진화는 보내려다 만 문자에서 자신과 남자애를 비교했다. 남자애는 타인 명의로 핸드폰을 불법으로 개통하는 범죄를 저질렀다. 게다가 할부 원금도 갚지 않았을 뿐만 아니라 게임 아이템 소액 결제까지 하고도 나 몰라라 했다. 진화는 집세, 통신비, 할부금도 밀리지 않고 내고, 돈을 아껴 아버지 수술비까지 보탰다. 진화는 남자애의 양체 같은 행위로 인해 자신이 지켜온 삶의 평범한 규칙들이 배신당하는 느낌을 갖게 된다. 착한 사람의 분노가 위의 '저주 문자'에 담겨 있다. 진화는 위의 문자를 보내는 대신 간결하게 "돈을 갚아주면 고소를 취하해주겠다"는 문자를 전송했다. 남자애가 아닌 남자애의 아버지가 그제서야 답장을 해온다. 남자애의 아버지는 자신도 아들과 연락이 되지 않는다고 했다. 이 답신을 받은 다음부터 진화의 추적이 시작된다. 진화는 기진에게 전화를 걸어 남자애 아버지가 있다는 '요양병원'까지 운전을 해달라고 부탁한다. 진화는 남자애의 아버지가 양평의 썬샤인 노인 전문 병원에서 노모를 간병하고 있다는 사실을 답신 문자를 통해 알아냈던 것이다.

「버섯 농장」의 전체적 구성은 여로형 탐정의 서사로 짜여 있다. 진화의 전화를 받은 기진이 함께 양평의 요양 병원으로 가서, '남자애의 아버지'를 만나고, 다시 추격하듯 남자애 아버지의 승용차를 미행하여, '버섯 농장'까지 가는 여정이다.

추적의 대상인 남자애의 아버지는 어떤 인물인가?

그는 자동차 공장 노동자로 근무했고, 노조위원장까지 했다. 1억 5천만 원에 집을 사서 20년 동안 대출금을 갚아 15억 원의 부를 축적했다. 이혼을 하면서 7억 5천만 원을 부인에게 넘겼고, 병원 보증금으로 2억 5천만 원을 내고 매달 5백만 원의 병원비·요양비를 낸다. 고급승용차를 몰고 다니며, 씀씀이도 만만치 않아 보인다. 그런 그가 절대 아들의 빚 653만 8,207원은 대신 갚을 수 없다는 태도를 취한다. 이 완고함에 화가 난 진화와 기진은 요양병원에서부터 '버섯 농장'까지 추적하는 위험을 감수한다. 진화와 기진의 미행은 너무 어설퍼서 금방 발각되고, 심지어는 남자애의 아버지가 기진의 차를 대신 주차해주는 우스운 상황까지 펼쳐진다.

사건은 남자애의 아버지가 기거하고 있는 '버섯 농장'에서 발생한다. 버섯 농장은 음습하다. 검은 비닐하우스로 만들어진 버섯 농장 안은 "눅눅한 먼지와 합성 목재의 냄새"가 났고, "모든 것이 축축하고 은밀히 부패해가고 있는 듯"했다. 비닐하우스 내부에는 컨테이너 하나가 놓여 있고, 실내용 미니 골프대까지 갖추고 있었다. 마치 볼품없는 검은 비닐하우스의 외양 안에, 과거 풍요로웠던 삶의 기억을 새겨놓은 듯한 양상이다. 기진이 잠시 화장실을 갔다 온 사이에 남자애의 아버지가 컨테이너 안에서 사망한 채로 발견된다. 그가 죽은 구체적 경위는 소설 속에서 생략되어 있다. 서사의 비약으로 인해 검은 비닐하우스의 음습함은 그로테스크한 상상을 자극한다. 진화는 남자애 아버지가 "심장마비, 협심증, 뇌경색" 등의 원인으로 갑작스럽게 사망한 것 같다고 말할 뿐이다. 진화는 마치 복수를 하듯 골프채로 죽은 남자애 아버지의 머리를 친다. 단지 "한번, 쳐보고 싶었어"라고 태연스럽게 말하는 모습이 충격을 준다. 까닭 모를 죽음에 이어 시체를 훼손하는 엽기적인 행각은, 마침내 둘이 함께 시신을 암매장한 데까지 이르게 된다.

소설 후반부의 사망, 시신 훼손, 암매장을 어떻게 해석할 수 있을까?

남자애의 아버지는 자기중심적이고, 뻔뻔하며, 기진과 진화의 존재를 무시한다. 그는 경제적으로 힘든 것처럼 말하지만, 진화가 겪고 있는 경제적 곤란과는 비교할 수 없다. 그는 자신은 어머니에게 최선을 다하고 있기에 떳떳하고, 자식의 행위에 대한 책임이 자신에게는 없다고 뻔뻔하게 이야기한다. 진화는 그의 자기중심적인 떳떳함과 뻔뻔함에 분노했다. 그의 죽음은 복수의 상징적 의례화이다. 진화는 그의 시신을 골프채로 가격함으로써, 바뀔 것 같지 않은 현실에 대한 분노를 표출한다. 기진과 진화가 시신을 암매장한 것은 그를 포함한 부모님 세대가 만든 견고한 현실에 대한 상징적 보복이다. 부모 세대를 묻어버림으로써, 부조리한 현실을 상징적으로 파괴해버렸다.

4. 현실을 내파하는 문학적 긴장

신인 작가 성혜령은 '착한 사람의 딜레마'를 통해, 부조리한 현실이 어떻게 작동하고 있는가를 보여준다. 「데이터센터의 유령」에서는 M사가 클라우드 서비스를 종료하자, 수많은 사람들의 기억과 추억이 지워지는 상황이 발생한다. 소설 속 '그 여자'는 죽은 애인에 대한 기억을 간직하고자 유령처럼 데이터센터 주위를 배회한다. 「윤 소 정」에 등장하는 착하고 여린 '정'은, 보이스피싱 피해자가 됨으로써 자신의 인간관계가 파괴되는 극단적인 상황에 내몰린다. 정은 윤과 소에게 피해 금액만큼의 돈을 갚고, 과거 기억이 담긴 클라우드의 사진을 지운다. 이러한 행위는 자기 소멸을 의미한다. 「물가」의 '나'는 유안의 부탁으로 '치약이'를 맡게 되지만, 반려견을 보살필 만큼의 생활적 여유를 확보하고 있지는 않다. 오히려 치약이로 인해 '나'의 삶이 얼마나 열악한 상태인가가 적나라하게 드러나게 된다.

성혜령의 소설 속 인물들은 서로 닮아 있다. 「윤 소 정」의 윤과 「물가」의 '나', 「버섯 농장」의 기진은 비슷한 역할을 한다. 그들은 집요한 관찰자이자, 소설의 진술자이기도 하다. 그들은 다른 인물의 내면을 헤집고 들어가기도 하고, 사건의 이면을 드러내는 진술을 하기도 한다. 성혜령 소설의 독특한 분위기는 이러한 서술기법을 통해 만들어진다. 소설 속 인물들은 자유로운 내면 진술을 통해, 소설 서사의 다층적 이해를 가능하게 한다. 소설 속 인물이 전체 풍경을 아우르면서 매개자의 역할을 하기에, 허구와 소설 바깥의 현실이 긴장 관계를 형성하게 된다.

「윤 소 정」의 정과 「물가」의 '나', 그리고 「버섯 농장」의 진화도 닮아 있다. 이들은 '착한 사람의 딜레마'에 처해 있는 인물들이다. 때로는 훈훈한 마음으로 부조리한 현실을 보듬기도 하고, 자신의 처지보다는 타인의 상황을 배려하며 책임감 있는 태도를 보이기도 한다. 그러면서도 견고한 현실에 대한 체념적 폭로자의 역할도 수행한다. 그들은 돌발적이고 우발적인 사건의 중심에 서고 있다.

정치적 대안이 없다면, 현실을 미학적으로 파괴시키는 것이 문학의 역할이다. 성혜령 소설에는 범죄, 피해자, 삶의 어두운 그림자 등이 등장한다. 보이스 피싱, 반려견 납치, 휴대전화 명의 도용, 더 나아가서는 시체 훼손, 시신 암매장도 나온다. 성혜령 소설 속 범죄는 화폐, 자본, 소비사회가 구축해낸 엄격한 현실이 은폐하고 있는 위선을 드러내는 폭로의 장치다. 정상적인 듯이 보이는 삶의 이면에는 드러나지 않는 세계, 혹은 재현이 금지된 세계가 있다. 성혜령은 여성의 관점에서 위선적 세계를 그려내고, 위장과 가식으로 점철된 세계를 소설적 상상으로 내파한다. 모든 것을 세세하게 그려내는 것이 잘 묘사한 현실일 수 없다. '생략, 비약'의 서사를 통해서도 현실의 단편을 예리하게 그려낼 수 있다. 상상 밖의 뻔뻔한 범죄는 변화하지 않을 것 같은 견고한 세계에 대한 착한 사람의 문학적 복수이다.

성혜령은 한발 한발 자신만의 스타일에 어울리는 소설의 길을 개척해나가고 있다. 앞으로 출간할 그의 첫 작품집이 곧 터질 듯한 '문학적 긴장'으로 팽팽해 있기를 기대한다.

젊은 근희의 행진

이서수

2014년 『동아일보』 신춘문예로 작품 활동 시작.
장편소설 『헬프 미 시스터』 『당신의 4분 33초』, 중편소설 『몸과 여자들』이 있음.
제6회 황산벌청년문학상, 제22회 이효석문학상 수상.

젊은 근희의 행진

　가슴이 답답하다며 동네 의원에 갔던 엄마는 영양 주사를 맞고 돌아왔다. 벌써 세 번째였다. 나는 엄마에게 비싼 주사를 왜 자꾸 맞는 거냐고 물었다. 엄마는 토라진 표정으로, 너와 같이 사는 게 불편하고 눈치가 보여서 자주 아픈 거라고 말했다. 우리는 함께 분갈이를 하다 말고 말다툼을 했다. 엄마가 방으로 들어간 뒤에 나는 강하에게 말했다.

　우리 엄마, 뮌하우젠 증후군인지도 몰라.

　그게 뭔데?

　실제론 아픈 곳이 없는데 병에 걸렸다고 믿어서 계속 병원에 가는 거야.

　……왜 그러시지?

　왜겠어. 관심 끌려고 그런 거지.

　그 말을 하며 나는 내 입이 얄미워 한 대 때리고 싶었다. 엄마에 대해 그런 식으로 말하는 딸은 나밖에 없을 것이다. 하지만 엄마가 30년 가까이 뮌하우젠 증후군 환자처럼 살아가고 있는 건 사실이었다. 엄마는 툭하면 아프다고 했다. 심장이 너무 빨리 뛴다고, 변비가 심하다고, 반대로 설사를 자주 한다고, 자다가 가슴이 갑갑해 여러 번 깼다고 했다. 나는 그런 증상들은 며칠 지나면 사라질 것임을 알기에 건성으로 대꾸했다. 잘 먹고, 잘

쉬고, 잘 자면 낫는다고. 엄마는 맞아, 그럴 거야, 하면서도 다음날이면 병원으로 달려갔다.

강하는 분갈이한 화초에 물을 듬뿍 주며 말했다.

화초도 눈길과 손길이 필요한데, 사람은 더하지 않겠어? 좀 더 잘해드리자.

나랑 같이 사는 게 눈치 보이고 불편하대잖아. 나는 뭐 편한 줄 알아?

그래도 나랑 사는 게 불편하다고 하시진 않잖아.

나는 아무런 대꾸도 하지 못했다. 사실이었으니까. 엄마는 강하에겐 잘해주었다. 원생들에게 편지 쓰는 걸 좋아하는 강하를 위해 가끔 편지지를 사다 줄 정도였다. 엄마는 오로지 나에게만 심통을 부렸다.

강하와 나는 홍대 근처에 15평짜리 빌라를 매수해 함께 살고 있었다. 집이 좀 낡고, 유흥가 소음이 크게 들리긴 해도 우리는 우리의 보금자리에 만족했다. 엄마와 함께 살기 전엔 방 하나는 침실, 다른 방은 서재 겸 영화감상실로 쓰면서 말다툼 한 번 없이 지냈다. 그런데 엄마가 오고 나선 내 신경이 종일 곤두섰다. 엄마가 옆방에 있으니 말도 가려 하게 되었고, 혀짤배기소리도 못 냈다. 우리는 애교가 휘발된 커플이 되었다. 스킨십도 밖에서만했을 정도였다. 그럼에도 강하는 불편한 기색을 조금도 내비치지 않았다.

너는 엄마랑 일주일도 같이 못 살잖아.

맞아. 그건 그래.

강하는 선뜻 인정하더니 내게 반년만 참으라고 말했다.

엄마가 매수한 집은 반지층이긴 해도 젊은이들이 많이 몰리는 연남동이었다. 엄마는 생애 첫 집을 사면서 그다지 망설이지 않았다. 예산에 맞는 집은 그곳밖에 없으니 그 집을 사라는 계시인가 보다고 말하더니 서슴없이 계약서에 도장을 찍었다. 지은 지 30년이 넘은 빌라였고, 집 안의 모든 창이 땅바닥 밑에 깊숙이 파묻힌 구조였다.

두더지도 아닌데 저런 곳에서 어떻게 살 수가 있나. 그 집을 보자마자 그런 생각부터 들었지만 엄마에게 말하진 않았다. 나 역시 이십 대 시절의 절반을 반지하방에서 살았다. 바닥 습기와 누수 때문에 마음고생이 심했다. 그때를 떠올리며 엄마에게 성능 좋은 제습기를 선물해야겠다는 생각만 했다. 전셋집 계약 만료일에 맞춰 이사를 준비하던 엄마는 다 쓰러져가는 집이어도 자가가 아니면 절대로 살지 않겠다고 선언했다. 그리고 반드시 홍대에서 죽겠다고 말했다. 이제 환갑인데 더 이상 셋집에 살고 싶지 않고, 큰딸과 가까운 곳에 살다가 죽는 게 자신의 유일한 목표라면서. 나는 그런 엄마가 무서웠다.

나는 엄마가 혼자인 걸 알면서도 마음의 준비를 해놓지 않은 나 자신을 탓하는 대신, 동생 오근희를 매우 탓했다. 엄마가 매수한 연남동 집은 세입자의 계약 기간이 남아 있었기에 엄마는 1년 뒤에나 그 집에 입주할 수 있었다. 엄마는 당연하다는 듯 오근희의 집이 아닌 강하와 나의 집으로 짐을 싸 들고 왔다. 나는 강하에게 미안했고, 오근희가 한없이 얄미웠다.

내가 왜 이 모든 짐을 짊어져야 하나. 오근희는 왜 엄마 딸이 아니라 이웃집 딸처럼 행동하는가. 어떻게 죄책감이 1그램도 없을 수가 있나. (비결이 뭔가.) 혹시 오근희는 다리 밑에서 주워온 딸인데 나만 모르고 있는 것인가.

엄마는 내 속을 아는지 모르는지 내게 걱정하지 말라고 당부했다.

너한테 짐 되기 싫어서 내가 공부를 철저히 했어.

무슨 공부를 했는데?

부동산.

돈도 없으면서 웬 부동산?

문희야, 서울에 있는 부동산은 똥이 없어. 어떤 걸 사든지 언젠가 땅값이 오르고 마니까 똥은 아니야.

평생 부동산 투자라는 걸 해본 적이 없는 엄마는 부동산 하락기가 올 것이라는 기사가 쏟아져 나오는 시기에 반지층 빌라를 덜컥 샀다. 이건 똥이 아니라는 확신이 든다며.

강하는 엄마가 '똥'이라고 말할 때마다 웃음을 터뜨렸다. 강하는 엄마의 직설적인 표현을 재미있어 했다. 그러나 나는 아니었다. 엄마가 똥이라고 말할 때마다 엄마의 품위와 나의 근본이 시궁창 밑바닥으로 떨어지는 기분이었다. 강하에게 숨기고 싶은 것들이 자꾸만 드러나는 것 같았다.

강하는 나와 달리 부모의 그늘에서 일찍부터 벗어났다. 학교 선배와 태권도 학원을 운영하며 자기 삶을 오롯이 책임지고 있는 강하가 내 눈엔 참 멋져 보였다. 원생들에게 손편지를 써주는 자상함도 마음에 들었다. 그래서 강하와 계속 잘 살고 싶었는데, 오근희 때문에 어쩔 수 없이 엄마를 우리 집으로 데려와야만 했다.

오근희는 현재 북튜버이며, 방화동 투룸짜리 빌라에서 내가 빌려준 보증금으로 살고 있다. 오근희는 상당히 이기적이고 생각이 깊지가 않다. 엄마와 함께 사느니 차라리 머리 깎고 절에 들어가겠다고 해서 나를 매우 열받게 했다. 내가 뭘 기대한 걸까 싶었지만 막상 저항에 부딪히니 견딜 수 없이 화가 났다.

저녁을 굶고 방 안에만 틀어박혀 있던 엄마는 이른 새벽 화장실을 몇 번이나 들락거렸다. 나는 문을 여닫는 소리가 날 때마다 뒤척이다 결국 잠이 완전히 달아나 거실로 나갔다. 안 그래도 화해를 못 하고 자서 심란해하던 차였다.

엄마, 안 자고 뭐 해?

나를 돌아보는 엄마의 얼굴엔 근심이 가득했다.

문희야, 근희가 전화를 안 받는다.

지금 새벽 네 시야. 자느라 못 받을 수도 있지.

어제 저녁부터 계속 안 받아. 근희한테 무슨 일이 생긴 건 아니겠지?

나는 걱정하지 말라며 엄마를 방으로 들여보낸 뒤 곧바로 핸드폰을 가져와 근희에게 전화를 걸었다. 엄마의 말대로 근희는 전화를 받지 않았다. 마지막으로 통화한 때가 언제인지 기록을 살펴보았다. 세 달 전이었다. 이렇게 시간이 많이 지났나……. 나는 다시 근희에게 전화를 걸었고, 계속되는 신호음을 초조하게 듣고 있다가 결국 택시를 호출했다.

❉

세 달 전, 우리가 나눈 마지막 대화는 오근희의 유튜브 방송에 대한 것이었다.

그때 나는 오근희에게 화가 많이 나 있었다. 서른 가까운 나이에 실용적인 생각이라곤 할 줄 모르는 그애가 머잖아 나의 짐이 될 것이라는 확신에 그랬던 것 같다. 나는 강하와 사이가 너무 좋아서 우리의 미래가 장밋빛으로 가득하다고 예감했고, 그럴수록 인기 유튜버가 되겠다는 동생의 미래가 암울해 보였으며 때론 우스꽝스러워 보이기까지 했다.

내가 왜 그랬을까.

왜 그랬긴. 근거가 다 있다.

오근희는 어릴 때부터 사방에 강한 자신감을 드러내고 다녔다. 예쁜 옷이나 구두, 가방을 발견하면 며칠 동안 드러눕고 떼를 쓴 끝에 결국 얻어냈고, 그렇게 쟁취한 걸 온몸에 두르고 다녔다. 오근희와 함께 등교할 때마다 나는 그 애의 고집 때문에 늘 질렸고, 지쳤다. 오근희는 반장 선거에 매번 나갔고, 부반장으로도 뽑히지 못했으며, 그런 날이면 집으로 돌아와 엉엉 울며 우리 집이 가난하다는 걸 반 아이들이 다 알아서 뽑아주지 않은 거라고 주장했다. 아파트 천지인 이 동네에서 왜 우리만 아파트에 안 사느냐고 소리를 내지르며. 그때마다 엄마는 같은 말을 했다.

근희야, 사람은 땅에서 떨어져 살면 몸이 아픈 거야. 엄마가 말했잖아. 엄마는 땅이랑 떨어져 있으면 몸이 아프다고. 엄마가 시골에서 뛰어다닐 땐 아픈 데가 하나도 없었어. 그런데 서울 오니까 계속 아파서 왜 아픈가 봤더니, 높은 데 살아서 그랬던 거야. 엄마도 옛날에 아파트 살아봤어. 높은 허공에서 살아봤어.

근희는 거짓말하지 말라며 화를 냈지만, 나는 엄마의 말을 묵묵히 믿었다. 엄마는 땅에서 멀어지면 아프고, 땅을 가질 수 없어 아프며, 땅을 가지게 되더라도 더 좋은 땅을 원하는 욕심 때문에 결국 또 아플 거라고 말했다. 할아버지가 땅을 무척 좋아했지만 평생 한 평의 땅도 갖지 못했던 사람이라고 안쓰러워하는 얼굴로 말하기도 했다.

자연스레 엄마의 목표는 땅을 사는 것이 되었다. 그런 일념으로 평생 일한 엄마가 환갑이 될 때까지 모은 돈은 1억 4천만 원 남짓. 크다면 아주 크다고 할 수 있는 그 돈으로 서울에서 살 수 있는 집은 두더지가 사는 집인가 싶을 정도로 땅 밑으로 깊게 파고 들어간 공간에 지어진 청수빌라 B101호였다. 망설임 없이 계약서에 도장을 찍는 엄마를 보며, 땅에서 멀어지면 아프다던 엄마의 말이 진심인가 싶었다.

엄마는 공인중개사에게 웃으며 말했다. 서울에 반지하가 많은 게 북한 때문이라죠? 공습이 있을 때 그 안으로 대피해서 숨으라고요. 그러니 반지하가 어떻게 보면 참 안전한 집인 거죠. 중개인은 처음 들어보는 말이라는 듯 두 눈을 크게 뜨다가 아 예…… 하면서 말끝을 흐렸다. 그는 계약서 조항에 자꾸만 오타를 냈고, 심지어 엄마 이름까지 틀려서 내가 성질을 내며 지적하자 긴장한 얼굴로 키보드를 두드리다가 한참 뒤에 입을 열었다. 아주머니, 반지하 집은 공습 때문에 만든 게 아니라 국군의 참호로 만든 겁니다. 그 안에 숨어서 적군에게 총을 쏘라구요. 엄마는 어머나 세상에, 하며 혀를 차더니 전쟁이 이 나라 주택의 형태도 바꿨다면서 한숨을 내쉬었다.

평생 동안 쉬지 않고 일한 엄마와 달리 오근희는 어떤 일이든지 진득하게 붙잡고 있지 못했다. 회사에 들어가도 반년을 버티지 못했고, 단기 아르바이트생으로 보낸 기간이 더 길었다. 그렇게 자신의 인생을 불성실하게 대하던 오근희는 직장에서 만난 김호균 때문에 바람이 들었고, 급기야 모든 일을 접고 유튜버가 되었다.

오근희가 그 사람과 사귀었는지는 모르겠다. 아마도 아닐 것이다. 오근희의 말에 의하면 김호균은 음침한 성격이고, 회식 자리에서 아무도 자기 잔에 술을 따라주지 않는다고 불같이 화를 낸 적이 있으며, 그런 분위기가 어색해 밖으로 나와 담배를 피우고 있는 오근희에게 이렇게 말했다고 한다.

근희 씨, 제가 곧 유튜브 방송을 시작할 건데 언제 한번 출연하실래요?

무슨 방송인데요?

그냥 수다 떠는 방송이에요.

아, 별론데.

오근희는 김호균이 자신에게 작업을 건다고 생각해 완곡하게 거절하지 않고 딱 잘라 말했다. 김호균은 그 뒤에도 오근희와 단둘이 있을 때마다 방송 이야기를 했다. 먹방도 하고 술방도 하다가 아무 일에나 도전해보는 방송을 하고 있다고. 언젠가 김오리와 함께 방송을 해보고 싶다고도 했다.

김오리가 누군데요?

김오리는 만날 수 없는 존재죠.

김호균은 그렇게만 말했고, 오근희는 곧바로 김오리가 누군지 검색해보았다. 포털 사이트엔 정보가 거의 없었고, 인스타그램에 계정이 있었다. 김오리는 특별한 직업이 없는 인플루언서인 것 같았다. 캠핑 가서 사진 찍고, 전시회 가서 사진 찍고, 양양에서 서핑하면서 사진 찍고…… 죄다 그런 사진들뿐이었다. 직업은 오리무중이었다. 그래서 김오리인가? 자세히 보니 팔뚝에 귀여운 오리 타투가 있었다. 아, 이래서 김오리인가 보네.

나중에 탕비실에서 마주친 그에게 김오리에 대해 말하던 오근희는 내가 이 사람과 왜 이렇게 길게 얘기하는 걸까, 어차피 때려치울 직장 이제부터 아무하고도 말하지 않더라도 손해 볼 것 하나 없는데, 말하면 말할수록 별로인 사람으로 느껴지는 김호균과 왜 자꾸 수다를 떨고 있나, 그런 생각들을 하면서도 입으론 계속 김오리에 대해 말했다.

김오리를 만나는 게 왜 불가능해요? 팬클럽이라도 만들어보세요.

그럴까요?

김호균은 어쩐지 빙글거리는 표정으로 오근희를 쳐다보았고, 오근희는 정말 싫다, 느끼한 눈빛이다, 그렇게 생각하면서도 자기도 모르게 김오리를 만나러 같이 가자고 말했다. 김오리가 어떤 행사에 참가할지 알고 있다면서.

디저트 뷔페 콜라보 행사 말이죠?

김호균은 김오리의 스케줄을 모두 꿰고 있는 것 같았다. 그런데 거기 가도 김오리는 못 만나요. 그렇게 말하고 돌아서는 김호균은 어쩐지 오근희를 놀려먹는 태도였고, 오근희는 집으로 돌아와서도 그게 무척 마음에 걸리더라고 했다.

언니, 설마 내가 그 사람을 좋아하나?

나는 오근희가 회사를 그만두지 못하게 하려는 속셈으로 어머, 너 정말 그런 거 아니니? 좋아하는 거 아니야? 하고 맞장구를 쳐주었다. 내가 그렇게 반응하면 오근희는 언제나 반 박자 늦게 들떴다. 언니도 그렇게 생각해? 내가 어쩌다가 김호균을 좋아하게 됐을까. 말도 안 돼. 그 사람 실제로 보면 얼마나 나이 들어 보이는데. 나는 김호균의 나이를 물었고, 돌아오는 답변을 듣고 나선 좋은 궁합이라 생각했으며, 오근희가 그 사람과 결혼하는 것도 나쁘지 않겠다고 생각했다. 결혼한 뒤엔 유튜버나 인플루언서가 되겠다고 설치더라도 하등 걱정할 것이 없다고도 생각했다. 오근희의 미래에 대한 걱정은 결혼에 목매지 않고 독립적인 여성이 되어야 한다는 나의 신념까지 뒤흔들 정도였다.

오근희는 자신에 대한 김호균의 마음을 적극적으로 탐색해보기 시작했다. 김오리를 만나러 가자고 말하면서 김호균이 자신과 데이트할 마음이 있는지를 살폈다. 그러나 김호균은 좀처럼 시원스레 답하지 않았다. 같이 가자, 가기 싫다, 그 어느 쪽도 아니었다. 그저 빙그레 웃으며 오근희의 얼굴을 쳐다볼 뿐이었다. 그러던 어느 날 회식 자리에서 갑자기 사라진 김호균을 찾아 술집 밖으로 나간 오근희는 건물 뒤편에서 뜻밖의 광경을 목격했다. 익숙한 실루엣의 두 사람이 입을 맞추고 있었던 것이다.

이튿날, 김호균은 무단결근했고, 김호균과 입 맞춘 동료는 팀장과 함께 전무실로 들어가서 오랫동안 나오지 않았다. 사내엔 흉흉한 소문이 돌았다. 오근희는 김호균을 기다리다가 톡을 보냈다. 김호균은 곧바로 톡을 읽긴 했으나 아무런 답장도 하지 않았다. 며칠 뒤 김호균은 유튜브 방송에서 직장 동료가 자신을 성추행범으로 몰고 있다며 울음을 터뜨렸다. 오근희는 그 방송을 실시간으로 보았고, 너무나 깊은 피로감이 몰려와 회사에 출근할 수 없겠다고 생각했다. 그리고 얼마 후 사직서를 제출했다.

언니, 김호균은 관종한테 잘못 걸린 거야.

나는 내가 무슨 말을 들은 건가 싶어서 곧바로 물었다.

관종이라니 그게 무슨 말이야?

내가 다 봤어. 둘이 자연스럽게 그렇게 된 거야. 그 여자가 관심 끌고 싶어서 거짓말하는 거라고.

나는 그런 종류의 관심을 끌고 싶어 하는 인간이 어디 있느냐고 말하고 싶었지만, 하지 않았다. 오근희의 말에 공감해서가 아니라 오근희의 태도가 익숙해서였다. 나 역시 아무한테나 관종이라는 말을 쉽게 내뱉었다. 관종이 뭔지 깊게 생각해보지도 않고 그랬다. 다들 관종이 되려는 목표로 살아가는 것처럼 보였다. 이 세상이 관종 천국처럼 보였다. 하지만 오근희의 말은 명백히 잘못되었다. 피해자한테 관종이라고 말하다니. 정신 차려, 오근희. 네가 좋아하는 김호균은 결국 그런 놈이었어. 그리고 너도 지금 단단히 미친 거 같아. 나는 그렇게 말해 오근희를 울렸다.

회사를 그만둔 뒤 방황하던 오근희는 먹방, 술방을 거쳐 북튜버로 정착했다. 동시에 점점 이해할 수 없는 방향으로 변하기 시작했다. 책을 읽어주고, 책에 대해 말하는 방송에서 왜 오프숄더 클래비지룩만 고수하는가. 어깨를 훤히 드러내고 가슴이 푹 파인 옷을 입은 오근희가 허리를 숙일 때마다, 당장 화면 속으로 들어가 터틀넥을 입히고 싶은 충동이 들었다. 강하에게 그런 고민을 털어놓았더니 뜻밖에도 진지한 물음이 돌아왔다.

근희가 만일 노브라로 방송했다면 그래도 반대했을까?

당연하지.

근희에게 사상이 있었다면?

나는 그런 문제가 아니라고 말했다. 강하는 자기도 안다면서, '프리 더 니플 운동', '토플리스 운동'에 대해 말해주었다. 하지만 강하도 근희의 행동이 그런 운동과 연결되어 있다고 생각하진 않았다. 근희의 행동은 해방운동과 거리가 멀었다. 산업과 연결되어 있는 해방운동은 없다. 있다고 하더라도 그것은 진정한 해방이 아닐 것이다. 강하가 말했다.

그래도 근희가 관종인 게 다행이야. 관종이 아니었으면 걔가 어떻게 돈을 벌었겠어.

나는 강하에게 화를 냈다. 내 동생이 다른 일로 돈을 벌 수 없을 거라고 단정 짓는 태도가 싫었다.

문희야, 나는 근희를 무시하는 게 아니야. 사실 나도 학원에서 유튜브 방송 하는 원생들한테 함부로 못 하는 게 있어. 우리 학원에 대해 안 좋은 말을 할까 봐.

네가 그런다고?

나뿐만이 아니야. 다들 이런 문제 때문에 고민해.

나는 강하의 말을 듣고 나서도 오근희에 대한 걱정을 멈출 수가 없었다. 강하의 말과 달리 오근희의 방송을 본 사람들은 다 그 애에게 함부로 치근댈 것 같았다. 그러나 나의 걱정과는 별개로 구독자 수는 빠르게 늘어갔다.

어느 날 오근희는 방송에서 서점 데이트를 걸고 후원금을 받았고, 어느 열혈 구독자가 5백만 원을 선뜻 보냈다. 내게 빌려간 월세 보증금 절반을 갚을 수 있는 돈이었다. 나는 드디어 돈을 갚는 거냐고 기뻐하는 대신, 후원금 돌려주고 그 자리에 나가지 말라고 오근희를 길게 설득했다. 평범한 직장인으로 사는 게 제일이라고, 월급 꼬박꼬박 나오고 퇴직 연금도 받을 수 있는 직장에 쥐 죽은 듯 다니면서 네가 좋아하는 관종 콘텐츠나 잔뜩 소비하며 살라고 입이 닳도록 말했다. 잠자코 듣기만 하던 오근희가 말했다.

언니, 나는 타고난 관종인가 봐. 사람들이 나를 봐주는 게 너무 짜릿해. 이제 인스타에도 진출하려고.

오근희, 정신 좀 차려. 너 연애도 하고, 결혼도 하고 그래야지. 도대체 그 방송에서 이상한 옷 입고 뭘 하고 있는 건데?

내가 벗방을 한 것도 아니고 왜 그래 언니는?

벗방 하기만 해봐. 내 손에 죽을 줄 알아.

벗방 해서 1억 벌면?

나는 오근희의 순진함을 비웃었다. 벗방씩이나 해놓고 고작 1억? 나는 그걸로 너의 인생은 조금도 바뀌지 않는다고 말하려다가 참았다. 그걸론 연남동 반지층 집도 못 사. 그걸론 네가 좋아하는 신축 풀옵션 빌라 전세금도 겨우 내. 물론 투룸은 아니야. 나는 그런 말들을 떠올리다가 결국 이렇게 말하고 말았다. 계속 그런 식으로 살 거면 나, 너랑 절연할 거야.

오근희는 충격을 받은 듯 말이 없더니 한참 뒤에 대꾸했다.

그럼 어쩔 수 없지, 뭐. 절연해.

그게 우리의 세 달 전 마지막 통화였다.

❖

혹시 구독자가 다 떨어져 나가서 자살이라도 한 건 아니겠지…… . 나는 오만 가지 비관적인 생각을 물리치며 1층 공용현관의 비번을 빠르게 눌렀다.

집을 구하자마자 핸드폰 메모장에 비번을 저장해놓았다. 이런 나의 태도 때문에 오근희가 대놓고 나에게 의지하는 게 분명했다. 언니는 우리 집 비번도 자기 집 비번처럼 생각하니까 나는 비번 같은 건 잊어도 되겠구나, 그렇게 생각하며 아메바처럼 사는 건지도 모른다. 4층까지 걸어 올라가며, 앞으로 오근희가 어떤 집을 구하든지 간에 자력으로 구하게 하겠다고 결심했다.

친구들과 어울려 술을 마실 때, 어쩌다가 동생들에 대한 이야기가 나오면 우리는 너 나 할 것 없이 이렇게 말하며 눈물을 내비쳤다. 내가 걔를 너무 챙겨줬어. 걔가 그렇게 된 건 다 내 탓이야. 다들 첫째들이었기에 대놓고 막내들을 아메바로 취급했다. 그날 그 자리에 모인 첫째들의 동생 중 가장 상태가 심각한 동생은 오근희였다. 어머머, 근희 가슴이 왜 이렇게 커? 친구들은 오근희의 방송을 보고 나서 나의 상반신을 보더니 다들 고개를 갸웃거렸다. 나는 벌컥 소리를 내질렀다. 저급한 것들아, 내 동생 가슴 그만 봐! 나는 친구들을 향해 외쳤지만, 사실 세상을 향해 외친 것이나 다름없었다. 내 동생 가슴 그만 봐!

이것은 내가 그토록 싫어하는 유교걸의 현현일 것이다. 뒤늦게 나의 모순을 간파했지만 어쩔 수 없었다. 오근희를 천으로 꽁꽁 싸서 음험한 것들의 시선이 닿지 않는 곳에 놓아두고 싶으니까. 엄마는 오근희를 통제하지 못하니 나라도 그렇게 해야 할 것 같으니까.

오근희는 나를 좋아하지도 않으면서 현관문 비번을 내 생일로 설정해놓았다. 나는 오근희의 그런 행동에서 나를 애틋하게 생각하는 마음 같은 건 전혀 읽을 수 없었다. 오근희가 내 생일을 기억하고 챙겨준 적은 딱 한 번밖에 없다. 수능 시험을 망치고 방황하던 시기에 오근희는 갑자기 코엑스몰에 가자고 하더니, 나를 이리저리 한참 동안 끌고 다니다가 밋밋하고 멋없는 태도로 귀걸이를 사주었다. 자기가 곰곰이 생각해보니 내 생일을 챙겨준 적이 한 번도 없더란다. 나는 쥐똥만 한 큐빅 귀걸이를 내려다보며 이

걸 고맙다고 해야 하나 고민하다가, 수능을 망쳐서 기분도 너무 안 좋고 바다에 빠져 죽고 싶은 마음뿐이어서 결국 고맙다는 말은 하지 않았다.

거실로 들어서니 냉기가 발바닥을 찔렀다. 늘 보일러를 빵빵하게 틀어놓고 사는 애가 이런 냉기를 견디고 있을 리가 없었다. 나는 오근희가 없다는 것을 방과 욕실을 확인해보기도 전에 알았다. 새벽 4시 50분, 집에 없는 오근희라⋯⋯.

낙관적인 성인이라면 친구 집에서 자고 오나 생각했겠지만 나는 오근희에게 친구가 없다는 걸 잘 알고 있었다. 그 애의 교우관계는 깊지 않았다. 그 때문에 나는 오근희에게 유일한 친구일지도 모른다는 압박감을 항상 느껴야만 했다. 문득 오근희와의 마지막 통화가 떠올라 몹시 불안해졌다. 혹시 또 서점 데이트를 걸고 후원금을 받았나? 오근희의 방송에 들어가보니 최근 방송 날짜가 3주 전이었다. 대이변이었다.

곧바로 집 안을 살펴보았다. 노트북과 촬영 장비 위엔 먼지가 쌓여 있었고, 욕실 비누와 싱크대 배수구는 바싹 말라 있었다. 집을 비운 지 한참 된 것 같았지만, 캐리어는 옷장 속에 얌전히 놓여 있었다. 나는 오근희에게 다시 전화를 걸었다. 어디선가 진동음이 울렸다. 잠시 후, 화장대 서랍 안에서 오근희의 핸드폰을 찾아냈다.

화면 잠금 암호는 쉽게 풀렸다. 오근희는 언제나 'ㄱ' 아니면 'ㄴ'이었으니까. 잠금화면을 해제한 뒤 통화 내역부터 쭉 훑었다. 낯선 번호가 연속으로 보이길래 전화를 걸어보았더니, 뜻밖에도 지역구 경찰서로 연결되었다. 나는 심장이 철렁 내려앉아 전화를 끊어버렸다. 왜 경찰서로 연결되지? 마음을 굳게 먹고 다시 전화를 걸었다. 오근희의 신상에 무슨 일이 생긴 것 같다는 불안감은 기정사실로 변해갔다. 나는 엄마에게 이 비극적인 소식을 전하는 광경을 상상했다. 엄마, 근희가 관종으로 살다가 살해당했어.

경찰은 나의 신원을 자세히 묻고, 오근희를 왜 그렇게 찾아다니는지도 묻고 하더니, 오근희가 인스타 사기 피해자라고 짧게 말해주었다. 자세한 것을 알고 싶으면 경찰서에 방문하라고 했지만, 나는 오근희가 구독자로 가장한 범죄자에게 살해당하지 않은 것만으로도 안심하며 전화를 끊었다. 그리고 나서야 뒤늦게 화가 뻗쳤다.

도대체 왜 사기를 당하나. 내가 그렇게 신신당부를 했건만 왜 사기를 당하고 다니느냔 말이야. 어쩌면 오근희는 나에게 맞아 죽을까 봐 도망친 건지도 몰랐다.

짧은 고민 끝에 자동 로그인으로 설정되어 있는 오근희의 인스타그램에 접속했다. 여러 통의 디엠 가운데 수상한 장문의 디엠이 눈에 띄었다.

—저는 분당에 살면서 아이를 키우는 엄마예요. 부업으로 이걸 시작했다가 나만 너무 잘되는 거 같아서 괜히 사람들한테 미안해지더라고요. 이렇게 쉽게 돈을 벌 수 있는데 다들 너무 고생하고 있잖아요. 제 인스타를 보면 아시겠지만, 저는 교회도 열심히 다니거든요. 언제나 봉사하고 싶다, 기부해야 한다, 그런 마음을 갖고 살았어요. 그런데 이렇게 사람들을 돕는 게 봉사이고, 기부인 것 같다는 생각이 들어요. 수수료는 15프로예요. 수익금 3배는 최소 금액이고요. 저는 허황된 말은 못 해요. 원래부터 그런 성격이 아니어서요. 4배 이상 수익이 나기도 하는데, 그랬다가 3배밖에 안 나면 실망하실까 봐 냉정하게 말씀드리는 거예요. 1천만 원을 투자하시면 3천만 원은 보장해드려요. 과장 없이 드리는 말씀이에요. 작업 시간은 길어야 30분이에요. 머리 감고 말리시면 작업 다 끝나 있어요. 디엠 주시면 자세히 알려드릴게요.

오근희는 곧바로 답장을 보냈다.

—언니, 정말이에요?

이 기집애야, 정말일 리가 없잖아!

이런 사기에 속는 사람은 아메바 오근희뿐일 것이다.

❖

집으로 돌아오니 강하가 소파에 앉아 누군가와 통화하고 있었다. 표정이 좋지 않았다. 나는 혹시 오근희가 나에게 맞아죽지 않게 도와달라는 연락을 한 건가 싶어서 강하의 맞은편 자리에 앉았다. 그러나 강하의 통화 상대는 오근희가 아니었다. 강하는 상대에게 쩔쩔매는 태도로 말했다.

어머님, 제가 시우랑 유나를 잘 아는데, 원래 둘이 장난도 잘 치고 친한 사이예요. 절대로 그런 짓 할 애가 아니에요.

원생 부모가 아침부터 항의 전화를 한 모양이었다. 강하는 한참을 듣고만 있더니 자기가 시우를 잘 타일러보겠다며 전화를 끊었다.

무슨 일이야?

어제 학원에서 애들끼리 다툼이 있었거든. 근데 시우가 유나를 협박했대. 저격 영상을 올리겠다고.

저격 영상? 그게 뭔데?

말 그대로, 사람 매장시키려고 올리는 영상.

……시우가 몇 살인데?

열한 살.

우리는 동시에 한숨을 내쉬었다. 강하는 시우라는 아이에 대해 자세히 말해주었다. 평소엔 친구들과 잘 어울리고 활달한 아이인데, 한 번 화가 나면 참지를 못한다고. 자기 의견이 무시당하면 늘 그런 반응을 보인다고. 작년부터 시작한 유튜브 방송에서 구독자를 꽤 모은 것 같고, 올해부턴 그걸 자랑하고 다녔다고. 그러더니 이젠 친구와 싸울 때 저격 영상을 올리겠다는 협박을 한다고. 그런 협박을 들은 아이는 심각한 패닉 상태에 빠져서 오늘처럼 등교해야 하는 아침에 침대에서 빠져나오지도 못하고 울기만 한다고. 유나는 자신을 저격하는 영상이 유튜브에 올라올까 봐 밤새 울었고, 아침이 되자 반 친구들이 모두 그 영상을 본 게 틀림없다고 생각해 등교를 재촉하는 부모에게 퉁퉁 부은 눈으로 이렇게 말했다고. 엄마, 이제 내 인생은 끝났어.

말을 마친 강하의 시선이 거실 테이블 위에 있는 알록달록한 편지지에 닿았다.

손편지를 써주면 뭐 하나. 아이들은 이미 이 시대의 충실한 구독자가 되어버렸는데. 어른들을 훨씬 앞질러 가버렸는데. 구독자 수가 권력이 되어버린다는 걸 알고 있고, 그 권력을 어떻게 이용해야 하는지도 어른보다 잘 아는데.

강하는 편지지를 집어 들더니 종이배를 접기 시작했다. 손편지 따윈 아무런 도움이 되지 못한다는 걸 깨달은 얼굴이었다. 이런 상황에서 오근희 이야기를 하려니 좀 미안했지만 그래도 강하의 조언이 필요했다. 강하는 종이접기를 멈추지 않고 내 말을 듣더니 이윽고 말했다.

핸드폰을 두고 간 걸 보니 자길 찾지 말라는 의미 같은데.

혹시 납치된 건 아니겠지? 오근희가 아메바라는 걸 알고서 유인한 걸 수도 있잖아.

강하는 나를 빤히 쳐다보더니 말했다.

너는 동생한테 아메바가 뭐니?

나는 머쓱해져서 화제를 돌렸다.

어떤 방식으로 투자금을 불려준다는 건지 알아봤거든. 불법 도박 사이트에 투자하는 거 같아. 피해자가 수익금을 출금하려고 하면, 사이트 오류로 출금이 안 된다고 돈을 더 넣으라고 권하는 수법이래.

곰곰이 생각하던 강하는 갑자기 크게 웃더니 말했다.

문희야, 근희가 누굴 닮아 그렇게 순진한지 알겠다.

누굴 닮았는데?

너.

그게 무슨 소리야?

처음부터 도박 사이트에 투자할 필요가 없지. 뭐 하러 그런 노동을 하겠어. 나라면, 짜장면 한 그릇 시켜먹고 놀다가 연락했을걸. 작업 끝났고, 투자금 3배로 불었다고. 그렇게 말만 해도 상대가 믿을 거 아니야.

……맞네.

❊

일이 손에 잡힐 리가 없었다. 회사에서도 나는 오근희 생각만 했다.

도대체 어쩌다가 그런 사기를 당했을까 싶어서 속에서 천불이 났다. 얼마나 날린 걸까. 그게 가장 궁금했지만 경찰은 내가 오근희의 친언니여도 자세한 것은 알려줄 수 없다고 잘라 말했다. 오근희 같은 피해자가 많다는 말만 했다. 주로 아이를 키우며 부업거리를 찾는 엄마들이 타깃이 된다고 했다. 오근희는 방송 만드느라 부업 할 겨를도 없는데 왜 그런 사기에 걸려들었나 싶었다. 인스타로 진출하겠다더니, 진출하자마자 사기만 당했다.

점심을 먹는 둥 마는 둥 하다가 회사로 돌아와 처음으로 오근희의 방송에 달린 댓글을 읽었다. 예상대로 악플이 있었다. 그중 하나가 눈에 들어왔다.

─노출 관종이네. 가족들이 모르나? 알면 좀 말리지.

나는 곧바로 핸드폰을 내려놓았다. 이럴 줄 알았다. 가족까지 욕먹게 할 줄 알았어!

오후 업무를 어떻게 해냈는지도 모르겠다. 퇴근 시각이 되자마자 자리에서 벌떡 일어나 사무실을 빠져나왔다. 처음엔 악플에 휘둘려 오근희를 끝까지 말리지 않은 나를 탓했다. 그러나 시간이 흐를수록 지가 뭔데 남의 가정에 참견인가 싶은 마음이 절로 들었다. 속이 터질 듯 갑갑해서 회사에서 멀리 떨어져 있는 편의점으로 뛰어 들어가 캔 맥주를 사서 원샷했다. 식도를 훑고 내려가는 거칠고 시원한 느낌이 나를 다시 살게 했다.

지들이 뭔데 내 동생을 욕해?

아무리 생각해도 그럴 수 있는 권한은 나밖에 없었다.

중국집에서 볶음밥 세 개를 시켰다. 엄마는 아무거나 상관없다고 말하더니 볶음밥을 보자마자 소화 안 되게 기름진 걸 왜 시켰느냐고, 역류성 식도염이 재발할 것 같다고 상세하게 불평했다. 나는 이런 상황에선 쌀죽을 먹어도 소화가 안 될 거라고 차갑게 말하며 묵묵히 볶음밥을 떠먹었다.

그릇을 비닐에 싸서 밖에 내놓고 돌아오니 강하가 거실 테이블 앞에 앉아 편지를 쓰고 있었다. 아직도 손편지의 힘을 굳게 믿는 걸까. 나는 곁에 앉아 강하가 쓰고 있는 편지를 들여다보았다. 문장 한 줄이 눈에 들어왔다.

―시우야, 우리가 살아가고 있는 이 세상은 사실 잘못된 세상이야. 참 이상한 세상이야.

나는 강하의 얼굴을 쳐다보았다. 드디어 아이들에게 진실을 알려줄 생각인 걸까. 강하의 편지엔 늘 밝고 희망찬 이야기만 담겼는데 이제부턴 그러지 않기로 결심한 모양이었다. 그다음 문장을 읽으려는데, 강하가 나를 올려다보더니 대뜸 오근희에게 편지를 쓰라고 말했다.

내가 왜 걔한테 편지를 써?

편지 쓰면 화가 좀 가라앉아.

뜻밖에도 엄마가 테이블에 다가와 앉았다. 엄마는 허리 보호대를 꽉 조이더니 강하가 건넨 편지지를 받아들었다. 그리고 고심 끝에 첫 문장을 쓰기 시작했다. 나는 대놓고 엄마가 쓰는 편지를 들여다보았다.

작은 딸에게

근희야, 날도 추운데 옷은 따듯하게 입고 나간 거니? 밥은 잘 먹고 다니는 거야? 엄마는 우리 막내를 믿어. 엄마가 이제까지 살아 있는 것도 너랑 언니 덕분이야. 너희 아니었으면 엄마는 살아갈 이유가 없었을 거야. 진작에 죽었을 거야.

근희야, 엄마는 너무 속상해. 돈은 아무것도 아니야. 벌기도 하고 잃기도 하는 게 돈이야. 그렇지만 가족 간의 신뢰는 달라. 신뢰는 얻기 힘들지만, 잃는 건 너무 쉬워. 지금 너는 문희한테 신뢰를 잃었어. 절대로 용서해주지 않을 기세야. 하지만 근희야, 너도 알겠지만 문희는 우리 중 가장 착하잖아. ("엄마, 나 안 착해.") 다행이지 않니? 문희가 착한 게. 착하지 않았으면 너랑 나는 어떻게 됐겠니. 개차반이 되지 않았겠니? 아주 똥같이 살지 않았겠니? 그러니까 근희야, 언니한테 연락해. 연락해서 용서를 빌어. 문희가 좋은 점이 뒤끝이 없다는 거잖아. 문희한테 용서를 빌면 문희가 다 해결해줄 거야. ("엄마, 이 문장 지워.")

문희는 네 방송도 얼마나 열심히 보는지 몰라. 사실 나도 자주 봐. 근희야, 사람들이 뭐라고 하든 너는 너대로 살아. 떳떳하게, 하고 싶은 거 다 하면서 살아. 인생은 짧지 않아. 인생은 길어. 엄마는 평생 일만 하며 살았는데 아직 환갑밖에 안 됐어. 얼마나 긴지 몰라. 그러니까 하고 싶은 거 다 해보고 살 수 있어.

사기당한 일은 지나고 보면 아주 작은 일이야. 웃으면서 말할 수 있는 일이야. 엄마도 사기당한 적 있어. 그래도 툭툭 털고 다시 돈 벌러 나갔어.

("엄마, 사기당한 적 있어? 언제?") 그러니까 너도 그렇게 해. 범인 잡겠다고 설치면 화병 걸려 죽어. 그냥 기도해. 대대손손 3대를 멸하게 해달라고 기도해. 엄마는 자기 전에 아직도 기도하고 자. 명성식당 집안 3대를 멸하게 해달라고. 너도 알다시피 그 여편네가 곗돈 들고 날랐잖니. ("계도 했었어?") 우리 나이에 그런 일은 너무 흔해. 내가 아는 언니는 그 일 때문에 위암, 자궁암 세트로 걸려서 일찍 죽었어. 그러니까 근희야, 너도 엄마처럼 기도하며 평온하게 잊어. 그게 어떻게 되나 싶을 거야. 근데 해보면 돼.

추우니까 따뜻하게 입고, 밥 굶지 말고, 적당히 바람 쐬다가 언니한테 연락해. 문희가 네 연락 기다리느라 눈이 벌겋게 충혈됐어. 불쌍해서 못 보겠다.

엄마, 내 눈 멀쩡하거든?

엄마는 펜을 내려놓고 편지지를 두 번 접더니 그대로 테이블 위에 올려놓고 방으로 들어갔다.

편지 한 장으로 두 딸한테 하고 싶은 말 다 한 엄마. 나는 그런 엄마가 못내 얄미웠다.

오근희는 낡은 빗자루를 타고 나타났다. 검은색 원피스를 입고 커다란 빨간색 리본을 머리에 매단 오근희를 보며, 나는 이게 꿈이라는 것을 깨달았다.

이상하게도 꿈이라는 걸 알고 나서도 깨어나지 않고 꿈속에 머무는 때가 있는데, 바로 그날 밤이 그랬다. 나는 오근희에게 도대체 어디서 무얼 하고 있는 거냐고 물었다. 오근희가 〈마녀 배달부 키키〉 속 키키의 복장을 하고 내 앞에 서 있음에도 그렇게 물었다. 오근희는 아무런 대답 없이 내 얼굴을 빗자루 끄트머리로 살살 쓸어내렸다. 나는 잠에서 깼고, 오근희를 걱정하느라 뒤척이다가 〈마녀 배달부 키키〉를 함께 보았던 날이 떠올랐다.

언니, 키키가 비 맞고 배달하다가 감기 걸려서 앓아눕는 장면 있잖아. 그때 키키가 빵집 아주머니한테 '나는 죽는 걸까요?'라고 말하는데, 나 그 장면에서 울 뻔했잖아. 타지에서 혼자 얼마나 외롭겠어. 그 마음이 뭔지 너무 잘 알지.

야, 너도 외롭니?

나는 왜 그딴 식으로 말했을까. 외롭냐니. 인간은 다 외로운 법인데, 오근희가 마치 인간이 아닌 것처럼 너도 외롭냐니. 나는 그날의 대화를 떠올리며 타지에서 혼자 외롭게 있을지도 모를 오근희를 떠올렸다.

언제쯤 돌아오려나. 언제쯤 이 사건을 수습해달라고 연락하려나……. 핸드폰을 손에 쥐고 까무룩 잠이 들 무렵, 오근희가 했던 말들이 두서없게, 아무런 맥락 없이 떠올랐다.

언니, 있는 집 자식들이 잘되는 건 왜 그렇게 뻔해 보일까.

언니, 언니는 무너지다를 무'노'지다로 발음하는 거 알아?

언니, 이 술집 선불이야.

언니, 어묵탕에 청양고추를 넣어야지 오이고추를 넣는 사람이 어디 있어?

언니, 나 오늘 돈이 없어서 고깃집 앞을 지나다가 울 뻔했어.

언니, 오늘 목사님의 설교 주제는, 우리는 왜 일하고 있는가야.

언니, 맛동산을 물에 불리면 개똥처럼 보이는 거 알아?

…….

그 밖에 그 아이가 했던 많은 말들이 밤새 내 머릿속을 맴돌았다.

식탁 앞에 앉아 산더미처럼 쌓여 있는 노지귤의 껍질을 하나씩 벗겼다. 엄마가 트럭에서 떨이로 사 온 귤은 지나치게 신맛이 강해서 잼으로 만드는 게 나을 것 같았다. 강하가 곁으로 다가와 귤을 집어 들더니 위로 던졌다 받기를 반복하며 내 눈치를 살폈다.

나한테 할 말 있어?

바빠? 우편함에 뭐 온 거 같던데…….

강하는 귤을 까서 통째로 입에 넣더니 갑자기 운동을 하고 오겠다며 밖으로 나갔다. 나는 강하가 나를 위해 깜짝 선물이라도 준비했나 싶어서 손을 대충 닦은 뒤 우편함을 확인하러 1층 공용현관으로 내려갔다.

깜짝 선물일 거라는 생각은 절반쯤 맞았다. 우편함엔 오근희에게서 온 편지가 버젓이 들어 있었다. 손편지라니. 빼도 박도 못 한다. 강하 짓이 분명했다. 나 몰래 서로 연락하고 있었던 것이다. 나는 절대로 마음 약해지지 않겠다고 다짐하며 방으로 들어와 편지 봉투를 뜯었다. 아메바가 편지를 쓰다니, 놀랍긴 했지만.

언니에게

언니, 지금쯤 나를 찾아 난리가 났을 우리 언니.

나는 잘 지내고 있어. 밥도 잘 먹고, 잠도 잘 자. 나도 내가 이럴 줄 몰랐어. 어쩌면 낙산사의 정기가 좋아서 그런 건지도 몰라. 나 지금 템플스테이 왔는데, 여기 공기 참 좋다.

언니는 나에 대해 잘 모르는 것 같아. 나 북튜버 하면서 약간 똑똑해졌어. 책을 소개하려면 읽어야 하잖아. 그러니까 지식이 늘지 않을 수가 없어. 하루는 책을 읽다가 매력자본이란 단어를 알게 됐어. 나에게 매력자본이 있다는 걸 그때 처음 깨달았어. 화폐자본은 없지만, 매력자본은 있는 거지. 하지만 언니, 나는 가끔 두려워. 언제까지 나의 매력자본이 유지될까? 나 이제 더 이상 이십 대가 아니잖아. 내년부터 언니 말대로 진짜 어른이잖아.

원래 언니한테 빌린 돈부터 갚으려고 했어. 그런데 그 돈을 투자하면 언니한테 이자를 넉넉히 주고, 김호균한테 빌린 돈도 갚을 수 있을 것 같았어. 나 유튜브 시작할 때 장비 산 돈, 다 김호균이 빌려준 거야. 김호균은 요즘 방송 접었어. 내가 김호균을 협박했거든. 방송에서 진실을 폭로하겠다고 했어.

내가 관종이라고 말했던 직장 동료가 내 방송에 댓글을 남겼어. 내가 카메라발을 너무 잘 받고, 방송도 재미있고, 내가 추천한 책을 많이 읽었대. 그걸 보니 내가 잘못 생각한 거 같았어. 사실 그날 나는 질투심에 눈이 멀어서 김호균이 그 동료를 힘으로 끌어당겨 입을 맞췄다는 걸 부인했어. 내가 김호균에게 호감이 있으니 다들 김호균을 좋아할 거라고 착각했나 봐. 언니, 사랑은 정신병이야.

김호균이 왜 김오리를 만날 수 없다고 했는지도 알았어. 언니, 김오리는 사람이 아니야. 김오리의 미소, 눈빛, 땀, 눈물은 모두 존재하지 않아. 그렇지만 김오리의 팔로워는 나보다 5백 배나 더 많아. 김오리는 그새 더 유명해져서 이젠 온갖 광고를 찍고 다녀. 김오리가 버추얼 인플루언서라는 게 알려진 뒤에도 팔로워 숫자는 줄지 않고 오히려 늘었어. 이게 무슨 의미일까?

언니, 김오리는 늙지 않잖아. 20년 뒤에도 그 얼굴이고, 30년 뒤에도 그 얼굴이잖아. 내가 환갑이 되어도 김오리는 지금 그 얼굴이야. 김오리의 매력자본은 사라지지 않는 거야. 김오리는 나와 다르게 늙지 않고 썩지 않는 거야. 하지만 그런 김오리도 언젠가 결국 잊히겠지. 그렇더라도 진짜가 아닌데 잊힌다는 게 무슨 의미가 있을까. 김오리는 상처받지도 않을 거야. 상처받을 줄 모르는 존재이니까. 그건 너무 부러워.

언니, 어쩌면 이 세계에선 진짜와 가짜의 구별이 의미 없는지도 몰라. 순간만 존재하고, 모두가 비트(bit) 위를 가볍게 흘러 다니는 건지도 몰라. 그게 좋은 걸까? 나는 내가 종이 신문을 보던 시절에 신문 한 면을 차지하는 유명인이 될 거란 생각은 처음부터 안 했어. 나는 누구나 유명해질 수 있는 시대에 나도 같이 유명해지고 싶었던 것뿐이야. 특별한 사람만 유명해질 수 있다고 하면 나는 진즉에 포기했을 거야. 그러니까 언니, 내 인생이 이렇게 된 것은 내 탓이 아니야. 누구나 유명해질 수 있는 시대 탓이야. 사소한 나를 구독해주는 구독자 탓이야.

언니, 관종이 되려면 관종으로 불리는 걸 참고 견뎌야 해. 그게 얼마나 힘든 일인지 언니는 모르지? 한 가지 더 언니가 모르는 게 있어. 관종도 직업이 될 수 있다는 걸 언니는 몰라. 그걸 왜 모를까. 왜겠어. 언니가 꼰대라서 그런 거지.

언니, 나는 언니가 그리 많지 않은 나이에 꼰대가 되어버린 게 슬퍼. 혹시 우리 가족이 언니를 그렇게 만든 걸까. 나는 맨날 부동산 얘기, 연금 얘기만 하는 언니가 차라리 대놓고 자긴 꼰대라고 말했으면 좋겠어. 정색하면서 안 그런 척해서 얼마나 꼴 보기 싫은지 몰라. 언니는 자기가 지성적인 인간이라고 생각하지? 다른 사람을 깎아내릴 때 쾌감을 느끼는 언니를 볼 때마다 참 속물적이라는 생각이 들어. 그런 걸 스노비즘이라고 한대. 책에서 봤어. 나 북튜버 하면서 많이 똑똑해지고 있어. 사기를 당한 이유도 똑똑해져서 그런 거 같아. 옛날 같았으면 사기꾼이 설명하는 수익 구조가 알아듣기 힘들고 귀찮아서 하지 않았을 거야. 그런데 지금은 진지하게 수익을 따져본다니까. 그래서 내가 사기를 당한 것 같아.

언니는 내가 참 모순되는 말만 한다고 생각할 거야. 하지만 나는 언니가 가장 모순적인 사람 같아. 특히 내게 결혼을 권할 때마다 뭐 이렇게 모순적인 사람이 다 있나 싶어. 언니도 결혼할 생각 없잖아. 커밍아웃을 하고도 가족들에게 변함없이 신뢰받는 언니를 보면 이게 첫째의 대단함인가 싶어. 혹시 그냥 언니가 대단한 사람인 걸까? 우리는 사람들이 말하는 정상 가족이 아니었지만 그걸로 싸우거나 누굴 원망한 적은 없잖아. 그래서인지 언니의 사랑도 우리에겐 싸우거나 뜯어말리고 할 만한 게 아니었어. 하지만 언니, 언니가 모르는 게 한 가지 있어. 우리는 언니가 남의 집으로 시집가는 일이 없을 거라는 게 좋은 것뿐이야. 우리는 언니가 필요하고, 언제나 우리 곁에 두고 싶으니까. 아마도 우리는 언니의 사랑을 제대로 이해하지 못하고 있는 건지도 몰라. 그 점은 미안하게 생각해.

언니, 언니는 어떤 존재일까. 나와 같은 유전자를 갖고 나보다 먼저 살아본 사람일까. 언니가 성공한 일을 나도 성공할 수 있을까. 내가 성공한 일을 언니는 아무리 해도 실패하지 않을까.

언니, 나를 좀 믿어주면 안 될까. 약속할게. 절대로 벗방 안 할게. 내 몸을 상업적으로 이용하지 않을게. 하지만 언니가 말했듯 '걸레들이나 입는 옷'을 입고 방송은 계속 할 거야. 나는 내 몸이 아름답다고 생각하니까.

책도 아름답지만 내 몸도 아름다워. 문장도 아름답지만 내 가슴도 아름다워. 적절하게 찍힌 마침표도 아름답지만 함몰유두인 내 젖꼭지도 아름다워. 이렇게 생각하는 게 잘못은 아니잖아. 오히려 감추라는 언니가 이상한 거야. 언니는 왜 우리의 몸을 핍박하는 거야? 언니의 몸은 언니의 식민지야? 언니는 왜 우리 몸을 강탈의 대상으로만 봐?

나는 언니가 좋고, 언니도 속으론 나를 좋아할 텐데 우리를 갈라놓는 것이 편견이라는 게 너무 슬퍼. 언니, 사람한테 걸레라고 하는 거 아니야. 나는 언니가 그런 말 할 때마다 누가 들을까 봐 무서워. 언니가 사람들한테 미움받는 게 싫거든. 내 언니니까 나만 미워할 수 있어.

템플스테이 끝나면 돌아갈게. 사기당한 건 정말 미안해.

나는 오근희의 편지를 끝까지 다 읽었다. 그리고…… 이건 절대로 아메바가 쓸 수 없는 글이라는 결론을 내렸다.

어쩌면 가장 진화한 형태의 생물은 아메바인지도 모른다. 모든 거추장스러운 것들을 벗어던진 존재, 핍박과 식민지가 무언지 모르는 존재, 생을 가장 단순하고 솔직하게 설계한 존재, 그게 아메바인지도 모른다고. 하지만 그런 상태로 이 세계에서 균형 감각을 유지하며 살아가기는 쉽지 않을 것이다.

나는 침대에 모로 누워 근희의 방송에 달린 악플을 모조리 다 읽기 시작했다. 읽는 내내 손이 떨리고 심장이 내려앉았다. 근희는 이걸 다 봤겠지. 다 보고도 아무런 내색도 하지 않았겠지……. 악플을 하나도 빠짐없이 다 읽고 나니 심신이 너덜너덜해져 있었다. 근희의 얼굴이 계속 떠올랐고, 오래전 함께 코엑스몰에 갔던 날도 떠올랐다. 나에게 생일 선물로 귀걸이를 사준 뒤 근희는 나를 따라 말없이 걷기만 했다. 내가 집에 가지 않겠다고 우겨서 우리는 여덟 시간 동안 지하상가를 계속 걸었다. 그때 근희는 무슨 생각을 했을까. 언니의 실패가 자신의 실패는 아닐 거라는 생각? 언니의 실패는 자신의 실패이기도 하다는 생각? 한 가지는 알 것 같다. 근희의 행진은 나의 행진과 명백히 다를 것이란 걸.

나는 손가락을 움직여 댓글을 달았다. 처음엔 악플러 못지않게 지저분한 욕을 쓰다가, 너는 도대체 뭐 하는 놈이냐고 묻다가, 너를 낳고 너희 엄마도 미역국을 드셨냐고 모욕하다가 결국 다 지우고 한참을 고심했다. 이걸 근희가 볼 수도 있다. 나는 뺨으로 흘러내리는 눈물을 닦고, 콧물을 훌쩍이며 천천히 손가락을 움직였다. 어쩐지 졌다는 심정으로. 나의 동생 근희와 관종 오근희를 바라보는 이 세상을 향해.

─나의 동생 **많관부**

나의 동생, **많은 관심** 부탁드립니다.

시대의 조건, 믿음의 조건

김미정 문학평론가

1.

　중공업 단지의 야경과 맛집을 탐방하고 다니던 오빠 충조를 한심하다고 타박하던 미조(「미조의 시대」)가 이번에는 유튜버 동생 오근희의 행방을 좇는 언니로 돌아왔다. 「미조의 시대」에서 미조와 엄마는 당장 지내야 할 곳을 알아보아야 하는 형편이었다면, 지금 「젊은 근희의 행진」의 모두에게는 다행히 보금자리가 생겼다. 한국 필부들의 부동산 심리가 반영된 사정으로 인해 조금 복잡하기는 하지만 「미조의 시대」에서보다는 안정되어 보인다. 하지만 집집마다 있을 '물가에 내놓은 아이' 같은 이가 이번에도 속을 썩이고 있으니, 그녀가 바로 나의 동생 오근희다.

　내가 빌려준 보증금으로 따로 투룸 빌라를 얻어 살고 있는 오근희는 석 달째 연락이 되지 않는다. 그녀는 인기 유튜버에 대한 꿈을 좇고 있다. 나는 동생의 관종 행각이 "아메바"같이 여겨져 걱정이 많던 참이다. 동생이 방송에서도 보이지 않고 연락이 닿지 않자 나는 불안한 상상을 키워간다. 그러던 어느 날 오근희의 개인 SNS에 접속하며 그녀가 사기에 휘말려 잠적한 정황을 확인한다. 그 와중에 익명의 악플러들도 접하게 된다. 세상 물정 모르는 동생의 실종은 "케이 장녀" "유교걸" 언니의 걱정 속에서 그 심각성이 증폭된다.

다행히 오근희는 살아 있다는 기별을 보내온다. 편지에 의하면 오근희는 템플스테이에 와 있고 처음으로 독자에게 자기 목소리를 들려준다. 먹방, 술방을 거치던 오근희는 북튜버가 되면서 스스로가 "약간 똑똑해졌"다고 한다. 그리고 "관종도 직업이 될 수 있"는 시대라는 파악, 시대인식을 정확히 보여준다. 독자가 이입했을 언니의 "꼰대"적인 면모에 대한 질책도 잊지 않는다. 자기가 겪은 사기 피해의 메커니즘에 대한 의견도 가질 만큼 오근희는 언니보다 세상 돌아가는 이치를 알고 있다.

뒤늦게 밝혀지는 사정이 이러하니, 서술자의 시선을 따라 오근희를 읽어가던 독자는 어딘지 민망해진다. 서술자가 점하던 위치(보는 이의) 권력이 이렇게 폭로된다. 언니의 시선에 의해 그려진 오근희가 편지로나마 스스로를 드러내는 마지막 장면은, 소설 내적으로 일종의 반전이지만, 독자에게도 시선의 위치성—스스로의 판단 근거 혹은 가치관이 무엇에서 연유하고 있는지—을 질문하게 한다. 오근희는 말한다. "나를 좀 믿어주면 안 될까." 그리고 언니는 생각한다. "한 가지는 알 것 같다. 근희의 행진은 나의 행진과 명백히 다를 것이란 걸." 소설은 이렇게 동생 오근희의 존재 자체를 긍정하고 그녀 쪽에 한 줌의 믿음을 실어주며 마무리된다. 이것이 이 세계 속 나름의 이유에서 고군분투하는 필부들을 향해 보내는 작가의 믿음이자 독자가 이어받아 읽어야 할 부분임은 의심할 여지가 없다.

2.

시대의 한복판을 살아가는 이들 모두 자신이 통과하는 시대의 정체를 알아차리기란 쉽지 않다. 자신이 통과하고 있는 시간과 공간을 조망하는 일은, 각별한 통찰력과 애정 없이는 불가능하다. 어떤 시대와 인물을 정확히 그리는 데에는 거리를 두고 전체상을 볼 수 있는 시야뿐 아니라, 스스로의 몸이 체감하는 땅과 공기의 질감에 대한 예민함이 필요하다. 과거 리얼리즘 문학에서 '전형'의 창조가 중요했던 것도 이런 맥락에서 다시 생각해볼 수 있을 것이다. 그렇기에 지금은 다소 낡은 말처럼 여겨지지만 작가의 이른바 '세계인식' 그리고 그것에 대한 작가의 '세계관'이야말로 어쩌면 소설에서 핵심이기도 했고, 왠지 그것이 지금 새삼 중요하게 여겨지는 즈음인 것이다.

「젊은 근희의 행진」에는 "관종"이라는 말, 그리고 그런 상태를 암시하는 묘사가 드문드문 등장한다. 예컨대 특별한 주력 콘텐츠 없이 되는대로 방송을 운영하는 듯한 동생 오근희의 모습은 언니인 '나'에 의해 정확히 '관종'으로 지칭된다. 또한 오근희에게 영향을 끼친 김호균와 그가 만나고 싶어 하는 인플루언서 김오리 역시 관심을 경쟁하는 일 자체가 직업이다. (단, 김오리가 버추얼 인플루언서라는 사실도 잠시 덧붙여둔다.) 한편, 특별한 병명 없이 여러 병원을 오가는 엄마의 증상들은 심리적인 것임이 암시되는데 그역시 나의 시선에서는 "관심 끌려고" 하는 행위로 비친다.

그런데 나에 의해 문제적으로 지적되는 이 관종 캐릭터는, 소설 속 설정을 넘어 한 시대의 전형을 환유한다는 점도 생각해봄 직하다. 예컨대 인물들을 둘러싼 중요한 배경(설정)인 유튜브 생태계란 이제는 많은 이들이 체감하고 있듯 이른바 '주목 경제(attention economy)'의 격전장이다. 과거 물질적 재화를 대상으로 하는 경제에서 생산 요인 자체의 희소성이 핵심이었다면, 오늘날 세계에서의 경제란 물질·비물질적 재화가 수용되는 데 있어서의 희소성이 중요하다. 즉, 디지털 커뮤니케이션의 발달과 함께 정보는 무한 제공되고 있다. 상대적으로 그것을 수용하거나 소비하기 위해서 필요한 관심, 주목, 주의(attention)가 관건이 되고 있다. 이 상황의 새로운 산수가 오늘날 인간의 어떤 경향성을 만들어내고 있는 것이다.

가령, 페이스북, 유튜브, 트위터의 다양한 기술 시스템=생태계야말로 곧 오늘날 우리의 관심을 포획하고 유통시키며 구동되고 있다. 플랫폼 입장에서는 얼마나 더 많은 유저를 더 오래 머물 수 있도록 하는지가 관건이다. 트래픽 자체가 돈이 되는 세계 속에서, 그곳의 플레이어들이 더 많은 주의와 관심을 두고 경쟁하는 시스템은 불가피하다. 이때 남들과 차별화되는 양질의 콘텐츠가 만들어지기도 하지만, 좀 더 손쉬운 방법으로서 순간적인 관심을 낚기 위한 방법이 불사되는 때도 많다. 그러하니 소설 속 '나'가 동생이나 그 주변인들, 엄마의 삶마저 '관종'의 프레임을 통해 인식하는 것도 완전히 틀리지는 않을 것이다. 학원생들에게 건네려는 선생님의 손편지와 종이접기가 실제 아이들의 '저격 영상'과 비교할 때 더없이 무력하고 공허해 보이는 것도 이러한 산수 속의 일이다. 말하자면 이들 캐릭터 혹은 이들을 지목한 '관종'이라는 말은 인간 본연의 특정 심리를 반영하는 말이 아니다. 이는 관심을 자원 삼아 움직이는 세계가 이미 마련되어 있고 그에 따라 거대한 이익이 발생하고 유통되는 구조가 있기에 만들어진 시대어이자, 새로운 주체 형상의 하나인 것이다.

하지만 어떤 존재가 만들어지는 조건과 그렇게 해서 만들어진 존재(삶)의 실제를 구분하는 것은 중요하다. 의외로 그 조건이나 구조로 환원되지 않는 우발성, 예측 불가능성이야말로 이 세계와 존재들에 늘 깃들어 있기 때문이다. '관종'에 대한 편견이 어떤 부당한 아집에 의한 일면적인 관점에 불과할 수도 있음을 소설이 폭로했듯, 그리고 전작 『헬프미 시스터』에서도 확인할 수 있었듯, 작가는 이러한 객관 현실에 구속되고 규정되기만 하는 존재만 부정적으로 그리지는 않는다. '나'는 오근희의 노출 차림 방송에 대해 선험적 도덕에 의거하여 단죄했다. 하지만 여기에는 애인 강하가 지적하듯, 한편 단순한 도덕으로 판단할 수 없는 어떤 맥락(나아가 사상)이 있을 수도 있다. 단적으로 탈코르셋과 유튜브 벗방을 단순히 정반대로 취급할 수 없고, 그렇다고 동일한 것이라 말할 수 없는 이유(조건)를 떠올려 보아도 좋다.

즉, 어떤 사안에 대한 익숙한 가치판단의 전선(戰線)이 혼재되고 무화된 오늘날, 그것을 판단한 절대적 잣대 자체가 유효하지 않게 보이는 것은 일견 혼란과 무질서와 비관의 조건처럼 보인다. 하지만 언뜻 보이는 것 너머에 늘 놓여 있었을 복잡할 맥락을 환기하는 것이야말로, 어쩌면 기존 가치 전선, 혹은 보이는 것 너머를 상상할 줄 모르던 우리의 단편적 감각에 대한 질문에서부터 시작된다. 거기에서 선/악, 거짓/진실 등은 근본적으로 정반대의 것이 아니라, 같은 평면 위의 힘들의 증/감에 따른 벡터의 차이에 불과할 수 있다. 이것은 불가지론에 빠지는 상대주의가 아니라, 다양한 진실의 가능성을 긍정하는 다원주의에 가까운 이야기다. 그리고 이것이 어쩌면 지금 시대의 조건이고 작가 이서수가 날카롭게 부감하는 세계의 핵심이다.

3.

즉 이서수의 소설은, 일종의 플랫폼화한 오늘날 세계의 조건을 비관이나 절망의 대상으로만 판단·규정하지 않기 위해 부단히 노력한다. 이서수 소설의 인물들은 오늘날 시대의 모순과 분열에 생생하게 근거해 있다. 그들에게 세계의 곤경과 희망은 하나의 평면, 장 위에서의 일이다. 이때 변화나 구원은 이 세계 바깥에서 낭만적이거나 초월적으로 도래하지 않는다. 우리는 정확히 같은 조건 속에서, 그것을 어떻게 전유하느냐에 따라 다르게 살아가고 있는 것이다. 이서수 소설들은 오래전 바뤼흐 스피노자가 '정동'이라는 힘의 증감으로서 세계를 파악하고자 했던 것, 혹은 질 들뢰즈가 '내재성의 평면'이라고 말했던 것, 혹은 최근 플랫폼 자본주의에서 커먼즈(commons)를 발견하고 구축하고자 하는 논의들의 로직과도 닮아 있다. 하지만 이것이 어떤 관념이나 이론이 아니라, 일상과 삶과 존재들에 대한 애정 어린 관찰과 사유 없이 불가능했을 작가적 직관의 소산임은 다시금 강조되어야 한다.

「미조의 시대」에서 철없는 장남 충조가 미워할 수만은 없는 캐릭터, 좀 더 비약하여 이 시대의 트릭스터의 면모까지 예감케 했던 것도 이런 맥락에 놓인다. 또한 『헬프미 시스터』 속 플랫폼 자본주의적 삶과 가족들의 고군분투도 그러했듯, 「젊은 근희의 행진」에서도 우리 시대를 손쉬운 절망이나 게으른 비관 쪽에 가두지 않기 위해 작가는 심사숙고한다. 내내 언니의 걱정을 샀던 오근희에 대한 묘사도 그러하다. 그녀는 극적인 반전을 위해 존재하는 인물이라기보다, 어떤 미세한 변화의 과정을 보여주며 언니와 독자에게 질문을 던지는 인물이다. 처음에 오근희는 자기가 좋아하는 누군가에 대한 사심 때문에 진실을 호도하거나 왜곡하여 받아들이기도 하고, 유튜브 생태계의 주목 경제에 별생각 없이 합류한 듯 보였다. 하지만 스스로의 말에 따르자면, 그러한 과정에서 점점 자기 주관과 방향을 정해갔음도 분명하다. 타인의 시선에서는 먹방, 술방을 거쳐 북튜버가 되었다고 간단히 말해버릴 수 있다 해도, 거기에는 쉽게 판단하여 말할 수 없는 미세하고 큰 변화들이 분명 그녀를 움직인 것이다.

지금 확실한 것은, 동생 오근희와 그 삶들에 대해 이제까지 당연시되어온 잣대로 손쉽게 판단할 수 없다는 사실이다. 서술자는 단지 더 젊다고 하여, 세상 이치를 더 잘 안다고 하여 동생을 긍정하는 것은 아니다. 오근희에 대한 긍정은, 더 안 좋아지는 듯 여겨지는 세계에서, 그럼에도 그 조건을 잘 알고 그것을 전유하여 다른 것을 할 수 있는 존재가 누구인지에 대한 관찰과 믿음에 관련된다. 반복하지만 작가 이서수가 최근 탐색해온 이 세계(플랫폼)의 조건은 그 자체가 선이나 악, 혹은 희망이나 낙관이 아니다.

이 세계의 조건을 어떻게 재전유할지의 질문까지 독자에게 남기고 있다. 즉, 세상은 더욱 좋지 않게 체감될지라도, 젊은 근희들의 행진이 물길을 달리할 것을 믿게 만드는 것, 시대의 조건을 믿음의 조건으로 바꾸는 장면을 상상케 하는 것이야말로 지금 이서수 소설의 각별한 의미 아닐까.

천사와 황새

이희주

2016년 제5회 문학동네 대학소설상 수상작으로 등단.
장편소설 『환상통』 『성소년』, 연작소설집 『사랑의 세계』가 있음.

천사와 황새

열린 창으로 바람이 들어왔다. 얼음의 모서리를 혀끝으로 녹이며 우미
는 바깥의 소리에 귀 기울였다. 아파트 뒤편 숲에선 덩치가 작은 새들이 찌
르르 우는 소리가 들렸고, 가까운 학교에선 힘내! 하는 여학생의 외침, 깡
하는 시원한 타격음에 이어 와아아 하는 환호가 들렸다. 우미는 텅 빈 운동
장을 내려다보며 차가운 커피를 마셨다. 아이들은 없고, 여느 때와 같이 몇
몇 노인들이 녹슨 철문 근처에 주저앉아 소리를 음미하고 있었다. 개미처
럼 작게 보이는 노인. 한 번에 눌러 죽일 수 있을 것만 같은 노인. 잠시 멈
춰 섰던 누군가가 아마 인형이나 개가 들었을 유모차를 질질 끌며 다시 움
직이기 시작했다. 발걸음이 답답할 정도로 느렸다. 노금단(老禁團) 사람들이
봤으면 머리통이 깨졌을지 모르지만, 우미는 노금단이 아니니까. 아무 감
정 없이 그를 내려다보면서 처음 아이들 소리를 녹음하자고 제안한 건 누
구였을지, 그 사람은 매일 같은 소리를 듣는다는 게 오히려 사람들을 미치
게 한다는 걸 예상하지 못했을지 그런 걸 생각했다. 무언가 툭 하고 손등에
떨어졌다. 비가 오려나 보다. 무심히 고개를 든 우미는 눈앞에 펼쳐져 있는
뜻밖의 상황에 입을 떡 벌렸다. 천사가, 천사의 커다란 눈에서 눈물이 흘러
내리고 있었다. 패닉 상태가 된 우미는 가쁜 숨을 몰아쉬며 컥컥댔다. 뭐라

그랬지. 그 단발머리 아나운서가, 인면부유체(人面浮游體)에 이상이 생길 시, 이상이 생길 시……

그러나 우미가 지정된 피난 장소를 떠올렸을 때 천사는 평소와 다름없는 상태로 돌아가 있었다. 가볍게 올라간 입꼬리. 일각에선 성모의 미소라고 불리는 표정도 그대로였다. 잘못 본 걸까. 머쓱해진 우미는 자신을 비웃는 것처럼 느껴지는 응원가를 들으며 바닥에 쏟은 커피를 닦고 깨진 유리컵을 치웠다. 그런 다음에도 축축한 느낌이 들어 내려다보니 발뒤꿈치에 유리 파편 하나가 박혀 있었다. 우미는 얼굴을 찡그리고 절뚝대며 걸어 서랍장을 열었다. 붕대를 칭칭 감고 피를 닦는데 어쩐지 화가 났다. 중요한 날이면 실수를 하는 자신이 미웠지만 이미 일어난 일은 어쩔 수 없다. 남은 일에 최선을 다하자. 우미는 그런 마음으로 부엌으로 돌아가 냄비 뚜껑을 열었다. 부글부글 끓는 야채들 사이에서 토마토 껍질을 건져내고, 남은 재료가 잘 으깨지도록 주걱으로 휘휘 젓고 있으니 어느샌가 마음이 편해졌다. 마녀들이 종일 솥만 저은 것은 명상을 위해서가 아니었을까? 우미는 손을 멈추지 않고 역사에 이름이 남은 마녀들을, 끓는 물에 토막 낸 늙은 염소를 집어넣어 어린 염소로 되돌린 메디아와 자신의 왕이자 통치자이자 아버지를 삶아버린 어리석은 딸들을 떠올렸다. 만약 내게 메디아 같은 능력이 있다면 어땠을까? 우미는 생각했다. 다른 건 몰라도 토막 나 솥에 들어가는 건 늙은 염소가 아니라 첫사랑일 것이다. 전학 온 군인의 아들. 열다섯에 처음 만난 두 사람은 정반대의 인간이었다. 우미는 아직 생리를 하지 않았고 소년은 당혹감에 젖어 몇 번 팬티를 빨아 넌 적이 있었다. 우미에게 미래는 남은 라면 국물에 밥을 말아 먹는 내일뿐이었지만 가는 종아리에 달리기가 빨랐던 소년은 언젠가는 의사가 될 예정이었다. 다재다능하고, 가방 깊은 곳에 담배 한 갑을 넣고 다니는 소년. 재개발지구 반지하 방 창문 안쪽에서 숨을 죽이고 그가 몰래 담배를 피우러 오기만을 기다리는 우미. 둘이 대화를 나눈 적은 손에 꼽았다. 머잖아 소년은 전학 갔지만 우미는 소년의 얼굴을 잊지 않았다. 우미는 믿고 있었다. 언젠가 다시 소년을 만날 것이라고. 그때의 두 사람은 분명 다른 위치에 서서 서로를 바라볼 것이고, 분명 세계는 뒤바뀔 거라고……

현관에서 번호키를 누르는 소리가 들렸다. 정신이 퍼뜩 들어 시계를 보니 평소보다 이른 시간이었다.

"일찍 왔네."

우미가 고개를 내밀어 나이가 든 첫사랑을 보았다. 살짝 상기된 얼굴에 머리카락을 타고 굵은 땀 한 방울이 흘러내리고 있었다. "밖에 많이 더워?"

"그냥 그래. 외근 갔다가 바로 오느라고."

"정말? 마지막 날인데 너무하네."

"공무원이 다 그렇지 뭐."

유리가 농담처럼 한숨을 내쉬고 성큼성큼 부엌으로 걸어들어왔다. 불쑥 다가온 기척에 붉어진 얼굴을 숨기려 고개를 돌렸지만, 그럼에도 산달의 배는 시야에 걸렸다. 유리가 풍기는 옅은 땀 냄새와 뜨거운 체온이 밀려오는 것도 막을 수 없었다. 우미는 과장되게 투덜대며 찬장으로 손을 뻗었다.

"저기요, 위험하니까 저리 가 있어."

유리가 한 발 앞서 말린 바질과 파프리카 가루를 꺼내주며 말했다.

"내가 애도 아닌데."

"네 배 속에 있는 건 애 맞는데요."

"그건 그러네."

유리가 농담이라도 들은 것처럼 시원스레 웃으며 물러섰다. 우미는 솟구친 김에 얼굴을 숨기며 눈 밖에 있는 유리의 몸을 생각했다. 뼈가 툭 튀어나온 몸. 패션 디자이너가 성의 없이 그린 것처럼 기아와 금욕 사이를 오가는 깡마른 몸에 서툰 마술사가 실수로 이어붙인 듯 불룩 튀어나온 배가 붙어 있었다. 급진적인 예술품이라든지, 사고 실험품처럼 보일 뿐, 그 안에서 어린애가 자라고 있다는 게 믿기지 않았다. 유리의 서재엔 겉표지가 딱 딱하고 커다란 의학서가 많았다. 마음 편히 읽어도 좋다고 유리는 말했지 만 전부 영어로 쓰인 데다, 값도 무게도 꽤 나가 먼지만 털었을 뿐 차마 손 을 대진 못했다. 유리가 정말로 아이를 낳는구나, 그런 걸 느낀 건 꽤 최근 의 일로, 전날 유리가 책상 위에 두고 간 책을 바람이 펼친 탓이었다. 우미 는 먼지떨이를 내려두고 희귀동물에 접근하듯 책장을 넘겼다. 개미처럼 구 불대는 알파벳 옆에 반으로 잘린 남자의 도상이 있었는데, 미로같이 뒤엉 킨 핏줄과 금방이라도 당면을 밀어 넣고 들통에 삶게 생긴 내장들 사이에 둥그런 빈 공간이 있었고 우미는 그제야 여기서 아기가 자라는구나, 하고 실감했다.

처음 전통적이지 않은 방식으로 아이가 태어난 뒤로 2년이 지났다. 지금 까지 적합 판정을 받은 스물한 명의 남자가 출산에 성공했지만 여전히 배 가 부른 남자는 논란의 대상이었다. 대단한 일을 한다는 둥, 순교자라는 둥 찬사로 장식한 달콤하고 부드러운 말을 풉풉 떠내면 밑바닥엔 씁쓸한 비웃 음이 있었고 유리 역시 그것을 피해갈 순 없었다. 국내 첫 시도라며 대대적 으로 뉴스가 나간 날을 우미는 기억했다. 아파트 입구에 북적이던 사람들 중 한 무리는 유리를 향해 무릎 꿇었고, 다른 무리를 달걀을 던졌다. 극단 적인 두 반응은 실은 하나의 전제를 공유하고 있었는데 그것은 유리가 아 무나 하지 못할 선택을 했다는 것이었다. 노블레스 오블리주인가? 학자의 광기? 공무원의 책임감? 그러나 유리의 답은 단순했다.

"알 때문이야."

"알?"

유리가 고개를 끄덕였다.

초등학교 때 일이다. 놀러 온 유리가 빈 사탕 깡통의 설탕 부스러기를 찍 어 먹는 게 안쓰러웠는지 할아버지가 논에 나갔다가 꿈틀대는 어망을 들고 돌아왔다. 물에 달걀과 튀김가루를 뒤섞어 반죽을 개는 폼이 미꾸라리라도 튀겨주려나, 싶었는데 냄비 안에서 발광하는 건 굵은 소금을 뿌린 개구리였다. 꿱 하고 물러선 유리를 비웃기라도 하듯 할아버지는 기절한 것들의 허연 진액을 벗긴 다음, 튀김옷을 입혀 기름 끓는 솥에 빠트렸다. 쏴아아 하는 소리가 들렸고 개구리가 벼락을 맞은 것처럼 흰 배를 드러냈다. 잠시 뒤 할아버지가 맨손으로 다리 하나를 찢어 건넸다.

"먹어봐라."

"……."

"맛있어. 닭고기 맛이 나."

개도 늘어져 일어나지 않는 오후였다. 입은 심심하고 고소한 기름 냄새는 식욕을 자극했다. 유리는 못 이기는 척 개구리 다리를 받았다. 튀김옷은 바삭바삭하고 안쪽에 있는 부드러운 살에선 정말 닭고기 맛이 났다. 처음만 어렵지 두 번은 쉽다. 점막이 붙은 흰 뼈를 진액까지 쪽쪽 빤 다음 유리는 스스로 소쿠리로 손을 뻗었다. 마침 알맞게 식은 것 중에 어른 손바닥만큼 커다란 것이 한 놈 있어서, 그 통통하게 살이 오른 몸통을, 유원지에서 먹던 칠면조의 넓적다리를 생각하며 크게 한 입 깨문 유리는 순간 입안 가득 밀려온 생경한 자극에 놀라 그대로 입을 벌렸다. 티셔츠와 허벅지 위로 검은 점이 우수수 쏟아졌다. 튀겨진 개구리 배 속에 까맣게 빛나며 가득 차 있던 것. 그것은 알이었다.

"그래서 이런 일이 일어날 수밖에 없던 거야. 생각해봐. 인간이 얼마나 알을 많이 먹는지. 노랗고 붉은 날치알, 연어알, 문어알, 참치알, 날로 먹는 성게알, 소금에 절인 명태알, 구운 조기알, 삶은 메추리알을 먹고, 달걀을 깨고, 뒤섞고, 익히고, 부친 것을 먹고, 별미라면서 바다거북의 알이라든지, 팬에 가득 차는 커다란 타조알을 먹고……."

일종의 원죄의식이라고 해야 할까? 반성회의 주장과 그다지 멀지 않은 이론이었다. 조금만 더 지나면 등에 채찍을 내리쳐야 한다느니 할복을 해야 한달지도 몰랐다. 동의하는 건 아니지만 반박할 말도 없어 우미는 입을 다물었다. 알이라. 생각하면 그 역시 점심에 계란초밥을 먹으며 옆에 앉은 사람이 금색 접시에 담긴 성게알 초밥을 집는 걸 보고 군침을 삼킨 적이 있었다. 게다가 이런 농담도 있지 않은가? 출생률 저하 문제로 각계의 석학들이 모여 만찬을 했다. 유전자 탓이다, 방사능 탓이다, 말이 많았는데 유독 침묵을 지키는 한 사람이 있어서 누군가 그에게 말을 걸었다. 당신은 아이가 태어나지 않는 원인이 뭐라고 생각합니까?

그러자 이런 대답이 돌아왔다고 했다.

글쎄, 잘 모르겠는데요. 어쨌든 이 황새 고기는 맛있군요.

수프를 뜬 유리가 음, 하는 애매한 감탄사를 뱉었다. 자신의 혀가 가진 경험은 유리의 것에 비해서 일천하다. 그런 걸 알면서도 이럴 때면 어딘지 부끄러워진다고 생각하며 우미는 방어하듯 되물었다.

"좀 심심하지?"

"아냐. 맛있어. 학교 다닐 때 해 먹던 맛이 나."

"그래?"

"응. 마지막 주는 항상 지갑 사정이 좋지 않아서 그때그때 구할 수 있는 야채에 토마토 통조림 넣어서 끓여 먹었거든. 밑바닥에 남은 건 언제나 맛이 가기 직전이라서 타바스코를 잔뜩 뿌려 먹었지……."

옛 기억이 되살아난 유리가 좀약 냄새가 밴 케이크로 사흘을 버텼다든지, 타코 하나를 사 먹고 서른 블록을 걸어 다녔다는 이야기를 했다. 자주 하는 레퍼토리였지만 우미는 처음 듣는 척 맞장구를 쳤다. 이상하지. 유리가 하면 모든 것이 쉬워 보였다. 가난한 학창시절도, 하다못해 임신도 그랬다. 남자라서 그런가? 만약 유리가 여자였다면 그도 살이 트고 젖이 불어 배 위로 늘어졌을까? 겹친 살과 살 사이에 때가 끼고, 허벅지가 짓무르고, 가랑이에선 퀴퀴한 냄새가 남아 몇 번을 비누로 문질러도 떨어지지 않았으려나? 그렇지 않은 유리라서 좋았지만, 그의 빛나는 손톱과 매끄러운 머리카락을 바라볼 때면 경탄과 동시에 기묘한 마음이 되는 것도 사실이었다. 우미의 지난 손님들이 우미를 골수까지 빨아먹은 다음 현관 앞에 오줌을 갈기고 불을 지르고 떠난 것과는 달리 유리의 손님은 점잖았다. 한 마디로 신사다웠다. 그것이 부럽다고 해야 하나? 아니다. 그보다는 유리도 자신과 같은 고통을 느꼈어야 했는데, 그러면 우리는 좀 더 가까워졌을 거라고, 오로지 서로만이 서로를 이해하며, 뺨을 붙이고 젖은 귀밑에서 풍기는 냄새를 맡으며 은밀하게 속삭일 수 있었을 거라는 생각을 하다가 우미는 놀라 고개를 저었다. 이런 마음을 갖다니. 다른 사람도 아닌 유리에게 갖다니. 제정신인가?

"괜찮아?"

"어?"

그 말에 앞접시를 내려다보니 잘게 찢긴 빵 조각이 수북이 쌓여 있었다. 우미는 민망함을 숨기기 위해 빵을 수프에 말아 욱여넣었다. "너는 안 먹어?"

그냥 한 말인데 넓적한 접시에 담긴 수프는 담아준 그대로였다. 우미는 어쩐지 슬픈 기분으로 말했다. "내일 종일 굶어야 하는데. 조금이라도 먹어 둬."

"그렇긴 한데 배가 별로 안 고프네……." 유리가 수프를 저으며 중얼거렸다. "기분이 좀 이상해. 너도 그랬어?"

"뭐가?"

"실감이 안 난달까……. 이렇게 이상한 기분이었어?"

"그러게."

우미는 얼버무렸다. 진짜 이상한 건 미래가 왔는데도 아이가 인간의 살갗을 필요로 하는 거라고 말하지 않았다. 이쯤 되면 수정란을 기계 배 속에서 배양한 뒤 다 자란 태아를 뽑아내야 하는 거 아닌가? 그러나 줄줄이 늘어선 기계 알들에 호스로 영양이 공급되지 않더라도 이곳은 미래였다. 일단 21세기이고, 1984, 1999, 2000, 2012 같은 중요한 년도도 지났고, 창문 밖에는 천사, 아니 상공에 출현한 인면 부유체가 있고, 남자인 유리가 임신한 걸 보면 그런 것 같았다. 유리가 숟가락을 매만지면서 귀에 박힌 말을 했다.

"넌 대단한 일을 한 거야. 다섯 번이나 미래를 만든 거니까."

"네 번이지. 한 번은 쌍둥이였으니까."

"아니, 진심으로 하는 말이야. 왜 우리 어릴 때 과학 상상화 그렸던 거 생각나? 거기에 인간이 없는 세계를 그린 사람은 하나도 없었잖아. 밝은 미래든, 나쁜 미래든, 로봇이나 유인원이 지구를 지배하는 고약한 미래든 노예나 부역자로 쓸 인간은 남아 있었어. 인간이 없는 건 미래가 아니기 때문이야. 단지 폐허일 뿐……. 너는 그걸 다섯 번이나 만든 거야."

네 번이라니까……. 유리의 열정에 답할 방법이 없어 우미는 입을 다물었다. 어쩌면 그때, 네 번과 그보다 훨씬 더 많이 실험대에 누워 다리를 벌린 데엔 유리의 이러한 열정도 한몫했는지 모른다. 우미는 처음 다시 만난 날 유리의 눈동자를 떠올렸다. 검고 깊은 그 눈동자. 언젠가 우미가 낮은 곳에서 올려다본 적이 있는 그…….

"참. 리모컨 어디 있지."

유리의 말에 우미는 일어나 소파에 두었던 리모컨을 들었다.

"뭐 틀어줄까?

"뉴스 보게."

"몇 년도?"

"오늘 거."

"오늘 거?"

태아에게 좋지 않은 영향을 끼칠 수 있다는 이유로 유리는 뉴스를 피했다. 지옥 같은 현재를 보는 건 괴로웠다. 유리에게 필요한 건 마음의 안정.

그리고 꿈과 희망이었기에 그들은 오래된 브라운관을 흉내 낸 제품을 구해 옛날 뉴스만 봤다. 아나운서는 화면 밖으로 나오지 않았고 경제는 성장하고 있었고 아이들도 마찬가지였다. 전쟁이 끊인 적은 없지만 전부 무감한 드라마처럼 느껴졌다.

"뭐 보고 싶은 거 있어?" 우미가 서랍에 넣어뒀던 프로젝터 리모컨을 꺼내며 조심스레 되묻자 유리가 〈밝은 미래〉 소속의 친구가 인터뷰했다는 소식을 전했다. "오늘이 첫 번째 정기모임 날이었거든. 꽤 여기저기서 취재를 온 모양인데."

"대단하네."

"그렇지? 얼마 전에 발족식을 했을 뿐인데."

우미가 버튼을 누르자 벽면에 빛이 비쳤다. 때를 잘 맞췄는지 불임 클리닉 안내가 지나고, 거대한 로고가 휘몰아친 다음 휠체어를 탄 아나운서가 고개를 깊이 숙였다. 첫 소식은 한 남자가 천사를 강간하겠다며 관광지 타워의 전망대에서 자위를 시도하다가 공공 음란행위로 체포되었다는 내용이었다. 자주 있는 일이었지만, 그로부터 5미터도 떨어지지 않은 곳에 아동이 있어 소동이 났다고 한다. 이른 나이에 성을 접하면 불임이 될 가능성이 높다는 연구 결과가 나온 뒤 2차 성징 이전의 아동에겐 성과 관련된 콘텐츠가 철저하게 금지되고 있었다. 미친놈이네. 유리는 중얼거렸지만 우미는 문득 정말 천사가 울지 않았다는 걸 확인하고 애매한 한숨을 쉬었다. 아쉬운 건지, 안심한 건지 자신도 알 수 없었다. 어째서 그런 환영을 본 걸까? 다음 뉴스론 베네수엘라에서 다섯 쌍둥이가 태어났다는 소식이 지나갔고 (눈물 흘리는 아버지를 보니 그는 자신에게 닥칠 미래—짐승처럼 착취당할—를 알고 있는 듯했다), 다음이 유리가 기다리던 뉴스였다. '아이가 태어나는 밝은 미래를 위한 65세 이상 노인의 안락사를 추진하는 젊은 의료인들 모임'이라는 플래카드 아래 흰 가운을 입은 사람들이 모여 있었다. 마지막 황금세대로 보이는 젊은 의료인들이 작금의 불임 사태는 인류의 수를 조절하기 위함이라며, 생식능력과 노동력이 없는 요양병원의 노인들을 시작으로 국가 차원에서 안락사를 시행해야 한다고 주장했다. 짧은 머리를 젤을 발라 세운 남자가 열기를 감추지 못한 목소리로 이것은 학살도, 일방적인 폭력도 아니라고 외쳤다.

"여러분. 정말 이곳이 꿈꾸던 미래가 맞습니까? 길을 나가면 아이 대신 노인만 사는 이곳이 진정 우리가 꿈꾸던 천국인가요? 오래전, 지혜로운 노인들은 희생을 통해 성자의 자리에 올랐습니다. 고려장, 나라야마 부시코가 그렇지요. 그러나 지금의 노인들은 성스러움을 잊었습니다. 그들은 단지 죽음이 두려워 하루하루 오물만 만들어내는 자신의 몸을 유지하기 위해 발악합니다. 제 손으로 똥도 닦지 못하고 생각도 하지 못하는 노인들을 그저 살아 있다는 이유만으로 살려두고 있습니다. 이걸 정말 미래라고 할 수 있을까요? 문제는 천사가 아닙니다. 천사는 메타포예요. 하늘에서부터 보는 눈이 있어 섹스를 못 하게 되었다는 건 다 핑계입니다. 아무도 사랑을 하지 않는다는 것이 진짜 문제입니다. 자기 몸을 부술 줄 아는 것이 진정한 사랑의 시작입니다. 웃어른들이 먼저 모범을 보여야 합니다."

흥분한 사람들의 우레 같은 박수 소리가 뚝 끊기고 책장을 배경으로 한 나이 든 교수가 나왔다. 노인인권 수호에 선두에 선, 유명한 학자가 입을 떼기도 전에 유리가 버튼을 눌러 빔을 껐다. 순식간에 정적에 싸인 방 안에서 유리의 목소리가 어색하게 들렸다.

"좀 흥분했네."

"……."

"훨씬 더 잘할 수 있는 녀석인데. 긴장했나?"

"살이 좀 빠진 거 같으시네."

덧붙인 말에 유리가 놀라며 되물었다.

"너 호선이 본 적 있어?"

"알지."

"어떻게 알아? 네 담당의도 아닌데."

"그냥…… 병원 다닐 때 오며 가며 봤지. 인사는 안 했지만."

그렇구나. 납득한 유리가 고개를 끄덕이는 걸 우미는 피했다. 거짓말을 할 이유가 없지만 제일 처음 호선을 본 것은 두 사람이 재회한 그날이라고 말하고 싶지 않았다. 왜일까. 그날을, 오로지 두 사람만의 기념일로 하고 싶어서?

신체검진의무법이 시행된 첫째 날. 예상했던 바지만 막상 결과지에 써 있는 양성이라는 단어를 보자 우미는 한동안 벤치에서 일어날 수 없었다. 지금도 열심히 정문으로 들어서는 키가 크고, 작고, 머리가 길고, 짧고, 치마를 입거나 바지를 입은, 휠체어를 타거나 걷고 있는 여자들. 그 가운데 피가 멎지 않은 자는 누구인가? 그런 질문을 받으며, 속옷 안쪽을 꿰뚫어 보듯 날카로운 시선에 휩싸인 여자들이 불편한 표정을 짓고도 부지런히 언덕 위의 병동으로 공급되고 있었다.

비둘기가 푸드덕 날아갔다. 어느덧 점심시간인지 관계자 목걸이를 맨 남자가 맞은편 벤치에 앉더니 샌드위치를 먹기 시작했다. 삼각형의 모서리 부분을 베어 먹은 다음 돌려서 다른 모서리를 베어 먹고, 다시 모서리를 먹고. 보이지 않는 구형을 그리듯 모난 부분을 먼저 잘라먹는 모습이 특이하다고 생각하는데, 두 사람의 눈이 마주쳤다. 우미는 반사적으로 머리칼로 뺨을 가렸다. 심장이 쿵쿵 뛰었다. 놀란 건 우미만이 아니었는지 남자가 샌드위치의 속을 뚝뚝 흘리며 우미에게 다가왔다.

"너, 우미구나."

"……."

"우미 맞지? 못 알아볼 뻔했어. 뭐랄까…… 여성스러워졌구나."

우미는 떨리는 마음을 감추며 고개를 들었다. 흰 얼굴. 검은 머리카락. 마지막으로 본 날부터 15년은 더 지났다고는 믿기지 않는 그가 이전엔 한 번도 자신을 향한 적이 없던 환한 미소를 지으며 자신을 보고 있었다.

"나 유리야. 중학교 2학년 때 같은 반이었는데."

"어어……."

"너무 옛날 일이라 기억 안 나지. 난 기억 나는데. 너 맨날 종말론 읽고 그랬던 거. 요즘도 그런 거 보니? 하긴, 그럴 필요 없겠지만. 천사가 하늘에 떠 있는 세상이니까 말야."

유리가 하늘에 떠 있는 거대한 얼굴을 가리키며 웃었다. 우미는 설렘과 떨림과 미약한 두려움으로 입꼬리를 떨었다. 이 자리에서 도망가고 싶기도, 유리의 뺨을 붙잡고 키스를 하고 싶기도 했지만 어떤 반응이 마땅한지 알 수 없었다. 반면 유리는 무척 살가웠다. 그는 매우 긍정적인 태도로 우미의 말을 재해석했고 그 덕에 중학교 졸업 뒤 시급 8000원짜리 설거지 아르바이트를 하고 있고, 여전히 재개발지구의 반지하 방에 살고 있는 우미는 학벌에 연연하지 않고, 요식업에 종사하며, 오랜 추억을 간직한 집에 사는 사람이 되었다. 유리는 자신이 미국에서 의대를 나왔고, 더 편한 길과 부모님의 반대가 있었음에도 결국엔 가보부 일을 택했다고 했다.

"의미가 있는 일이잖아, 안 그래?" 유리가 흥분한 투로 목소리를 높였다. "그래서 이번 법 개정이 중요했던 거야. 개인의 자유니, 뭐니 떠들지만, 인간이 다 사라진 땅에 그게 무슨 의미겠어. 중요한 건 우리가 미래를 계속해서 만들어야 한다는 사실이고, 그러려면 아이들이 있어야 한다는 거야." 유리가 숨을 고르고 덧붙였다. "나는 천사가 원숭이 손 같은 존재라고 생각해. 어른이 되기 싫어. 보호받고 싶어. 다들 그렇게 우는소리를 하니까 천사가 소원을 들어준 거야. 영원히 아무도 책임지지 않게. 부모가 되지 못하게 만든 거지."

우미는 유리가 자갈밭이 된 여자의 자궁과 죽은 올챙이가 둥둥 떠 있는 미적지근한 담수 같은 남자의 정액을 떠올리고 있다는 걸 알았다. 잠시 아무 말이 없던 그가 찡그린 미간을 펴며 웃었다.

"너무 내 얘기만 했네. 검진받으러 온 거지? 몇 시 타임이야? 1시? 1시 반?"

우미가 선뜻 답을 하지 못하고 머뭇거리는데 유리의 시선이 가방 밖으로 삐져나온 결과지에 닿았다. 우미는 빠르게 종이를 구겼고, 그걸 본 유리의 눈에서 번뜩 칼날 같은 것이 스친 순간, 지나가던 남자가 유리의 어깨를 쳤다. "안 들어가?" 그 사람이 호선이었다. 유리는 알겠다고 고개를 끄덕이고는 빵만 남은 샌드위치를 쓰레기통에 던진 뒤 휴대전화를 꺼냈다.

"번호 알려줄 수 있니? 나중에 내가 커피 한 잔 살게."

그리고 다시 사람 좋은 미소를 띠며 지나가는 듯 물었다.

"할머니는 잘 계시지?"

유리가 브라운관의 전원을 켰다. 평소엔 어디에서나, 하다못해 뉴스에서라도 더운 여름날 분수에서 어린 아이들이 노는 자료화면이 나와 유리의 시선을 끌었지만 오늘은 영 볼 게 없었다.

"딱히 볼 게 없네."

"응."

다시 프로젝터를 켜는 건 어떨까? 웹에서라면 1초도 되지 않아 마이클 잭슨이 다양한 인종의 어린애들과 힐 더 월드를 부르는 슈퍼볼 하프타임 쇼 영상이라든지, 맥컬리 컬킨의 깜찍한 연기를 볼 수 있었다. 그러나 유리는 고집스럽게 리모컨에서 손을 떼지 않았다. 뭐 기다리는 게 있냐고, 우미가 물으려는데 유리의 손이 멈추었다. 광고가 끝나고 소란스러운 함성 뒤로 떠오른 건 〈이성미 이경실의 진실게임〉이라는 로고였다. 두 개그우먼이 활기찬 목소리로 제시한 주제는 '진짜 여자를 찾아라'였다. 열린 문 뒤로 공주님처럼 머리를 돌돌 말고 드레스를 차려입은 키 큰 사람과 중절모를 쓰고 줄무늬 셔츠에 조끼를 걸친 키 작은 사람, 누가 봐도 여자 같지만 목울대를 실크 스카프로 가린 수상쩍은 미인 등등이 나와 찻잔을 들거나, 걸으며 사람들을 속였다. 우미는 흠뻑 그 방송에 빠져들었다. 지나치게 여성스러운 사람은 그래서 더 가짜 같고, 조끼를 입은 사람은 움직임이 꽤 터프한데, 그게 어쩐지 자기가 여자라는 걸 숨기는 거 같고……. 결국 우미도, 게스트 중 누구도 정답을 맞히지 못했다. 끝까지 정체를 숨긴 여장 남자가 가발을 벗고 짧은 머리를 쑥스러운 듯 문지르자 방청석에서 비명이 쏟아졌다. "아 재밌다." 우미가 웃어서 상기된 얼굴을 매만졌다. 평소대로라면 그렇지? 이래서 옛날 티브이가 좋아. 그런 식으로 말할 법한 유리가 얌전히 있다가 뜬금없이 입을 열었다.

"우리도 진실게임 할래?"

"어떻게?"

"일어나 봐. 나 좀 도와줘."

유리가 손을 뻗었다. 우미가 잡아 일으키자 그가 부엌으로 가더니 과일을 담거나 튀김옷을 만들 때 쓰는 동그란 스테인리스 볼을 꺼냈다.

"옷 들어봐. 얼른."

우미가 티셔츠를 들어 올리자 유리가 그 속에 볼을 집었다. 배에 닿는 부분이 선뜩해 닭살이 돋았다. 유리는 그런 우미의 손을 잡아끌고 현관으로 갔다. 전신 거울 앞에 선 두 사람. 바깥엔 저녁 어스름이 짙게 범람하는 중이었다. 마지막으로 발광하는 태양빛은 소매에 묻은 김칫국물처럼 진한 주황색 줄을 긋다가 한 줄기 녹색 광선이 되어 사라졌다. 그걸 등지고 선 두 명의 배불뚝이의 실루엣이 비슷했다.

"진짜 임산부를 찾아라."

유리가 부러 낮춘 목소리로 중얼거렸다. "그런 타이틀로 방송이 나왔던 게 기억나……. 보는데 계속 이상한 기분이 들더라고. 뭔가 부끄럽기도 하고, 털끝에 불이 붙은 것처럼 초조하기도 하고, 눈물도 날 것 같은 그런……. 다음 날 오후 식구들이 집을 비운 사이에 옷을 말아서 배 속에 집어넣었어. 그게…… 완전해진 느낌이라고 할까?"

어느새 장난기가 사라진 유리의 목소리가 떨렸다.

"실은 사상이니 뭐니 그런 건 겉치레고 그냥 아이를 갖고 싶었던 거야."

"……."

"이런 내가 제대로 된 아이를 낳을 수 있을까? 그게 가능할까?"

"반드시 가능할 거야. 너라면 반드시 그럴 거야."

"정말 그렇게 생각해?"

"응."

"내가 너무 어리광을 부리지?"

"……."

"너한테는 신세만 지네."

"그렇지 않아. 전부 내가 좋아서 한 일이야."

"정말?"

"응. 정말."

모든 일이 다 그래. 우미가 속으로 생각했다. 너는 나의 약점을 잡았다고 생각하지. 그렇지만 다시 너를 만난 그날부터 나는 네가 원하는 거라면 뭐든 다 해주겠다고 생각했어. 이 집을 쓸고 닦는 거, 대가 없이 너를 돌보는 거, 다리를 벌리고 누워서 얼굴도 모르는 남자들의 애들을 낳아 보낸 거, 마른 걸레처럼 쥐어짜도 아무것도 낳지 못하게 된 것도 네가 원한다면 내겐 아무 일도 아니야. 왜냐면 나를 여자로 만든 게 너니까. 있지, 유리. 너는 최고의 수컷이야. 그런 너의 아이가 아름다울 건 지금 눈 앞에 내 손이 보이는 것만큼이나 분명한 일이야. 너의 아이는 늙지도 죽지도 않을 거야. 너처럼, 네가 꿈꾸는 미래처럼 영원할 거야. 정말로 좋은 일만 있을 거야.

옛날 사람들은 천국에 닿기 위해 높이 집을 지었다. 그렇다면 이 동네에서 가장 천국과 가까운 것은 우리 집일 거라고 우미는 생각했다. 달동네라고 불리는 오르막길에 가장 끝에 있고, 전에 살던 사람이 바르고 간 구름

무늬 벽지가 붙어 있고 또…….

할머니의 상태는 하루가 다르게 나빠지고 있었다. 그와 동시에 우미는 씻지 않겠다고 악쓰는 사람을 끌어내거나, 악취가 안개처럼 부옇게 차오른 욕실에서 가랑이 사이를 문지르거나, 엉덩이에 짓무른 검녹색의 설사를 닦아내는 일에 무감해졌다. 매일 일어나 밥을 안치고 콩나물을 다듬어 국을 끓이고 녹지 않는 싸라기눈처럼 앉은 자리에 희뿌옇게 쌓이는 비듬을 쓸어내는 일이 아무렇지 않아졌다. 언젠간 끝장이 올 테니까. 끝장은 정말로 끝장이고 그럼 반복 따위는 아무것도 아니게 된다.

그랬던 우미의 단단한 마음은 소년의 한 마디에 꺾였다.

"밥풀 붙었다고."

제 딴엔 여학생을 배려해 농담조로 한 말이었다. 우미는 소년이 말을 걸었다는 사실만으로 볼을 붉히는 한편 고개를 갸웃했다. 아침 따윈 먹지 않는다. 오늘 오기 전에 한 일이라곤 할머니가 엉덩이로 끌고 다닌 뒤에 남은 비듬을 닦아내고 온 것뿐이다. 그러나 소년은 우미가 밥풀을 찾지 못한다고 생각한 건지 불쑥 우미의 머리카락으로 손을 뻗었다. 밥풀은 떨어지지 않고 소년의 손끝에서 발광하더니 그대로 짓뭉개졌다. 소년의 얼굴에 짧은 경악이 스쳤다.

집에 오자마자 우미는 할머니의 보따리를 들췄다. 나중에 먹으려고 했는지, 주먹밥이나 먹다 남은 조기, 봉지에 남은 카스텔라, 곰팡이 핀 딸기 따위가 숨겨져 있었고 구더기가 우글우글 꽃을 피우고 있었다. "할머니. 이게 뭐야?" 입술을 꼭 깨물고 물었지만 우미가 그러거나 말거나 할머니는 태연한 표정으로 떡을 먹고 있었다. 잔뜩 쪼그라든 몸. 이가 없는 입을 우물거리는 모양새가 아기와 비슷했고 그걸 느낀 순간, 우미는 두려움에 몸을 떨었다. 할머니가 다시 아기가 되고 있었다. 끓는 솥에 들어간 늙은 염소가 다시 어려진 것처럼. 무한히 아기이거나 노인인 상태를 영원히 반복하려고 하고 있었다. 그렇다면 끝장은 언제 오지? 끝장이 오지 않으면 나는 버틸 수 있나? 계속해서 쓸고 닦는 일을, 계속되는 나빠짐을 이 모든 일을 반복할 수 있나?

정신을 차리니 할머니가 목을 감싼 자세로 죽어 있었다. 한동안 우미는 할머니의 목에서 손을 떼지 못하고 멍하니 앉아만 있었다. 끝이다. 정말 끝장이다. 나는 할머니를 죽였고 되돌릴 수 없다. 소중한 생명 하나가 이 손으로 인해 사라진 것이다. 그때 공중에서 귀를 찢는 듯한 사이렌 소리가 들렸다. 경찰인가? 누가 신고한 거지? 어떻게 알고? 그러나 당혹스러운 목소리의 남자가 외친 건 공중에 인면체가 나타났다는 얘기였다. 무슨 헛소리일까. 우미는 고개를 들었고, 그 순간 창밖에 있던 얼굴과 마주쳤다. 놀란 표정을 짓고 있는 흰 얼굴. 까만 머리카락. 정말로 천사라고밖에 할 수 없는 아름다운 얼굴이 거기 있었다. 쪼그려 앉아 담배를 피우고 있던. 평소와는 다른 교복을 입고 있는. 벌어진 치마와 다리 사이로 보이던. 우미의 것과는 다른. 아직 생리를 시작하지 않은 우미의 가랑이와 달리 손이 닿은 적이 있는. 천사의 커다란. 천사의 그것. 우미는 황홀경에 입을 벌렸고 그 순간 천사의 사랑에 우미는 관통당했다. 허벅지가 뜨뜻미지근하게 젖은 건 할머니뿐만이 아니었다. 우미의 가랑이도 젖었다. 찔려서 피가 철철 났다.

다음 날 새벽 두 사람은 일찍 집을 떠났다. 유리는 간단한 검사를 마친 뒤 예정대로 12시에 수술실로 들어갔다. 기자들이 몰려와 진을 쳤다. 유리의 지인 중 몇이 긴가민가한 표정을 지으면서 우미의 곁을 스쳐 갔다. 약간 늦게, 아, 하고 무언가를 깨달은 사람들도 인사는 하지 않았다. 가정부에게 고개 숙일 필요까진 없다는 거겠지. 뭐, 그런 것과 상관없이 수술실 바깥에서 우미는 얼쩡댔다. 붉은색 불빛이 초록색으로 바뀔 때까지 얼마나 남았을까. 그 어느 때보다 지루한 기다림을 견디기 위해 우미는 벽에 걸린 시계를 쳐다보고 자판기의 커피를 뽑아 마시고 괜히 허리를 한 번 돌려보고 휴대폰을 만지작거리다가 벽에 기댄 채 깜빡 잠이 들었다. 꿈속에서 우미와 유리는 부부였다. 우미는 그 사실을 자연스레 알았고 이것이 평소와 같은 동작이라는 걸 알며, 잠든 유리의 곁에서 조용히 일어나 식물에 물을 주고 유리장을 열어 빛처럼 얇게 먼지가 쌓인 접시들을 닦은 다음 가까운 백화점으로 갔다. 지하 베이커리엔 색색의 장식품 같은 케이크가 진열되어 있었다. 우미는 고심하다가 생크림 베이스에 얇게 자른 딸기가 겹겹이 쌓여 있는 것을 골라 포장해달라고 요청했다. 초가 몇 개 필요하냐는 말에 우미는 하나면 충분하다고 했다.

"곧 아기가 태어나거든요."

"어머 축하드립니다."

여자가 박수를 치며 기뻐해주었다. 우미는 조금 쑥스러워하며 가벼운 발걸음으로 지하를 나섰다. 쾌청하고, 맑은 하늘이었다. 가벼운 발걸음으로 집으로 향하는데 문득 한쪽 뺨이 젖었다. 우미는 고개를 들었다. 천사가. 하늘에서 눈물을 흘리고 있었다. 그제야 우미는 기억해냈다. 이 세계에 천사가 있다는 걸. 꿈에서도 그걸 벗어날 수 없다는 걸. 사람들이 비명을 지르며 달리기 시작했다. 누군가 우미의 어깨를 쳤고 뭉개져 바닥에 떨어진 케이크를 손으로 긁어모으다가 우미는 깨달았다. 유리. 유리가 지금 집에 혼자 있다. 얼른 그를 데리고 도망가야 해. 우미는 숨을 헉헉대며 언덕길을 올랐다. 폐가 칼에 찔린 듯 아팠고 입안에서 피 맛이 났지만 그는 멈추지 않았다. 간신히 집에 도착해 잠긴 문을 열어 본 집은 이상할 정도로 고요했다. 우미는 천천히 걸어, 손을 벌벌 떨며 방문을 열었다. 유리가, 오후의 늘어지는 빛을 등지고 유리가 거기 있었다. 폭탄을 맞은 듯 터진 몸통이 식충식물의 아가리처럼 벌어진 채로, 십자형으로 매달려 있었다. 몸에서 뻗어 나온 핏줄이 낫토나 거미줄처럼 사방에 달라붙은 채로 유리가 거기 있었다. 우미는 피와 내장의 정글을 헤치고 방 안으로 들어갔다. 눈물을 펑펑 흘리며 백향과 속처럼 끈적한 점액질에 손을 뻗어 그 안에 묻혀 있던 빨간 수정 구슬을 꺼냈다. 안녕. 아기야. 우미는 눈을 깜빡였다. 내가 너를 지켜줄게. 그러나 눈물방울이 떨어지고 맑아진 시야에 들어온 건 죽은 할머니였다. 우미는 비명을 질렀고 놀라 꿈에서 눈을 떴을 땐 사방에 사이렌이 울리고 있었다. 사람들이 복도를 뛰어다니고 있었다. 수술실 위에선 붉은 불빛이 구조 신호처럼 반짝였다.

"무슨 일이에요?"

물었지만 아무도 대답하지 않았다.

"무슨 일이냐고요!"

모두 우미의 어깨를 치고 달릴 뿐이었다. 복도에서 우미가 할 수 있는 일이라곤 두 손을 모으는 것뿐이었지만 누구에게 빌어야 할지 알 수 없었다. 메마른 입이 딱 떨어지지 않았다. 목이 막힌 채로 우미는 가쁜 숨을 내뱉었다. 이때 배 속에서 울컥 솟아나는 건 구토인가 기도문인가? 헷갈려 하면서도 우미는 그가 아는 유일한 신을 닮은 것을 불렀다. 천사. 천사님. 사랑하는 천사님.

그런데 도무지 천사의 얼굴이 기억나지 않았다.

아름다움을 번식하기

인아영 문학평론가

이희주의 소설이 언제나 그래왔듯 「천사와 황새」는 성 정치학(섹슈얼리
티), 미학(아름다움), 도덕학(올바름)이라는 세 개의 지반이 치열하게 맞부
딪쳐 생성된 작품이다. 이 소설에는 출생률이 무척 낮은 초고령화 사회에
서 임신과 출산을 하게 된 남성이 등장한다. 이 설정만으로도 뭇 독자들은
BL의 오메가버스 서사를 떠올릴 것이다. 임신 가능 여부가 남성/여성이라
는 성이 아니라 알파/오메가라는 계급으로 정해지는 그 세계관에서 오메
가 남성은 낮은 계급이자 재생산의 도구로서 출산을 담당하기 때문이다.
이러한 서사적 장치는 여성에게 한정된 임신에 대한 대안적 상상력을 가동
하고 재생산 노동에 얽힌 착취와 권력 관계를 재배치한다는 점에서 기존의
젠더 규범을 전복한다고 해석되곤 한다.[*] 그런데 어쩐지 이희주 소설의 임
신부 남성 유리는 그리 만만치가 않아 보인다.

---

[*] 장민지, 「BL 장르 세계관 분석을 통한 가상적 섹슈얼리티 생산 가능성 연구」, 『미디어, 젠더&
  문화』 35권 1호, 한국여성커뮤니케이션학회, 2020.

유리는 누구인가? 한마디로 그는 "최고의 수컷"이다. 2년 전부터 남성의 임신이 가능해진 근 미래에 한국 최초로 임신에 성공한 남성 유리는 어느 모로 보나 우월한 종자다. 군인의 아들로 태어나 미국에서 의대를 졸업했지만 부모님의 반대를 꺾고 국가 공무원이 된, 이 남부러울 것 없어 보이는 남자가 임신하기로 결정한 이유 중 하나는 신념이다. 65세 이상 노인의 안락사를 주장하는 시위가 벌어지고 임신 가능성을 판별하는 신체검진의무법이 시행될 만큼 낮은 출생률과 높은 평균연령으로 골머리를 앓고 있는 이곳에서 남자가 아이를 낳는 일은 본능적인 유전자 번식이 아니라 위대한 사상적 실천이기 때문이다.[*] 저출산과 노인 혐오로 얼룩진 시대에 미래를 만들기 위해서는 인간이 있어야 하고, 인간이 있기 위해서는 아이들이 있어야 한다고 말하는 이 남자의 임신은 인구 균형과 사회 안정을 위해 기꺼이 사상을 행동으로 옮긴 도덕적인 실천인 셈이다.[**] 게다가 이 남자는 (이희주의 소설을 한 편이라도 읽어본 독자라면 어렵지 않게 짐작할 수 있듯 어김없이) 아름다운 용모까지 지녔다. 그러니까 이 소설에서는 임신하는 몸을 비천한 계급적 조건으로 지정하는 오메가버스의 서사적인 문법 혹은 남성과 여성에게 부과된 젠더 권력을 반대로 뒤집는 미러링 전략은 좀체 성립하지 않는다. 유리는 계급적으로나 도덕적으로나 미적으로나, 완벽한

---

[*] 언제부터인가 하늘에 떠 있는 거대한 천사의 얼굴이 섹스, 임신, 출산까지 재생산을 관장하는 생명권력의 상징처럼 인구 구성원들을 옥죄는 상황에서는 더욱 그렇다. 이 소설에서 하늘에 떠 있는 천사의 얼굴에 관해 임신과 출산 등을 관할하는 재생산미래주의를 체화한 생명권력의 형상으로 이해하는 시각은 김보경의 「남성 임신 사회에 대한 상상」(『문학동네』, 2022년 가을호) 참조.

[**] 유리는 자신이 임신을 결정한 이유가 어쩌면 신념 때문이 아니라 그저 아이를 낳아보고 싶기 때문("실은 사상이니 뭐니 그런 건 겉치레고 그냥 아이를 갖고 싶었던 거야.")이라거나 어린 시절 개구리 다리를 먹다가 발견한 무수한 알들 때문("생각해봐. 인간이 얼마나 알을 많이 먹는지")일지 모른다는 가능성을 짐짓 남기지만, 이를 말하는 무심한 태도마저 어떤 우월함의 표증처럼 읽힌다.

남자니까. 이 소설을 더 자세히 이해하기 위해서는 이 알파메일과 "정반대의 인간"인 여자 우미에게 눈을 돌려야 한다.

우미는 누구인가? 그녀는 열다섯 살 때부터 동급생이었던 유리를 짝사랑해왔고 병원에서 자궁 검진을 받다가 유리와 우연히 재회한 이후 그의 가정부가 된 여자다. 비천한 계급이 있다면 오히려 이쪽이다. 어린 시절에는 곰팡이와 구더기가 꽃피운 집 안에서 병든 할머니와 가난하게 살다가 할머니의 목을 졸라 죽였고, 그 뒤로 재개발지구의 반지하 방에 살면서 시급 8000원짜리 설거지 아르바이트를 하다가, 지금은 그저 유리의 가정부로 일하면서, 알지도 못하는 남자들의 정자를 받아 네 번의 임신과 출산을 거친 후, 이제는 "마른 걸레처럼 쥐어짜도 아무것도 낳지 못하게 된" 우미. 임신을 했는데도 깡마르고 영양으로 빛나는 유리의 아름다운 몸과 달리, 임신할 때마다 고통스럽게 살이 트고 젖이 불어 너덜너덜한 신체가 되는 우미는 문득 박탈감과 질시를 느끼기도 한다. "유리가 하면 모든 것이 쉬워 보였다." 남성들이 물리적으로 매끄럽고 도덕적으로 올바른 임신을 하는 동안 생명을 잉태하고 세상 밖으로 내보내는 일의 구질구질한 고역은 여전히 여자의 몫이다. 그렇다면 이 소설은 여성과 남성이 재생산 노동을 함께 나눠 맡더라도 젠더 권력의 추는 변함없이 기울어져 있는 끔찍한 근 미래를 비틀어 보여주는 것일까? 아니면 남성 임신을 상상하며 재생산주의를 비판하는 공허한 담론과 실제 여성의 몸에서 일어나는 끈적하고 질퍽이는 변화 사이의 간극을 보여주는 것일까?

모두 가능한 해석이다. 그런데 어떤 대가도 없이 유리의 가정부 노릇을 하고 있는 우미의 욕망을 조금 더 들여다보자. 우미는 여전히 유리를 열렬히 사랑하고 있는 것처럼 보인다. 중학교 시절 유리가 전학을 간 이후에도 사진 한 장 없이 그 얼굴을 선명하게 기억하고 있던 우미. 그녀는 오랜만에 유리와 재회했을 때는 난데없이 유리의 뺨을 붙잡고 키스하고 싶다는 욕망에 휩싸이고, 그의 가정부가 된 지금도 요리하고 있는 동안 뒤에서 불쑥 다가온 유리의 기척에 숨이 묘하게 거칠어지며, 아이를 낳는 일에 두려움을 느끼는 유리에게 있는 힘을 다해 진심을 전한다.

"있지, 유리. 너는 최고의 수컷이야. 그런 너의 아이가 아름다울 건 지금 눈 앞에 내 손이 보이는 것만큼이나 분명한 일이야. 너의 아이는 늙지도 죽지도 않을 거야. 너처럼, 네가 꿈꾸는 미래처럼 영원할 거야."

유리를 향한 우미의 사랑은 그저 한 남자에 대한 수줍은 설렘이나 섹슈얼한 욕구에 그치는 것이 아니다. 그것은 오히려 아름다움 자체에 대한 충성에 가깝다. '아름다운 유리를 닮아야 좋은 아이가 태어나고 그래야 세상이 더 살기 좋은 곳이 된다'는 우미의 논리는 단지 유리를 위로해주기 위한 감언도 휴머니즘을 설파하는 도덕적인 명제도 아니며, 좋음과 동의어인 아름다움에 대한 열렬한 찬미이자 집요한 고백이다. 아무런 대가 없이 가정부로서 유리에게 요리, 청소, 돌봄을 제공하고 있는 것 역시 단지 사랑하는 남성에게 애정을 베푸는 행위에 그치지 않는다. 이희주의 소설에서 아름다운 남성을 돌보는 행위는 "그 남성의 아름다움이 잘 보존될 수 있도록 관리하여 시각적인 쾌락을 향유하려는 정교한 테크닉"으로서, 남성의 요구에 봉사하거나 모성 이데올로기에 기여하는 것이 아니라 오히려 돌보는 여성의 성적 쾌락과 판타지 실현에 복무하는 또 다른 권력 행위이기 때문이다.*
아름다움을 번식하고자 하는 우미의 욕망은 모성을 자연화하는 신화적인 이데올로기와 국가 주도의 재생산주의를 동시에 격파하는 것이다.
소설의 결말에서 유리는 예정된 대로 수술실로 들어가서 아이를 낳고

---

* 이희주의 장편소설 『성소년』에서 아름다운 남성을 돌보는 행위는 돌봄에 깃든 여성들의 권력과 섹슈얼리티의 관계를 새롭게 발견하는 정치적 효과를 지닌다. (인아영, 「healers, carers, and lovers」, 『뉴래디컬리뷰』, 2022년 가을호 참조)

우미는 바깥에서 깜빡 잠이 든다. 꿈속에서 유리와 부부가 된 우미는 곧 태어날 아기를 위해 케이크를 사러 갔다가 돌아오는 길에 유리가 위험에 빠졌다는 사실을 알게 된다. 그러나 집에 도착했을 때 유리는 폭탄을 맞은 듯 몸이 터져 있었고, 우미는 "피와 내장의 정글"을 헤쳐 빨간 수정 구슬 안에 들어 있는 아기만을 구해낸다. 꿈속이지만 아이러니하게도 마지막까지 우미 곁에 남은 것은 '아름다운 유리'가 아니라 '아름답지 않으면 죽일 수도 있을 것 같은 아기'. 완전한 아름다움을 끈질기게 욕망하지만 그로부터 번번이 상처받고 엉망이 되는 여자에게 결국 남겨진 것이 불확실한 가능성인 까닭은 무엇일까. 이에 대한 해석은 열려 있지만*, 우리는 이 소설을 읽고 알 수 있다. 언제나 아름다운 것과 추한 것, 끔찍한 것과 황홀한 것, 비천한 것과 성스러운 것, 유능한 것과 무능한 것이 분리 불가능하게 뒤엉겨 있는 이희주의 소설에서 더러운 진창이 되는 한이 있더라도 끈질기게 아름다움을 욕망하는 여자들의 집념이 그간 본 적 없이 새롭고 또 귀하다는 것을 말이다.

---

* 어쩌면 비슷한 시기에 발표된 「러브 오브 마이 라이프」(『문학인』, 2022년 겨울호)에서는 아름다운 남자와 결혼한 여자와 그 사이에서 태어난 아름답지 않은 딸의 관계가 다루어지는데 이 모녀 서사는 이 결말에서 파생된 한 가지 가능성일 수 있다.

일몰을 걷는 일

정영수

2014년 창비 신인소설상을 통해 작품 활동 시작.
소설집 『애호가들』 『내일의 연인들』이 있음.
제9회, 제10회 젊은작가상 수상.

일몰을 걷는 일

이건 들은 얘긴데, 내가 아는 어떤 사람이 언젠가부터 시도 때도 없이 울음이 터져 나와 곤란을 겪게 되었다고 한다. 어느 정도냐면 거의 사람이 아니라 걸어 다니는 눈물주머니라고 불러야 했을 정도라고. 눈 밑까지 가득 들어차서 찰랑이다가 잠시 기우뚱하거나 누가 툭 건드리고 지나가면 왈칵 눈물을 쏟아내는 그런 주머니 말이다.

그는 회사에서 다른 부서에 자료를 전달하기 위해 4층에서 6층으로 올라가는 엘리베이터 안에서 울었다. 회의 도중에 눈물이 나올 것 같아 조용히 빠져나와 화장실에서 잠시 울고는 자리로 돌아가야 할 때도 있었다. 언제 울음을 터뜨리게 될지 몰라 일상적으로 사람을 만나는 것도 쉽지 않은 일이 되었다. 그는 점심 메뉴를 고르다가도 울고, 옷장 정리를 하다가도 울었다. 자전거를 타다가도 울고, 달리기를 하다가도 울었다. 정치 뉴스를 보다가도, 인터넷에서 반찬거리를 사다가도 울었다. 그는 그냥 울었다. 슬픈 생각이 들어서가 아니라 대체로 이유 없이 울었다. 그다음에 슬픈 생각이 떠오를 때도 있었지만 아닐 때도 있었다. 그런 일이 있기 전까지 그는 자신이 유별나게 감상적인 사람이라고 생각해본 적이 없었지만, 상황이 그쯤 되어서는 어쩌면 그럴지도 모른다고 인정할 수밖에 없었다.

　퇴근하고 집으로 향하는 길에 서너 정거장 먼저 내려 한참을 울며 걷다 들어가는 것은 일종의 루틴이 되었다. 집에는 아내가 있었고 그녀에게 걱정을 끼치고 싶지 않았기 때문이다. 사람들이 하루 일과를 끝내고 집으로 돌아가는 저녁 무렵에 눈물을 쏟으며 구부정하게 거리를 걷고 있는 남자라니. 나라도 그런 사람을 봤다면 아마 대단한 사연이 있거나 어딘가 아픈 사람이라고 생각했을 것이다. 처음에 그는 그런 자신을 의아하게 바라보는 행인들의 시선을 피하려고 애썼지만 어느 순간부터는 그냥 포기해버렸다. 하지만 뭐 어떤가. 우리는 하루에도 길에서 수백 명의 사람들을 마주치지만 잠자리에 누웠을 때 그중 기억나는 얼굴이 하나라도 있던가? 살면서 지나친 수십만 명의 사람 중 아마 길에서 울며 걷고 있는 사람을 본 적도 있겠지만 지금은 그 사람이 누구인지(그러니까 그가 누군가 자신을 기억하고 있다는 사실을 의식하거나 부끄러워해야 할 만큼 그 사람을 구별하게 하는 어떤 정체성 같은 것), 외모가 어땠는지, 그를 보았을 때의 시간이 언제였는지, 어떤 계절이었는지 기억이라도 나던가? 그 역시 대로에서 큰 소리로 다투는 연인을 본 적도 있고, 인파가 많은 곳에서 갑자기 넘어져 부끄러워하는 사람을 본 적도 있지만 그들이 누구였는지 알지 못하는데. 그러니 누구도 울며 거리를 걷는 그를 보지 못하는 셈이다. 그래서 그는 마음 놓고 울며 걸었다.

　이혜인 선생은 그가 그러는 게 유년 시절의 경험과 깊은 관계가 있을 거라고 생각했다. 그도 그럴 것이 상담을 받기 위해 그녀를 찾아간 첫날, 첫 번째 질문으로 그녀가 "부모님은 어떤 사람들이었나요?"라고 물었을 때 그가 곧바로 울기 시작했기 때문이다. 모르겠다. 그는 사람들 앞에서 울음을 참는 일에 조금 지쳐 있었던 것 같다. 그는 아마 그녀가 중세 국어와 현대 한국문학의 연관 관계에 대해 물었어도 울음을 터뜨렸을 것이다. 아무리 그렇더라도 어떻게 처음 보는 사람 앞에서 울음을 터뜨릴 수 있나 싶겠지만, 인터넷을 검색해 찾아간 그 상담센터는 사람을 무장해제시키는 분위기가 있었다. 이혜인 선생은 온 몸이 푹 잠기는 리클라이너 소파에 그를 앉히고는 조도가 낮은 백열등 하나만 켜둔 채 그윽한 얼굴로 그의 눈을 한참 들여다보다가 그렇게 물었던 것이다. 그가 눈물을 쏟자 그녀는 이거다 싶었는지 그가 유년 시절의 불운한 기억들에 대해 구구절절 털어놓기를 기다렸다. 하지만 비록 처음부터 그런 모습을 보이긴 했지만 그는 친밀하지 않은 사람에게 쉽게 마음을 여는 편은 아니었기에 주로 회사 생활에서 겪는 어려움 같은 피상적인 이야기를 하며 한 시간을 보냈다. 이혜인 선생은 집중력을 잃지 않고 고개를 끄덕이며 그의 이야기를 듣긴 했지만 썩 만족스럽지는 않은 기색이었다. 그녀는 말로 하는 것이 어려우면 어린 시절에 대해 기억나는 것을 글로 써보라는 숙제를 내주었다. "기억나는 건 무엇이든지요." 그녀는 아마 말로 하는 것보다 글로 쓰는 편이 좀 더 쉬울 거라고 생각했을 것이다. 그는 글을 쓰는 것이 직업인 사람이었고, 그녀 또한 그 사실을 들어 알고 있었으니까. 아직 그녀에게 언제부터인지 글쓰기가 그에게 결코 쉽지 않은 일, 거의 공포스러운 일이 되었다는 이야기를 하지 않은 탓이었다. 그는 잠시 망설였지만 그녀의 거듭된 권유에 마지못해 그러겠다고 했다.

다음 주에 그는 처음으로 두발자전거를 타는 데 성공했던 기억에 대해 짧은 글을 써갔다. 빠르게 페달을 굴리고, 자전거가 기울어지려 할 때 중력이 작용하는 반대 방향으로 재빨리 핸들을 돌리면 넘어지지 않을 수 있다는 걸 알게 되었을 때의 기쁨. 그가 여섯 살 된 해의 일이었고, 그건 그의 삶에서 가장 오래된 기억 중 하나였다. 그는 자신의 첫 기억이 무언가를 성취한 순간이라는 사실을 마음에 들어했다. 그 기억에 그의 부모는 등장하지 않는데, 그는 그것을 자신이 자율적이고 주체적인 삶을 살리라는 어떤 상징을 내포하고 있다고 여겨왔다. 그런데 이혜인 선생은 바로 그 지점에 주목했다. 그녀는 그가 유년 시절에 부모와 충분한 애착 관계를 형성하지 못했기 때문에 성인이 되어서도 정서적 결핍에 시달리게 된 듯하다고 진단한 것이다. 나아가 그녀는 그 장면에서 카메라가 비추지 않는 곳, 화각을 벗어난 장소에서 그의 부모가 그를 지켜보고 있었을 것이라는, 그가 그들에 대한 기억을 의도적으로 삭제했을지도 모른다는 의혹까지 제시했다. 그녀의 분석에 따르면 어린 시절, 그가 아직 털어놓지 않은 모종의 이유로 부모에게 느낀 소외감과 결핍감이 삼십 년에 가까운 세월이 흘러, 아직 털어놓지 않은 모종의 요인으로 인한 스트레스로 쇠약해진 그의 정신에 작용해 눈물을 흘리도록 했다는 것이었다. 나 참, 프로이트나 미국식 정신분석이나 어쩜 그리 한결같은지.

유년기 트라우마의 유무와 무관하게 그가 어머니를 케어하느라 지쳐 있던 것은 사실이다. 그의 어머니는 아버지와 오랜 기간 갈등을 겪다 최근 집에서 나와 혼자 살고 있었는데, 모든 인간관계에 진력이 난 나머지 자신의 형제자매들과도 완전히 담을 쌓고 칩거 중이었다. 그녀는 스스로를 고립시키고는 아들 외에는 아무도 만나지 않았다. 척추협착증과 퇴행성 관절염으로 일상적인 외출도 쉽지 않았던 그녀는 스마트폰으로 할 수 있는 일 중 가장 유용한 두 가지 일, 아들에게 힘겹게 배워 겨우 할 수 있게 된 유튜브 시청과 온라인 장보기로 삶을 이어나가고 있었다. 그는 어머니의 집 발코니를 가득 메울 정도로 많은 다육식물 화분들을 보며 자신이 그녀와 함께 살던 때를 떠올렸다. 집에 식물이라고는 찾아볼 수 없었던 시절, 틈날 때마다 버스를 타고 전국 어디든 떠돌기를 즐기던, 비록 가족에게서 잠시라도 벗어나기 위함이었을지라도 나름의 생기를 품고 자신의 발로 어디까지고 이동하던 그때를. 그녀는 스스로를 고립시킨 사람치고는 말하기를 좋아했고, 유쾌한 언변을 구사했다. 그가 찾아갈 때마다 그녀는 텔레비전과 유튜브로 알게 된 바깥세상 소식을 자신의 견해를 덧붙여 들려주곤 했다. 시종 농담을 섞어가며 끊임없이 늘어놓는 이야기를 들으며 그는 세계 정세에 대해서라면 그녀가 자신보다 훨씬 더 아는 게 많을 거라고 생각하곤 했다. 그녀는 하나의 이야기, 그러니까 그녀가 펼치는 모노드라마의 한 시퀀스가 끝날 때마다 마치 후렴처럼 반복적으로 다음과 같은 이야기를 덧붙였다. 그것은 다양한 방식으로 변주되었지만 크게 보면 두 가지 내용이었는데 하나는 나는 괜찮으니 걱정할 거 하나 없다, 그리고 또 하나는 너는 자식을 만들지 마라, 였다. 그는 그 이야기를 들을 때마다 알겠다며 고개를 끄덕였지만 대화가 더 길어지면 또 그와는 정반대의 이야기가 시작되리라는 것도 알고 있었다. 나의 삶은 처음부터 잘못되었으며 이제는 모든 것이 무의미해 당장 세상을 떠나고 싶은 마음뿐이다, 전부 다 부질없지만 인생에서 딱 하나 의미 있는 것이 있다면 그것은 바로 너를 낳은 것이다, 라는 말이었다. 물론 사람은 누구든 어느 정도는 이율 배반적인 면을 가지고 있으니 누군가가 동시에 상반된 의미의 이야기를 한다고 해도 그리 당황할 필요는 없을 것이다. 그래서 그는 어머니의 말에 성실히 고개를 끄덕였다.

그렇다고 그가 그녀를 자주 찾아간 것은 아니었다. 애써 그녀에게 유튜브와 온라인 쇼핑을 가르쳐준 것도 그럴 수 있도록 하기 위함이었으니까. 그의 어머니와 그는 살아온 시대도, 교육 수준도, 성별부터 하는 일까지 모든 것이 달랐지만 그녀를 볼 때면 그는 자신의 분신을 마주하고 있는 듯했다. 정확히 말하면 그가 그녀의 분신이겠지만 그는 그렇게 느꼈다. 여기 나를 닮은 사람이 있다고. 그래서 그녀를 보고 있으면 그는 자신의 미래를 목격하고 있는 듯한 기분이 들었는데, 그것이 불행(또는 불운)한 길이든 아니든, 그가 그것을 받아들였든 아니든 간에 자신의 미래가 눈앞에 펼쳐지는 걸 느끼는 것은 아득하고 피로한 일이었기에, 그는 어머니를 만나고 집으로 돌아오면 완전히 녹초가 되어버리곤 했다.

어쩌면 다른 사람들은 그러지 않을지도 모르겠다. 그가 유독 미래라는 것에 피로감을 느끼는 사람일지도. 그래서인지 그는 언제나 미래보다는 과거로 향하는 사람이었다. 미약할지언정 희망을 가정할 수 있는 미확정된 미래보다, 회한으로 가득하더라도 완료된 과거를 들여다보는 것이 그는 더 편했던 것이다. 그런 그에게는 상대를 곤혹스럽게 만들 수도 있는 기이한 습관이 있었는데, 그것은 바로 이제는 멀어진 사람에게 편지를 쓰는 일이었다. 그는 자신이 떠나온, 혹은 자신을 떠나간 사람들에게 몇 년, 길게는 십수 년이 지난 뒤에 편지를 썼다. 대학 동기의 결혼식장으로 향하는 택시 안에서라든가, 휴가지에서 이국의 왕궁을 구경한 뒤 호텔로 돌아와서라든가, 그는 그래야겠다는 생각이 들면 스마트폰의 메모 앱에든 호텔의 결제 확인증 뒷면에든 손에 잡히는 대로 편지를 쓰기 시작했다. 그도 자신이 언제 편지를 쓰게 될지 알 수 없었다. 그런데 딴에는 마음을 담아 하는 일이겠지만 소통이라는 것은 아무래도 어느 정도 감정의 궤가 맞아야 하는 일이기에, 냉랭한 답장이 올 때도 있었고 아예 답신이 오지 않을 때도 있었다. 그래도 성의 있게 화답하는 경우가 아주 없지는 않았는데 자신의 마음에 공감한 듯한 답장을 받으면 그는 용기 내서 먼저 말을 건네길 잘했다고 여기며 그 사람과의 오랜 관계를 재설정하곤 했다.

하지만 그가 마지막으로 편지를 쓴 건 꽤 오래전 일이었는데, 예전보다 글쓰기를 힘겨워하게 되었다는 요인도 있었지만 나이가 들면서 새로 알게 되는 사람이 적어져 그만큼 새로 멀어지는 사람도 줄어들다 보니 편지를 보낼 만한 사람이 거의 남지 않은 탓이 컸다. 그래서 누군가에게 편지를 써야겠다는 생각이 들 때마다 그는 가장 과거에 멀어졌지만 아직 편지를 보내지 못한 한지수를 떠올리곤 했다. 그는 과거를 자주 생각하는 사람이었기에, 최근 자신에게 일어난 심정적/신체적 변화가 미처 화해하지 못한 지난 관계의 앙금들이 마치 신발 속 뾰족한 돌멩이처럼 자신의 마음속을 굴러다니며 계속해서 작은 생채기를 만들어내기 때문일지 모른다고 생각했다. 그런 생각이 들자 그는 이번에야말로 한지수에게 그동안 보내지 못한 편지를 쓸 때인 것 같다는 생각을 했고, 곧바로 그 일에 착수했다. 회사에 출근해 자리에 앉은 지 얼마 되지 않은 시간이었는데 편지를 써야겠다는 생각에만 몰두한 그는 오전 중에 꼭 작성을 마쳐야 하므로 출근길 지하철에서부터 머릿속으로 구상해온 보도자료 파일을 닫고 새 문서를 열었다. 오전에 쓰기 시작한 편지는 점심을 걸러가며 애를 쓴 끝에 오후 나절이 되어서야 겨우 끝마칠 수 있었다. 인사말을 다듬는 데에만 거의 한 시간이 걸렸던 것이다. 그가 쓴 편지의 내용은 대략 다음과 같았다.

안녕, 잘 지냈니, 우리가 마지막으로 본 게 언제인지 모르겠네, 고등학교 졸업하고 한동안은 상갓집이나 결혼식에서 어색하게 마주치기라도 했던 것 같은데 이제는 다들 멀어져서 그렇게 모일 일도 없구나, 우리는 어렸을 때부터 누구보다 가까웠잖아, 그런데 언젠가부터 너와 이야기하는 것이 어려워졌어, 수능이 끝난 뒤 내가 도서관에 가자고 했던가 아무튼 방과 후에 무언가를 같이 하자고 제안한 것을 네가 냉랭하게 거절한 이후로는 다시 말을 붙이기가 어려웠던 것 같아, 아니 생각해보면 그전부터 나를 대하는 너의 태도에서 어떤 차가움을 느꼈기 때문에 오히려 부자연스럽게 자꾸 어디를 같이 가자고 했던 거지, 혹시 내가 너에게 무언가 잘못한 게 있을까, 너희 부모님이 집을 한 채 네 명의로 돌려두었다는 이야기를 듣고 내가 약간은 조롱조로 너에게 유산계급이라고 말했던 일 때문일까, 그리고 그 일을 다른 친구들한테 이야기해서? 모르겠네, 사실은 그 이야기를 한 시점 도 잘 기억나지 않아, 하지만 고등학교를 졸업한 이후에도 지금까지 나는 자주 너에 대해 생각해왔어, 우리가 이제 와서 친구로 지낼 수 없다는 것은 알고 있지만 그래도 어쩌면 살면서 계속 담아두고 있었던 마음의 앙금들이 사실 한 번의 대화, 단 한 번의 용기로 해소할 수 있었던 것 아니었을까 하 는 생각을 나중에 하게 될까 봐, 누군가가 먼저 말을 걸기만 한다면 멀리서 나마 서로를 응원하며 살아갈 수 있지 않을까 하는 생각에 편지를 써…….

그는 편지를 적기 시작한 뒤 자신이 생각보다 그에 대해, 그리고 그와의 일화들에 대해 거의 기억하고 있는 것이 없다는 사실을 깨달았다. 그는 속 시원히 이야기를 꺼냄으로써 짚고 넘어갈 부분은 짚고 넘어가고, 풀 수 있 는 오해는 풀고 앞으로 좋은 마음, 아니 그보다는 편안한 마음으로 그에 대 해 떠올리고 싶었을 뿐이었는데, 정작 쓰다 보니 구체적인 이야기보다 그저 그리움을 담은 애절한 연애 편지처럼 되어버린 것 같았다. 그는 그 글을 다 쓴 뒤 곧바로 처음부터 다시 읽어 내려가다가 자신이 쓴 글을 읽는 데 지쳐 서 절반쯤 읽고는 마우스 휠을 빠르게 돌려 마지막 줄까지 내려갔다. 거기 에는 이렇게 쓰여 있었다. "내가 무언가 사과할 것이 있다면 얘기해줘. 그리 고 네가 사과할 것이 있다면 사과해줘." 그는 그대로 전송 버튼을 눌렀다.

그는 그런 편지 같은 건 어떻게든 써냈지만, 정작 써야 하는 글은 쓰지 못하고 있었다. 그는 회사를 다니며 퇴근 후에는 소설을 썼는데, 마지막으 로 책을 낸 뒤로 일 년이 넘도록 아무것도 쓰지 못하고 있었다. 이미 꽤 많 은 소설을 써왔으면서도 어느 날부터 더 이상 자신의 문장을 견딜 수 없게 된 것이었다. 글을 통해 다른 누군가의 목소리를 내는 일, 자신이 아닌 자신과 닮은 누군가가 되어 말하는 일을 참지 못하게 되었다고 하는 편이 맞겠다. 그는 소설이 재현이라고 생각해왔다. 이 순간을 실제로 살아내고 있는 사람은 그것을 감각할 뿐 면밀히 살필 수는 없기 때문에 그걸 깊이 들여다보기 위해서는 삶을 재현하는 과정이 필요하며 그것이 바로 소설이 존재하는 이유라고 말이다. 그러니 그가 소설의 작동 여부를 판단할 때 그것이 얼마나 삶을 실재와 동일하게 모방하고 있느냐가 가장 주요한 요소가 될 수밖에 없었을 것이다. 하지만 그와 동시에 소설은 원칙적으로 픽션이라는 명제는 그를 혼란에 빠뜨렸다. 어느 순간부터 허구를 만들어내는 일에 회의를 느낀 그에게 소설에 관한 유명한 격언, 그 자신도 가끔 이야기하곤 했던 '소설은 진실을 이야기하기 위해 거짓을 이용하는 장르'라는 명구는 허황되게 들릴 뿐이었다. 그것을 위해 자신이 만들어낸 허구는 얼마나 실제 세계를 반영하고 있는가. 진실을 이야기하겠다고 직조한 허구가 실제로는 진실을 반영하지 못한다면 그가 만들어낸 허구는 무엇을 위한 허구란 말인가. 의도와 무관하게 거짓을 가리키는 허구가 그 존재 가치를 지켜낼 수 있을까? 그는 자신이 쓰는 모든 문장을 검열하기 시작했는데, 그럴수록 자신의 문장이 진실을 가리키고 있다는 확신을 잃어갔고 점점 무엇도 쓸 수 없는 상황에 빠져들었다. 그에게는 처음 소설을 쓰기 시작했을 무렵 도저히 풀 수 없는 궁금증이 하나 있었는데, 그러니까 자신이 읽은 문학작품을 가득 채우고 있는 구체적인 요소들, 어떤 인물은 보험회사에서 일하고 어떤 인물은 비행기 사고를 당한다면, 도대체 왜 그가 신발가게를 하거나 신문사에서 일하는 대신 보험회사에서 일해야 하는지, 왜 그가 자동차 사고를 당하거나 백혈병에 걸리지 않고 비행기 사고를 당하는지 하는 것이었다. 그는 거기에 어떤 필연성이나 상징이 존재하지 않는다면 우리가 그것을 친구가 아무렇게나 지어내서 즉흥적으로 들려주는 이야기보다 더 귀담아들어야 할 이유가 무엇일까, 하는 의문을 가졌던 적이 있다. 그는 소설을 계속 써오며 그에 대한 답을 얼마간 스스로 찾아냈다고 생각했는데, 자신의 문장을 믿을 수 없게 된 지금 해답은커녕 다시 미궁 속을 헤매게 된 것이다. 그는 하나의 인물, 하나의 요소, 하나의 대사를 만들어나갈 때마다, 그리고 하나의 문장, 하나의 단어를 적어 내려갈 때마다 그것이 왜 존재해야 하는지 회의를 품지 않을 수 없었고, 그것이 존재해야 마땅하다는 믿음을 갖지 못한 채로는 더 이상 한 글자도 쓸 수 없게 된 것이었다. 그는 문장을 하나 쓴 다음, 갑자기 어떤 개연성 없는 사건이 일어나 (예를 들면 화재가 난다든지 천장이 무너져내린다든지 해서) 마치 금방이라도 그 거짓된 문장을 지울 기회를 놓쳐버릴지도 모른다고 생각하는 사람처럼 부리나케 그 문장을 지워버렸다. 그는 자신이 영영 소설을 쓸 수 없게 되었다고 생각했다. 그래서 자전으로 발생하는 시차처럼, 지구 반대편에 지연되어 도착하는 밤처럼 이미 자신은 어둠 속에 있는데 아직 일몰을 보지 못한 사람들만이 자신을 여전히 소설을 쓰는 사람으로 여기고 있으며, 자신은 그들을 속이고 있는 것이라는 생각을 하곤 했다.

❧

　방금 한 말은 비유였을 뿐이지만, 여기 실제로 지구 반대편에서 아직은 소설을 쓴다고 여겨지는 그에게 말을 걸어오는 이가 있다. 바로 그의 오랜 친구 이연진으로, 그녀는 미국 동부에 살고 있었다. 그녀는 고등학교를 졸업한 뒤 곧바로 미국으로 유학을 떠났고 대학을 마친 뒤에도 쭉 그곳에 살았기 때문에 스무 살 이후 그와 실제로 만난 것은 손에 꼽을 정도였지만 자주는 아니어도 완전히 끊기진 않을 정도로 연락을 주고받고 있었다. 어느 시기에는 통화로, 어느 시기에는 메일로, 시기에 따라 주요 소통 수단이 바뀌었는데 최근에는 화상통화를 이용했다.
　이번에 화상통화를 한 것은 거의 반년 만이었다. 그녀는 간단한 안부 인사를 한 뒤 최근 겪은 일을 이야기하기 시작했다. 그녀는 이직에 필요한 서류를 떼기 위해 휴가를 내고 뉴저지에서 모교가 있는 맨해튼까지 갔는데 비협조적인 교직원 때문에 결과적으로 허탕을 치게 된 이야기를 들려주며 분통을 터뜨렸다. 그는 적당히 맞장구를 쳐주었다. "뉴욕 놈들이란!" 물론 그는 뉴욕에 가본 적이 없었다. 하지만 친구의 이야기에 맞장구 좀 쳐주는 데 뉴욕까지 다녀와야 할 필요는 없잖은가? 그녀도 나와 생각이 같았는지 그가 뉴욕에 가본 적이 없다는 것을 알면서도 굳이 그걸 걸고넘어지지 않고 한창 불만을 늘어놓는 와중에도 그의 반응에 고맙다는 표정을 지어주었다. 그것은 그녀가 잘하는 일이었다. 그녀는 말과 말 사이 찰나의 틈새를 파고들어 적시에 꼭 필요한 표현을 해내고야 마는 사람이었다. 그럴 만한 여유가 충분했음에도 고맙다거나 미안하다고 말할 타이밍을 놓치고 한참 뒤에야 후회하는 그와는 다른 타입의 사람. 미국에 오래 살아서 사소한 배려에도 반드시 'Thanks'라고 덧붙이는 (물론 개중 예의 바른) 미국인들의 나이스한 태도를 배우게 된 거라고 생각할 수도 있겠지만, 그녀는 한국에 있을 때에도 그런 능력을 지니고 있었다. 함께 이야기하고 있다 보면 지금 이 순간 다른 사람은 몰라도 그녀만큼은 나의 마음을 깊이 이해하고 있는 듯한 기분이 드는데 기껏 그런 사소한 공감의 제스처로 감동할쏘냐, 하다가도 어쩔 수 없이 뭉클한 느낌이 들어버리도록 하는 그런 타입이었다고 할까. 그래서 그는 그녀 앞에서 하마터면 울음을 터뜨릴 뻔했다. 왠지 향수를 불러일으키는 조악한 화질, 조금씩 지연되며 화면에 나타나는 그녀의 얼굴에서 언뜻언뜻 드러나는 세심함이 그의 마음을 찌르고 들어왔던 것이다. 눈시울에서 뜨거운 기운이 느껴졌을 때 그는 괜히 천장을 올려다보며 고이는 눈물이 떨어지지 않도록 하려고 애썼다. 화상 카메라의 범위를 벗어날 수도 있었겠지만, 그렇게 하면 그녀와의 거리가 오십 센티미터에서 일만 킬로미터로 아득히 멀어질 거라고 생각하니 차마 그럴 수가 없었고, 그는 대신 별것도 아닌 이야기에 과장되게 웃음을 터뜨려 눈물을 훔치는 것으로 위기를 모면했다.

그는 예전에 한번 친구 앞에서 눈물을 보인 적이 있었는데, 친구는 그가 그러는 것이 다른 사람들에게 예술가적 자의식을 드러내고자 하는 은근한 내적 욕망에서 비롯된 것이라고 핀잔을 주었다. 그런 게 아니면 요즘 세상에 도대체 누가 다른 사람 앞에서 별 이유도 없이 눈물을 보인단 말이야? 친구의 말에는 일리가 있었고, 그도 어느 정도는 동의하는 바였다. 자신이 평소에 자꾸 눈물을 쏟는 거야 그렇다 쳐도, 다른 사람들 앞에서 그런 모습을 보인다는 것은 상대가 자신이 그러는 것을 어느 정도 이해해주리라는 기대에서였다는 것을 부인할 수 없었던 것이다. 그 친구의 말대로 허황된 예술가적 자의식의 발현이 아니라고 스스로도 확신할 수 없는 일이었다. 그래서 그는 그 이후로는 다른 사람 앞에서 (그러니까 길에서 마주치는 실제로 자신의 삶에 존재하지 않는 완전한 타인들은 제외한다면) 눈물을 보이지 않으려 애썼다.

그는 이연진의 이야기를 다 들어주고 나서 최근 자신이 겪고 있는 어려움에 대해 이야기했다. 그가 인간 눈물주머니가 된 일이 아니라, 앞에서 기술한 이유로 더 이상 글을 쓰지 못하고 있는 상황에 대해서. 그녀는 그에게 용기를 북돋워주었다. 창조적인 일을 하다 보면 누구나 어려움에 봉착할 때가 있는데, 그런 난관을 만나지 않은 것은 불가능하며, 오히려 난관을 맞닥뜨리지 않고는 성장할 수 없는 법이니 나중에는 지금 겪는 일에 감사하게 될 거라고, 네가 지금 당장은 스스로를 믿지 못하고 있을지라도 나만은 네가 지금의 어려움을 이겨내고 더 좋은 글을 써낼 거라고 믿는다고, 너는 분명히 지금보다 더 좋은 작가가 될 것이고 자신은 그 사실을 결코 의심하지 않기 때문에 실은 걱정도 되지 않는다고 했다. 그는 그녀가 우정이라는 이름으로 사력을 다해 자신에게 허황된 소리를 해주고 있거나, 아니면 무언가 단단히 오해하고 있거나 둘 중 하나일 거라고 생각했다. 그리고 나서 그는 그녀가 자신을 정말 그런 사람으로 오해하고 있는 것이라면, 자신이 그동안 혹시 일종의 미필적 고의로써 그녀를 속여왔다는 뜻이 아닐까 하는 생각에 왠지 모를 죄책감을 느꼈다.

그래서 그는 이유진을 만나보겠다고 자신이 먼저 이야기한 것을 스스로 어떻게 받아들여야 할지 알 수가 없었다. 어떤 부분에서라도 그녀의 기대에 부응하는 사람이 되고 싶다는 마음이었을지. 대화가 다른 주제로 넘어갔을 때 이연진은 자신의 동생에 대한 염려를 토로했는데, 얼마 전 이혼한 후로 갈피를 못 잡고 있다는 것이었다. 그 뒤로 어머니 집으로 돌아온 것도 아니고, 그렇다고 따로 집을 구해 나간 것도 아니고, 전남편과 살던 집에 여전히 혼자 살고 있는데 이번에는 회사까지 그만둬서 도대체 무슨 생각인지 걱정이 이만저만이 아니라고 했다. 당장은 한국으로 들어가기도 쉽지 않은 상황이라 가끔 통화나 하는 정도인데 아무래도 신경이 쓰인다는 그녀에게 그가 "그럼 내가 한번 만나볼까?"라고 묻자 그녀는 반색을 했다. 그녀는 자신이 힘들 때 그가 해준 이야기로 힘을 얻은 적도 많고, 고민이 있을 때 그의 이야기를 듣고 마음의 결정을 내릴 수 있었던 일도 있었으니 그가 한번 만나서 조언을 해주면 도움이 될 거라고 했다. "그리고 옛날부터 유진이가 너 되게 좋아했잖아." 그녀는 이렇게 덧붙였다. 그는 그렇게 말하기에는 자신이 유진을 만난 게 너무 오래전이라 연진에게 그런 식으로 말했다 하더라도 아주 잠깐, 그것도 아주 약간이었겠지, 하고 생각했지만 그렇게 말하지는 않았다.

그가 이연진의 집까지 가게 된 것은 우연한 사건 때문이었다. 아직 이연진이 미국에 가기 전인 고등학생 시절, 둘이 함께 저녁을 먹던 중 그녀가 갑자기 식은땀을 흘리며 복통을 호소해 그가 그녀를 집까지 업어다 준 일이 있었다. 그녀를 방에 눕혀주고 나니 저녁을 먹지 못한 그에게 그녀의 어머니가 식사를 차려주었는데, 그때 맞은편에 앉아 끊임없이 질문을 퍼부어 식사 자리의 어색함을 달래주었던 것이 바로 그가 이번에 자기 스스로 한 번 만나보겠다고 한 이유진이었다. 그녀는 그에게 집안에 남자가 없어 난 감할 뻔했다며(그는 그때 그녀의 부모님이 이혼했다는 사실을 알게 되었다) 그가 있어서 천만다행이었다고 고마워했다. 그다음에 이연진을 만났을 때 그녀는 자신의 동생이 그 오빠 멋있더라, 라고 했다는 식의 이야기를 전한 기억이 있는데, 그게 그녀가 자신의 동생이 그를 '되게 좋아했'고 말한 근거인 듯했다. 이연진이 미국으로 떠난 뒤 그녀와 관련해 이유진과 몇 번 연락을 주고받은 적이 있긴 하지만, 이후에는 가끔 전해 들어 근황이나 업데이트했을 뿐 그로서는 아무리 생각해봐도 결코 따로 만나 인생에 대해 조언을 할 만한 사이라고는 할 수 없었다.

그런데 그럴 만한 사이였다고 한다면 뭐가 다르긴 할까? 그는 지금 자신은 그 누구에게도 도움이 될 만한 조언을 해줄 수 있는 상황이 아니라고 생각했다. 평소라면 잘 알지 못하는 사안에 대해서라도 일반론을 적당히 곁들여 할 수 있는 말을 성의껏 해주었겠지만 지금은 자기 자신도 제대로 추스르지 못하고 있었다. 더욱이 그도 결혼생활을 하고 있긴 했지만, 눈에 띄는 문제는 없었으므로 이혼한 사람에게 무언가 해줄 수 있는 이야기가 있을까 싶었다. 그가 듣기로 이유진이 남편과 갈라서게 된 것은 그녀에게 다른 남자가 생겨서였는데, 그녀는 그렇게 만난 새로운 사람과도 얼마 가지 못하고 헤어졌다고 했다. 오히려 그녀의 전남편은 얼마 뒤 다른 사람을 만나 결혼했고 자식까지 낳고 잘살고 있다던데, 그런 상황에 놓인 사람에게 그가 조언이랍시고 해줄 만한 말이 있을 리가 없다는 게 가장 큰 문제였다.

✻

그는 이유진에게 연락할 생각을 하면 배가 살살 아프면서 위경련이 올 정도로 긴장이 되었지만, 그렇다고 차마 말을 무르지는 못하고 차일피일 그 일을 미루고 있었다. 그러다 어느 하루는 오늘은 반드시 그 애에게 전화를 걸리라 다짐하고 퇴근 후 지하철에서 나와 거리를 걷기 시작했다. 평소에 그가 울면서 걷던 그 거리였다. 그는 이유진에게 전화를 걸고 그녀를 만나 뭐라도 말해야 한다는 사실에 두려움에 가까운 부담을 느끼는 한편, 그 일이 아무것도 아니라고 생각하고 있었다. 나를 둘러싼 고민과 불안들은 사실 아무것도 아니다. 그는 최근 그런 생각에 빠져 있었다.

그가 느끼는 감정을 어떻게 설명하면 좋을까? 이를테면 그는 거리의 사람들을 지켜본다. 태양이 거리를 붉게 물들인 저녁, 그들은 각기 자신이 가야 할 길을 가고 있다. 스마트폰에 정신이 팔린 채 비틀거리며 걸어가는 남자, 통화를 하며 유아차를 밀고 가는 남자. 한 중년 여성은 큰 우산을 지팡이처럼 짚으며 걷고 있고, 그녀 뒤로는 운동 가방을 든 학생 무리가 뒤따르고 있다. 낡은 자전거를 탄 노인이 그를 향해 다가가다 그를 발견하고는 잠시 휘청거리더니 다시 균형을 잡고 그를 지나쳐간다. 그 자전거의 짐받이에는 짐을 더 많이 실을 수 있도록 나무 판자가 비닐 끈으로 고정되어 있다. 그의 옆에서 가스를 배출하며 서서히 속도를 줄이던 파란색 버스가 그가 타지 않는다는 사실을 확인하고는 문을 닫고 속도를 낸다. 버스에는 공무원 합격자 수 1위라는 온라인 학원의 광고가 붙어 있다. 앙상하게 가지만 남아 거칠게 다듬어져 있는 플라타너스들, 지난가을에 떨어진 듯 보도블록 가장자리에 검게 짓이겨진 낙엽들. 초록색 버스가 그의 옆으로 또다시 한 무리의 사람들을 내려놓고 떠나간다. 잠시 거리를 바라보던 그는 이 모든 움직임이 무의미하다고 생각한다. 그가 지켜보던 이들이 향하는 곳은 아무 곳도 아니며 그들이 하려는 일은 아무것도 아니다, 모든 것이 다 부질

없다, 시간이 흐르면 흔적도 없이, 단 한 톨의 의미도 남기지 못한 채 사라져버릴 것들. 물론 이러한 생각이야말로 무의미하고 부질없는 것이라는 사실을 그는 잘 알고 있다. 하지만 그렇다고 그런 생각에서 빠져나갈 수 있는 것은 아니다. 그는 눈앞에 보이는 모든 것이 언젠가는 사라질 것들뿐이라는 것을 생각하며 견딜 수 없는 슬픔을 느낀다. 하지만 그걸 누가 모르나? 그는 언젠가부터 자신이 아무것도 알고 싶지 않고 아무것도 원하지 않는다고 생각하게 되었다.

물론 그는 끊임없이 무언가를 갈망했다. 하지만 그것은 갈망하는 그 찰나의 순간에만, 갈망의 대상으로서만 존재할 뿐 그 실체는 이 우주에 존재하는 다른 모든 것들처럼 무의미할 뿐이라고 생각했다. 그는 어린 시절부터 자신이 원하는 무언가를 얻어낸 사람들, 내면의 깊은 갈망을 현실화한 사람들에 대해 관심이 많았다. 그러니까 삶을 제대로 살아낸 사람들, 인류가 생겨난 이래 이 세상에 존재한 셀 수 없이 많은 사람들 중에 시간을 이겨내고 자신의 존재를 세계에 각인시킨 사람들. 그는 분야를 막론하고 그런 사람들을 동경해왔다. 그러나 지금 그가 느끼는 것은 이윽고 그들이 느꼈을 공허와 허무뿐이었다. 그는 정작 자신은 공허와 회한을 느낄 자격도 없는 인간이라고 생각했음에도, 모든 것이 무의미하다는 생각에서 빠져나올 수가 없었다. 그도 언젠가 세상이 의미로 가득 차 있다고, 무로 시작된 이 세계에 인간이 창조해낸 의미의 엔트로피는 계속해서 늘어가고 있고 그것만이 인간이 살아갈 이유가 된다는 생각을 한 적도 있었지만 이제는 그 믿음을 잃어버렸다. 그러한 믿음을 가지고 있던 시절에는 세상이 무한히 크게 느껴졌는데, 지금 그는 우주의 비좁음에 온몸이 짓눌리는 듯한 기분을 느꼈다. 숨을 쉬고 무의미한 움직임을 반복하며 유기체로서 존재하다 이 세상에서 사라질 뿐, 그 외에는 아무것도, 정말로 아무것도 없다는 생각을 할 때면 그는 금방이라도 자신의 존재가 바스라질 것만 같다고 느꼈다. 무의미가 자신을 산산조각 내고 있다고. 그는 거리를 걸으며 그런 생각을 했다. 그리고 이유진에게 전화를 걸었다.

 그런 그가 이유진에게 무슨 말을 할 수 있었을까? 그다음 주에 그는 그녀의 집 근처 카페에서 그녀를 만났다. 그는 오랜 세월 이유진을 보지 못하는 사이, 그녀의 언니에게 전해 듣는 소식을 통해 자신의 상상 속에서 그녀의 모습을 바꾸어왔다. 그의 상상 속에서 그녀는 조금씩 상처를 지닌 어른이 되어갔고, 이제는 처음 그녀를 보았을 때와는 전혀 다른 모습이 되어 있었는데, 실제로 만난 그녀는 식탁 맞은편에서 장난스럽게 그에게 말을 건네던 여자아이와 전혀 다를 것이 없는 모습이었다. 옷차림과 헤어스타일은 달랐지만, 적어도 웃으며 인사를 건네는 얼굴은 그랬다. 처음에는 옛날 얘기를 조금 했고, 세상 돌아가는 이야기로 어느 정도 스몰토크를 나눈 뒤에야 주제가 그녀의 근황으로 넘어갔는데, 그때 그는 그녀에게 이런 이야기를 했다.
 그래, 연진이한테 대강 이야기는 들었어, 네 걱정 많이 하더라, 그래도 지금 보니 잘 지내는 것 같아서 마음이 조금 놓이네, 물론 꼭 그렇지는 않겠지만, 어찌 되었든 네가 잘 지내기를 바라는 사람들이 많거든, 나만 해도 그래, 우리가 얼마 만에 보는 거니, 십 년 만인가? 봐, 나 같은 사람도 네가 잘 지내기를 진심으로 바라잖아, 섣불리 위로 같은 걸 하려는 건 아니고, 아니, 사실 위로를 좀 해보려고 했어, 꼭 무슨 일이 있지 않더라도 누구나 위로가 필요하잖아, 나만 해도 그래, 요즘은 사방의 벽이 조금씩 줄어드는 방에 갇힌 것만 같아, 세상이 천천히, 아니 아주 빠르게 나를 조여오는 거야, 그런 기분 느껴본 적 있어? 세상에 기대했던 것들이 하나둘씩 마른 모래알처럼 부서져가는 그런 기분, 삶에서 남은 시간이 얼마 없는 것 같다가도, 한없이 길게 느껴지다가, 이제는 아예 시간이 멈춰버린 듯한 그런 기분 말이야, 어디로도 갈 수 없이 이 세계에, 이 우주에 갇혀버린 것 같고, 사실 태어날 때부터 이미 갇힌 채였던 것 같고, 애초부터 아무 선택지도 없고 그저 무의미를 견디는 것만이 우리의 역할이었던 것처럼…… 그런 생각을 하면 견딜 수가 없어지는 거야, 아니 견딜 수가 없어질 때면 그런 생각이 들기도 해, 예전에는 무언가를 견디기 위해 내가 글을 쓴다고 생각했거든, 그러기 위해 말을 하고 누군가와 대화를 한다고 생각했어, 그런데 이제는 내가 쓰는 글도 견딜 수가 없어, 내 말을 견딜 수가 없어, 그 모든 게 결국엔 아무것도 가리키고 있지 않다는 사실이 나를 짓누르는 거야……

그런데 또 한편으로는 이런 생각도 해, 이런 회의를 견뎌내고 나아간 사람들이 무언가를 이루어내는 것 아닐까, 앞서 살아간 사람들도 삶이 전부 무의미하다는 걸 알면서도 자괴감이나 죄책감이나 열등감이나 상실감을 느끼고, 불안도 안도도 사랑도 미움도, 그 모든 것을 경험한 것 아닐까, 그리고 그다음 이 세상에서 완전히, 영원히 소멸되는 거지…… 그래서 말인데, 이상하게 이미 살고 사라진 모든 사람들이나, 지금 살고 있고 앞으로 태어나 살고 사라질 모든 사람, 모든 존재들을 생각하면 뭉클해져, 그런 걸 생각하면 그냥 살면 되는 거라는 생각도 들어, 아무 회의도 갖지 않고, 그냥 해야 할 일을 하면서 살다가 다른 모든 것들과 함께 사라져가는 거야, 그게 다라고 생각하면 아무 문제도 없는 것 같다는 생각이 들어……

실제로는 더 많은 이야기를 했지만 요지를 정리하자면 이런 식이었다는 말이다. 그는 거의 한 시간 동안 말을 쏟아냈는데, 그럼에도 앞의 말들을 다 하지는 못했다. "그런데 또 한편으로는" 이후부터 그는 목이 메기 시작했고, 다른 사람들을 생각하면 뭉클해진다는 식의 이야기를 할 때는 완전히 울고 있었기 때문이다. 그다음에 한 이야기를 이유진이 알아듣기나 했을지도 잘 모르겠다.

❁

다음 날 그가 메일함을 열었을 때 새 메일이 두 개 도착해 있었다. 주말이었고, 커피 원두가 다 떨어져 원두도 살 겸 차를 몰고 아내와 함께 자주

가던 교외 카페로 향하던 길이었다. 오랜만에 날이 맑아 간선도로에는 교외로 향하는 차가 많았다. 차가 잠시 멈췄을 때 그는 무심코 휴대폰으로 메일함을 열었고, 그 메일들을 보게 되었다. 두 편지 모두 내용은 길지 않았다. 하나는 한지수에게서 온 것이었고, 이런 내용이 적혀 있었다.

─ㅋㅋㅋㅋ뭐라는 거야. 나중에 술이나 한잔하자.

거두절미하고 내용은 그게 다였다. 인사말도 따로 없었다. 그리고 또 하나는 이연진에게서 온 것이었다. 급히 쓴 모양인지 그녀도 인사말은 생략하고 다음과 같이 적었다.

─너 괜찮아? 유진이가 너 되게 걱정하더라. 무슨 일이 있는 거야? 이야기할 수 있을 때 언제든 얘기해줘.

그 메일들의 무엇이 또 그를 그렇게 만들었을까? 어쩌면 메일 때문이 아니었을지도 모르겠다. 그저 날이 너무 맑아서 그랬을지도. 어쨌거나 그는 곧 눈물을 흘리기 시작했다. 이번에는 피할 곳도 없었다. 그는 뿌예진 시야로 다시 액셀을 밟고 도로를 달리기 시작했다. 옆에 앉아 있던 아내는 당황한 목소리로 그에게 무슨 일이 있느냐고 물었는데, 그는 뭐라고 답해야 할지 알 수 없었다. "왜 그래, 무슨 일 있어?" 그는 걱정스러운 얼굴로 자신을 바라보는 아내의 얼굴을 보았다. 무슨 일이 있느냐고? 그래, 그게 시작일 것이었다. 무엇이 되었든 그를 위로하기 위해서는 이유를 알아야 할 테니까. 그는 어디서부터 어디까지 이야기해야 할지 모르겠다고 생각하다가, 사실 자신에게는 그녀에게 들려줄 이야기가 없다는 걸 깨달았다. 그가 애처롭다고 생각하는 세상 모든 존재가 울지 않고 있는데, 자신만 울고 있는 까닭을 그로서도 알 수 없었기 때문이다. 그는 계속해서 같은 질문을 하는 아내에게 어떻게 대답해야 할지 몰라 차를 달리며 계속 소리 내 울기만 할 뿐이었다.

이렇게 이야기를 끝낼 수도 있을 것이다. 이 이야기에 무슨 교훈이 있는지는 모르겠지만, 어떤 사람이 인생의 한 시기 동안 겪은 어려움의 마무리를 그의 울음으로 하는 것은 일단 극적으로는 그럴듯해 보일 테니까. 하지만 그다음에 그에게 일어난 일을 조금만 덧붙이고 싶다.

이후 그는 부질없는 실존적 고뇌에 점령되었던 삶을 수복해나가기 시작했다. 그는 이혜인 선생에게 유년기의 상처를 고백하고 조각난 과거를 하나둘씩 보수해나갔다. 저녁마다 집 앞 트랙을 달렸고, 한동안 만나지 못한 사람들을 만나 편안히 대화하며 시간을 보냈다. 한지수를 만나 술을 마시며 해묵은 오해를 풀기도 했다. 이연진에게는 그간 그가 했던 생각들에 대해 긴 편지를 썼고, 이유진을 다시 만나 이번에는 그녀의 이야기를 듣기도 했다. 어머니를 이전보다 자주 찾아갔고, 그녀의 삶에 대해 들었다. 기본적으로 말하기를 좋아하는 그녀는 그에게 자신이 살아온 삶의 이야기를 들려줄 때마다 그것들을 긍정적인 쪽으로 조금씩 보정해나갔다. 그리고 그는 새로운 글도 시작할 수 있었다. 시간이 지나면서 자신을 고통스럽게 하던 그의 문장들이 이제는 그렇게 견딜 수 없는 정도는 아니게 되었다. 그는 더이상 회의에 잠식되지 않았고, 어느 순간부터는 알 수 없는 이유로 울음을 터뜨리지 않게 되었다. 그는 슬픈 영화를 볼 때나 조금 눈물을 흘렸다. 시도 때도 없이 울음을 터뜨리던 시기는, 지나고 나니 삶에서 그리 길지 않은 잠시의 방황에 불과했다고 생각하며 그는 안도할 수 있었다. 그러니까, 그는 무의미라는 거대한 우주적 실재를 마주한 세상 모든 존재를 애처로워하는 것처럼 보였지만 결국 누추한 자기연민에서 크게 벗어나지 못했던 울음을 멈추고 앞으로 나아가기로 한 것이다.

그렇다, 그는 정말로 그렇게 되었다. 나의 바람이 아니라.

이야기 없는 자의 슬픔

문예지 서울대학교 국어국문학과 박사수료

어떤 느낌이나 감정의 원인을 설명한다는 것은 가능한 일일까? 게다가 그 느낌과 감정이 일시적인 것이 아니라 지속적인 형태로 나타난다면 거기에는 분명 내가 자각하지 못하는 특정한 계기가 숨어 있는 것일까? 자신이 느끼는 감정이 발생한 원인을 추적하고 따라가는 일은 지금의 내가 처한 상태나 상황을 이해함으로써 상황을 변화시키고 어려움을 해소하는 데에 실마리를 제공해줄 수 있다. 그러나 나를 넘어선 감정이 존재할 수 있는 것처럼, 지금의 내가 겪는 이 감정과 어려움은 내 안의 무언가로 쉽게 귀속되지도 해명되지도 않을 가능성이 높다. 그렇기 때문에 자신의 감정을 들여다보는 일은 구체적인 시공간 속에 존재하는 나와 감정들 사이에 연결의 서사를 부여하는 과정이기도 하다.

「일몰을 걷는 일」은 "걸어 다니는 눈물주머니"가 되었던, 우울에 잠겨 있었던 누군가의 한 시기에 관한 이야기이다. 물론 눈물을 자주 흘린다고 해서 우울증이라고 진단하기 어렵고 우울의 증상도 슬픔이 아닌 다양한 형태로 나타날 수 있지만, 소설 속 그가 거의 매일, 지속적으로 우울과 무력을 경험하고 그것에 머물러 있는 인물임은 분명하다. 퇴근 후에 거리를 걸으며 눈물을 흘리는 것이 '루틴'이 되어버린 그는 심리 상담을 통해 우울의 원인을 밝히려고 하지만 도리어 정신분석에 대한 의구심만 커질 뿐이다. 그가 느끼는 일상적 피로감의 한편에는 최근 "스스로를 고립"시킨 채 사람들을 만나지 않는 어머니를 가끔씩 돌보는 일과, 그로부터 발생하는 감정 소모가 자리 잡고 있다. 하지만 그렇다고 해서 어머니와의 관계가 그의 슬픔을 해명해주는 결정적인 원인인 것도 아니다.

그는 무엇보다 자신의 직업이기도 한 글 쓰는 일에 큰 어려움을 겪고 있다. 적지 않은 시간 동안 소설을 써왔던 그가 도무지 글을 쓸 수 없게 된 것은 "더 이상 자신의 문장을 견딜 수 없게" 되었기 때문인데, 그 어려움의 내용은 말하자면 이런 것이다. 소설이 현실을 모방하거나 재현하는 형식이라고 한다면 그는 현재 '진실'한 문장을 쓰기 어려운 상황이다. 하지만 소설이 현실의 반영인 동시에 원칙적으로 허구를 만들어내는 일이라고 생각하면 그는 더더욱 '진실을 위한 허구'를 쓸 수 없다. 거짓을 통해 진실을 말해야 한다는 소설의 개념(혹은 합의) 자체를 의심하게 되었기 때문이다. 그는 자신이 만들어낸 허구적 문장들이 진실을 반영해낸다는 확신을 잃은 채 모든 문장의 존재와 개연적 연결을 의심하고 검열하는 강박에 시달린다. 한마디로 그는 소설 쓰기라는 행위의 동기, 이유, 목적 자체를 모두 잃어버린 상태이다.

그런 그에게 지금 유일하게 가능한 글쓰기의 행위는 바로 편지를 쓰는 일이다. 수신 대상은 과거에 알고 지냈으나 이제는 멀어져버린 사람들. 그는 상대의 답장이나 즉각적인 소통을 위해서라기보다는 과거를 되돌아보고 그곳에서 무언가 해소되지 못한 요소들을 찾기 위해 편지를 쓴다. 과거를 떠올리고 그 안에서 상대와 멀어지게 된 이유를 찾아가는 편지 쓰기의 과정은, 마찬가지로 현재의 원인을 과거에서 찾으려 한다는 점에서 일종의 자기분석 작업에 가깝다. 그러나 상담을 통해 유년기의 기억을 불러오는 일이 어려웠던 것처럼, 누군가와의 과거를 떠올리는 일도 쉽지 않다. 결국 '구체적인 이야기' 없이 마무리된 편지의 마지막 문장에는 모호한 마음만 남아 있다. "내가 무언가 사과할 것이 있다면 얘기해줘. 그리고 네가 사과할 것이 있다면 사과해줘."

그 메일들의 무엇이 또 그를 그렇게 만들었을까? 어쩌면 메일 때문이 아니었을지도 모르겠다. 그저 날이 너무 맑아서 그랬을지도. 어쨌거나 그는 곧 눈물을 흘리기 시작했다. 이번에는 피할 곳도 없었다. 그는 뿌예진 시야로 다시 액셀을 밟고 도로를 달리기 시작했다. 옆에 앉아 있던 아내는 당황한 목소리로 그에게 무슨 일이 있느냐고 물었는데, 그는 뭐라고 답해야 할지 알 수 없었다. 그는 걱정스러운 얼굴로 자신을 바라보는 아내의 얼굴을 보았다. 무슨 일이 있느냐고 "왜 그래, 무슨 일 있어?" 그래, 그게 시작일 것이었다. 무엇이 되었든 그를 위로하기 위해서는 이유를 알아야 할 테니까. 그는 어디서부터 어디까지 이야기해야 할지 모르겠다고 생각하다가, 사실 자신에게는 그녀에게 들려줄 이야기가 없다는 걸 깨달았다. 그가 애처롭다고 생각하는 세상 모든 존재가 울지 않고 있는데, 자신만 울고 있는 까닭을 그로서도 알수 없기 때문이다. 그는 계속해서 같은 질문을 하는 아내에게 어떻게 대답해야 할지 몰라 차를 달리며 계속 소리 내 울기만 할 뿐이었다.

정작 그가 자신의 감정을 숨김없이 털어놓게 되는 순간은 갑작스럽게 찾아온다. 오랜 친구인 이연진과 화상통화를 하며 어떤 '뭉클한 느낌'에 휩싸였던 그가 충동적으로 그녀의 동생 이유진을 만나보겠다고 제안하고, 그녀에게 위로와 조언을 건네러 간 자리에서 돌연 자신의 이야기를 털어놓았던 것이다. 그리고 다음 날, 교외로 향하던 길에 메일을 확인한 그는 아내 앞에서 또다시 왈칵 눈물을 터뜨리고 만다. 당황한 아내는 연진이 그랬던 것처럼 그에게 묻는다. "왜 그래, 무슨 일 있어?" 무슨 일이 있느냐는 이 물

2023 올해의 문제소설

음으로부터 이야기는 다시 처음으로 되돌아온다. 그러니까 그는 자신의 상황을 이해하고 위로하기 위한 전제이자 시작인 이 질문에 대한 대답이, 즉 "들려줄 이야기"가 없다. '이유 없이' 터져 나오는 눈물, 진술되지 않는 과거, 기억되지 않는 추억, 쓰이지 않는 소설……. 이 모든 것들은 '이야기 없음'의 상황 속에서 순환한다. 그는 눈물을 흘린다. 그러나 자신이 눈물을 흘리는 이유를 알 수 없다. 알 수 없기 때문에 쓸 수 없고, 쓸 수 없어서 슬프다. 그래서 운다.

그렇다, 그는 정말로 그렇게 되었다. 나의 바람이 아니라.

그의 이야기가 끝나는 마지막에 이르면, 우리는 이 소설이 '이야기 없음'에 대한 하나의 이야기로 이루어졌다는 사실을 알게 된다. 이 이야기 바깥의 서술자는 그의 '울음'으로 이야기를 '마무리'하고 다음과 같은 에필로그를 덧붙인다. 그는 점차 자신의 삶을 수복해나가고, 조각난 과거를 보수하고, 어머니의 이야기를 긍정적으로 보정해나갔으며, 그 결과 앞으로 나아가게 되었다는 것. 그러나 그는 정말로 그렇게 되었을까? 이러한 결말에는 서술자의 희망이 섞여 있는지도 모른다. 이야기가 부재한 상황만이 '그'의 삶이자, 삶의 진실한 반영으로서 이야기될 수 있었다면, 이 덧붙임은 허구일 수밖에 없기 때문이다. 그러나 중요한 것은 이처럼 픽션의 속임수가 덧붙여짐으로써 그는 그렇게 될지도 모른다는 사실이다. 그가 어떻게 우울함에서 벗어나게 되었는지는 알 수 없다. 다시 말해 이 엔딩은 비개연적이다. 그렇지만 그는 그렇게 되었고, 그 말/문장을 통해서 그렇게 존재할 수 있게 되었다.

연필 샌드위치

현호정

2020년 제1회 박지리문학상을 수상하며 작품 활동 시작.
쓴 책으로 『단명소녀 투쟁기』가 있다.

연필 샌드위치

꿈에 연필로 샌드위치를 만들어 먹었다. 그것이 꿈의 규칙이었다. 두 장의 식빵 사이에 연필들을 **빽빽**하게 끼워 먹을 것. 그 밖에, 그러니까 연필외에 양상추 따위 다른 재료들의 활용은 자유였다. 예컨대 마요네즈 소스와 토마토의 신맛으로 연필의 연필 맛을 덮어 눌러도 됐다. 덮어 누를 수있다면.

지우개를 넣어도 됐다. 굳이 넣고 싶다면 그래도 된다는 뜻이었다. 나의경우, 그러니까 꿈속 나의 경우 넣고 싶었다. 흑연을 씹는 기분이 처참했으므로. 그것은 나무 안에서 검은 가루로 툭툭 터지며 침을 지독히 떫고 묵직하게 만든다. 차마 목구멍으로 넘어가지 않는 까맣고 진득한 액체를 계속우물대고 있다 보니 잇몸과 이의 틈이 시큰거렸다. 나는 이 점을 해결하기위해, 적어도 완충하기 위해 지우개를 함께 씹기를 선택해본 것이었다.

눈앞에 놓인 다양한 그러나 충분히 다양하지는 않은 지우개들 가운데 모양 면에서 가장 치즈스러운 지우개를 고른다. 비슷한 정도로 치즈를 닮은지우개가 몇 가지 있어서 그것들 가운데 되도록 딱딱한 지우개를 선택했다. 그래야 퍼석퍼석 부서질지언정 쓸데없이 이에 들러붙거나 혀에 감겨들지 않을 테니까. 그래, 나는 내가 사용할 재료를, 그러니까 눈앞에 놓인 수

많은 연필과 지우개를 하나하나 맛보며 신중하게 샌드위치를 만들고 있었다. 장소는 한 문구점이었다. '문구'에 속하는 것들도 '점'에 속하는 것들도 낡을 대로 낡은 광대한 곳이었다. 천장에 매달린 복돼지 저금통이 먼지 쌓인 얼굴에 그려진 비뚠 입으로 빙그레 웃으며 등에 뚫린 입을, 미뢰가 없는 입을 자랑해 보이고 있었다. 나는 주의력이 아주 약하다거나 아주 강하다는, 서로 상반되지만 이상하게 주의력이 나쁘다는 동일한 결론으로 수렴하곤 했던 어린 시절처럼 그 복돼지의 복된 미소에 갑작스레 매료되어 굳어버리고, '그가 나를 구원할까?' 기대하다 못해 숫제 행복한 마음으로 복돼지를 올려다보고, 그때 복돼지의 아랫배가 찢기며 빛이 쏟아져 내리듯 은빛 동전들이 쏟아져 나온다. 눈앞에서 잠시 동안 그물처럼 펼쳐진 그것들은 눈처럼 가벼워 보였지만 떨어질 때 바닥에 부딪쳐 굉장히 시끄러운 소리를 냈다. 나는 있는 힘껏 귀를 막았다. 있는 힘껏 비명을 질렀지만 소리가 나오지 않았다. 다만 한순간에 꿈의 규칙이 바뀌고, 나는 샌드위치에 연필과 지우개뿐 아니라 복돼지 배 속에서 나온 동전까지 넣어 먹어야 하는 처지에 놓이게 되었다.

꿈속의 명령은 말이나 글로 전달되지 않는다. 나는 그것을 그저 알며 느낀다. '먹어야 한다.' 직관을 어떻게 부인할 수 있을까? 상처의 피를 참는 것이 불가능하듯 불가능할 따름. 그러므로 바뀐 처지를 순순히 받아들이는 태도는 악몽을 꿀 때 가장 필요한 자세다. 투쟁은 겪어야 할 고문의 종류와 시간을 늘릴 뿐이다. 잠이란 애초에 휴식을 의미했다. 싸워서 무언가 얻어내거나 이겨야 하는 시간이 아니었다. 죽음이 그렇듯이.

나는 쪼그리고 앉아 동전들을 주웠다. 동전을 줍는 내 손이 아무런 맥락 없이 노인의 그것으로 쪼그라들었다. '전혀 놀랄 일도 슬플 일도 아니야.' 나는 관절을 절뚝이며 고분고분 빵을 다시 구우러 토스터 쪽으로 향했다. '순종은 참 고달픈 휴식이지.' 나는 허리를 두드리지만 조금도 시원해지지 않고 되레 손목 관절의 통증이 더해질 뿐이었다.

카운터에 놓인 토스터는 더러웠으며 아마도 그 더러움 때문인지 빵을 아주 바싹 구워도 모종의 축축함이 남아 있었다. 그때 문구점 카운터에 계시던 아주머니가 신문에서 고개를 들어 나를 힐끔 쳐다봤다. 나는 빵을 다시 구우면 안 된다는 규칙이 있었는가 해서 금세 놀랐고 그걸 몰랐다는 데 주눅이 들었고 두 번 다시는 빵을 굽지 않겠다고 다짐했다. 마음속으로만 다짐했는데도 아주머니는 나를 용서하듯 편안한 얼굴로 다시 신문을 뒤적이는 데 열중했다. 그러나 나는 진실로 빵을 딱 한 번만이라도 다시 토스트하고 싶었다. 왜냐하면 빵을 내려놓을 조리대나 접시 없이 한 장의 식빵 위에 여러 개의 연필들을 되도록 나란히 나열하려면 무엇보다 식빵이 단단하고 평평한 것이 중요하기 때문이었다. 나의 부주의한 손바닥 위에서 식빵은 이쪽저쪽으로 기울어지며 애써 배열한 연필들을 주르륵 굴러떨어지게 했다. 연필 사이사이에 지우개 조각들을 배열하거나 그 위에 동전들을 올려놓고 두 번째 식빵을 덮을 기회는 영원히 오지 않을지도 모른다. 게다가 꿈속 식빵은 버터처럼 연약했고 조금만 오래 들고 있거나 속 재료의 위치를 변경하면 이내 흐물흐물해지다 찢어지기까지 했다.

이쯤에서 나는 식빵 한 쪽에 재료들을 대강 놓고 반으로 접는 형태의 샌드위치 제조를 고려하게 됐다. 그것은 내가 생애 최초로 배운 샌드위치의 모양이었다. 할머니의 방식. 그렇게 하면 식빵이 딱 한 장밖에 없을 때에도 샌드위치를 만들 수 있다. 혹은 식빵 두 장으로 두 명분의 샌드위치를 만들 수 있었다. '그러나 그 방식이 받아들여질까?' 나는 고민하며 슬쩍 눈알을 굴려 카운터에 앉은 아주머니를 살폈다. 신문에 시선을 집중한 것처럼 보여도 실제로는 그녀가 나에게 집중하고 있다는 것을 모를 수 없었다. 내가 모를 수 없었다. 규칙에 맞게 샌드위치를 만들어 다 먹어치우지 않으면 저주가 풀리지 않을 것이다. 여기서 벗어날 수 없을 것이다. 그런데 여기는 어디지? 복돼지 문구점?*

　　심혈을 기울여 한 줄로 늘어놓았던 연필들이 또 한 번 와르르 굴러떨어
졌다. 덩달아 손에 들어간 힘이 빠지며 백 원짜리 동전 몇 개가 요란하게
바닥에 부딪쳤다. 벌써 몇 번째 실패인지 기억조차……. 실패, 실패, 실패
와 연필들은 제각기 꽁무니가 뜯어 먹힌 채 땀에 축축하게 절어 바닥에 구
르며 깨지고 더러워지고. 이때 굳게 닫힌 유리문 밖에서 훅훅 소리를 내는
바람이 불었다. 어떤 바람은 유리문과 바닥 사이에 난 좁은 틈으로 기어이
파고들어 연필들을 도로록 소리 나게 굴린 후 내 발목을 시리게 한다. 조
금만 집중하면 꿈 밖의 내가 침대에 누워 구겨진 이불 안으로 발을 집어넣
기 위해 웅크리는 소리를 들을 수 있다. '집중하지 않는 것이 중요해…….'
꿈속의 내가 생각하며 다시 쪼그려 앉아 연필들을 주워 모을 때, 어떤 분
노가 변의(便意)처럼 삽시간에 몸 안쪽을 채우며 나를 비명 지르게 했다. 나
는 다시 젊은 나로 돌아오고 있었던 것이다. 나는 거부하려 더욱 크게 비
명 지르지만 몸 구석구석의 혈관들이 조밀해지고 뼈들이 희어지는 것을,
뼈를 둘러싼 근육이 단단해지는 것을, 근육을 둘러싼 살이 통통해지는 것
을, 그 모두를 에워싼 통증들이 사라지는 것을 통제할 수 없다. 꿈속의 젊
은 나와 꿈 밖의 젊은 내가 동시에 비명을 지를 때 꿈과 현실의 경계는 파
선이 되고 나는 두 개의 마음으로 동시에 선언한다. '나는 더 이상 연필 샌
드위치를 만들지 않겠다.' 등 뒤에서 신문이 소리 나게 접혔다. '나는, 색연
필 샌드위치를 만들겠다.' 나는 공포에 굴복하지 않고 생각한다, 라고 생각

* 음식이란 생명만 연장하면 된다. 모든 맛있는 횟감이나 생선도 입 안으로 들어가기만 하면 더
　러운 물건이 되어버리므로 목구멍으로 넘기기도 전에 사람들은 더럽다고 침을 뱉는 것이다.
　사람이 천지간에 살면서 귀히 여기는 것은 성실한 것이니 조금도 속임이 없어야 한다. (…) 오
　직 하나 속일 게 있으니 바로 자기의 입이다. 아무리 보잘것없는 식물(食物)로 속이더라도 잠
　깐 그때를 지나면 되니 이는 괜찮은 방법이다. — 정약용, 「가계」, 『다산시문집』 제18권.

했다.

이제 나는 색연필 코너에 서 있었다. 색연필 코너는 연필 코너의 바로 다음 블록이다. 복돼지 문구점의 블록은 골목만큼 길고 뱀처럼 가늘어 매우 좁지만 탄성이 있어 아무리 커다란 사람이라도 원하는 쪽으로 움직이며 문구를 제대로 고를 수 있다. 나는 그 속을 기어서 갔다. 식도를 타고 넘어가는 음식물처럼 순순히 흘러가다 중도에서 멈추어 고집스레 머물렀다. 내가 샌드위치에 넣기 위해 찾아야 하는 색연필은 연필과 근본적으로 다르게 생긴 색연필이기 때문이다. 나무 안에 심이 있어 칼이나 연필깎이로 깎아 쓰는 색연필 말고, 플라스틱으로 된 케이스의 아랫부분을 돌리면 심이 빙글빙글 올라오는 그런 색연필을 찾는 것이었다. 그것은 아마도 내가 연필의 연필다움에 아주 질려버렸기 때문에.

그러나 문제가 하나 있다. 내가 원하는 형태의 색연필은 늘 투명하고 질긴 고무 가방에 담긴 세트로만 판매한다는 것이다. '내게 주어진 식빵은 작기 때문에 색연필 한 세트가 전부 들어가지는 않을 거야.' 나는 생각했다. '게다가 굳이 검은색 색연필을 넣은 색연필 샌드위치를 만들고 싶지도 않아'라고 이어서 생각했다. '그것은 다른 사람들에게 연필 샌드위치처럼 보일 것 같다. 내가 연필 샌드위치를 먹고 있다고 오해되기는 싫다'라고 생각하며 속눈썹이 피로하게 파고드는 눈을 비볐다.

게다가 세트로 사면 비싸다. 나는 돈을 그렇게 많이 가지고 있지 않았고 그건 딱히 꿈속에서만 일어나곤 하는 특수한 일도 아니었다. '잠자는 중에도 검소할 것.' 꿈 밖의 내가 다시 위엄 있게 뒤척였다. 카운터에서 신문이 뒤적여졌다. '나는 늘 신문이 싫었다. 그러나 화내고 싶지 않다.' 집중하지 않기 위해 어금니 사이에 끼어 있는 나뭇조각 하나를 혀로 끌어와 천천히 씹었다. 목구멍으로 넘어가려는 짓이겨진 나뭇조각을 다시 혀로 끌어내 잘근잘근 씹자 그것의 맛이 익숙해지며 내게 더 익숙하던 다른 맛으로 변모했다.

누룽지를 끓여 그 물을 마시는 것을 끼니로 삼던 시절이 있었다. 음식이 당최 먹히지 않기 때문이었다. 음식을 만들거나 사서 입으로 가져가 씹고 삼켜 소화하는 과정 중 반드시 하나 이상에서 문제가 발생하기 마련이었다. 비스듬히 앉아 누룽지를 홀짝이면서 나는 간장 같은 것 대신 구수함이란 무엇인가에 관해 사유하는 것을 반찬으로 삼았다. "보리차, 숭늉, 된장국 따위에서 나는 맛이나 냄새와 같다." 구수함의 사전적 정의는 이러했는데 아무리 생각해도 보리차와 숭늉과 된장국의 공통점은 최후의 음식이라는 것뿐이었다. 흉년이 들어 먹을 게 없을 때, 몸이 아플 때, 마음이 아플 때. 내 연명이 누군가에게 폐를 끼치는 일이라고 여겨질 때, 그러니까 내가 음식을 먹고서 하루를 더 살아가는 게 이 세계와 주변에 누가 되는 게 거의 확실해졌을 때 그럼에도 불구하고 마주할 수 있는 밥상. 선택할 수 있는 가장 낮은 밥상의 맛이라는 것이었다. 어쩌면 구수한 맛이란 먹는 사람을 죄인으로 만들지 않는 유일한 맛.

현실적으로도 구수한 맛은 최후의 맛이다. 음식을 먹는 게 어려워지면 처음에는 단맛 나는 먹을거리를 찾기 마련이다. 체내에 에너지가 부족한 상황이 오기 때문에 몸이 곧바로 사용할 수 있는 당류에 끌리게 되는 것이다. 그러나 단맛이 주는 쾌감은 떳떳하지 않고 이를 깨닫는 데에는 그리 오랜 시간이 필요하지 않다. 단맛에 관한 죄책감은 구역감으로 이어지는데 이는 자연스레 신맛을 찾게 만든다. 그러나 신맛은 위액과 같은 맛이라는 점에서 구역감을 구토감으로 발전시키는 방아쇠 역할을 한다. 게다가 식이장애 증상을 가진 이들의 나약해진 위장 벽에 산은 고통을 주기 십상이다. 신맛이 이럴진대 쓴맛이나 매운맛이 지속 가능할 리 없다. 게다가 이 둘은 기본적으로 고통이라는 면에서, 순수한 쾌감이 아니라 비틀린 쾌감을 선사한다는 점에서 죄책감을 유발한다. 약해진 소화기관을 온종일 괴롭히며 일상의 무게를 더하는 건 자해를 하는 이들이 추구하는 통증의 방식도 아니다. 우리는 통증이 빛났다 사라지기를 바란다. 무언가를 가지고 사라져주기를 바란다. 통증도 스스로 그것을 바란다. 그로 하여금 짧은 평화랄지 결정적인 보람이 되기를 바라지 삶처럼 지속된다면 의미가 없을 것. 혹은 잠처럼. 결코 죽음을 닮을 수 없는 긴 잠처럼. 그러므로 구수한 맛이 종착지다. 그러므로 종착지는 구수한 맛이다.

어느 날인가 누룽지 끓인 물을 꾹꾹 씹고 있는데 내가 마치 나무껍질을 씹어 그 즙을 먹는 곤충이 된 것 같다는 느낌이 들었다. 나는 지금 한 마리 곤충으로서 미량의 나무를 씹을 뿐이다……. 그건 누구에게 누가 되는 일도 폐가 되는 일도 아닐 터였다. 한 마리 곤충이 되어 버려진 나무둥치를 쏠 때의 안락함. 내가 뭔가 먹음으로 하여 누군가 죽지도 굶지도 않는다는 감각, 우리 모두가 오히려 더 나은 쪽으로 향해 간다는 믿음, 내가 내 먹음에 대해, 즉 내 생존의 지속에 대해 허락을 고민하지 않는 존재 특유의 습습한 기쁨이 구수함이었다. 그러니까 식사에 거부감을 느끼는 사람들의 마지막 보루가 바로 이 구수함에 있는 거라고 나는 생각했다.

할머니는 돌아가시기 전 몇 달간 제대로 된 식사를 하지 못했다. 캔에 든 유동식을 마시는 게 전부였고 유동식에는 '구수한 맛'이라고 적혀 있었다. '구수한 맛'이라고 적힌 유동식에서는 누룽지 냄새가 났다. 꿈속 나는 다시 연필 코너로 걸음을 옮겼다.*

---

* 어릴 적부터 할머니와는 결정적으로 생활의 리듬이 맞지 않았다. 하루 중 내가 활기찬 시간에 할머니는 졸려 했고 내가 피곤한 시간에 할머니는 의욕이 넘쳤다. 그 대립이 가장 극단적으로 느껴진 시간대는 오후 4시에서 5시경이었는데, 나는 늘 낮잠을 자고 싶어 했던 것 같다. 그리고 다른 가족이 보기에 나는 그 시간대에 낮잠을 잤다고 할 수도 있을 것이다. 그러나 나는 한 번도 제대로 잠든 적이 없었는데 그 시간대에 할머니가 늘 낮잠에서 일어나 좁은 부엌으로 가서 간장에다 꽈리고추를 넣고 굵은 멸치를 조렸기 때문이다. 참 서럽고 처절한 냄새가 난다고 나는 생각했던 것 같다. 눈을 감은 채로 들숨을 아껴가며, 너무 좁은 집, 그마저도 거실 소파 뒤에 간이로 놓인 내 이부자리에 누워 나는 눈물을 흘릴 수밖에 없었는데 그 간장 냄새가 몹시 싫었기 때문이었다. 쾨쾨하고 촌스럽고 무엇보다도 뻔뻔한 냄새라는 느낌이었다. 왜냐하면 할머니는 반찬 투정이 심한 편이었고 밥을 잘 드시면서도 밥맛이 없다는 말을 입에 달고 살았는데 그런 때에도 유일하게 잘 드시는 반찬이 바로 그 간장을 넣고 조린 꽈리고추와 멸치라서 나는 할머니가 멸치를 볶을 때면 할머니가 밥을 먹기 위해 정말 노력한다는

이제 나는 완성된 연필 샌드위치의 맛을 보고 있었다. 자신이 꿈에 있다는 사실을 얼핏 알고 있는 자 특유의 용기로 크게 한 입을 베어 물었고 곧 샌드위치에 둥근 반달 모양의 자국이 생겼다. 식빵이 젖어 흘러내릴 정도로 많은 겨자 소스를, 복돼지 문구점의 바닥을 엉망으로 만들 정도로 많은 양상추를 끼워 넣었음에도(그것들이 어느 코너에 있었는지는 기억나지 않는다) 연필의 나무 맛이 너무 강해서 나는 조용히 미간을 찌푸렸다. 찌푸린 채로 씹었다. 한 입을 더 베어 물었다. 나무가 결대로 부러지며 뾰족한 끝이 혓바닥을 벴다. 조용히 피와 함께 먹었다. 등 뒤에서 들리는 신문 소리가 한결 부드러워졌다.

"맛이 어때?"

처음으로 누군가 내게 물었다. 꿈이 늘 그렇듯 말을 건넨 자는 보이지 않는다. 나는 맛있다고 대답해야겠다고 생각했다. 최대한 착하게 굴어야 여기서 얼른 빠져나갈 수 있을 것 같아서. 그러나 말을 하려고 입을 열면 입 안에 생긴 공간만큼 연필 샌드위치가 빵빵하게 불어나 혓바닥을 짓눌렀다. 혀를 움직여 연필들을 한쪽으로 치우고 말을 하려 하면 그대로 목구멍을 틀어막아 구역질이 났다. "맛이 어때?" 그녀가 다시 물었다. 나는 몇 번 더, "맛있어요"를 시도해봤다. "맛있어요"는커녕 "괜찮아요." "먹을 만해요"까지 줄줄이 실패다. 한참 뒤에야 겨우, 내가 여기서 할 수 있는 말을, 하는 게 허락된 말을 찾아냈다. "그만 먹고 싶어요. 맛이 없어요."

인상을 받을 수밖에 없었다. 그리고 어린 나는 그것이 싫었던 것 같다. 할머니가 열심히 밥을 먹는 것. —2021년 4월 20일의 일기 중에서.

"걔는 음식을 하면 맛이 없어. 네가 하면 맛있는데." 할머니가 돌아가신 뒤 가장 먼저 한 일은 이모의 꿈에 나와 엄마 음식을 흥보하는 것이었다고 했다. 이모를 향한 할머니의 이 비틀린 칭찬은 결국 이모의 입에서 반찬을 해 엄마에게 갖다주겠다는 말이 나올 때까지 계속되었다. 그날 이모가 엄마에게 해다 준 반찬은 섞박지와 동태찌개 그리고 간장에 조린 멸치였다.

그날 내가 수화기 너머로 할 말이 없었던 것은 엄마의 거식 증상을 최초로 유발한 것이 바로 이모였기 때문이었다. 엄마와 이모가 함께하던 식당에서 어느 날 갑자기 이모가 손을 뗀 것이 계기가 됐다. 엄마는 가게와 함께 몰락을 시작했는데 그것은 무엇보다도 축소를 의미했다.

엄마의 살은 매분 매초 빠지고 있는 것처럼 보였다. 1번 테이블을 닦고 뒤를 돌아보면 주방에 서 있는 엄마의 팔뚝이 더 가늘어져 있었고, 2번 테이블을 닦고 뒤를 돌아보면 마찬가지로 주방에 서 있는 엄마의 목덜미가 더 가늘어져 있었다. 육수통에 들어갔다 나온 노계들처럼 엄마는 내가 조금만 흔들어도 뼈가 드러났다.

닭들의 뼈는 왜 늘 부러질 준비가 되어 있는 걸까. 살을 발라내는 게 어려운 이유는 그 때문이었다. 엄마는 닭들을 불쌍히 여기기 시작했다. 닭을 해체하는 건 내 일이 됐다. 나는 당시 회사를 다니고 있었지만 평일이면 퇴근한 후 자정까지, 주말에는 온종일 식당에서 일했다. 회사는 경기 북부에, 식당은 경기 남부에 있었지만 선택의 여지가 없었다. 손가락으로 닭을 찢고 나면 식사로 닭곰탕을 먹었다. 밥도 없이 건더기를 그득히 담아 한 대접씩 먹는 것이었다.

엄마는 어릴 적 나에게 가상의 탯줄에 관한 이야기를 들려주곤 했었다. 내가 엄마의 배 속에서 나온 뒤 눈에 보이는 탯줄은 절단했지만 어떤 영적인 탯줄 같은 건 잘리지 않고 남아 있어서 그것으로 서로 연결되어 있고 영향을 주고받는다는 거였다. 나는 내가 탯줄을 통해 엄마의 몸에 음식을 공급한다는 생각을 했다. 평소보다 두 배는 많은 음식을 먹었고 맛있게 먹었다. 그러니까 엄마가 손님들이 먹을 밥을 퍼 담고 나서 눌어붙은 누룽지 위에 물을 부어 끓인 것을 천천히 마시는 동안 엄마 옆에서 닭국을 먹으며, 사실 닭국을 먹고 있는 건 엄마고 내가 먹고 있는 건 누룽지라고 생각했던 것 같다. 그런 숭고함으로 매일의 식사가 복잡해졌다. "넌 여기 밥 먹으러 왔니?" 엄마는 말하곤 했다.

가게를 정리하고 얼마 지나지 않아 할머니가 입원했다. 할머니는 입원하고 얼마 지나지 않아 식사를 거부했다. 엄마는 할머니의 거부를 거부하기로 결심한 것 같았다. 올리고당 한 통을 핸드백에 넣고 매일 식사 시간이 되면 병원에 갔으니까. 할머니는 밥을 거부했지만 엄마가 올리고당을 뿌려서 먹여주는 밥은 꿀떡꿀떡 잘 넘겼다. 밥숟갈 위 뽀얗게 뜬 밥에도 멸치조림에도 햄에도 김치에도 된장국에서 건진 시래기 위에도 올리고당이 뿌려졌다. 그러나 단맛의 나날은 짧고 할머니 병의 진행은 빨랐다. 그러니까 할머니도 곧바로 구수한 맛의 환자용 유동식으로 건너뛴 것이었다.

할머니를 보살피기 시작하며 엄마는 다시 밥을 정말 열심히 먹었다. 하지만 내가 먹어댄 밥이 엄마의 기운이 됐던 그 시절과 달리 엄마가 밥을 아무리 열심히 먹어도 할머니는 계속 아파지기만 했다. 건강해지는 건 엄마 쪽이었다. 팔다리에 살이 붙고 피부에 기름이 돌았다. 영적인 탯줄은 언제 끊어지는 것일까. 아마도 딸이 엄마가 되는 그 순간일까? 그 순간에 엄마는 자신과 자기 엄마를 이어주던 그 탯줄을 끊고 나와의 결속을 선택한 걸까? 사람의 배꼽이 하나인 이유는 그 때문일까? 나는 어쩌면 할머니와 진정으로 연결되어 있는 건 엄마가 아니라 나일지도 모른다고 생각하기도 했지만 나도 할 수 있는 일이 없었다. 가게가 팔린 뒤 무엇을 먹든 거기서 닭 비린내가 나는 것처럼 느껴졌기 때문이었다.

누룽지 밥알들이 소화되지 않아 신물이 올라오는 입안을 가라앉히려 양치질을 하는 동안 거울 속 내 얼굴은 종종 할머니와 어느 정도 이상으로 닮아 있었다. 어쩌면 우리는 세대를 건너뛴 탯줄을 통해 영양분이 아니라 그것의 반대를 나누고 있는지도 몰랐다.

건강하던 사람이 아파지고 뚱뚱하던 사람이 말라가고 살아 있던 사람이 죽는 게 나는 아직도 이해되지 않는다. 할머니는 건강한 사람이었고 뚱뚱한 사람이었고 무엇보다도 살아 있는 사람이었다.*

연필 샌드위치의 마지막 한 입이 어떤 맛이었는지 나는 지금도 생생하게 떠올릴 수 있다. 나는 그 마지막 조각을 오래 씹지도 않았다. 있는 힘껏 삼키고 구토감을 참느라 자꾸 힘을 준 목구멍은 이미 헐거워져버려 그 통로를 따라 샌드위치가 내려갔다 올라갔다를 반복했다. 그것이 마침내 위장에 다다랐다고 느껴졌을 때 나는 카운터로 갔다. '다 먹었는데요' 따위의 말은 하지 않아도 되었다. 말은 쓸데없는 것이다. 그녀는 보고 있었을 터였다. 어쩌면 투시하는 눈을 가져 내 목구멍 위아래로 오르내리던 연필 조각들의 모습까지 보고 있었을 터였다. 신문 마지막 장이 넘어가고 그녀는 만족스러운 얼굴로 내게 이제 나가봐도 된다고 손짓했다. '울지 않아야 해.' 그때

---

* 부모의 상(喪)에는 성복(成服)하는 날에야 죽을 먹고, 졸곡(卒哭)하는 날에야 거친 밥을 먹고 물을 마시며, 국을 먹어서는 안 된다. 채소와 과실은 먹지 않는다. 소상(小祥, 죽은 지 1년 만에 지내는 제사)이 지난 후에야 채소와 과일을 먹어도 되고, 국도 먹을 수 있다. 예문이 이와 같으니, 병이 나지 않으면 예문대로 해야 한다. 어떤 이는 예가 지나쳐서 3년 동안이나 죽을 먹었다 하는데, 만일에 그가 참으로 효성이 남보다 뛰어나고 털끝만큼도 억지로 하는 뜻이 없다면 비록 예보다 지나치기는 하지만 그래도 혹 옳다 하겠다. ─ 율곡 이이, 「제6장 상제」, 『격몽요결』.

나는 생각했는데 자존심 때문이 아니라 비굴함 때문이었다.

　나는 천천히 복돼지 문구점의 출입문을 향해 걸어갔다. 밖은 어둡고 안은 환하므로 유리문에 내 모습이 거울처럼 비쳤다. 나는 온통 검은 옷을 차려입은 채 검은 땀을 흘리며 서 있었는데 이 옷을 언제부터 입고 있던 것인지, 땀은 언제부터 흘리고 있었던 것인지 종잡을 수 없었다. 그저 자신에게 걸어가듯 천천히 문을 향해 걸어가고, 내가 문에 다다르기도 전에 문이 열리고, 누군가 우르르 밀려 들어왔다. 언제부터 있었는지 모를, 문구점 안에 있던 사람들도 우르르 밀려 나갔다. 공기도 마찬가지였다. 바람이 밀려 들어오고 또 밀려 나가며 내 머리카락과 옷자락을 이리 뒤집고 저리 뒤집었다. 잠시 강한 허기를 느끼고 그것이 담담한 울렁거림으로 바뀌는 것을 느꼈다. '배가 고프지 않아서요.' 나는 습관처럼 생각한다. 갑자기 나는 내가 지금 몹시 아프며 도움이 필요하다는 생각을 하게 되고 그로 인해 웃게 된다. '누군가 어디가 아프냐고 물어본다면' 나는 생각한다. '물어봐준다면, 나도 잘 모르겠다고 말해줘야지. 기꺼이.' 그러나 더 이상 이렇게 온통 검은 옷을 차려입고 여기서 기다리고 있을 수만은 없다는 생각이 들었다. 점차 견딜 수 없이 가슴 아래쪽이 아파왔기 때문이었다. 마음이 아프다는 것이 아니라, 나는 구토했다. '신문지로 닦으면 될 텐데.' 구토하며 나는 생각했다. 축축한 연필 조각들을 밟으며 또다시 우르르 누군가 밀려 들어오고 밀려 나갔다. 나는 바닥에 검은 땀을 뚝뚝 떨어뜨리며 그 자리에 가만히 엎드려 있다가 그대로 소멸했다.*

---

* 간장을 생각하면 기분이 늘 이상하다. 이 거부감은 종종 본능적인 것이라고 느껴지기도 한다. 이렇다 할 이유도 사실 없다. 굳이 따지면 할머니 때문도 아닌 것 같다는, 뒤바뀐 인과의 오류일 수 있다는 생각마저 한다. 그런 생각을 하다 보면 나는 간장을 뒤집어쓰고 간장과 함께 사라져버려야 할 나쁜 귀신의 영역을 조금은 가지고 있는 걸까 하는 생각에 도달하게 된다. 한편 더 나쁜 것은 차라리 내가 나쁜 귀신이라면 그 간장을 통해 정화되거나 소멸될 수 있을 것인데 내가 완전히 나쁜 귀신이 아니고 그 요소를 가진 그냥 사람이라서 늘 간장을 필요로 하고 또 두려워한다는 생각이다. ―2021년 4월 20일의 일기 중에서.

❖

그리고 침대 위에서 눈을 떴다.

오래된 우울이 느긋하게 자기 자리를 찾아 돌아오고 낯선 슬픔이 주위를 두리번거리며 머릿속을 파고드는 이른 오후였다. 사람들의 구둣발 밑에서 투둑거리며 연필들이 부러지는 소리가 여전히 머릿속을 두드리며 손과 발을 떨게 하고 팔과 다리를 뻣뻣하게 했다. 나는 공들여 숨을 내쉬었다.

침대는 축축했고 안락하지 못했으며 내가 손 닿는 거리에 가져다둔 여러 가지 물건으로 좁기까지 했다. 나는 옆으로 누운 채 울지 않고 있었다. 손가락을 쭉 펼치자 뭉툭하던 통증이 길쭉해지는 것이 느껴졌다. 내가 잠을 자는 동안 손가락을 쉼 없이 꼼지락거리고 움찔거리기 때문이다. 그 모습을 본 사람들은 내가 꿈에서도 글을 쓰고 있다고, 타자기를 누르고 있다고 이야기하지만 나는 꿈에서 글을 쓰는 일이 거의 없다. 대신 나는 쪽파를 썰고 베란다를 청소하고 누군가의 어깨를 주무른다. 바닥에 떨어진 머리카락을 주워 모으고 뚜껑이 열린 채 동댕이쳐 있는 사인펜들의 뚜껑을 색을 맞춰 닫는다. 이를 닦고 이를 닦고 화투를 정리하고 박수를 치고 기저귀를 갈고 운전을 해 누군가를 경치 좋은 저수지에 데려간다. 내가 해야만 한다고 생각하는 일을, 해야만 했다고 생각하는 일을 한다. 그러므로 나를 잠에서 깨우는 가장 좋은 방법은 내 손을 움켜쥐는 것이다. 헛되이 바삐 움직이는 손가락을 꽉 붙들어 때늦은 자상함과 의미 없는 보살핌이 만들어내는 기만적인 보람을, 비겁한 기쁨을, 지어낸 행복을 깨뜨리는 것이다. 미처 하지 못했거나 하지 않았던 일들로 이루어진 세계 속에 나를 다시 끌어다 놓는 것이다. 글로 쓰인 좋은 이야기들이 내가 몸을 뒤척일 때마다 침대 밑으로 툭툭 떨어진다. 밥상을 차려 온 엄마의 발등을 멍들게 한다.

"뭐라도 먹어야지."

엄마가 말했다.

"뭐라도 먹어야지, 은정아."

엄마가 말하고 있었다.

〈끝〉*

---

* 이른바 벽을 향해 제사를 드리는 향벽설위(向壁設位)에서 인간을 향해 제사를 거행하는 향아설
  위(向我設位)로의 이행이 그것이다. (…) 당시의 향아설위에서 눈에 띄는 것은 그것이 기존에 벽
  을 향해 차려졌던 하나의 제상을 인간을 향해 반대로 돌려놓는 방식이 아니라 사람마다 각기
  제상을 마련하고 자신을 향하여 진설하게 하는 방식이었다는 점이다. ― 최종성, 『동학의 테
  오프락시 : 초기동학 및 후기동학의 사상과 의례』, 민속원, 2009, 130–132쪽.

글쓰기의 기만, 혹은 작가의 탄생

김종욱 서울대 국어국문학과 교수

　모든 글이 그러하듯이, 소설의 첫 문장에도 이야기의 미래가 담겨 있다. 어디에서 어떻게 출발해도 문제가 되지 않지만 일단 첫발을 딛고 나면 다음 발걸음은 여기에서 출발할 수밖에 없기 때문이다. 소설 「연필 샌드위치」도 그렇다. 첫 문장을 읽으면서 소설이 어떻게 전개될지 어렴풋하게나마 짐작되는 바가 생긴다. 소설은 "꿈에 연필로 샌드위치를 만들어 먹었다."라는 문장으로 시작한다. 이 문장을 의미론적으로 정형화하면 아마 다음과 같이 주어와 목적어와 서술어로 이루어진 형태가 될 것이다. 일인칭소설의 화자가 "꿈에" 한 행동이니 주어는 '꿈속의 나'이고, 서술어인 '먹었다'와 결합하는 목적어는 '연필로 만든 샌드위치'이다. 이에 따라 소설의 첫 문장을 "꿈속의 나는 연필로 만든 샌드위치를 먹었다"로 변환하고 보면, 여기에 병렬적으로 대응하는 여러 문장이 쉽게 상상된다. '꿈속의 나'에 대응하는 '꿈밖의 나'라든가 '연필로 만들어진 샌드위치'에 대응하는 '연필 이외의 것으로 만들어진 샌드위치'나 '연필로 만들어진 다른 음식', 그리고 '먹었다'에 대응하는 '먹지 않았다' 등등 대입시켜 여러 문장을 파생시킬 수 있다. 그렇게 존재할 수 있는 여러 이형태 중에서 작가는 "꿈속의 나는 연필로 만든 샌드위치를 먹었다"를 첫 문장으로 선택했다.

'꿈속의 나'와 '꿈 밖의 나'

「연필 샌드위치」의 서사적 골격은 일인칭 화자인 '은정'의 꿈과 현실을 나란히 펼치는 익숙한 방식이다. 꿈속에서 '나'는 문구점에서 연필로 샌드위치를 만들어 먹는다. 왜 하필이면 그래야 하는지 궁금하긴 하지만, 그것이 '꿈속의 규칙'인 이상 묻는다고 알려줄 까닭이 없다. 규칙이라는 것은 늘 그렇듯이 언제 만들어졌는지, 왜 만들어졌는지 그 기원을 드러내지 않는다. 왜 규칙을 지켜야 하는지 이유도 알려주지 않은 채 그저 사람들에게 따르도록 명령할 뿐이다. 합리성을 따진다고 해도 다수가 믿는 신념이나 편견 앞에서 논리는 척도로서 아무 쓸모가 없다. 그래서 사회적인 규칙이나 명령을 지키지 않으면 손해를 입기 십상이니 무조건 지키는 것이 세상살이의 '지혜'인 양 충고하기도 한다.

'꿈속의 나'는 '꿈속의 규칙'이 바뀌어도 불만을 가지지 않기로 한다. 처음에는 연필을 먹어야 했지만, 한순간에 "복돼지 배 속에서 나온 동전까지 넣어 먹어야 하는 처지"에 놓여도 군말 없이 따르기로 한다. 사실 '꿈 밖의 세계'이든, '꿈속의 세계'이든 '말'로 명령하는 것은 그리 두렵지 않다. 허용된 것과 금지된 것을 꼼꼼히 살피다 보면 아무리 엄격하고 세밀한 명령이라도 언표화되지 않은 빈틈을 쉽게 찾을 수 있다. 예컨대 "두 장의 식빵 사이에 연필들을 빽빽하게 끼워" 만든 연필 샌드위치를 먹어야 한다면, "식빵 한 쪽에 재료들을 대강 놓고 반으로 접"는 것은 허용되지 않지만, 연필 대신 색연필을 사용하거나 연필 사이에 지우개를 얹고 연필 위에 향신료를 듬뿍 뿌리는 것 등등은 모두 허용된다. 언표화된 명령에서 비켜나는 것, 혹은 금지를 허용으로 바꾸는 것은 상상의 힘이다. 흔히 규칙이 상상을 억압한다고 하지만, 정확하게 말하면 규칙 덕분에 상상이 생겨난다. 명령이나 금지가 없다면 상상의 존재 이유도 없다. 그런 의미에서 상상의 어머니는 규칙이다.

'꿈속의 나'와 마찬가지로 '꿈 밖의 나' 역시 규칙을 따른다. 다만 '꿈 밖의 세계'를 지배하는 규칙은 '꿈속의 세계'를 지배하는 언표화된 명령과는 사뭇 다르다. '꿈 밖의 세계'에서는 몸이 직접 명령을 내린다. 예컨대 생명을 유지하고 재생산해야 한다는 몸의 명령은 인간을 포함한 모든 생명체의 무의식과 같아서 이성이나 의지 따위로 제어되지 않는다. 몸의 명령, 곧 생리는 말의 논리보다 훨씬 완강하고 직접적이어서 육체를 벗어날 때까지 거부하기 어렵다. '꿈속의 나'는 육체를 지니지 않은 까닭에 자유로울 수 있었지만, '꿈 밖의 나'는 몸의 생리에 순응할 수밖에 없다. 그렇게 '꿈 밖의 나'와 '꿈속의 나'는 대칭적이다

'먹었다'와 '먹지 않겠다'

인간이 육체를 가지는 한 먹지 않으면 살아갈 수 없다. '꿈 밖의 나'도 마찬가지다. 그런데 먹는다는 것은 대부분 다른 유기체의 생명을 위협하는 행위이다. 동물은 말할 것도 없고 식물이라고 해도 달라질 것은 없다. 먹을 수 있는 것과 먹어서는 안 되는 것을 구분하는 오래된 논의는 인간 중심적인 합리화일 뿐, 다른 유기체의 생명을 빼앗아 가까스로 생명을 유지한다는 기생성을 감추기 어렵다. 육체를 지닌 존재로서, 인간의 운명적 조건이다. 만약 인간이 먹지 않고 살 수 있다면 우리는 이렇게 살지 않았을지도 모른다. 훨씬 고상하거나 광채가 나는 아름다운 것들로 삶이 채워졌을 것이다. 하지만 우리는 먹어야 한다. 더구나 내가 무언가를 먹을 때, 누군가

는 내가 먹는 무언가를 먹을 수 없다는 것, 그러니 내가 먹는다는 것은 누군가가 먹지 못한다는 것을 뜻한다는 것을 깨달았을 때, 삶은 초라하고 비루한 것을 넘어서 죄의식의 나락으로 떨어진다. '먹었다'는 자연스럽게 '먹지 않겠다'로 이행한다.

그래서 단맛이 주는 쾌감은 죄책감으로 이어지고 끝내 구토로 마감된다. 비틀린 쾌감을 주는 신맛이나 쓴맛, 매운맛도 마찬가지이다. '꿈 밖의 나'에게 쾌감을 주는 맛은 언제나 인간으로서 존재할 수 있는 최저한도를 넘어선 과잉이다. 그래서 찾아낸 것이 구수한 맛이다. "내가 뭔가 먹음으로 하여 누군가 죽지도 굶지도 않는다는 감각, 우리 모두가 오히려 더 나은 쪽으로 향해 간다는 믿음, 내가 내 먹음에 대한 즉 내 생존이 지속에 대해 허락을 고민하지 않는 존재 특유의 습습한 기쁨이 구수함이었다"

삶이 이처럼 비윤리적인 지점에서 시작된다고 한다면, 그런 토대 위에서 윤리적인 것을 이야기하는 것이 터무니없게 느껴지기도 한다. 그렇지만 인간의 존재 자체가 비윤리적이라고 해서 윤리적인 것을 고민하지 않아도 된다는 것을 의미하지는 않는다. 생존 앞에서 윤리를 외면한다면 인간은 동물과 다를 바 없다. 동물은 생존 앞에서 결코 윤리를 들먹이지 않는다. 그러니 동물에 속한 주제에 윤리를 내세우는 것은 위선이거나 허영이기도 하지만, 인간은 동물성에서 벗어나기 위해서라도 그 최저한도에서 윤리를 떠올려야 한다. '꿈 밖의 나'는 그렇게 구수한 맛을 통해서 윤리의 최저한도를 구축한다.

연필과 식빵, 그리고 연필 샌드위치

'꿈속의 나'와 '꿈 밖의 나'로 구분되는 주체의 욕망에 주목한다 해도, '먹었다'와 '먹지 않겠다' 사이에서 삶의 윤리를 고민한다 해도 "누룽지 끓인

물을 꾹꾹 씹"어 먹는 '꿈 밖의 나'는 그저 위태롭다. 단순하게 말해 먹지 않으면 살아갈 수 없으니 삶이란 먹는다는 것과 다를 바 없을 터인데, '먹었다'와 '먹지 않겠다' 사이의 경계 위에 아슬아슬하게 서 있는 까닭이다. 그래도 구수한 맛을 찾아낸 것만도 퍽 다행스러운 일이다. 구수한 맛이 죽음을 앞둔 이의 최후의 맛이라고 하지만, 어떤 사람은 오랫동안 그 맛에 벗어나지 않기도 한다.

사실 '먹지 않겠다'는 윤리의 영역이 아니라 실존의 영역이어야 한다. 윤리가 감당할 수 있는 부분은 무엇을 먹는가이다. 우리는 삶의 종착지에서 무엇이 기다리고 있는지 잘 알고 있다. 어떤 사람은 서둘러 그 길을 걷고, 다른 사람은 천천히 그 길을 걸을 것이다. 그리고 단맛을 좇는 사람이 있다면 구수한 맛을 찾는 사람도 있을 것이다. 누가 더 윤리적이라고 섣부르게 말하고 싶진 않지만, 누구나 자신의 척도를 가진 것은 분명하다. 그렇게 종착지로 향하는 시간을 우리는 삶이라고 부른다. 그러니 먹는 것은 시간을 얻는 행위이다. 구수한 맛으로 얻은 시간으로 '꿈 밖의 나'는 "내가 해야만 한다고 생각하는 일을, 해야만 했다고 생각하는 일"을 떠올린다. 그 일은 글 쓰는 일이 아니다. "때늦은 자상함과 의미 없는 보살핌이 만들어내는 기만적인 보람을, 비겁한 기쁨을, 지어낸 행복을" 담고 있는 것이 글쓰기인 까닭이다. '꿈속의 나'에게 '연필 샌드위치'를 먹는 것이 왜 그리 고통스러웠는지 드러나는 대목이다.

그런 점에서 이 작가에게 글쓰기는 구원과 무관하다. 그동안 여러 작가들이 글쓰기의 고통을 말하면서도 글쓰기가 세계를 구원하고 자신을 구원하리라는 믿음을 내비친다. 그들은 고통을 구원에 이르는 통과제의로 여겼으니 자신들의 재능을 '축복'으로 여겼음이 분명하다. 하지만 구원이 불가능한 시대에 헛되이 글쓰기의 가능성을 말하는 것보다 기만적인 일은 없다. 구원을 가져다주리라는 희망 없이 글쓰기를 해야 하는 것은 일종의 '저주'일 것이다. 저주는 윤리라는 이름으로 삶을 옴짝달싹할 수 없도록 칭칭 동여매고 있다. 그래서 젊은 작가의 '출사표'마냥 쓰인 「연필 샌드위치」를 읽으면서 가슴 먹먹하다. 네가 하는 말을 오랫동안 듣고 싶은데, 그렇지 못할까 봐 두렵고, 그렇게 고통스러운 일을 네게 맡겨서 미안하다고.

올해의 문제소설